本书出版承蒙浙江大学董氏东方文史哲研究奖励基金资助

冷战与华语语系文学研究

金进
— 著 —

复旦大学出版社

图书在版编目(CIP)数据

冷战与华语语系文学研究/金进著. —上海：复旦大学出版社，2019.6
ISBN 978-7-309-14245-7

Ⅰ.①冷… Ⅱ.①金… Ⅲ.①华文文学-文学研究-世界-现代 Ⅳ.①I106

中国版本图书馆 CIP 数据核字(2019)第 060163 号

冷战与华语语系文学研究
金　进　著
责任编辑/方尚芩

复旦大学出版社有限公司出版发行
上海市国权路 579 号　邮编：200433
网址：fupnet@fudanpress.com　http://www.fudanpress.com
门市零售：86-21-65642857　　团体订购：86-21-65118853
外埠邮购：86-21-65109143　　出版部电话：86-21-65642845
常熟市华顺印刷有限公司

开本 787×960　1/16　印张 17.5　字数 245 千
2019 年 6 月第 1 版第 1 次印刷

ISBN 978-7-309-14245-7/I・1146
定价：68.00 元

如有印装质量问题，请向复旦大学出版社有限公司出版部调换。
版权所有　侵权必究

目　录

序言　关于"华语语系（文学）"理论的溯源与批评 …………………… 1

第一章　战争文化、南下文人与新加坡华文文学（1937—1965）…… 19

第二章　左派文人视野中的英殖历史再现
　　　　——汉素音与《餐风饮露》中的人道主义情怀 ……………… 52

第三章　冷战文化、青春书写与影像表现
　　　　——以《星星·月亮·太阳》《青春之歌》和《蓝与黑》为中心
　　　　　的文学考察 ………………………………………………… 67

第四章　光影中的冷战
　　　　——以1950、60年代星港两地电影互动为研究对象 ……… 84

第五章　冷战文化、南下影人与中国现代文学经典化
　　　　——关于二十世纪五六十年代香港电影对现代文学经典化的
　　　　　研究 ………………………………………………………… 102

第六章　冷战与文化中国
　　　　——跨界行旅与温瑞安武侠小说创作的关系 ……………… 126

第七章　胡兰成文化理念的践行与失败
　　　　——以台湾"三三集刊"为中心的考察 …………………… 141

第八章　缺憾还诸天地
　　　　——王文兴小说的主题研究 ………………………………… 158

第九章　冷战与二十世纪五六十年代新马文学
　　　　——以《大学论坛》（新）和《蕉风》（马）两大期刊为讨论对象 …… 173

第十章　冷战、南来文人与现代中国文学
　　　　——以新加坡南洋大学中文系任教师资为讨论对象 ………… 203

第十一章　文学郭宝崑
　　　　——剧本世界及其创作心理的分析 ………………………… 224

第十二章　华校情结、代际区隔与国族意识
　　　　——对新加坡华人国族意识建构历史的文学考察
　　　　（1965—2015） ……………………………………………… 243

第十三章　华人历史、国族认同与官方意识形态的合谋
　　　　——以新加坡贺岁电视剧《信约》三部曲为分析对象 …… 258

后记 ……………………………………………………………………… 276

序言　关于"华语语系(文学)"理论的溯源与批评

2013年黄维樑撰文批判"华语语系(文学)"这一新兴学术用语,认为"华语语系文学"是"Sinophone Literature"的误译。更严重的是,它在意识形态,甚至学理上大有问题:"其语系之词在学术上不专业,在意识上有分拆,对抗的主张",因此有正名的必要。他主张应以中国澳门大学中文系教授朱寿桐提倡的"汉语新文学"来整合中国当代文学、台港澳文学以及海外华人文学。对他来说,"汉语新文学""名称正确且旨在包容",它因此才是"正名",而"华语语系文学"是"巧立名目","其名不正,其意可议"。① 作为"华语语系"理论

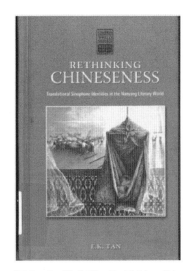

图0-1　陈荣强:*Rethinking Chineseness*

图0-2　古艾玲:*Sinophone Malaysian Literature*

---

① 黄维樑:《学科正名论:"华语语系文学"与"汉语新文学"》,香港:《文学评论》2013年8月总第27期,第33—41页。

的旗手王德威也毫不示弱地撰文回应,他虽承认自己在使用"Sinopone"这一名词时,有刻意翻译之嫌,不过他反对以"汉语文学"作为"Sinophone"的对等翻译,认为黄维樑"将所推动的'汉语新文学'去政治化,将来自'中国'的汉语文学视为万流归宗的隐喻",①没有注意到华语文学众声喧哗的现实。

回溯当代文学研究史,两岸三地学界和海外汉学对"现代文学"和"华文文学"的概念曾有着不同的阐释方式。中国台湾学界对于"中国现代文学"的命名,以余光中为代表,他总编辑出版过三套文学大系:巨人版《中国现代文学大系》(时间跨度 1950—1970)、九歌版《中华现代文学大系:台湾 1970—1989》和九歌版《中华现代文学大系:台湾 1989—2003》。余光中他们用的是"中华现代文学"这个概念,在文集"序言"中没有解释这个术语的来源,不过以种族和语言为认知现代中国文学的角度是非常明显的。中国大陆在 2002 年成立了"中国世界华文文学学会",从此"世界华文文学"成为中国大陆华文文学研究的重要学科。北美汉学界的史书美(美国加州大学洛杉矶分校亚洲语言文化系、比较文学系与亚美研究系合聘教授)、王德威(美国哈佛大学东亚系讲座教授、比较文学系教授)则于 2007 年在哈佛大学"全球化的中国现代文学:华语语系与离散写作"会议,正式将"华语语系"这个学术新词推到前台。从此,关于如何定义中国大陆文学与海外华人文学的关系成为现代文学研究界的热点问题。"华语语系文学"是其中最具影响力和争议性的学术术语,除了主要代表史书美和王德威之外,还有他们的学生辈学者,如石静远(美国耶鲁大学)、罗鹏(Carlos Rojas,美国杜克大学)、贝纳子(Brian Bernards,美国南加州大学)、白安卓(Andrea Bachner,美国康奈尔大学)、陈荣强(E. K. Tan,美国纽约州立大学石溪分校)、古艾玲(Allison M. Groppe,美国奥勒冈大学)、蔡建鑫(美国德州大学奥斯汀分校)、高嘉谦(中国台湾大学),以及呼应他们的学界朋友,如中国台湾地区的黄锦树(台湾国际暨南大学)、张锦忠(台湾中山大学)、林建国(台湾交通大学)、黄美娥(台湾大学)、陈大为(台湾台北大学)、钟怡雯(台湾元智大学);新、马地区的容

---

① 王德威:《"根"的政治,"势"的诗学——华语论述与中国文学》,高雄:台湾中正大学出版社 2015 年版,第 10 页。

世诚(新加坡国立大学)、徐兰君(新加坡国立大学)、金进(新加坡国立大学)、柯思仁(新加坡南洋理工大学)、游俊豪(新加坡南洋理工大学)、许维贤(新加坡南洋理工大学)、张松建(新加坡南洋理工大学)、陈志锐(新加坡南洋理工大学国立教育学院)、潘碧华(马来西亚马来亚大学)、林春美(马来西亚博特拉大学)、庄华兴(马来西亚博特拉大学)等人。这些学者都立足学院,勤于著述,使得"华语语系"迅速成为当今海内外现代文学研究界的重要理论术语。①

图 0-3 石静远、王德威编: *Global Chinese Literature: Critical Essays*

图 0-4 史书美、蔡建鑫、贝纳子编: *Sinophone Studies: A Critical Reader*

---

① 根据笔者和罗鹏教授查证和整理,他们的师承关系是这样的:石静远和古艾玲是李欧梵的学生,不过古艾玲也跟王德威学习过。罗鹏、白安卓是王德威的学生。贝纳子是史书美的学生。陈荣强是徐钢的学生,而徐钢又是王德威的学生。王德威自己在《华夷风起:华语语系文学三论》(高雄:台湾中山大学文学院 2015 年版)一书中整理了一份"本书征引文献",其中开列了关于"华语语系(文学)"的代表著作:(1)王德威:《后遗民写作》,台北:麦田出版社 2007 年版。(2)高嘉谦:《汉诗的越界与现代性》,台湾政治大学博士论文,2008。(3) Tsu, Jing. *Sound and Script in Chinese Diaspora*. Harvard University Press, 2010. (4)张锦忠:《马来西亚华语语系文学》,吉隆坡:有人出版社 2011 年版。(5)黄锦树:《马华文学与中国性》,台北:麦田出版社 2012 年版。(6)Tan, E. K. *Rethinking Chineseness: Translational Sinophone Identities in the Nanyang Literary World*. Cambria Press, 2013. (7) Alison M. Groppe. *Sinophone Malaysian Literature: Not Made in China*. Cambria Press, 2013. (8)史书美:《视觉与认同:跨太平洋华语语系表述·呈现》,台北:联经出版社 2013 年版。(9)Shih, Shu-mei, Chien-hsin Tsai, and Brian Bernards, eds. *Sinophone Studies: A Critical Reader*. Columbia University Press, 2013. (10)金进:《马华文学》,上海:复旦大学出版社 2013 年版。

一、为什么是"华语语系文学"(Sino-phone Literature)

史书美在2004年正式撰文创造"Sinophone"的时候,她的"去中心"意识还停留在整合中国大陆之外华语文学,以区别于中国大陆文学的阶段。当时,她不是那么自信,只是在该论文尾注中写了这样一段话,对"华语语系"的内涵进行定义:

> 我所讲的"华语语系文学"指的是中国大陆之外不同地区的华人用华文创作的作品。"华语语系文学"区别于"中国文学"。华语语系文学最大的创作量在台湾和九七回归前的香港。值得注意的是,二十世纪的东南亚各地也有着很多旺盛的华语语系文学传统和实践。大量用华文创作的作家分布在美国、加拿大和欧洲,2000年诺贝尔文学奖得主高行健就是其中的佼佼者。"华语语系文学"这个词的创造是必须的,它将与中国大陆本土之外发表的华文文学被疏忽和边缘化的命运进行抗争,同时也将改变中国大陆文学史中出现的意识形态作祟下专断化和建制化的状况。"华语语系文学"在某种意义上类似于英语语系文学和法语语系文学,华语被某些人视为殖民者的语言(如中国台湾)。此外,"华语语系文学"也有别于前现代时期的东亚诸国(如日本和韩国)通用的那种"笔谈"式的文言文。[①]

就史书美的人生经验和学术经历而言,有两个特点值得我们注意。第一,史书美属于离散华人群体。她在韩国堤川出生,首尔长大,上的是华文学校,一直到1978年赴台湾师范大学就读英语系时,身份还是中华民国侨民。但中国对她而言,只是一种文化中国的符号,就个人情感来说,作为海外华人第二代,她对中国(这里指中国大陆)没有多少感情。之后,她赴美国攻读研

[①] Shih, Shu-mei. "Global Literature and the Technologies of Recognition." *PMLA*, Vol. 119, No. 1, Jan. 2004, p29.

究生学位并定居美国。她一直在"中国"以外的状态,这些使得她对离散/反离散、中心/边缘有着独特的个人感受。1997年她在美国发表的第一篇学术论文就是讨论华裔美籍作家汤婷婷(Maxine Hong Kingston)和韩裔美籍作家车学敬(Theresa Hak Kyung Cha)[①],当时两位作家都是很边缘的亚美裔作家。到了2007年她出版的专著《视觉与认同:跨太平洋华语语系表述与呈现》(Visuality and Identity: Sinophone Articulations across the Pacific, 2007)时,她关注的对象也是在美国学界不受重视的李安、张坚庭、陈果、刘虹、吴玛悧等人的作品。史书美曾这样描述这个阶段的研究:"在中国研究里,台湾和香港完全被边缘化了。在英文世界里,亚美研究也被边缘化了。此外,我们看到横跨亚洲和亚裔美国之间愈来愈复杂的认同。我要透过那些人来从事这种种的联结,因为那些人物真的跨越了边界,由亚洲人成为亚美人。我认为那种跨越中的典型人物就是李安,他如何同时成为中国台湾人和美国华裔。因此在《视觉与认同》的绪论中我讨论了他的电影《卧虎藏龙》(Crouching Tiger, Hidden Dragon),第一章"全球化与弱裔化"("Globalization and Minoritization")讨论的是李安如何从台湾的公民成为美国弱势族裔,也就是从一个国家主体变成一个弱势主体或少数民族,从台湾人变成台美人,以及其中涉及的政治,如种族政治、性别政治,等等。"[②]我们要注意的第二个特点是,史书美与美国加州大学洛杉矶分校(UCLA)同事李欧旎的合作研究(李欧旎是法裔毛里求斯人,毛里求斯曾经是法国、英国殖民地)。李欧旎跟史书美一样都是从事族裔研究和区域研究,不过李欧旎做的是法语语系和法国研究,史书美是做中国研究和亚美研究,她们合作的第一个项目就是《弱势族群的跨国主义》(Minor Transnationalism),这次合作直接影响着史书美后期的学术思路,史书美向来对此影响直言不讳。

[①] Shih, Shu-mei. "Exile and Intertextuality in Maxine Hong Kingston's *China Men*." *The Literature of Emigration and Exile*, edited by James Whitlark and Wendell Aycock. Texas Tech University Press, 1992, pp. 65-77. 史书美:《放逐与互涉:汤婷婷之〈中国男子〉》,《中外文学》(台湾)1991年6月第20卷第1期,第151—164页。
[②] 单德兴:《华语语系研究及其他:史书美访谈录》,《中山人文学报》(台湾)2016年1月总第40卷,第7页。

在 2007 年 12 月哈佛大学举办的"全球化的中国现代文学：华语语系与离散写作"(Globalizing Modern Chinese Literature: Sinophone and Diasporic Writings)会上，史书美发表了题为"Against Diaspora: The Sinophone as Place of Cultural Production"的论文，其中最重要的观点是对华人离散提出了质疑。第一是旗帜鲜明地表明"反离散"立场，强调"'根源'的观念在此看为是在地的，而非祖传的，'流'则理解为对于家园更为灵活的理解，而非流浪或无家可归。……把'家园'和'根源'分开，是认识到在特定的时间和地缘空间，作为一个政治主体而认同当地，这种生活是绝对必需的。把家园与居住地联系起来是在地选择的政治参与，是重伦理的表现。而那些怀乡癖、中间人、第一代移民所声称的没有归属感，时常是一种孤芳自赏，很大程度上没有意识到他们强烈的保守主义，甚至是种族主义"，①对在地华裔怀乡情结进行了解构。其次，她强调华语语系是一种超越国族边界的批评方法。"华语语系群体超越了国族边界，在面对他们原出国和定居国时，都可以持一种批评立场。在祖居之地和当地这二者之间，不再是一种非此即彼的选择；这种非此即彼的选择对移民及其后代的福祉显然是有害的。一个华裔美国人可以同时对中国和美国持批判的态度。在台湾，这种多维批评为一种批判性的、明确的立场的出现提供了可能，这种立场不再将台湾和美国右派关联起来。所以，华语语系作为一个概念，为一种不屈服于国家主义和帝国主义压力的批判性立场提供了可能，也为一种多元协商的、多维的批评提供了可能。这样的话，华语语系就可以作为一种方法。华语语系一开始是一个关乎群体、文化和语言的历史和经验范畴，而现在，它也可以重新被阐发为一种认识论。"②

史书美关于"华语语系"的第二篇重要论文是 2008 年发表的《什么是华语语系马来西亚文学？》(What Is Sinophone Malaysian Literature)，她从美国华裔文学之外，寻找到东南亚文学(主要是马华文学)作为自己构筑华语语系文学的重要组成部分。她在论述中，把关于英语语系(Anglophone)中的加勒比

---

① "Against Diaspora: The Sinophone as Place of Cultural Production." edited by Shu-mei Shih. *Sinophone Studies: A Critical Reader*. 2013, p38.
② Ibid., p39.

英语文学的论述方式套用在东南亚华人文学中,认为东南亚华人文学就是"Sinophone Literature"的重要体现。在这篇论文中,她深化了早期的"去中国文学中心"的想法,第一次提出了"去汉族中心、去中国中心",试图改变"中国中心"的传统历史观。她将华语语系研究建立在三种不同的殖民历史进程之上:大陆殖民主义(Continental Colonialism)、定居殖民主义(Settler Colonialism)和移民迁徙。① 史书美从马来西亚华人文学的中国性(与中国的关系)、本土性(与本土各大族群)的关系中,找到了印证自己"定居殖民主义"的华人版例子,兴奋不已。但这种印证并不能让学界买账,新加坡南洋理工大学中文系副教授游俊豪毫不客气地指出史书美罔顾历史事实,他认为,"将马来西亚华人放置在定居者殖民主义的进程,是对华人移民脉络的一种误读。英文学界里的定居者殖民主义,指涉殖民宗主国的臣民移民到殖民地的迁居,例如英国人到澳洲和加拿大,形成定居者群体。中国和马来西亚或东南亚,从来就未曾构成过殖民宗主国和殖民地的关系。华人抵达东南亚,实际是移民到欧洲的殖民地里去。即使是考量到文化殖民主义的可能性,理论也难以成立。中国文化的传播,在华人移民当中并不带有强迫性,华人移民其实就是这种文化的载体。"② 南京大学文学院教授刘俊也直言:"史书美的政治立场和文化态度,在她的学术论述中留下了非常明显的意识形态痕迹,使得她经由对'华语语系'的定义,完成了对'离散中国人'的拆解,实现了对'本质主义'的'中国中心'的反抗与解构,并建构起排除'中国大陆主流文学'的'华语语系文学'。"③

如果说将马来西亚华人文学纳入到华语语系文学谱系的时候,有套用"Anglophone"的嫌疑的话,那么之后的史书美,又将美国新清史的研究成果

---

① Shih, Shu-mei. "What Is Sinophone Malaysian Literature",第五届马来西亚国际汉学研讨会,马来西亚博特拉大学现代语文暨传播学院外文系中文组主办,2008年9月12日到9月13日,第1—2页。(此处译文由本文作者翻译)
② 游俊豪:《马华文学的族群性:研究领域的建构与误区》,《外国文学研究》2010年第2期,第65页。不过,史书美认为"游俊豪读错了我对马来西亚定居殖民的讨论。只有在特定的情况下,如兰芳共和国,马来西亚的华人才形成定居殖民。身为少数,不符合定居殖民的定义",2018年4月21日笔者与史书美的通信。
③ 刘俊:《"华语语系文学"的生成、发展与批判——以史书美、王德威为中心》,《文艺研究》2015年第11期,第54页。

借鉴到华语语系之中也就不难理解了。她在 2011 年发表的专文《华语语系的概念》"The Concept of the Sinophone"①中就直言从清代到今天的"中国"就是西方定义中的强大帝国。"当我们考量中国知识分子对西方帝国主义与东方主义进行批判时所采取的立场,我们所理解的后殖民理论,特别是对东方主义的批判,可能无用武之地,甚至有共谋之嫌,因为此立场容易沦为缺乏内省的民族主义,一种新帝国主义的反面。虽然不可否认在满清帝国到中华人民共和国的历史上有一段承载受难者经验的时期,但这种中国受西方帝国欺凌、几乎可称为受害学的受难情结论述,有效地错置了其自身缺乏内省的民族主义。"②从这段文字可见,史书美明显接续了美国方兴未艾的"新清史"研究(其重要代表是曾任哈佛燕京学社主任、时任哈佛大学教务长的欧立德教授)。史书美这样说过:"不同于现代欧洲帝国在海外建立殖民地,中国的殖民地位居内陆,属于所谓的'大陆殖民'。近十五年来在美国的中国史学家对满清帝国(1644—1911)的历史与特性考察及分析时进行理论性耙梳,将其定义为一个内陆亚洲帝国,此史学观点被称为'新清史'。他们详尽研究清朝对北边与西边大片疆域的军事扩争与殖民统治,证实清朝约自十八世纪中叶起即成为类似西方帝国的内陆亚洲帝国,此纵深的历史观点对我们如何看待今日的中国有重大的启示。……华语语系研究突显大陆帝国从满清到今日这段一脉相承的历史。"③史书美把自己的研究直通到"新清史",也再一次让我们感受到她"去中心化"的理论倾向。

史书美关于"sinophone"的最新论述是 2016 年 10 月的哈佛会议上的主题演讲,其主要内容如下:

> 奠基于《华语语系的概念》("The Concept of the Sinophone")一文的立论,本讲座将思考华语语系研究如何面对多重帝国间的交织错综,而

---

① Shih, Shu-mei. "The Concept of the Sinophone." *PMLA* vol. 126, no. 3, May 2011, pp. 709 - 718.
② Ibid., 709.
③ Ibid., 711.

其也必须被置放在其他帝国语言研究（涵盖欧洲与非欧洲的帝国）之间的关系网络中来看待。帝国不仅彼此竞争共谋，更互相模仿。他们时而在同一地域之内共存，时而先后追随彼此的步伐。举例来说，若是缺少了对法国殖民、美国侵略以及越南曾沦为中国殖民地近千年的历史事实（至少以越南的官方历史为根据）等诸多因素的考量，华语语系越南研究将显得不够周延完整。种种帝国间性（inter-imperiality）之共构结构性地造就了在中国境外，或是中国与中国性边缘，各种多语言、多族群、多元文化的华语语系社群。因此，英语语系、法语语系、日语语系以及其他帝国语言研究不应单纯地被当作是种平行的相似性，而必须将其视为帝国间性之连锁且序列性的建构。"华语语系帝国"将探讨此帝国间性，作为华语语系研究的重要基础。①

以上演讲内容是她的新书《华语语系的帝国》（*Empires of the Sinophone*）的内容介绍。这本专著虽然尚未出版，但其中的主要观点已经很明白。可以说，经过 2004、2008、2011、2016 年四篇重要的英文论文，史书美的华语语系概念已经很清楚，那就是从"去中国中心"（2004）、"马来西亚华语语系文学"（2008）、"大陆殖民主义、定居殖民主义、移民殖民主义三种历史进程中的华语语系"（2011）到"华语语系帝国"（2016），完成了自己对于华语语系的理论建构。

史书美惯于用批判种族理论（critical race theory）来从事亚美文学方面的研究，这使得她的批判很有力度。"打一开始就出现的一个问题就是华语语系的定义。我不得不说，我的定义并不是一个人人适用的很和谐的定义，因为它来自一个少数、弱势和边缘化的位置。它具有某种目的性和政治性，有时候会得罪人。它也使人觉得我太政治化、太激进了，因为它不能迎合取向比较保守的学者……我比较的是在美国研究的领域，也就是说，如果你去参加美国研究协会（American Studies Association）的美国研究，他们只谈种族！

---

① Shih, Shu-mei. "Empires of the Sinophone."华语语系研究：新方向国际学术研讨会会议手册，哈佛大学 2016 年 10 月 14—15 日，第 1—2 页。（此处译文由史书美翻译）

但如果你去亚洲研究的场合,根本没人谈种族!"①正是在这一点上,史书美的理论一旦用在中国文学或者海外华人文学领域时,势必使得她的论述有着种种不合理。如关于"殖民主义"这一点,史书美所提的中国大陆的"内在殖民"与中国历代对东南亚的"海外殖民"这两种说法,前者不顾漫长的中国历史中各民族融合的进程,硬要将其类比成西方人对美洲原住民印第安人的进行排挤和杀戮的美洲历史,稍懂中美历史的人,都会觉得史书美的这种类比过于生硬牵强;后者也不顾东南亚的历史真实,东南亚华人移民历史中的基本事实被无视掉了,被殖民主义的理论直接强行置换掉了。史书美将华人移民东南亚的过程曲解为一种西方"帝国主义"坚船利炮式的政府行为,无视了其中充满着花果飘零,落地生根的艰辛的历史真实。

二、怎样"华语语系文学":王德威与华语语系文学理论的深化

如果说在"华语语系"的理论建构上,史书美是一种"去中心化"的批判姿态,那么相较史书美,王德威则重新阐释了"华语语系"的概念,他强调华语语系文学超越华文文学的自我设限,强调兼容并蓄的文学大版图:

> "Sinophone Literature"一词可以译为华文文学,但这样的译法对识者也就无足可观。长久以来,我们已经惯用华文文学指称广义的中文书写作品。此一用法基本指涉以大陆中国为中心所辐射而出的域外文学的总称。由是延伸,乃有海外华文文学,世界华文文学,台港、星马、离散华文文学之说。相对于中国文学,中央与边缘,正统与延异的对比,成为不言自明的隐喻。……华语语系文学因此不是以往海外华文文学的翻版。它的版图始自海外,却理应扩及大陆中国文学,并由此形成对话。作为文学研究者,我们当然无从面面俱到,从事一网打尽式的研究;我们

---

① 单德兴:《华语语系研究及其他:史书美访谈录》,《中山人文学报》(高雄)2016 年 1 月总第 40 卷,第 9 页。(原文为英文采访,此处译文由本文作者翻译)

必须承认自己的局限。但这无碍我们对其他华文社会的文学文化生产的好奇,以及因此而生的尊重。一种同一语系内的比较文学工作,已经可以开始。从实际观点而言,我甚至以为华语语系文学的理念,可以调和不同阵营的洞见和不见。中国至上论的学者有必要对这块领域展现企图心,因为不如此又怎能体现"大"中国主义的包容性?如果还一味以正统中国和海外华人/华侨文学作区分,不正重蹈殖民主义宗主国与领属地的想象方式?另一方面,以"离散"(Diaspora)观点出发的学者必须跳脱顾影自怜的"孤儿"或"孽子"情结,或是自我膨胀的阿Q精神。只有在我们承认华语语系欲理还乱的谱系,以及中国文学播散蔓延的传统后,才能知彼知己、策略性的——张爱玲的吊诡——将那个中国"包括在外"。①

因为出身并成长于中国台湾,王德威和史书美一样,在"中国""中国大陆""中国台湾"等名词的使用上,"边缘"的身份让他们敏感于所有"边缘"事务:"我与这个学生的经历也许可作为我们重新思考边缘政治与边缘诗学的起点。我支持这位学生抗议大陆女作家被边缘化的事实,但在她对台湾——大陆在地理政治方面的边缘地区——女作家所表现出的迟疑中,我听到了排他主义的暧昧回音。她力图推翻现代中国文学中的男性中心神话……这位学生当然可以辩白说,没有人能够一下子研究整个领域;既然女性作家在台湾已经享有相当知名度及社会经济地位,当务之急是发掘出'真正'被边缘的大陆女作家。"②从这一段二十年前的论文片段来看,在学术生涯里,王德威与史书美有着相同的中心/边缘的感受。一方面他认同史书美关于华语因移民的流动扩散形成的"多音"(Polyphonic)、"多字"(Polyscriptic)的混杂与在地化现象,借此强调"语系"的特质,同时批判汉语中心主义。而另一方面,他们

---

① 王德威:《文学行旅与世界想象》,《联合报》(新北),2006年7月8日、9日。
② 王德威:《世纪末的华丽——台湾·女作家·世纪末·边缘诗学》,陈平原、陈国球主编:《文学史第二辑》,北京:北京大学出版社1995年版,第263—265页。当时王德威担任美国哥伦比亚大学东亚系副教授,他蜚声海内外的两大文学观点——"华语语系文学"和"中国文学中的抒情传统"——还没有成型。

都视"华语语系"为世界上以汉语,包括各种官话、方言为载体的文学表达,强调一种"对话关系",包括海外华文和中国大陆文学,甚至中国大陆内部的汉族与非汉族文学,达到一种众声喧"华"的多元局面。

"在海外华人学者中,使用并推广'华语语系(文学)'概念最为有力者,非王德威莫属。……王德威接过了'华语语系(文学)'的汉语传播大旗,成为汉语学术界传播这一理论最有力的推动者和最权威的阐释者。"①王德威也自言:"'华语语系'一词则是出自我的中译。'语系'在语言学研究有严格定义,但此处必须以广义的诠释视之。"②这些年来,王德威的《华语语系的人文视野与新加坡经验》(2012年10月28日,新加坡报业中心礼堂演讲)③、《文学地理与国族想象:台湾的鲁迅,南洋的张爱玲》(《中国现代文学》(台湾)2012年12月第22期)④、《"根"的政治,"势"的诗学——华语论述与中国文学》("众声喧'华':华语文学的想象共同体国际学术研讨会",2013年12月18—19日)⑤和《华夷风起:马来西亚与华语语系文学》(《世界华文文学论坛》,2016年第1期)⑥等论文对华语语系都有着重要的阐释,后面三部后被结集为《华夷风起:华语语系文学三论》(高雄:中山大学文学院2015年版)。他实践和建构着自己的"华语语系"理论:"历来我们谈现代中国或中文文学,多以'Modern Chinese Literature'称之。这个说法名正言顺,但在现当代语境里也衍生出如下的含义:国家想象的情结,正宗书写的崇拜,以及文学与历史大叙述(master narrative)的必然呼应。然而有鉴于二十世纪中以来海外华文文化的蓬勃发展,'中国'或'中文'一词已经不能涵盖这一时期文学生产的驳杂现象。尤其在全球化和后殖民观念的激荡下,我们对国家与文学间的对话关

---

① 刘俊:《"华语语系文学"的生成、发展与批判——以史书美、王德威为中心》,《文艺研究》2015年第11期,第55页。
② 王德威:《序言》,《华夷风起:华语语系文学三论》,高雄:中山大学文学院2015年版,第ii页。不过,王德威跟笔者谈起,认为"史书美在中文版《反离散》中提到华语语系中文翻译是她和译者先提出。但2006年我在不同语境中提出此一翻译,的确考虑和语言学定义的出入。"2018年6月19日笔者与王德威的通信。
③ 会后,此文被时任南京大学文学院的黄发有教授约稿,后发表在《扬子江评论》2014年第1期。
④ 此文后发表在《扬子江评论》2013年第3期。
⑤ 此文后发表在《华文文学》2014年第3期。
⑥ 这篇论文是本文作者推荐给该刊主编李良先生的。

系,必须作出更灵活的思考。……我无意将华语语系文学视为又一整合中国与海外文学的名词:我更期望视其为一个辩证的起点。而辩证必须落实到文学的创作和阅读的过程上。就像任何语言的交会一样,华语语系文学所呈现的是个变动的网络,充满对话也充满误解,可能彼此唱和也可能毫无交集。但无论如何,原来以国家文学为重点的文学史研究,应该产生重新思考的必要。"①那么王德威跟史书美关于"华语语系文学"论述的最大不同之处在哪里呢?

首先,王德威认为中国是一个现实和历史文化的综合体,"华语语系"有着其不同于其他语系的自身特点,不能简单地套用后殖民理论来刻板对待。对于海外华人历史,王德威受到王赓武的影响颇大,王赓武认为"单一的华人一词可能越来越难于表达日益多元的现实。我们需要更多的词,每个词需要形容词来修饰和确认我们描绘的对象。我们需要它们来捕捉如今可以看到的数以百计的华人社群的丰富性和多样性",②其中多元的看法启发着王德威。由此,王德威认为:"作为主权国家的'中国'是二十世纪以来的现象。在此之外,中国也指涉一个朝代兴亡的漫长过程,一个区域文明合纵连横的空间,一个文化积淀或消失的谱系,一个杂糅汉胡、华夷的想象共同体。我们必须在更深广的格局里,建构或解构'中国'。……论者或可依循后殖民主义、帝国批判,强调'中国'就是帝国殖民势力,对境内的少数民族,境外的弱小土著历来有强加汉化的嫌疑。这类观点长于政治地理的分疏,却短于叩问'何为中国'的历史意识,所呈现的华语语系版图,因此难免复刻冷战时代以来的模式。"③基于这一点,王德威提出华语语系的"三民主义"④,即"移民""夷民"和"遗民/后遗民"。"移民"是背井离乡,另觅安身立命处的人;"夷民"是受制于异国统治,失去文化政治自主权力的人;"遗民"是逆天命,弃天朝,在非常

---

① 王德威:《序言》,《华夷风起:华语语系文学三论》,高雄:中山大学文学院2015年版,第ⅱ、ⅳ页。
② 王赓武:《单一的华人散居者?》,刘宏、黄坚立主编:《海外华人研究的大视野与新方向:王赓武教授论文选》,新加坡:八方出版社2002年版,第19页。
③ 王德威:《导言》,王德威、高嘉谦、胡金伦编:《华夷风:华语语系文学读本》,台北:联经出版社2016年版,第4页。
④ 关于华语语系的"三民主义"的内容,参见王德威:《华语语系的人文视野与新加坡经验》,《华文文学》2014年第3期,第13页。

的情况下坚持故国黍离之思的人;而"后遗民"指的是遗民们"无中生有"地重构"我们回不去了"的中国想象和实践。在王德威眼里,华语文学地图如此庞大,不能仅以流放和离散概括其坐标点,因此"华语语系文学"论述是一次命名的理论尝试。在他看来,华语语系文学泛指大陆以外,台港澳地区、东南亚、欧美澳等地的华人社群,以及更广义的世界各地华裔或华语使用者的言说、书写总和。

图0-5　清朝驻新加坡首位领事左秉隆题新加坡天福宫匾,"显彻幽明",1886年

其次,华语语系承接的是"文化中国"的理念,认为海外华语文学的出现,与其说是宗主国强大势力的介入,不如说是在地居民有意无意地赓续了华族文化传承的观念,延伸以华语为符号的文学创作形式。华语语系文学力图从语言出发,探讨华语写作与中国主流话语合纵连横的庞杂体系。王德威对华语文学最开始有着"Global Chinese Literature"①式的包容,这种包容在他的"华语语系"的论述中一以贯之。他反对史书美和石静远的看法,认为前者强调中国境外的华语社群,以及中国境内少数族群以汉语创作的文学,并有意以华语语系文学挑战中国大陆文学的霸权;而后者提出"语言(和政治)对立表相下,协商总是若隐若现地进行;所谓的'母语'言说和书写有成为国家文学的可能性,却也暴露其理念上的造作。"②王德威认为她们虽然高谈华语离散多元,却有意无意将中国大陆——华语语系争辩的源头——存而不论,这是抽刀断水之举。他认为华语语系研究学者如果想真正发挥这一方法的批判力,借以改变目前中国文学史封闭的范式,就必须将研

---

① Tsu, Jing and David Der-wei Wang, editors. *Global Chinese Literature: Critical Essays*. Brill Press, 2010.
② Tsu, Jing. *Sound and Script in Chinese Diaspora*, Harvard University Press, 2011. (此处译文由本文作者翻译)

究范围从海外扩大到中国本土。华语语系研究必须同时在中国文学(和领土)以内,思考华语文学背后关联的政治文化、社会文化以及情感书写,而不是站在简单的对立立场,批判中国国家、文学、语言霸权,这样将会陷入冷战思维的老路。

最后,华语语系倡导的是"多元文化"的思维方式,它旨在反映华文文学众声喧哗的历史与现状,反对独尊汉语书写,反对寻根、归根这样的单向运动轨道,从而强调"华语语系文学"根在海外的主体性。王德威认为世界各地华族子民以汉字来书写是作为族裔传承的标志。"华语语系观点的介入是扩大中国现代文学范畴的尝试。华语语系所投射的地图空间不必与现存以国家地理为基础的'中国'相抵牾,而是力求增益它的丰富性。当代批评家们扛着'边缘的政治'、'文明的冲突'、'全球语境'、'反现代性的现代性'等大旗,头头是道地进行宏大论述,却同时又对中国现代性和历史性的繁复线索和非主流形式视而不见,这难道不正是一个悖论么?"①其中的第一句"扩大中国现代文学范畴的尝试",道出了王德威"华语语系文学"最重要的价值。

结语:华语语系文学的偏见与洞见

在史书美第一篇关于"Sinophone"的论文中有一句"Xiaoshuo (fiction) has been called by the same name from time immemorial to the present day in Chinese and 'sinophone' literature",②其中将"Chinese Literature"和"Sinophone Literature"并列,这其中透露出很明显的"去中心化"的倾向。不过,就史书美的个人经历而言,她的用词虽不为中国大陆学者所喜欢,但这是她所处的环境使然,并非她刻意营造对立。高嘉谦、蔡建鑫曾这样概括史书美的"华语语系":"华语语系研究试图打破旧有的、汉人中心(Han-centric)与中国中心(China-centric)的典范,并以比较的理论观点,重新启动不同文化、

---

① 王德威:《序言:"世界中"的中国文学》,《哈佛新编中国现代文学史》,第29页。本注释采用的"引文内容"和"页码"均来自王德威所赐的"编辑定稿",在此特向王教授表示感谢。
② Shih, Shu-mei. "Global Literature and the Technologies of Recognition." *PMLA*, vol. 119, no. 1, Jan. 2004, p19.

不同族群与不同宗主国之间对话",①这或许是我们认知史书美的"华语语系"的出发点。

有学者曾指出史书美的台裔美国人身份,可以让她从一种边缘的身份去考察中国大陆和中国香港、中国台湾文学和文化的复杂的关系。② 平心而论,史书美是一位很严谨的学者,她对华语语系的研究有着自己的偏见和洞见,但她对这个学术术语的阐发和坚持是有其学术逻辑的。虽然其中有着"内涵与外延无限扩大""概念本身的混乱不清""摒弃大陆的汉语写作也是过于偏狭"的种种缺陷,③但我们还是不能否定她的努力。当单德兴问起她从事华语语系研究后被美国学术界冷落时,她曾这样描述自己的学术坚持:"我看到这个架构——不管如何定义,因为不同的人有不同的定义——能赋予一个发言的位置,说出一些学者自己的关切与立场,能从事一些很边缘化的研究主题,甚至给他们某种认同感,我就觉得非常心满意足。即使人们批评我,那也是一种奖赏,不是吗?因此那真的是非常非常值得。我必须说,自从我有关华语语系的作品出版以来,自己经历了非常非常有趣的旅程。那其实也促使我写文章继续讨论华语语系研究,因为人们一直问我问题,我所到之处人们总是问个不停。"④这足见其坚持的毅力和决心。

王德威和史书美的理论学说被马裔台湾作家和批评家奉为理论风向标,两人也对马华文学及马华历史特别感兴趣,他们评论的对象包括李永平、张贵兴、黄锦树的小说,陈大为的诗歌,钟怡雯的散文,还有张锦忠、林建国的文学批评,李有成、李永平、胡金伦的文学编辑活动,等等。值得指出的是,除了英文翻译的用词差异、个人学术背景的理论差异之外,有时马裔学者的一些

---

① 蔡建鑫、高嘉谦:《多元面向的华语语系文学观察——关于〈华语语系文学与文化〉专辑》,《中国现代文学》第 22 期,第 2 页。
② Donald, Stephanie. "*Visuality and Identity: Sinophone Articulations across the Pacific by Shu-mei Shih.*" The China Journal, no. 60. Jan. 2008, p216. Shih's identity as a Taiwanese American, one who eludes and celebrates the hyphen, allows her glance to fall on the Hong Kong-Mainland relationship as much as on the multiple textual conversations and stand-offs that occur between Chinese Americans and the Chinese state and homelands on the other side of the Pacific.
③ 刘大先:《"华语语系文学"的虚拟建构》,《文艺报》2016 年 1 月 22 日第 1 版。
④ 单德兴:《华语语系研究及其他:史书美访谈录》,《中山人文学报》(新北)总第 40 期 2016 年 1 月,第 9 页。

言行的播散作用,也使得两位汉学家被大陆学界误解。如最新出版的《华夷风:华语语系文学读本》①中,其选入的三十一篇作品努力显示各区域华文文学与中国大陆文学对话的关系,其中入选了韩少功、马建、阿来、杨显惠、刘慈欣、李娟六位大陆作家作品,而入选作品中的《亮出你的舌苔或空空荡荡》是当年引起《人民文学》杂志社被要求集体检讨的作品,②杨显惠的《夹边沟记事》在2010年被改编成电影《夹边沟》,这部电影在中国大陆被禁演,这些都让王德威处于很不利的境地。再如张锦忠曾这样谈到过华语语系文学的范围:"尽管中国学界早已以'华文文学'称之,中国既以'海外'或'世界'的空泛空间概念将'华文文学''包括在外',另一方面又将之'包括在内',收编之为'台港澳及海外华文文学',在中国境内建制化这方面的研究,或收编入中国文学典律,最近的例子为《中国新诗百年大典》。职是之故,王德威与史书美等人提倡华语语系文学概念,实有其必要,也契合此历史时机。"③从这段话中,我们可以看出其中将"中国大陆"排斥到外的倾向是非常明显的。换言之,"包括在外"没有问题,但如果说"台港澳文学"是被"收编"恐怕不妥,毕竟"一个中国"的意旨,就是包括台港澳,况且港、澳地区早已回归祖国,这些都是深受文化台独影响的学者必须面对的。史书美也面临着类似的问题,她的一些重要论文,只要经过某些台湾学者或者学术后辈的翻译,就立刻变得很具有政治攻击性,其论述中的"去中心化"努力,一下子就有了"去中国化"的嫌疑。

王德威曾经提醒学界要注意"宅兹中国"和"从周边看中国"这两个观点的互补和对话关系,他这个观点来自葛兆光的说法:"我们对于中国的自我认识,不仅要走出'以中国为天下中心自我想象'的时代,也要走出'仅仅依靠西方一面镜子来观看中国'的时代,学会从周边各种不同文化体的立场和视角,

---

① 王德威、高嘉谦、胡金伦:《华夷风:华语语系文学读本》,台北:联经出版事业股份有限公司2016年版。
② 1987年2月20日,新华社报道,国家民族事务委员会、中国作家协会就"发表丑化藏族同胞小说造成恶劣影响"一事《人民文学》1987年1、2期合刊发表马原描写藏族风情的小说《亮出你的舌苔或空空荡荡》引起事端,责成《人民文学》编辑部做公开检查,《人民文学》主编刘心武停职检查。当年9月,刘心武恢复《人民文学》主编职务。
③ 张锦忠:《前言:哇赛,那风万里卷潮来("华语语系文学论述"专号前言)》,《中山大学学报》(新北),2013年7月第25卷,第viii页。

在这些不同的多面的镜子中,重新思考中国。"①史书美跟笔者谈到她能接受王德威的"包括在外"的时候,她说:"可以接受,因为我的定义原本就有策略性的模糊。但是,我们更应该关注的问题是,华语语系的概念能做什么,而不是它的定义是什么。"②结合王德威与"三民主义"、葛兆光、史书美和后殖民主义、新清史,透过这些错综复杂的理论杂糅,我们似乎能够找到华语语系研究的方向,那就是对中国/周边、普通话/各种华语的关系进行更加历史化、多元化的思考,只有这样才能摆脱非此即彼的单一思维。而我们重审华语语系的理论源头和批评方法,最大的意义就是我们学习和理解另外一种观看中国文学的方式,它可能不是一种四平八稳、面面俱到的理论,但绝对是一种片面而深刻的批评方式。

---

① 葛兆光:《从周边看中国》,《中华读书报》2010 年 6 月 9 日,第 10 版。
② 摘自史书美与笔者的 2016 年 11 月 10 日的电邮,在此感谢史书美教授接受笔者的电邮访谈。

第一章 战争文化、南下文人与新加坡华文文学(1937—1965)

新马文学是海外华人文学中成就最大的一支,从百余年的发展历史进程来看,特别是从十九世纪末新马文学诞生,到1960年代中期新马分别成为独立国家这个历史时期,中国现代知识分子南来新马(简称"南下文人")的文学影响,近代中国民族革命思潮影响下形成的战争文化心理,无疑是对新马现代文学影响最大的中国因素。

新马两地文学史研究界,对南下文人的研究起步很早,代表著作有林万菁《中国作家在新加坡及其影响(1927—1948)》(1978)、郭惠芬《中国南来作者与新马华文文学:1919—1949》(1999)。不过,随着新马两国的先后独立,新马研究界为了彰显自己本土文学史的构成,而更关注本土文艺的文学史起源。在新马文学研究史上,本土文学的起点被杨松年提前到了1925年,他以1927年《荒岛》创刊、1929年《南洋商报》创刊,并且以丘士珍[①]中篇小说《峇峇与娘惹》、林参天[②]长篇小说《浓烟》的问世为本土文学诞生的重要标志。值得指出的是,杨松年的观点过于保守,其实丘士珍、林参天都来自中国,属于南下文人的创作群体,文学题材的本土化只是作家创作取材的选择,是作家现实主义创作精神的体现,并不能太执拗于其是否是新马本土文学的起源和代表。南下文人参与了新马华文文学的构成,这是个不争的文学事实。这一

[①] 丘士珍(1905—1993),原名丘天,又名家珍,曾用笔名废名,福建龙岩人。少时与同乡马宁(1909—2001)、丘絮絮(1909—1967)(这两位后来都以南下文人的身份活动于新马一带),师从龙岩名士苏庆云、游雪,受其新文化思想影响。在厦门福建印书馆创办进步刊物,不久受到国民党政府通缉,被迫南下新加坡。1949年返回中国,定居福建龙岩。

[②] 林参天(1904—1972),原籍浙江丽水,原名鹤亭,笔名林莽,1929年南来,1930年开始给《瀑布》《野葩》等刊物写稿,且是1932年创刊的《星洲日报·文艺周刊》的基本作者之一。当时发表作品有《隐痛》(独幕剧)、《金标》(独幕剧)等。1936年出版长篇小说《浓烟》,为新马文学史上第一部长篇小说。1937年完成《热瘴》,可惜出版困难,1961年才出版,这两部为马华文学重要作品。其他作品还有《头家和苦力》(1951)、短篇小说集《余哀》(1960)。他曾任吉隆坡培才小学校长,1972年病逝于吉隆坡。

点,就算执着于本土化的本土研究者也不得不承认:"自紧急法令后,取材中国的作品虽然不再出现,但是在表达此时此地的路向上,《在延安文艺座谈会上的讲话》仍旧是挥不散的影子。许多文艺著作的内容虽说是针对本地现实,不过基调仍是'文艺服务工农',对照'延安讲话'及反殖时期本地论著,可见十分明显的痕迹。"[①]就文学创作主体而言,真正的新马华文作家应该从1950年代开始,归化后的南下文人和本地出生的作家开始发表作品,并且慢慢成为新华文学的主流。总体而言,马华文学由这两个创作群体构成。

一、战争文化的概念及"二战"前五年的马华文学

毋庸讳言,早期马华文学的发生和发展完全受中国文学的影响,马华文学左翼思潮的背景大体来源于中国左翼文学。1931年的"九一八"事变对马华社会是一个很大的冲击,南下文人在马来亚这块华人聚居地用文艺的形式

图1-1 蔡史君 编修《新马华人抗日史料(1937—1945)》,新加坡:文史出版私人有限公司 1984年版

---

① 詹道玉:《战后初期的新加坡华文戏剧(1945—1959)》,新加坡:新加坡国立大学中文系、八方文化企业公司 2001年版,第39页。

呼应和支援着中国国内的抗日救亡活动,这个时期南下文人包括林参天、陈如旧、丘康、铁抗、王哥空、李润湖、吴天、文翔、英浪、孟尝等人。从1937年7月7日的"卢沟桥事变"发生到1942年2月15日的马来亚(马来西亚独立前的通称)沦陷,马华文学开始进入活跃期,大批南下文人负起宣传抗日的历史责任,直接参与和领导着马华文艺,如郁达夫、金丁、张一倩、巴人、杨骚、陈残云、上官豸等人,可谓群英汇聚,马华文学的创作水准也提高了一大截,而且,在殖民政府的默许下,在相对比较自由的环境中,文学问题、社会学问题及哲学问题都在被热烈地讨论。这个时期是南下文人最活跃的时期,也是战前马华文学取得最辉煌成绩的时期。林锦归纳战前五年新马文学理论成就:

> 在战前,新马华人非常关心中国的兴衰和人民的安危。中国的局势有什么改变,他们立刻作出反应。"七七"事件发生,全面抗战开始后,新马华人各界各阶层都卷入抗日救亡的狂潮。他们展开了各种各样的救亡活动,如筹款助赈、抵制日货、实行罢工、回国服务、宣传救亡等等。
>
> 在这样的一个大时代,中国危在旦夕,促使新马的文艺作者,紧紧地结合在一起,用他们的笔尖,支持着抗日救亡的大业。抗战文艺运动随即如火如荼地展开,在理论创作,戏剧表演等方面,都呈现了百花齐放的局面,尤其是文学理论,更是空前繁荣。
>
> 这时期的副刊编者和文艺作者,认真地对待文学这种宣传武器,游戏文字、灰黄作品销声匿迹,个人的牢骚,游客的愁思,也很少出现。他们关心的,是文学如何发挥最高的救亡力量,他们所写的,是如何推动新马的文运,使它配合抗日救亡的目标。①

"抗日救亡""文学这种宣传武器""救亡活动"等词,都是我们要讨论的"战争文化"的重要体现。李泽厚认为"五四时期启蒙与救亡并行不悖相得益彰的局面并没有延续多久,时代的危亡局势和剧烈的现实斗争,迫使政治救

---

① 林锦:《战前五年新马文学理论研究(1937—1941)》,新加坡:同安会馆1992年版,第234页。

亡的主题又一次全面压倒了思想启蒙的主题"①,"现实斗争任务要求马克思主义中国化,和在各种方面(包括文化与文艺领域)强调民族形式的形势之下。所以,无论是北伐初期或抗战初期的民主启蒙之类的运动,就都未能持久,而很快被以农民战争为主体的革命要求和现实斗争所掩盖和淹没了"。②陈思和《文学观念中的战争文化心理——当代文化与文学论纲之一》曾经归纳中国当代文学中战争文化心理的三个特征:"明确的目的性和功利性,文学宣传职能与文学真实性的冲突""二分法思维习惯被滥用,文学制作出现各种雷同化的模式"和"英雄主义和乐观主义基调的确立,社会主义悲剧被取消"。③ 这些战争文化心理的论述中谈及的文学功利性、二分法思维和革命乐观主义也是新马文学中战争文化心理的重要特征。

在这里,战前马华文学时间的跨度仅限在1937到1942年之间,主要作家包括王君实④、胡愈之⑤、铁抗⑥、张天白⑦、流冰⑧、老蕾⑨、叶尼⑩、

---

① 李泽厚:《启蒙与救亡的双重变奏》,《中国现代文学思想史论》,上海:东方出版中心1987年版,第32页。
② 李泽厚:《启蒙与救亡的双重变奏》,《中国现代文学思想史论》,上海:东方出版中心1987年版,第35页。
③ 陈思和:《文学观念中的战争文化心理——当代文化与文学论纲之一》,《鸡鸣风雨》,上海:学林出版社1994年版,第3—28页。
④ 王君实(1918—1942),原名王惠凤,祖籍广东澄海,笔名有王修惠、王乐怡、蓝田玉、白登道、横光、陈清浓、朱丽叶等,广东中山大学肄业,1938年南来,活跃于新马文坛。1942年日军检证时期,坠楼自杀,年仅24岁。
⑤ 胡愈之(1896—1986),原名学愚,祖籍浙江上虞,1941年12月应聘来星主持《南洋商报》,一直到1942年新加坡沦陷避难于苏门答腊岛。战后返星办报,再度撰写政论,直至1948年3月经香港返回中国。
⑥ 铁抗(1913—1942),原名郑卓群,笔名铁亢、明珠、君羊、金铁皆鸣、金鉴、金箭、里纯,祖籍广东潮阳。1936年冬南来新马,加入本地文艺行列。1942年2月,星洲沦陷,死于检证,时仅29岁。
⑦ 张天白(1902—?),笔名晓光、马达、太阳、炎炎、东方生、丘康、丘幸之、杨明等,祖籍广东梅县,1930年南来,开始在星洲、槟城各报副刊撰稿,一度任槟城新报编辑。1934年前后,定居吉隆坡,先后在国民公学、华侨中学等校,写作愈勤。1938年曾接编吉隆坡马华日报的《前哨》副刊,战后返华,定居广州,其后情况不详。
⑧ 流冰(1914—1987),原名孙孺,笔名夏风、逊如,祖籍广东兴宁,出生于新加坡,1929年毕业于广东梅县县立中学,1932年前后出现于星马文坛,曾在加影、马六甲等地教书,并从事戏剧工作,1933年底离星返华,曾参加过中国诗歌会的活动,与王亚平、聂绀弩、叶紫等作家都有来往,1935年赴日留学,不久离日返马,1940年底离马返华。
⑨ 老蕾(1915—?),本名许清昌,笔名许凤、佛特、欧阳之青、罗汉明等,祖籍福建永春。1937年肄业于厦门大学,南来在学校任教,同时活跃于新马文坛,1975年退休,晚年定居新加坡。
⑩ 叶尼(1913—1989),原名洪为济,笔名高犀、丹枫、吴天、天、田、马蒙、方君逸等,原籍江苏扬州。早期在上海学美术,后来赴日本留学研究演剧,1936年南来,在马来亚芙蓉某中学执教,(转下页)

金丁①、白荻②、李润湖③、流浪④等人。很多作家来自中国,并与中国文坛颇有渊源。如王君实"在上海的期间,他似乎参加过中国诗歌会的活动,和王亚平等人混得很熟(见《从街头诗歌谈起》);二,除了中国诗歌会之外,其他一些文艺领域的工作,他似乎也是一个参与者,和聂绀弩、叶紫诸人都有来往"。⑤叶尼曾与田汉相识:"田汉的态度是很沉默的,他平静的语调说明了他是一个学者,并不如我们所想象的那样活泼,英雄。长脸,下颚微微突出,眼睛是聪慧的,上面盖着两笔清秀的眉毛。这就尽够描画出他的一切了。他穿一身藏青色西装,与一切平常的人一样,领前系一条黑色的领带,是那样文雅,富有书生气概。会散后,他微微点了点头便在掌声中走下来了。"⑥金丁与中国抗战时期的一些人物,如林伯修、钱亦石都有交情,⑦更不用说与郁达夫、胡愈

(接上页)10月间为该校学生戏剧演出编写了一个独幕剧《南岛风光》(后改名《赤道小景》),是他南来后的第一个剧本。1937年春,移居新加坡,一度任《星洲日报》翻译。这期间在《晨星》发表了许多散文和报告文学。星洲业余话剧社成立后,任该社编导,并编写了他的第二个剧本《伤病医院》,为本地最早演出的救亡戏剧之一。1937年冬,接编《星中日报》的《星火》副刊,1938年中离职。其后积极地参与话剧活动,同时,也为马康人主编的《南洋周刊》大量撰稿,1939年1月离星返沪。

① 汪金丁(1910—1998),原名汪林钰,笔名金丁,祖籍北京。在北京、上海参加过近七年的文艺活动,1931年5月第一次去上海,年底返回北平,加入北平左翼作家联盟,1932年9月二次去上海,参加中国左联,为创作委员会执委,与鲁迅、周扬、丁玲、艾思奇交往。1937年南来新马,在本地中学任教,1938年初开始在《狮声》《晨星》《星火》等副刊撰稿,1938年7月曾任教于南洋女子中学。新加坡沦陷期间,金丁随郁达夫、胡愈之、巴人、王纪元等人避难苏岛,战后返新,也写了一些作品,但兴趣转向印尼文学研究,1949年经香港回中国,从事教育工作。
② 白荻(1915—1961),原名黄科梅,或署黄莺、瓤儿、白琳、萧苓、楼雨桐、香雪海、胡图、田家瑾等,祖籍广东揭阳。1930年南来星洲,年仅16岁。翌年即开始写作,结识当地文化界先进。1935年到1936年,与吴广川、辛斧夫、石灵、吴静邦等创建新野社,1936年底进《新国民日报》工作,1938年冬,继吴广川之后主编《新国民报》的《文艺》周刊,1939年,与李蕴朗、桃木、刘思等成立诗歌团体吼社,借星洲、南洋、总汇、新国民等四家报章的副刊篇幅轮流出版"吼社诗歌专页"。战后继续在报界工作,1952年9月到1957年8月主持《新报》,并长期兼编新报的副刊《新园》,1960年初创办民报,1961年逝世。
③ 李润湖(1913—1948),笔名陈建、林曼、华尼、英英、建汾、邓匡君、柳红玉、陆幼琴、梅颂明、文淑娟、庞曼坚、江上三郎、欧阳寒吟、尉迟华非、陈玉琼、严韦豪、宋千金等,祖籍广东潮安。1934年前后出现在新马文坛,在南洋商报《狮声》《展望台》各版撰写散文。1936年底进《新国民日报》工作,先后主编《新路》《新光》等副刊。战后,继续在报界服务,先后担任多家报社的外勤记者,1948年初病逝星洲,年仅35岁。
④ 流浪(?—1942),原名刘道南,原籍湖南,1935年定居星马,发表文学作品,日治时期病逝苏门答腊岛。
⑤ 方修:《前言》,方修编:《流冰作品选》,新加坡:万里书局1979年版,第2页。
⑥ 叶尼:《田汉素描》,方修编:《叶尼作品选》,新加坡:万里书局1980年版,第96页。
⑦ 金丁:《抗战中的钱亦石(1938)》,方修编:《金丁作品选》,新加坡:万里书局1979年版,第119页。

之、巴人等人私交甚好,他的回忆文章《郁达夫的最后》为考证郁达夫后期的生活提供了重要的材料。① 战前来新马的南下文人的创作有如下的特点:

第一点是他们对中国的想念与回忆,其中也包括对国内抗战活动的描述。如王君实的《木棉》(1939)回忆自己在广州沦陷时所见汉奸的所作所为,还有《水、面包、子弹——记第三连》(1938),讲述的是自己参加第十一战地服务队,巡视到徐州一带:"在壕堑,在营帐,每处,一个个健康的人荷枪伫立,一堆土丘,一堆草盖,都巧妙地利用着作伪装的遮蔽。那枪,正紧紧瞄准敌人,不浪费,果敢,试验着他的力量。六年来,潜在内心的愤慨都激起来了,生命的活力一下子发酵了,一声不作,方寸的镇定,使他们感到格外的欣悦。在前线的岗位上,象一个壁立不可摇撼的山峰,不可越过的山峰。"②这些作家对中国的回忆带有很大程度的创伤色彩,如金丁《谁说我们年纪小》(1938)类似都德的《最后一课》,杨小宝到学校后,听老师说起上海沦陷的事情,其中关于日军暴行的描写,在某种意义上来说,也在向南洋群众宣传和介绍着中国的抗战:"可是城里的中国人几乎逃光了。逃不了的,凡是女人就都被掳了去;谁都晓得掳走以后将会遇到怎样惨酷的不幸。男的,被那些日本兵从喉里灌了煤油,活活地烧死了,活活地把从胸部以下的身体埋到土里,于是头和肩膀被太阳晒焦了、晒烂了;而那些被缚在树干上的,脖子上插着刺刀,刺刀一直穿到了树干上。城北门的门楼上,钉着许多裸体的女尸;沿街电杆上挂着许多人头,乌鸦把那些人头的眼睛完全吃光了。几时能够把这一切侮辱完全洗净?几时能攻进城里去?据说政府方面派来的援兵就开到了。……然而他那为自己所爱恋着的家乡,现在却被敌人的炮火毁坏了,父母没有了,妻子没有了,他什么都没有了,他为什么要活呢?阿黄实在是懂得的,他不只为他自己,为他自己的父母妻子。想到在自己国土里另外一些地方所忍受的劫难,想到许多人也都是要活,他明白自己生活的意义了。"金丁的《侵略主义往何处去?》(1938)为南洋民众分析中国抗战局势:"究竟日本能不能并吞中国呢?

---

① 金丁:《郁达夫的最后》,方修编:《金丁作品选》,新加坡:万里书局1979年版,第126—137页。
② 王君实:《水、面包、子弹——记第三连》,方修、叶冠复合编:《王君实选集》,新加坡:万里书局1979年版,第36—37页。

即使把中国真的并吞了,日本是不是能够消化呢,这两个问题,在今年来曾经使日本财阀感到难以摆脱的苦闷。一八九四年到一八九五年间的中日战争,日本全体参战的人数,不过二十六万左右,战费总额只有二万零四十万万,而战争的结果,不但使日本得到了二万三千一百五十万的赔款,并且有了台湾等地。那么借口东村大尉的被杀,而进占了东北四省的结果,究竟有了什么成绩呢?不要说一切'移植''开发''经营'等等伟大的计划,到今日都已成为过眼云烟,即日本军力是否能够长远地'保护'满洲国,也都是很成问题的。……七七事件以后,日本驻满军队的数目,我们虽然尚不确知,但是估计当有七七事件以前的两倍。但这也正是日寇的最大苦恼。对于一切占领区域,如果不增调大兵,日军一定会遭致很快的失败,但如果是增兵久驻,那又一定是要加重了财阀的负担。这是一个'两难'的问题。"①这篇文章大胆地预测:"谁能拯救日本呢?日本军阀,只能使日本崩溃!"

  第二点是对马来亚本土抗日活动的关注。最具代表性的是乳婴②《八九百人》(1938)描写的是新马一带华族群众对日本商人的"不合作运动",作品中八九百人华人矿工拒绝替日本人经营的铁矿做工,集体提出辞职。上官豸《非英雄史略》(1939)讲述了国军战士李四、李五两兄弟逃到南洋,之后李四因伤亡故,李五北返中国抗日。李蕴郎《转变》(1939)讲述的是张财伯辛苦一辈子顶了一家咖啡店,他不关心中国抗战形式,认为中国人与日本人打起来不关他的事情。他去领取营业执照的时候被殖民官员刁难,最终体会到祖国不强,在海外永远被人瞧不起。

  第三点是南来文人在马保持着对中国时局的关心,加强着文艺宣传的力度。早在二十世纪伊始,南洋华侨先后于1905、1908年发起了反对美国和日本的抵制运动。1905年南洋华侨强烈抗议美国的排华行径,在上海,一位华侨自杀于美国领事馆门前以示抗议,而美国在新加坡的贸易也陷于停滞。面对如此高涨的民族主义情绪,新加坡的华侨领袖评论说,民族主义成功地激

---

① 金丁:《侵略主义往何处去?》,方修编:《金丁作品选》,新加坡:万里书局1979年版,第95—96页。
② 乳婴(1912—1988),本名陈树英,苏州人,另有笔名金枝芒、殷枝阳、周容、周力,1937年7月南来新加坡,著有长篇小说《饥饿》(1960,署名夏阳)和《烽火牙拉顶》(2011,遗著)。

起了中国民主主义潜在势力的义愤,是中华民族精神觉醒的有力证明。① 到了二十世纪三十年代,特别是卢沟桥事变后,英殖民者对马来亚华人支援中国抗日的行为进行压制,1937年7月23日,英属马来殖民政府以马来民政长官名义发表声明:"居留之日华人士不得采取诸如威胁境内和平之行动,并不许有组织性的筹集资金以汇寄日华两国作为军事用途。"故此南洋华侨的抗战救国筹赈活动,往往以救济难民的名义进行。② 关心中国时局的描写在文学作品中多有反映,在小说创作方面,如王君实《海岸线》(1937),其中"萧苇赶上来,他看出我的异样,问道:'你怎样了?''我支持不住。中国要灭亡了。''不要兴奋,忍住些。''不,不。这个兴奋不是容易发生的'",表达着作者对中国抗战时局的关心。《手》(1938)讲的是一群爱国青年组织战地服务团,增援台儿庄战役的经过。在文学批评的主要倾向方面,如王君实《抗战文学与批评》(1938):"南洋虽不是中国的地方,但,南洋的华侨都没有忘掉是中国人,而且,国内的潮流是一贯的提携华侨的,祖国在抗战,我们亦感同身受的认识在战时,如果中国抗战失败,而南洋却连一点战事的波及也没有,难道华侨能够不震惕我们国家的危机吗?笔者深信,若有正确的认识,和严肃的工作,不但没有阻碍的危机,没有不正确的倾向;而且是救亡运动的一个必要发展",③其中对中国抗战现实的关怀溢于言表。还有话剧创作,如流冰的话剧剧本《云翳》中对当时南洋商人的爱国行为的描写,旧铁店的陈维全老板和店里书记黄启明之间的对话就谈及抗战中个人自觉爱国的重要性。另外,他的《两件衬衫》(1937)批判矛头直指在南洋卖日本衬衫的商人。叶尼的话剧《没有男子的戏剧》(1939),讲述的是一所女子中学里发生的事情,女学生吴秀华、张凤英和朋友们组成战地服务团赴中国参加抗战。

在关心中国时局的同时,很多作家也关注着英殖民政府的作为。流冰在

---

① 彭波生(Png Poh Seng):《1912—1941年间马来亚的国民党》,《南洋学报》第2卷第1号(1961年3月),第4—5页。
② 参见杨建成主编:《南洋华侨抗日救国运动始末:1937—1943》,台北:中华学术院南洋研究所1983年版,第34页。
③ 王君实:《抗战文学与批评》,方修、叶冠复合编:《王君实选集》,新加坡:万里书局1979年版,第132—133页。

《望政府相信民众》(1937)中指出:"'民主政治'对政府是绝对有利的,又能加强作战力量,巩固国防。惟有在真正的民主政治之下,战时的集权组织才不致于被敌人离间动摇;惟有在政府与人民溶成一片的时候,才能给敌人以重大的打击。自抗战以来,国内汉奸多如过江之鲫,到处破坏我们的阵线,动摇我们的组织,这就是没有做到开放民众运动,组织民众的缘故;因为这些汉奸,惟有人民大众自身组织起来,才会消灭的。再说,近来星洲有新客满街走的现象,这也是政府没有打算把民众组织起来的结果。这些身强力壮的民众,没有群众,没有训练,没有武器,他们虽要为国效力,也没有办法。在他们的家乡受到威逼或被蹂躏时,当然只好到外洋来找寻安全的生活",呼吁政府要"相信民众,了解民众,并且了解民众的组织力量才是抗战中最大的主力军!"①白荻在《一九四〇年的马来亚华人》(1941)中介绍马来亚二百三十余万华人的筹赈和济英工作,为那段历史保留下了珍贵史料:"一年来,在南侨总会领导之下,全马各区筹赈会的工作,如常进行。全马义捐,据总会的统计,自本年一月至九月,约近叻币五百万元,成绩不可谓不佳。华人义捐,除常月捐和特别捐之外,还有寒衣捐,难童捐,药物捐,伤病之友捐,七七纪念章捐,每种成绩均极优异;而劝募卡车,一呼百辆立集,尤为可佩。今年中,还有三件事,值得大书特书。第一,新中国剧团,八月间出巡全马义演。……仅有柔佛属、马六甲、森美兰、雪兰莪四地,为时五月,成绩已达叻币八十万零八百余元。……第二,海外部长吴铁城,奉蒋委座令,南来宣慰侨胞,敦睦邦交,于菲岛荷印公华,上月十四日抵星,稍事逗留后,即出发全马宣慰。行旌所至,同侨除热烈欢迎外,并献金报国,借表敬慰之意。截至现在止,可达国币八百余万元,如今还在继续进行中。"②

第四点是延续国民性批判的五四新文学的启蒙主题。李润湖的《"趋热"记》(1934):"据说华人最善'趋热'的。不论那里有些骚动,猫亦来狗亦来猪哥牛弟亦来,大家围在一起,瞪眼相顾;若问他们在看什么,大家都觉得茫然

---

① 流冰:《望政府相信民众》,方修编:《流冰作品选》,新加坡:万里书局1979年版,第142页。
② 白荻:《一九四〇年的马来亚华人》,方修编:《白荻作品选》,新加坡:万里书局1979年版,第65—66页。

不知所答。记得在一个晚上,行经某路,见一大群人围得团团圆,大家你看我我看他,究其实里面不过一老妇在牵挽一啼哭着的小孩,但大家却以为那是一幕'夫妻相骂'的'趣剧',不看,死难瞑目。忽然一顽皮朋友高喊'马打'来了,大家即一哄而散;那里依然老妇在发气,小孩子在撒野,'马打'却不见来。再如偶然听到救火车当当的奔驰过去,大家都不察那是救火局长电召练操,或真的何处发生火警,都匆匆的尾随,有的还花数占搭上电车或坐脚踏车直追(!),各抱着观'火'是顶好的玩意儿的'盛意'!……这'趋热'在南侨社会中一年年的继续着,我觉得是很可悲的现象!除非南侨文化提高而使普遍化,这'趋势'定无一日或休!"①铁抗的《敬告堕落的朋友和帮闲的文人》(1939)警告当时南洋的华人要积极响应救国的号召:"不知救国为何物,而专门玩女人的男子,社会上应予扬弃,而那些帮闲的无聊文人,当然也不能例外。海外华侨救亡工作的坚强堡垒,是不容有这种毒菌的传入与流布,有这毒菌存在,直接间接都予整个救亡阵线莫大影响。我希望以后一般只会写几句诗填几阕词的人们,当你们摇起笔杆的时候,必须握住'抗战第一'的前提,不妨重复地将岳武穆的满江红'怒发冲冠'去写写,千万不要在这些过着活地狱的歌女身上找主题,帮花花公子玩女人的忙,现在已不是那个时代呀!"②他的短篇小说《白蚁》(1939)讲述南洋抗战那些发国难财的商人和政客,一个是萧思义,把陕西说成山西,把延安说成廷安,其中的影射是相当明显的;一个是王九圣,编着一本《马华救亡领袖录》,一心想从牙兰加地筹赈分会主席萧伯益那里骗到所谓的出版费;还有一个是从中国来的号称"铁军甲等团长"的林德明,在马来亚半岛,从南到北地行骗,让爱国人士给他出回国参军路费,实际上是拿着这些钱打牌、包姘头,一边在那里说着"我不杀死一万个鬼子,决不姓林"的大话,一边"却想起麻坡,麻坡老姘头阿雪。……对,拿了钱再说。到这里来不到二天,一百块;二天后到另一个小州府去,说不定又是一百块。一百块,一百块,一百块……一千!港币二千,国币四千!带阿雪回去广

---

① 李润湖:《"趋热"记》,方修编:《李润湖作品选》,新加坡:上海书局1980年版,第1、6页。
② 铁抗:《敬告堕落的朋友和帮闲的文人》,方修编:《铁抗作品选》,新加坡:万里书局1979年版,第22—23页。

西,开店,做小老板,大老板,发财,做官……"。小说颇似中国1930年代讽刺作家张天翼的风格,铁抗也承认受过鲁迅杂文、张天翼小说的影响,他认为"抗战发动以来,一方面,高楼巍峨烟尘十里的大都会流进了各种各色的人群,在国内失去了欺骗和榨取机会的一些'绅棍'之流,以纯熟的伎俩在热带的通都大会跳跃,继续进行欺骗良善人们的工作,或混进文化界,衣冠禽兽地居然以文化的传播者自居。另一方面,一部分中国侨生们继续坚持着他们的生活态度,而跃进较高的阶层中去的又日渐腐恶。这一批炎黄胄裔,有的能以某种势力或'关系'妨害写家向他们进攻的勇气,有的则不乐于接受正面的检讨,所以与其对他们的心理和行为正面的进步,就不如采由讽刺为愈"。①

第五点就是作家笔端的人道主义精神。李润湖《峇六甲桥之夜》(1934):"夜的黑幕展开了,桥的四端直立的电灯明燃了,整天劳碌的他们渐渐地陆续地来这里集合攀谈,解解劳碌的辛苦,在晶莹清亮的电灯光下,个个面呈枯槁的神色,身体似很沉重疲乏的要移动着,显示他们的奔劳的艰苦;忧暗的面庞又似挂着一丝微微的苦笑纹,显示他们得着闲息的欣慰。十数个顽皮的小孩,在桥面的中央画了几个圆形或方形的白粉圈,跳跃着,追逐着,嘻嘻哈哈表现他们的天真,黄金时代的骄子,他们不知道这人间有悲哀,有罪恶!……新加坡是东方的一个大都会,大都会里的夜生活是神秘的,繁杂的。我所写的这峇六甲桥之夜不过是'沧海之一粟',代表一小小的角落的夜生活而已。"②流冰的《阿英》(1939)中的少女阿英和恋人穷剪发匠离家出走,乡间的流言蜚语让她的父母不堪重负,母亲最终疯掉了。老蕾的小说也极具人道主义情怀,如《小七子的新皮鞋》(1936)讲述的是母亲为取得给儿子买新皮鞋的钱,而被少爷性骚扰的故事。《妻》(1937)里面阿良嫂一直搞不清楚为什么丈夫突然对自己冷淡,直到有一天晚上她发现丈夫溜进隔壁阿屈嫂家中才明了原因。《重逢》(1939)是老蕾最好的短篇小说,小说中科炽被钱秀英的未婚夫借机开除,被迫离开南洋回中国参加抗战,钱秀英也偷偷回国当了一名护士,在一次诊治伤员的时候,两人相遇了。《弃家者》(1940)讲述的是"我"在一次

---

① 铁抗:《谈讽刺》,方修编:《铁抗作品选》,新加坡:万里书局1979年版,第111页。
② 李润湖:《峇六甲桥之夜》,方修编:《李润湖作品选》,新加坡:上海书局1980年版,第8页。

偶然的机会,深夜误入农家,遇见了阿婶,在交谈中,发现回国参加抗战活动的机工林阿狗就是阿婶的儿子。老蕾还实践过象征体的小说,也不脱人道主义的底色,如《未完的故事》(1938)中那位被"一个青脸獠牙的恶魔"抢走的"北方小姑娘",其实喻指的是被日本占领的中国北方地区。

  沦陷时期,整个新马地区除了抗日军方面出版的,一般市民不容易接触到的地下抗日文学之外,"就只能够有这一点点出现于一些落水文人所办的报纸副刊的某一个角度里的奴隶文学而已。……不过,这一类奴隶文学的出现也是寥寥无几,可遇不可求。在副刊上出现的大部分文字还是一些旧式文人的消闲杂俎,诸如诗话、掌故之类的东西,不看也罢。"①白色恐怖统治,加上文学创作群体的解散,使得新马文学进入创作低潮。另外,马共及其宣传系统曾经出版过大量的油印报纸,这些报章上的一些文字信息也值得我们去关注。总之,就文学史研究而言,这个时期的文学史是一个亟待整理和研究的空白,期待将来有新的研究成果问世。

二、冷战格局下左翼与第三势力文学的发展

  陈思和曾经这样描述中华人民共和国成立前的战争文化对建国初期的影响,他认为"从历史发展来看,战争对社会生活的影响要比人们所估计的长久得多,也深远得多。当带着满身硝烟的人们从事和平建设事业以后,文化心理上依然保留着战争时代的痕迹:实用理性与狂热的非理性的奇特结合,民族主义情绪的高度发扬,对外来文化的本能排斥,以及因战争的胜利而陶醉于军事生活、把战时军队生活方式视作最完美的理想境界等等,这种种文化特征在战后的短短几年中不可能得到根本性的改变",②但这个观点并不适合二战后新马文学的发展特征。主要原因是二战后,新马华人族群很快被卷入重返马来亚的英殖民者、享受抗日胜利的马共两股政治势力斗

---

① 方修:《文学·报刊·生活》,新加坡:仙人掌出版社 1987 年版,第 57 页。
② 陈思和:《文学观念中的战争文化心理——当代文化与文学论纲之一》,《鸡鸣风雨》,上海:学林出版社 1994 年版,第 9 页。

争之中,加上马来族群战后兴起的民族意识、华人精英与草根阶层的分裂,都使得马华文艺界所处的政治环境远远复杂于同时期中国大陆和中国台湾两地的文学生态,这种情况一直延续到1965年新加坡建国,甚至更长一些时间。

在抗战时期,新马华人还是认同中国是自己的祖国,祖国有难,国民自是要奋起支持。这一时期,除了筹募助赈、抵制日货、实行罢工、文艺宣传之外,还有大批新马侨胞回国服务,仅抗战爆发的前两年,就有千人之上的青年侨胞或投往陕北抗日大学与陕北公学,或奔赴各战场参加抗日救亡工作。① 二战结束之后,随着世界范围的反殖民地斗争潮流的涌起,再加上抗战时期新马社会国家意识的形成发展,新马之地洋溢起越来越浓厚的本土认同,崔贵强认为,二战前后马来亚华人社会政治认同的变化可分为三个时期:第一个时期自1945年至1949年,大多数的华人心属中国,只有少数受英文教育的华人能认同当地马来亚政治情况而领导华人参与建国;第二个时期为1950年到1955年,因新中国的建立,世界上形成了冷战格局,英殖民者在马来亚大举清除马共的军事斗争,开始有部分华人参与争取当地公民权、政权的种种努力,但大部分的华人还是囿于传统习惯而对政治选举表示冷淡,未能主动争取参加全国普选;第三个时期为1956—1959年及其后的年代,特别是马来亚联合邦独立之后,华人公民权与参政权问题,已经基本解决,绝大多数华人认同马来亚。不过作为马来亚地区的重要政治势力,在实际的政治与经济权力的分配、政权控制在语文教育问题与土著民族特权等问题的实践上,争议仍然很多。② 而李恩涵更直接地道明:"东南亚各国的华人或华裔,实际都已是各该国的公民,为各该国的少数民族之一了。他们绝对不是华侨。特别是中国自1954年之后正式采取废弃过去行之多年的'双重国籍'政策、实行'单一国籍'政策之后,由华人自己在当地国国籍与中国国籍之间,自行选择其一;选择了当地国国籍的华人(裔),已经在法律上割断了与中国的纽带关系。他们只能

---

① 吴逸生:《抗战二周年与华侨》,新加坡:《南洋商报·七七抗战二周年纪念特刊》(1939年7月7日)。
② 崔贵强:《新马华人国家认同的转向(1945—1959)》,新加坡:南洋学会1990年版,第5页。

算是中国人在他国的亲属,而不再具有任何'华侨'的身份了。"①

1948年6月,马来亚进入紧急状态,左翼主要领导被限令离境,胡愈之等南下文人返回中国。留在马来亚的南下文人继续参与马华文艺的建设。不过具体的政治环境变化了,冷战格局开启,东南亚各国与中国大陆保持距离,中国政府也提出东南亚华人尽快加入居住国国籍,以缓解东南亚各国对华人族群的紧张心态。在这种政治生态下,新马作家必须调整创作心态,文学题材进一步本土化。之后,如"我们希望文艺工作者们能够抛开一切错漏的偏激成见,脚踏实地的来吸收过去伟大作品的精华,丰富我们的新文艺创作",②随着新马作家姿态的改变,新马文学的新阶段开始了。战后文学延续着战前文学的一些重要特征,如以南下文人的战争题材作品为例,代表作有乳婴《牺牲者的治疗》(1947),讲述了林医生与一个在日本侵略者监狱里濒临死亡的抗日青年相处过程,刻画了一个舍生取义的抗日壮士的形象。丘天《爱情的快乐》(1947)通过一个劫后余生的高级交际花的怀旧,纪念一位在日军大检证时的正直高尚的教育工作者。南下文人中姿态左倾的除了前面的诸多作家之外,最具代表性的是胡愈之的社论和文学作品,随着共产党在中国战争的节节胜利,以胡愈之为代表的左派文人开始为新生政权服务,为共产主义做政治宣传。

1945年9月下旬,胡愈之回到新加坡。当时中国大陆国共两党内战正式爆发,蒋介石背信弃义,接连发动对中共解放区的大规模进攻。鉴于国内的乱局,南洋的文化人只好放弃回国打算。胡愈之也接到中共中央的指示,让他继续坚持在南洋工作,加强在华侨中开展为和平民主而斗争的宣传教育。当时《南洋商报》已经换了主人,而且在胡愈之离开新加坡的几年中,"曾经风靡一时,激荡无数爱国青年的《南洋商报》也沦为人人侧目的汉奸报纸"。③ 胡愈之计划先成立"新南洋出版社",创办杂志,继后筹备发起组织中国民主同

---

① 李恩涵:《东南亚华人史》,台北:五南图书出版公司2003年版,第28页。
② 萧子云:《旧文学与新文学的互相关系》,《现阶段的马华文学运动》,新加坡:南洋大学创作社1959年版,第163页。
③ 王莉:《胡愈之与〈南洋商报〉》,参见赵振祥:《东南亚华文传媒研究》,北京世界知识出版社2007年版,第371页。

盟马来亚支部,并在条件成熟的时候设法出版日报。在进步侨领陈岳书、王叔旸等人的支持下,新南洋出版社很快在新加坡报业区罗敏申路成立,先以专门经销国内和港澳出版的进步书刊为主,到了11月底已初具规模。与此同时,以传播祖国声音、反映侨胞意向、报道政治风云、宣传和平民主为主旨的《风下》周刊,也基本筹备就绪。①

《风下》是一份以政治宣传为主的综合性周刊,撰稿人除了胡愈之夫妇,主要还有梁纯夫、彭赫生、张企程、蔡馥生、汪金丁、巴人(王任叔)、杨骚、卢心远、吴柳斯等人,郭沫若、茅盾、司马文森、陆诒、陈残云、陶行知、许广平、楼适夷、何其芳、黄炎培、沈钧儒、马凡陀(袁水拍)等也陆续从香港或内地寄来作品。夏衍、赵枫等南来新加坡后,更经常为《风下》执笔。由于名家荟萃、文章号召力很强,《风下》很快在战后南洋华侨社会中独树一帜,发行量居当地刊物之冠,影响更是广大。从1945年12月1日创刊,到1948年夏英殖民当局宣布"紧急法令",《风下》被迫停刊,胡愈之共为《风下》写了110篇"卷头言"。这些小文章言辞犀利、短小精悍,又紧密联系世界时局,成为《风下》最引人注目的亮点,如《关于华侨地位的新认识》《救国有罪民主该杀》《苛政猛于原子弹》《论华侨的双重任务》《南侨回忆录》《华侨新爱国运动》《反饥饿·反内战·反独裁》《马来亚还年轻》《马来谣》《华侨的祖国》《准备迎接伟大的新时代》等等,在揭露国民党卖国、独裁、内战的反动政策,宣传中国共产党民主方针,引导华侨群众投身民主与和平的阵营等方面,发挥了重要作用。

1946年初,南侨总会主席陈嘉庚从印尼回到新加坡,新马各地的广大侨胞为陈嘉庚的安全归来举行了盛大集会,各报竞相刊登欢迎消息。陈嘉庚依然坚持爱国民主立场,在1946年国民党发动全面抗战,美国积极援助国民党打内战的时候,陈嘉庚于9月7日,以南侨总会主席的名义致电美国总统杜鲁门和参、众议院议长,提出抗议,要求美国军队撤离中国,停止对国民党的援助。这一抗议震动了世界,更使国民党十分震惊。驻守南洋的国民党势力竭

---

① 胡愈之主编的《风下》周刊,是1945年12月1日正式创办的。取名《风下》,源于南洋一带盛行季风,以印尼为主体的南洋群岛,泛称"风下之国",而周刊名《风下》,意即立足东南亚,面对祖国。

力反扑,发通电、贴标语,在报纸杂志上大肆攻击陈嘉庚是"共产党的尾巴",在南洋发动了"倒陈"的阴谋。《中国报》在9月14日发表社论,认为"我们应对陈氏之侮辱同侨为堂堂正正之抗议,吾人誓不承认陈氏有资格可以代表吾侨发言",《星洲总汇报》也在9月17日发表社论《陈嘉庚在干什么?》,攻击陈嘉庚言行在"强奸侨意"。① 以胡愈之为首的南洋进步文化人士和进步侨领,坚决支持陈嘉庚。他们组织全马数百个华侨社团,在华侨居住的大埠小镇举行集会,并组织了数十万人参加反对美军留华的签名运动,声援陈嘉庚。《风下》杂志更连续刊登了《陈嘉庚与华莱斯》《民主运动的号角》《读陈嘉庚电后》等诸多文章,报道各地"拥陈"实况,旗帜鲜明地给予呼吁与支持。这场斗争以受欺骗华侨社团的醒悟和进步民主力量的胜利而告终结。在这场斗争中,陈嘉庚和胡愈之他们感觉到舆论工具的不足。为此,胡愈之和陈嘉庚商量,决定创办一张大报,作为华侨爱国民主阵营的喉舌,扩大宣传阵地。于是,1946年11月21日,一份四开八大版的《南侨日报》正式创刊。

胡愈之写了大量社论,这些社论在见解上比战前时期的社论更加犀利,如《内战与民变》《当地政制与华侨》《工潮与当局的责任》《马歇尔的狂叫》《从军事看大局》《所谓侨团大会的把戏》《美国援蒋的暗盘》《论立法会议选举》,等等。除了社论,《南侨日报》的另一个亮点是善抓独家新闻,如1947年11月4日,《南侨日报》发表了《美国援蒋侵华大秘闻——魏德迈计划》一文,一刊登即引起国内外极大注目,欧美等地各通讯社竞相转发,轰动世界,一些西方记者还据此询问美国国务院。另外,为进一步推动团结海外华侨、扩大宣传阵地的工作,经胡愈之邀请,中央派原在重庆主持《新华日报》编辑工作的夏衍,于1947年到新加坡任《南侨日报》主笔。接着中国共产党在新加坡成立了文化小组,由夏衍任组长,加强了中国共产党在新加坡的宣传工作。在胡愈之、夏衍的领导下,《南侨日报》在南洋侨界的影响持续扩大。②

---

① 崔贵强:《新马华人国家认同的转向(1945—1959)》,新加坡南洋学会1990年版,第133页。
② 1949年12月,在庆祝《南侨日报》创办三周年之际,毛泽东、周恩来、朱德等几十位中国共产党和新中国的国家领导人,都分别为《南侨日报》题词。毛泽东的题词是:"为侨民利益服务。"

在南洋的七年半时间里,胡愈之一直坚持着中国共产党的关于开展统一战线的指示,积极做好统战工作的方向,尤其是重返新加坡后,他更是竭力团结南洋的文化界和华侨中的一切爱国人士,争取中间人士,教育华侨青年,以达到最广泛的团结。1947年4月,胡愈之利用《风下》周刊这一阵地,组织了"《风下》青年自学辅导社",面向迫于生计没有条件入学的华侨青年开展文化、政治方面的教育辅导。辅导社先后开办初级班和高级班,讲授语文常识、文学修养、科学概论、实用经济学、应用文写作、马来亚问题、国际问题研究等课程,聘请知名专家批改作业,深受华侨青年的欢迎。学生发展到两千人,遍布东南亚各国,这些青年人后来成为南洋华侨中一支重要的进步力量。

在南洋华文文学开垦方面,作为一个进步文化名人和著名社会活动家,胡愈之对南洋文学的影响主要体现在三个方面:一、给南洋华人社会留下了丰富的文化遗产。在同去南洋的南下文人中,胡愈之的作品可谓最多,据不完全统计,战前战后,胡愈之在南洋的七年多时间里,文章的总字数达200万字,其中社论文章数量最多。二、对南洋华文文学起了开垦作用。当时华侨社会一般文化水平比较低,抗日战争前的南洋华文文学基本上还处于酝酿期,随着郁达夫、胡愈之、俞颂华、王任叔、沈兹九、高云览、王纪元、杨骚、汪金丁、夏衍等一批国内知名文化人士的先后到达,南洋华文文学开始苏醒并步入成长发展期。如果说比胡愈之早两年到达南洋的郁达夫,对南洋华文文学起了启动的作用,那么胡愈之的贡献更多在于开垦。(1)开拓并扩大了阵地。无论是主编沦陷前的《南洋商报》,还是创办光复后的《风下》《新妇女》《南侨日报》等,胡愈之都十分重视文艺副刊的作用和地位,并始终将此作为重要阵地。(2)传播了新思想。像其他众多南下文人一样,既经历过"五四"的洗礼,又接受过西方文化熏陶的胡愈之,在南洋开展各种文化活动,一个重要的核心就是积极传播"团结爱国与民主进步"的新思想。这种传播除了对南洋文学本身的成长发展有指导意义外,对南洋华侨社会思想的进步,更有着引领的作用。(3)促进了五四文学精神在南洋华文文学中的植入。在自身与南下文人写作同时,胡愈之以《南洋商报》《风下》和《南侨日报》等为阵地,着力推介大量华文作家的作品,如郭沫若、茅盾、陶行知、楼适夷、何其芳、陈残云、马凡陀(袁水拍)等人的作品。《南侨日报》上刊登过的文学评论,涉及的作品有《马凡陀山歌》《王贵与李香香》《升官图》《小二黑结婚》《李家庄的变迁》,等等。① 不但促进了五四文学在南洋的传播,而且还给南洋华文文学自身的成长注入重要营养。

胡愈之还留下了宝贵的编辑经验和文化影响。胡愈之是抗日战争爆发后新马文坛上最优秀的期刊报纸编辑者,其自传专书《流亡在赤道线上》分"流亡在赤道线上""郁达夫的流亡和失踪"和"南洋杂忆"等三部分介绍了自己的南洋经历,纵观全书,我们可以完整地勾勒出他在南洋编辑办报的过程。② 胡愈之的编辑经验也为后来的新马办刊人做出了榜样,影响着后人。首先,从同仁刊物向综合刊物转变,作者的圈子不再局限在狭小的同仁写作圈,在胡愈之的杂志周围有着数量庞大的作者群,除了本土的,还有来自中国的作家来稿。这种转变让他的报刊成为这些作者的写作园地,为新马作家的成长做出了自己的贡献。其次,主编要有自己鲜明的编辑风格。胡愈之的精辟社论是《南洋商报》的一个亮点,同时他在编辑观、艺术观上的左翼风格所形成的编辑风格,都影响着读者和其他作者,这一点也对后来的编辑者有着巨大的影响。

在中国大陆、台湾和香港三地,大陆被中国共产党统治,台湾被中国国民党据守,香港由英国人继续殖民,不过香港除了英国殖民势力、国民党、共产党三方势力之外,还有由美国支持的"第三势力",如本文涉及的友联出版社。而《蕉风》《中国学生周报》就是在左翼和右翼政治缝隙中挣扎求存的文学群体。友联出版社在 1951 年创立于香港,其背后老板是美国亚洲

---

① 这类刊登在《南侨日报》上的文章包括:杨嘉《〈巡按使〉和〈升官图〉》(1946 年 11 月 27 日)、碧夫《论〈升官图〉》(1946 年 12 月 3 日)、张逸灵《论马凡陀的讽刺诗》(1946 年 12 月 4 日)、冷风《历史的纪程——读李家庄的变迁》(1947 年 4 月 17 日)、解清《王贵与李香香》(1947 年 5 月 1 日)、茅盾《里程碑的作品——论赵树理的小说〈李家庄的变迁〉》(1947 年 12 月 20 日)。
② 胡愈之、沈兹九:《流亡在赤道线上》,北京:三联书店 1985 年版。

基金会。①《中国学生周报》是其旗下刊物,当时除了香港本地版之外,还有印尼版、星马版和缅甸版三个地区分版,总销量每期都有五万多份。1954年《中国学生周报》社长申青(余德宽)和夫人刘波女士,到新加坡开拓市场,这就有了1955年11月创刊的《蕉风》月刊,次年,友联出版社决定把香港的《中国学生周报》(星马版)南移到新加坡重新登记,把原来的"中国"两个字取消,定名为《学生周报》。于是,这两份文学性刊物先后登陆马来亚半岛。② 它们极大地满足了马来亚半岛华人的文化需求,为马来亚地区文艺青年提供了学习和发表的园地。③

《蕉风》月刊1955年11月10日创刊于新加坡,第一任主编方天(本名张海威,中共先驱人物张国焘之子),编辑委员有申青(余德宽)、马摩西(马来亚作家)、范经(新加坡诗人)、李汝霖(新加坡作家)、陈振亚(即新加坡诗人白蒂),姚拓于1957年2月到达新加坡后也加入编委会,并于1957—1959年任《蕉风》主编。1959年,马来亚印务公司在吉隆坡成立,《学生周报》与《蕉风》

---

① 1947年7月,美国CIA(the Central Intelligence Agency,即"中央情报局")成立,CIA设立的基金会很多,但在冷战期间真正帮了中央情报局大忙的是诸如"福特基金会""洛克菲勒基金会""卡内基基金会"等。中央情报局往往将经费拨到这些基金会的账上,然后这些基金会再以自己的名义把钱"捐助"给中央情报局指定的对象。"亚洲基金会"当时也属于这一类。本文涉及的香港出版界背景还有:在美国亚洲基金会的支持下,1951年成立的人人出版社,以翻译世界名著及出版现代作家的文艺创作为主。同年创办的友联出版社,是一个综合性的文化机构,集研究、出版、印刷、发行于一身。在研究方面,创办了友联研究所,从事中共问题研究和资料搜集;在刊物出版方面,先后创办《中国学生周报》《祖国周刊》《儿童乐园》半月刊、《学生周报》《蕉风月刊》《大学生活》半月刊、《银河画报》等;在图书出版方面,先后推出各种文艺创作、世界名著译述、青少年读物、电影文艺、中共问题研究等数百种;在发行与印刷方面,创办了发行机构、印刷厂及遍及各地的广大发行网。这一年成立的高原出版社,首任总编辑为余英时先生,以出版学术论著、文学创作和青少年课外读物为主,并先后创办《海澜》文学月刊、《少年旬刊》《学友杂志》等。该社于1953年出版徐速的《星星·月亮·太阳》,畅销海内外。参考黄继持、卢玮銮、郑树森编:《香港文学大事年表:1948—1969》,香港中文大学人文学科研究所香港文化研究计划1996年。
② 姚拓:《三十四件行李》,《雪泥鸿爪——姚拓说自己》,吉隆坡:红蜻蜓出版社2005年版,第561—564页。
③ 马华老作家年红回忆说:"50年代末期,大陆书刊几乎被禁完了,而台湾方面,又没什么特殊的书刊输入,至于香港方面,大量涌入的,不是电影刊物,便是画册,像《文艺世纪》这样几本纯文艺的期刊,简直少有!……禁令颁布后不久,书店里确有好一阵子没什么书可卖。不过,香港书商的脑筋却动得很快,把一部分的中国大陆文艺书籍'改头换面'后,便输入了马来半岛。这些书,有翻印的,也有换书皮(封面)的。当时常见的这类出版社有:今代图书公司、新月出版社、益智书店、文学出版社、建文书局、文教出版社、中流出版社、侨益书局、日新书局,等等。其中也有由香港分行进行再发行的,如上海书局、商务印书馆、中华书局……"参见年红《悲欢往年》,新山:彩虹出版社2000年版,第110—111页。

也移来吉隆坡出版。到了吉隆坡后,《蕉风》由黄思骋①(香港作家,主编时间1959—1961)、黄崖②(香港作家,主编时间 1962—1967)主编。从第 202 期(1969 年 8 月)开始,随着黄思骋、黄崖的先后离职,《蕉风》脱离港人治刊的时期,走向马来西亚化的道路,这一期以姚拓、牧羚奴(本名陈瑞献,新加坡著名画家、文学家)、李苍(本名李有成)、白垚(另一笔名刘戈,本名刘国坚)为主编,到第 222 期(1971 年 7 月),主编团队又加入梅淑贞,第 246 期(1973 年 8 月)加入了悄凌,其间周唤、川谷、周清啸、张爱伦、紫一思、许友彬、王祖安等人先后参与编务,到第 444 期(1991 年 9、10 月合刊),执行编辑是小黑、朵拉,第 482 期(1997 年 10 月)由林春美继任执行编辑,到第 488 期为止(1998 年 1、2 月合刊)。从 1955 年 11 月 10 日发行创刊号到 1998 年 2 月遗憾停刊,《蕉风》走过了 43 年,共出版了 488 期,堪为世界华文文学期刊历史最长的期刊,对新马华文文学乃至世界文学影响深远。③ 姚拓在自己的回忆录中,没有提及《中国学生周报》是美国人出资的冷战背景。从这份刊物的编辑群来看,他们的政治背景非国民党非共产党,大致属于中国政治力量中的第三种势力。编辑群以及与《周报》有关的人物有:薛洛(原名陈濯生,友联出版社社长)、司马长风(顾问,笔名秋贞理)、余英时(第一任总编辑)、燕归来(友联出版社秘书长)、徐东滨(友联出版社总编辑)、胡菊人(原名胡炳文,《周报》社长)、申青(原名余德宽,《周报》首任社长)、彭子敦(《周报》总编辑)、方天(原名张海威,其父张国焘)、黄崖、白垚(原名刘国坚,笔名还有刘戈)、赵聪、奚会暲、黎永振、王健武、王瑞龙、高伟觉、郑萼芬、古梅、杨远、孙述宇、陈特、杨启樵,等等。

姚拓虽然没有谈到《蕉风》以及《学生周报》的冷战背景,但有很多地方都

---

① 黄思骋(1919—1984),浙江绍兴人,曾于 1953 年创办《人人文学》杂志,后与徐速创办高原出版社,1959 年来马来亚担任《蕉风月刊》的主编。在香港写过数以千万字的社会奇情及爱情小说;他以黄思骋之名所发表的短篇小说集有《河边的悲剧》《荒林人踪》《猫蛋》《猎虎者》等。1961 年,他应麻坡中化中学之聘,南下担任高中华文导师。1963 年,他因居留期满而返港,专职写作。从 1973 年开始,在香港树仁学院教语言学,并为《星岛晚报》《东方日报》等撰写专栏。1984 年 4 月 10 日病逝于香港。
② 黄崖(1927—1992),福建厦门人,1950 年南来香港,1957 年移居马来西亚,主编《蕉风》多年,为早期《蕉风》作出了卓越贡献,在马华文学界颇有影响,1970 年曾创办综合性杂志《星报》,1970 年代中期开始淡出文艺界。著有长篇小说《紫藤花》《红灯》《一颗星的陨落》《迷蒙的海峡》《煤炭山风云》等。
③《蕉风》2002 年 4 月复刊于马来西亚南方学院,再续马华文学的重要文脉。

让我们思考其背景。如"黄思骋先生担任主编的时期最短,大约有一年时间,但以他在任时的销路为最好,因为除了一大本文学杂志外,还附带送有一小本中篇小说。每期大约售出4 000份。此后中篇小说停止,销数下降。黄崖担任主编日期最久,大概一直到了1969年,直到他辞职为止。销数一直在1 800份左右。我也知道《蕉风》的销数,永远无法维持开销;但《蕉风》是南洋少数的文学刊物之一,只要我们的总公司不垮,我们无论如何得维持下去"①。再如白垚曾回忆道:"上面说到毛润之,不能不想到他的《延安文艺座谈会讲话》。这篇东西当时得令,顺我者生逆我者死,四海内外徒子徒孙唯一标准,《蕉风》何物,自然难以入流,主义云乎哉,信主者得救,你写得再好再写实也没用,因为他们先穿上了皇帝的新衣。姚拓曾言,揭此皇帝的新衣。"②另外,就《蕉风》的资金来源来看,特别是其入不敷出的资金流转是历任编辑所苦恼的事情,无论是资格最老的姚拓,还是末代主编林春美,都直言过这一点,也表达过对友联出版公司数十年如一日资助的感谢。③"我从没有向读者讳言,蕉风每个月都有亏损,而这些亏损,一向是由吉隆坡的友联文化事业有限公司负担,每月亏损约在马币二千到二千五百元之间。因为承印蕉风月刊的马来亚印务公司,亦是友联文化事业有限公司的附属公司之一,因为蕉风能够解决打字、排版及印刷的基本问题,所以,在风风雨雨中才能支持到今天。当然,没有友联文化事业有限公司朋友们的支持,蕉风早已停刊。有位董事朋友曾经开玩笑地说:'每月赔二千五百元。三十年是不是赔了一座大楼!'"④末代主编林春美的话也印证了这一点,她说:"蕉风每期亏损的款项,一向都由吉隆坡的友联文化事业有限公司负担。"⑤无论是背后亚洲基金的资助,还

---

① 姚拓:《马华文学上的长春树——〈蕉风〉》,《雪泥鸿爪——姚拓说自己》,吉隆坡:红蜻蜓出版有限公司2005年版,第570—571页。
② 白垚:《现实主义的蕉风》,吉隆坡:《蕉风》(1998年9、10月合刊总486期),第76页。
③ 姚拓曾谈及《蕉风》的停刊:"为什么会在第488期暂时停刊? 因为这时候我们的总公司——友联出版社,已经将我们的业务逐一结束,我们事实上已经没有了出版的能力",可见友联出版社与《蕉风》密切的关系。参见:《马华文学上的长春树——〈蕉风〉》,《雪泥鸿爪——姚拓说自己》,吉隆坡:红蜻蜓出版社2005年版,第573页。
④ 姚拓:《老骥伏枥,壮心不已!》,《蕉风》1985年第5、6月号第384期,第3页。
⑤ 林春美:《蓄足精力,再次奔驰——蕉风暂时休刊启事》,《蕉风》1999年第1、2月休刊特大号第488期,第2页。

是创刊后高举纯文学和本土化的旗帜,都可以看到《蕉风》及其早期编辑群的右翼背景和反共态度,虽然这是没有放在台面上说的。陈鹏翔也认为姚拓及友联集团有着政治背景,但还是赞扬《蕉风》一直"在维系马华文学的命脉",肯定姚拓的文学贡献。① 再加上美国人的资助本身就是为了对抗中共的"红色教育",亚洲基金会源源不断去注资友联出版社,而友联出版社之下的友联研究所,主要就是从事中国大陆情报和相关研究的。而在教育方面,美国人认为东南亚华人已经掌握了120万人口的东南亚市场。② 由亚洲基金资助的华文期刊《蕉风》与同期创办的《中国学生周报》《大学生生活》《儿童乐园》一样,都是为了挽救东南亚的教育危机。③

早期《蕉风》(第1—202期),其主编先后由方天、黄思骋、黄崖担任,姚拓为其编委会重要成员,这四位主要编辑都有香港背景,特别是黄思骋、黄崖两位,他们本身就是香港文坛成名作家。他们的编辑方针和编辑活动,直接沟通了马华和香港现代文学的关系。这批香港南来编辑的努力,加上本土文化人的参与,④ 使得《蕉风》的销量进入了历史最好的时期,"《蕉风》销数最好的时期,是一九六〇年到六五年之间,因为每期除《蕉风》月刊外,还附送一份'中篇小说',那时候每期销数在五千左右。"⑤ 黄崖的编辑态度相当严格,在一

---

① 参见陈鹏翔:《独立后华文文学》,林水檺等:《马来西亚华人史新编(第三册)》,吉隆坡:马来西亚中华大会堂总会1998年版,第273、283页。
② FD Board Minute Dockets, September 1953, p1, in FD.
③ 参见 Grace Ai-Ling Chou. "Cultural Education as Containment of Communism: The Ambivalent Position of American NGOs in Hong Kong in the 1950s", *Journal of Cold War Studies*, 2010, 12 (2), pp3 - 28. 关于这一点,我曾经跟容世诚教授请教,容教授认为在1950、1960年代只要是标举纯文学的旗帜,本身就是一种反共的姿态,因为那个时期中共政权大力推行社会主义现实主义。这一点在《蕉风》上面很容易看出来,如"我们无意喊传统、现代、写实、浪漫这一类文学派别的口号,我们尊重一切不同风格的作品;但是,喊口号的归于口号,主义的归于主义。党同伐异,是前人们的事,争地盘,占山头,是文棍们的事。如果我们不甘浅薄,如果我们还有一点创作的良心,那么,应该有坦荡荡的胸怀欢迎一切诚实的作品,真的,我们要的是诚实不虚假的创作。"参见编辑室《风讯》,《蕉风》(1969年8月号总202期),第94页。另外,还有一点,我们也要注意,亚洲基金(The Asia Foundation)是一个供公众申请的项目,资金雄厚,亚洲基金会从1954年起主要由中央情报局进行资助,1967年开始接受国务院和国际开发署(AID)的资金。从1954年到1978年,亚洲基金会从美国政府得到的资金大约为1.58亿美元。
④ 第24期开始,为了使内容充实起来,《蕉风》特邀请马摩西、白蒂、常夫诸先生参加本刊的编辑委员会,他们都是马来亚本土作家。参见《读者·作者·编者》,《蕉风》1956年10月25日第24期,第24页。
⑤ 姚拓:《老骥伏枥,壮心不已!》,《蕉风》1985年第5、6月号第384期,第3页。

封给青年作家的回信中,他谈到:"我向来是不怕'大'作家的,常常退还'大'作家的稿件。我在退稿信上往往这么写着:'大作若一字不改照刊恐有损令誉,若加修改,即将面目全非,所以,还是奉还为妙。……'许多作者都是有惰性的,你若随便刊登他们的作品,以后他们写稿便越来越随便;如果你选稿严格的话,他们就不敢乱来了,而且还对你特别尊敬呢!"①

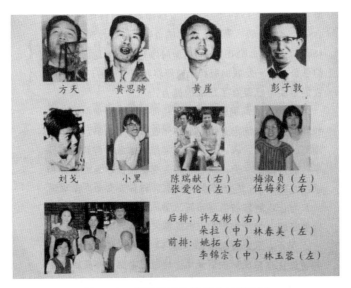

图1-2 《蕉风》历任编辑人员(部分)

作为香港友联出版社的子公司,《蕉风》一直帮助友联公司宣传业务,而这种广告宣传主要集中在早期港人治刊期间,主要的广告业务如下:

(1) 第8期(1956年2月25日):"友联活页文选:散页每份一角至两角,一次购百份以上者打对折",这个广告一直延续到第20期。

(2) 第16期(1956年6月10日):"南宫搏新著《洛神》《章台柳》《历代名人轶事》《杨贵妃新传》《孽缘》。星加坡友联书报发行社"。

(3) 第22期(1956年9月25日)出现《学生周报》的广告。

---

① 黄崖:《蕉风日记(9月20日)》,《蕉风》1967年10月号第180期,第102页。

(4) 第 26 期(1956 年 11 月 25 日)第一次为友联出版社推销大量中国文学代表作品,其中现代作家有徐志摩《我所知道的康桥》、胡适《读书》、胡适《最后一课》、许地山《落花生》、亚米契斯著、夏丏尊译《少年笔耕》、周作人《怀爱罗先珂君》、陈衡哲《运河与扬子河》、老舍《趵突泉的欣赏》、夏丏尊《白马湖之冬》、朱光潜《谈动》、冰心《母爱》、叶绍钧《古代英雄的石像》等。

(5) 第 27 期(1956 年 12 月 10 日):推介徐訏《风萧萧》、牟宗三《认识心之批判》、燕归来《红旗下的大学生活》、彭成慧《在迷茫中》、洁子等作《春风芥籽》。

(6) 第 69 期封四上,推销钱清廉编著《中国现代史纲要》和王序著《中国文学作家小传》。

(7) 第 72 期封四上,友联书报发行公司刊登广告,推介新近运到的大批文艺新书,其中"国民学校丛书"(全书卅二开本,一百册,复兴书局出版)、"现代国民基本知识丛书"(第一辑至第五辑各一百本,每辑售价叻币一百五十元)。

(8) 第 83 期:封四推出赵聪的《中国文学史纲》。

(9) 从第 97 期开始,友联书报发行公司总代理了《学生周报》《儿童乐园》《银河画报》和《蕉风月刊》。

(10) 第 97 期:推介朱起凤撰《辞通》。

(11) 第 118 期:推介由友联书报发行公司代理的各类学生用书 43 种,其中包括王恢《国学概要》、唐君毅《哲学概论(上、下)》、牟宗三《理则学》《历史哲学》等学人作品。

(12) 第 121 期:友联出版社推介两种文史研究丛书:赵聪《中国文学史纲》、陈寅恪《论再生缘》。

(13) 第 163 期:友联出版社经销柏杨主编《一九六六中国文艺年鉴》,介绍台湾文坛的发展。

(14) 第 165 期:代售孟瑶小说集(第一辑):《畸零人》《含羞草》《乱离人》和《斜晖》。

(15) 第 167 期：推介李旺开《灯笼》《感情的刽子手》。

早期《蕉风》除了编辑队伍、刊物背景之外，至少还在两个方面制造了港、马现代文学交流的蜜月氛围。一是"中篇文丛""蕉风文丛"等丛书推介形式的出现，这是早期《蕉风》的营销策略，它很成功地为《蕉风》开拓了新马一带的文化市场，也将香港文学最新的文学成绩带到新马地区。"中篇文丛"是《蕉风》从 1959 年 4 月号第 78 期开始随刊附送的，"我们所作的一个大胆尝试，就是特约当代名家撰写中篇小说，印成三十二开的小本子，随同本刊一并发行。因为我们感到：以旧有的篇幅，如把一篇两万字的稿子作一次刊完，未免太呆板，也太单调。现经这样一改，就可免去此种缺陷，并予读者在携带和保存上以方便。当然，这使本刊的成本大为增加，但为了更好地为读者服务，也就不予计及了。"①这个活动一直坚持到 1964 年 8 月号第 142 期，推介大量的优秀作品，这些作品包括王敬羲《婚事》、罗门等《美的 V 型》、姚拓《黑而亮的眼睛》、黄思骋《荒岛行》、端木羚等著《游郊》等作品。后来这些作品大多数被编辑成"文艺丛书"，如 1962 年 1 月号第 111 期上《蕉风》推出"文艺丛书"，广告中有徐速《芳邻》、黄思骋《猎虎者》、姚拓《黑而亮的眼睛》、黄崖《航程》、谢冰莹《爱与恨》、王敬羲《婚事》、刘念慈《返乡》、黄润岳《逆流》、郭衣洞《拱桥》、于苍《某少男日记》、章以挺《篱笆的恩怨》、马汉《归来》、端木虹《赛纳姑娘》、集文《在夹缝中》、黄思骋《荒岛行》、姚拓《五里凹之花》、黄崖《惊涛骇浪》、王敬羲《一个陌生的人》、黄润岳《骑马的将军》、黄崖《吡叻河的哀怨》、黄戈二《铁蒺藜内》、黄思骋《世仇》、黄思骋《郊游》(诗集)、《美的 V 形》(诗集)、张子深《裤子》、黄思骋《真实的神话》、契诃夫《酒鬼的故事》、黄崖《浪花》、张子深《雁语》、段盈《深情的呼唤》，共计作家 19 位、作品 30 部，其中香港作家黄崖、黄思骋、徐速、姚拓作品共 13 部。② 另一种是对"蕉风文丛"的编辑与推介，从 1957 年 1 月 25 日第 30 期开始，基本上每个月推介一本，头三个月就推出了江陵短篇小说集《从黑夜到天明》、马摩西散文集《集愚集》、方天短篇小

---

① 《读者·作者·编者》，《蕉风》1959 年 4 月号第 78 期，封四。
② 《蕉风》1962 年 1 月号第 111 期，第 9 页。

说集《烂泥河的呜咽》,后来萧遥天《食风楼随笔》、古梅《赶路》、常夫《墙外集》和胡牧《回春曲》等作品都是在这个文丛中被推介的。

图1-3 《蕉风》第1、2期封面(1955年11月)

二是"文讯""读者·作者·编者"和"风声"等小栏目的出现,这个栏目在报道大陆、台湾的文坛消息之外,也介绍香港文学的最新情况,从第37期(1957年10月25日)第一期"文讯"开始,就出现香港文坛的消息。之后,"文讯"成为介绍香港文学的重要园地,其刊登的重要消息如下:

(1) 第48期:"香港近有一种《武侠小说周报》出现,以'提高武侠小说水准,发展通俗文艺'为口号,据说销路不坏,极受小市民阶级欢迎。"

(2) 第49期:"杰克新作《珊瑚岛之梦》,已由自由出版社出版。全书分上下两册,对于社会情况及男女生活有深刻之描绘,据说是作者自己最感满意的创作。"

(3) 第49期:跟进香港文坛的最新消息,刊登黄思骋《国际笔会第廿九届年会》,其中有一段:"笔者所代表的单位是香港中国笔会。(香港中国笔会成立已有两年的历史,有会员七十人。)"

（4）第 51 期："当代中国名作家李辉英，上月自港来星作短期旅行，并顺便搜集写作材料。近闻南洋商报有意请其主编副刊，如成事实，则马华文坛又多了一个老将！"

（5）第 52 期："香港《天文台报》社长陈孝威先生，已于本月中来星，现寓怡和轩。据闻，他将在此出版一种报纸，正进行募股中。""前香港《人生》杂志主编王恢先生，今夏南来执教，于课余埋首著述，不遗余力，闻近已完成《思齐集》一书，为历史人物之传记。""老报人陈振亚先生，刻在华义中学执教，课余兼为《星洲日报》主编《艺文》版，并于每周为该报撰写社论一篇。"

（6）第 62 期："诗人力匡，于本月中自港乘广州轮来星，闻系受育英中学之聘，担任国文教席。"

（7）第 69 期："最近出版的文学著作，计有名作家徐訏的诗集《时间的去处》，和自由出版社所译的美国共产党作家法斯特的《裸神》。此外，尚有林语堂博士所写的一本专门研究共产党的书，叫做《匿名》，已于上月开始在《真报》连续发表。"

（8）第 70 期："香港自由旗帜之下的定期杂志，目前约有二十余种，依性质可分下列七类：一、学术性的——《民主评论》（半月刊）、《自由学人》（月刊）、《人生》（半月刊）、《现代学术季刊》、《大学生活》（月刊）。二、政论性的——《自由阵线》（周刊）、《祖国》（周刊）、《再生》（月刊）。三、新闻报导性的——《新闻天地》（周刊）、《春秋》（半月刊）、《展望》（月刊）。四、经济性的——《工商观察》（半月刊）。五、文学性的——《文学世界》（季刊）、《文坛》（月刊）、《论语》（半月刊）、《灯塔》（月刊）。六、艺术性的——《乐友》、《亚洲画报》、《良友画报》、《中外画报》、《银河画报》。七、以少年儿童为对象的——《少年旬刊》、《儿童乐园》（半月刊）。"

（9）第 71 期："名作家齐桓与南木合著的《中国二十故事》，已由亚洲出版社印行问世。这本书的内容，是选辑了中国的二十个有特殊成就及充满了无上智慧的故事。各故事中，皆充分地表现了时代的精神以及历史意义,让人认识现在的中华民族确是一个卓越而优秀的民族。"

(10) 第 74 期:"名作家徐訏,近有三部新著出版:一为《时间的去处》(诗集),一为《神偷与大盗》(短篇小说),一为《女人与事》(小说),均由亚洲出版社发行。"

值得注意的是,黄崖、黄思骋、徐速等香港作家除了参与马华文学的建构,同时期也在香港文艺期刊上刊发作品。以《当代文艺》(1965 年 12 月创刊,徐速主编)为例,这个刊物先后刊发了黄崖《心愿》、黄思骋《重男轻女》(创刊号)、黄崖《仙人掌》、黄思骋《街头》(元月号)、齐桓《期待》、黄思骋《后窗》、徐速《媛媛》(二月号)、黄思骋《祖母与老公鸡》(三月号)、黄思骋《二度蜜月》(五月号)、黄崖《邻居们》(第 5 期)、黄思骋《连襟》(第 8 期)、黄思骋《阔别》(第 30 期)等作品。这个刊物也有过"三十年代作家剪影"栏目,由李辉英、马逢华、丁淼等人撰文,介绍过冰心、沈从文、草明等五四新文学家。另外,像岳骞《水浒人物散论》、黄崖《紫藤花》、黄思骋《长梦》等也曾在《当代文艺》上被推介过。

需要指出的是,香港作家的作品支撑着早期《蕉风》期刊版面,编委会成员黄崖、黄思骋、力匡是香港作家,在第 93 期(1960 年 7 月号)《蕉风》上,《蕉风》推出黄思骋、黄崖的作品集共计 21 部,①他们的创作为后代马华作家所敬仰,温任平曾说,"六十年代初期的小说,大抵上技巧粗糙,内涵肤浅。这时期表现较佳的反而是一些前辈作家,像姚拓、黄崖、原上草等,他们的小说至少文笔稳健,描写生动,布局及情节的安排也比年轻作者高明许多,最重要的是,他们的小说并没有强烈的说教倾向,人物的塑造也不致像前面所说的那么'典型化',令人望而生畏"。温任平回忆道:"我记得当时的《蕉风》月刊,除了拨出篇幅刊载西洋文学作品的翻译及介绍文字外,还刊登了数量相当的港

---

① 其中有黄思骋著《荒林人踪》(短篇小说集)、《骷髅》(短篇小说集)、《独身者的喜剧》(短篇小说集)、《鼓浪屿之恋》(长篇小说)、《青岛之歌》(中篇小说)、《落月湖》(短篇小说集)、《多刺的玫瑰》(短篇小说集)、《代价》(长篇小说)、《河边的悲剧》(短篇小说)、《早婚》(中篇小说集);黄崖著《草原的春天》(小说集)、《远方》(散文集)、《秘密》(小说集)、《敲醒千万年的梦》(诗集)、《圣洁门》(长篇小说)、《一颗星的陨落》(长篇小说)。

台作家的诗、散文、小说及评论。这情形在六十年代中期最为显著。这些港台作家,已有一定的地位,他们的作品也有一定的评价,他们对于在摸索中的马华作家可供借镜与参考之处实在不少。"①可以说,那个时候港台文学占据了《蕉风》的大半版面。

首先是黄崖的作品,黄崖的创作量极大,姚拓曾经撰文大加赞赏。② 1967年6月10日的黄崖日记中记载王润华、淡莹夫妇临出国拜会黄崖,言语交谈可见他们关系的密切以及黄崖在马华文坛的影响力。③ 在他的日记中,萧遥天、张寒、慧适、林靖程、李旺开、林静、黄敬羲、冰谷、陈慧桦、温梓川、依藤、陈金狮、黄润岳等人都与他相交不浅。但黄崖在很多马华本土批评家眼里也曾经被怠慢,在黄崖的日记中记载,"这里且讲一个笑话。某报新年特刊的《马华文坛一年》专文,十年来未曾一次提及我的名字和作品,可是,从外国来的作家总要来看我,讨论马华文坛的问题。"④到了第二年,黄崖不无调侃地说:"某报的新年特刊照例有一篇什么谈一年来的马华文坛,……《蕉风》出版了十二年,该作者是近年第一次提到《蕉风》的名字,大谈《蕉风》上一些笔战的

---

① 温任平:《马华现代文学的意义与未来的发展》,《蕉风》1979年8月号第317期,第92—93页。
② 黄崖作品如下: 第50期:"读者・作者・编者"中,"从本期起,我们开始刊登中篇连载小说《秋情曲》。本文作者黄崖,现任香港《中国学生周报》总编辑,著有《草原的春天》(短篇小说集),另有一部散文集正在排印。他这次为本刊写的《秋情曲》,是描写中国抗战时期发生的一个小故事,有悲壮激昂的场面,有哀怨缠绵的情节,令人鼓舞,令人生悲,实是不可多得的佳作。"(第22页)。第53期:"青年作家黄崖另一新著《远方》已出版,收入散文廿篇,都是其得意之作。他的一个中篇小说,刚在本刊连续刊完,想读者对他该有认识了!"(第23页)。第84期:黄崖著《敲醒千万年的爱》(新诗)。第101期:《弹琴的人》(短篇小说)。第103期:《炎热的午后》。第106期:推介《紫藤花》(长篇小说)。第105期:《无弦琴》(小说)。第107期:《三个十字架》(小说)。第108期:推介《迷濛的海峡》。第112期:《忏悔》(小说)。第114期:推介《得奖者》(短篇小说集)。第115期:中篇文丛一册《三十四岁的小姐》。第117期:《悲剧的序幕》(小说)。第118期:《一个梦的解剖》(长篇小说)。第119期:中篇文丛一册《窗内・窗外》(中篇小说)。第121期:"《误会》是黄崖的一个新尝试,它虽然着重于心理描写,但却没有枯燥沉闷的感觉。"第125期:中篇文丛一册黄崖《十字架上的爱神》。第126期:《肥皂泡》。第133期:中篇文丛一册黄崖《失踪者》。第141期:中篇文丛《人・神》。第144期:《老乡》。第147期:短篇小说《黄昏》。第154期:长篇小说《烈火》。第166期:推荐长篇小说《烈火续集》。第171、172期、174期:黄崖中篇小说《煤炭山风云》《煤炭山哀歌》和《煤炭山噩梦》。第177期、第178期:黄崖《女人・女人・女人》《煤炭山风云》《金山沟》,新文化事业供应公司;《邻居们》,高原出版社。第193期,推介黄崖长篇小说《仙恋》。第194期,黄崖文学批评《从武侠片的流行谈起——在马来亚大学座谈会上的谈话摘要》。
③ 王润华言:"我们的园地在这里,怎么可以不回来参加耕耘呢?"淡莹言:"不管怎么样,我们对本邦文坛有最深的感情。"黄崖:《蕉风日记(六月十日)》,《蕉风》1977年7月号第177期,第102页。
④ 黄崖:《蕉风日记(9月2日)》,《蕉风》1967年10月号第180期,第100页。

文章。一篇短短的专文,竟花了三四百字来谈这件事,足见这位仁兄对笔战有莫大的兴趣。"①但这位《蕉风》主编却是用自己的创作激情,传播着"五四"新文学,参与着马华文学的建构过程。②

在《蕉风》上大量刊发作品的作家还有黄思骋和力匡,其作品有《戴浅蓝色帽子的人》(第67期)、《神曲的作者但丁》(第72期),王恢《陶渊明的思想、人格和作品》(第42期),《蕉风》介绍"王恢先生原为香港人生杂志社的编者,最近应联邦新文龙中华中学之聘,南来担任教席,承其课余为本刊撰稿,对陶渊明的思想、人格和作品,作一全面的论列,大多发前人之未发,不可不读。"③另外在第59期的"文讯"上,《蕉风》介绍道:"新文龙中学教师王恢先生,近将其曾在香港《人生杂志》及本刊发表过的旧作加以整理,辑印成书,题名《思齐集》,委托友联书报公司发行。"④申青的小说《兵役》(第63期),叙述中国抗战时期"抽壮丁"的故事。徐速的创作,有《婚丧大典》(第99期)、《谈〈斧刑〉》(第102期)、《人情味》(第103期)、李辉英的小说《大姑和二姑》(第142期)、刘以鬯的文学批评《借来的理论与技巧》(第142期)。这些作家中,文学成就最高的当属徐訏的创作,他最早登陆《蕉风》的作品是《在退潮的文艺沙滩上》(第150期),接着他从第154期开始,连载其《传记中的青春》《舞蹈家的拐杖》和《巫女的棺材》三部长篇小说,《蕉风》"为使读者便于欣赏,以后,我们特每期刊出二万字至三万字"。⑤

同时,这些香港作家的作品也在小说中给马华读者带来了香港形象。如早期江陵(白蒂)的《风尘三女性》是写三个从香港来马来亚献唱的歌女,由于这三个女人的年龄和个性不同,在马来亚就有不同的遭遇。"年纪大点的蓝金莺,为了曾经做过大官的丈夫和两个孩子,流落香港,无法生活,才牺牲色

---

① 黄崖:《蕉风日记(1月4日)》,《蕉风》1968年2月号第184期,第99页。
② 黄崖作品的销量很大,据他自己称:"令我感到欣慰的是严肃的文艺作品并不缺乏读者,近十年,我的小说每本都销出一万本,有一本还超过二万五千本。而根据星马权威书商的统计,所谓'流行小说'在此间卖得最好的一本,也不过一万五千本。"黄崖:《蕉风日记(8月1日)》,《蕉风》1967年9月号第179期,第100页。
③《蕉风》1957年7月25日第42期,第23页。
④《蕉风》1958年4月10日第59期,第23页。
⑤《蕉风》1965年8月号第154期,第13页。

相作歌女卖唱,她所操的是'下贱'的职业,但却是一个伟大慈祥的贤妻良母,可惜年纪大了,红过了时,这次到马来亚来,却遭受了满身铜臭的头家们的当场侮辱,她为了丈夫和两儿,只得擦干眼泪咬紧牙关忍受下去。她那一封好像用血泪写成的给她孩子们的信,充满了慈爱,也充满了深沉的哀伤,任何人读了都会为之感动。这一个有着高尚灵魂的女性,使我想起了《罪与罚》里的妓女索尼亚,肉体虽受摧残,她的灵魂却是纯洁的,这种忍辱负重的自我牺牲精神,岂是安享富贵荣华的行尸走肉所能比得上?至于艳星红蝴蝶,虽然放荡不羁,名誉很坏,可是她的侠义心肠,说明她的本质并不是'坏女人',她的偷偷摸摸,零售'爱情',无非是为了养活家小,当她发现蓝金莺的命运比她更苦的时候,竟暗中寄钱给金莺的子女,她的钱是牺牲自己的肉体换来的,但却慷慨地帮助和自己一样苦命的人,有这样善良本质的女人能说是'坏女人'么?那个年纪最轻的白茉莉,还不懂世故,只看见眼前的走红,没有看到没落的老牌歌星蓝金莺就是她将来的榜样,虽然在小说完篇时,她还是最红的时候,但读者自会知道她势必和蓝金莺一样,总有没落的一天,没有一个牺牲色相的世界,能逃出这一命运,只是先后不同罢了。"①司徒克评价江陵,"近年来马华文坛相当热闹,但能认真地从事创作小说,而又写得在水准之上的,不过三五人而已,在即将过去的一九五六年里,江陵要算是写得最多,最有收获的一位作家了。"②

而在当时的历史环境中,马来亚正经历着民族自决到独立建国的社会剧变,意识形态之争也渗透到文学活动之中。前文中《蕉风》的存在就是冷战时代的一方华文文学的存在,它的存在是一种政治姿态在文学中的表现,比较起新加坡本土马共势力影响下的南洋大学学生会,它的战争文化表现要柔和得多。作为第三种势力的存在,它的存在让我们补齐了与左派文学(汉素音《餐风饮露》)、马共影响下的文学(南洋大学学生会杂志)同时期存在的右翼文学形态,也还原了1950—60年代新马文学的复杂和丰富的内涵。

---

① 司徒克:《略谈〈蕉风〉的小说创作》,《蕉风》1957年2月号第29期,第21页。
② 司徒克:《略谈〈蕉风〉的小说创作》,《蕉风》1957年2月号第29期,第22页。

结语

  二十世纪五六十年代,虽然已经无中国大陆文人再南来,但从中国香港和台湾地区还有文人南下来新加坡,如刘以鬯、凌叔华、苏雪林、徐訏、孟瑶等人,他们的影响是不容忽视的,如谢克①这样回忆:"令人印象最深的是刘以鬯介绍年轻人认识的 30—40 年代中国优秀文学家及其作品,比如艾芜和《山野》、张天翼和《华威先生》、沙汀和《还乡记》,还有萧军、萧红的《八月的乡村》《生死场》等。"②随着南下文人的本土化转向,南下文人融入到新马两地的文学建构历史中,在 1950 年代开始涌现出一些新的创作面孔,如谢克《困城》(1954),其中女主人公丁红意志坚强坚决不回"唐山",这种决意在新马落地生根的思想意识,继续着本土题材的文学传统。而同时期,黄山③《挣扎》(1956)、麦青④《萌芽》(1956)作为工人题材的创作,展现出新老工人在新的社会时代中的精神风貌。就南下文人来看,方北方⑤的本土化转向是新马南下文人本土化的代表,根据其子方成的回忆,方北方曾经"手指向墙壁上日历里的'31.8.1957',他郑重地对着年幼的子女宣告:'我们新的国家诞生了,我一定学好马来文!'"⑥其中篇小说《峇峇与娘惹》(1957)中对华人传统和华文教

---

① 谢克(1931—),又名葛荃、刘同、蓝稿,原名佘克泉,祖籍广东澄海。新加坡作家。
② 章星虹:《香江报人在狮城 刘以鬯在城中的三个落脚点》,新加坡:《联合早报》2013 年 10 月 28 日。
③ 黄山(? —1979),又名黛丁,原名黄子山,广东澄海人。二战前南来,发表过长篇小说《挣扎》《幻灭》《没有太阳的街》(后面两部连载未完)。
④ 麦青(? —?),原名陈振兴,福建人。著有《欢呼的日子》(小说散文集)、《伙伴》(小说集)、《征旅集》(散文集)等。
⑤ 方北方(1918—2007),又名方里、方作兵,原名方作斌,生于中国广东省惠来县,1928 年随父南来槟城投靠伯父,同年父亲病逝,1930 年 1 月就读于槟城丽泽小学三年级,1934 年升入钟灵中学。1937 年 5 月回到中国汕头,6 月进入惠来县立一中读初中二年级。1942 年高中毕业,次年考入广东南华学院。1946 年完成了第一个长篇小说《春天里的故事》(8 万字)。1947 年 4 月搭"夏美莲"轮经曼谷返回马来亚槟城。1948 年开始,先后任教于北海中华小学、孔圣庙中华中学、韩江中学、麻坡中化中学任教,1964 年重返韩江中学,1989 年卸任韩中校长。1954 年中篇小说代表作《娘惹和峇峇》出版。长篇代表作"风云三部曲":《迟亮的早晨》(1957)、《刹那的正午》(1962)和《幻灭的黄昏》(1976);"马来亚三部曲":《头家门下》(1980)、《树大根深》(1985)和《花飘果堕》(1991 年初版时名为《五百万人五百万条心》)。
⑥ 参见方成:《方北方小传》,《方北方全集 1·小说卷 1》,吉隆坡:马来西亚华文作家协会 2009 年版,第 11 页。

育的宣扬,展示着新马当代文学中华校题材这一重要文学传统。接着,出生在新加坡的苗秀①及其代表作《火浪》(1960)的问世,更宣示着新华当代文学的正式开始。

在文学批评界,方修以编撰新马文学史的创作实绩开始了新马文学史的研究(包括苗秀及其后辈杨松年等人),一步步开始了新华文学史本土化的追求,并以方修的《马华新文学史稿》(1965)为代表。方修说:"我说我当时具有一定的条件来整理马华文学史,那是因为:一、我在报社兼编的一个综合性杂志,这时候恰好停刊,使我有了一点时间可以做些工作;二、我的同事林徐典先生在新加坡大学深造,可以帮我搜集新大图书馆储存的一批旧报章上的文学史料;三、另有几位文友——漂青(最近在新山逝世)、佐丁、刘冷等,先后送给我一批旧杂志,这些都是星大图书馆所欠缺;四、在年龄上,我正好夹在老一辈和年轻一辈的写作人的中间,所以三十年代以至五六十年代的作家,我认识得很不少,有的甚至是我的朋友或同事;他们某些不幸的遭遇,也是我亲身目睹的。这种感性的认识更促使我去从事当地文学史的编写,并增加我在这方面的使命感。"②方修先是编写三卷本的《马华新文学史稿》,接着在此基础上,编辑出版了十大卷的《马华新文学大系》,"正是由于方修的劳绩,才使原来默默无闻的马华文学,一跃而受到世界的注目",杜立秋还指出:"在海外华文文学中,马华文学是最早受到文学研究家重视的。当然,这与方修的努力是分不开的。"③

---

① 苗秀(1920—1980),新马重要作家,原名卢绍权,常用笔名有文之流、闻人俊、军笳、夏盈、苗毅等。祖籍广东三水,出生于新加坡。
② 黄妃:《访方修先生谈马华文学史》,方修编:《新马文学史丛谈》,新加坡:春艺图书贸易公司1999版,第40—41页。
③ 杜丽秋:《海外华文文学研究的回顾与展望》,方修编:《新马文学史丛谈》,新加坡:春艺图书贸易公司1999年版,第14—15页。

第二章 左派文人视野中的英殖历史再现

——汉素音与《餐风饮露》中的人道主义情怀

"汉素音"①是马来亚时期作家周光瑚的笔名,本文介绍的是其马来亚时期的创作,所以采用汉素音之名。此处先解释一下为什么要使用"汉素音"的名字。汉素音好友李星可曾经解释其取名缘由:"汉素音是她的笔名,有人译作韩素英、唐光瑚、周光瑚,但我在北京认识她的时候,我记得她的中国名字是'周月宾'。据她自己说,汉素音这个笔名,原来是因为她发表第一部英文小说《到重庆去》的时候,她的丈夫唐葆璜在伦敦中国大使馆工作,她自己也替重庆国际宣传处工作,所以临时采用了这个假名。这个假名毫无意义,不过取其发音易读而已,后来有人译作'韩素英',她自己喜欢译作'汉素音',因为这三个字的意义好像是'中国之声',这正是她心向往之的一件工作。"②另外,汉素音曾有一篇访谈《"韩素英"应写"汉素音"/"唐光瑚"原为"周光瑚"/巴金夫人自北京经港返星》③,其中也表明自己倾向"汉素音"的称呼。1952

---

① 汉素音(1916—2012),原名周光瑚,生于河南信阳,随父母在北京长大。父亲生于四川郫县,留学比利时。母亲是比利时弗拉芒人,出身比利时贵族家庭。1933年就读燕京大学医学预科,1935到比利时布鲁塞尔大学学医。1938年回国,同年与国民党军官唐葆璜结婚。归国期间,周光瑚在成都的美国教会医院做助产士。后唐葆璜在1947年战死于东北战场。1949年前往香港,在玛丽医院从医期间,与记者伊恩·莫里森(Ian Morrison)相恋,1950年8月12日莫里森死于朝鲜战场。1952年周光瑚嫁与英国情报官员里昂·唐柏(Leon Comber),后两人移居马来亚联合邦柔佛州的新山,她继续行医,1959年两人离婚。1964年被指公开发表不利新马合并的言论,同年移居香港。1971年她嫁给印度工程师陆文星(Vincent Ratnaswamy),先后在班加罗尔和洛桑定居。2012年11月2日,汉素音在瑞士洛桑的寓所逝世,享年96岁。她在马来亚时期出版的作品有:长篇小说 A Many-Splendoured Thing([《恋爱至上》]1952)、And The Rain My Drink([《餐风饮露》],1956,新加坡版 1958)、The Mountain is young([《青山不老》],1958,新加坡版 1960)、The Four Faces([《面面俱圆》],1963);中篇小说集 Two Loves: Cast But One Shadow and Winter Love([《两小无猜:孤影与冬情》],1962)。1956年,美国好莱坞根据《恋爱至上》改编拍摄成电影《生死恋》,获得1955年第28届奥斯卡金像奖的最佳服饰设计、最佳原创音乐及最佳音乐等奖项。

② 李星可:《译者序——汉素音其人及其作品》,《餐风饮露》(上册),新加坡:青年书局1958年版,第3—4页。

③ 新加坡:《南洋商报》1956年7月16日第6版。

年,汉素音发表了长篇小说《恋爱至上》,成为一名国际级的言情小说家,也是在这一年,汉素音因第二段婚姻于 1952 年到了马来亚,定居马来西亚柔佛新山,借着柔佛长堤之便,往返于新、马两地行医,一直到 1964 年离开马来亚,赴港定居。

《餐风饮露》是本文要讨论的对象,这部小说出版于 1956 年,是汉素音在马来亚期间创作的首部长篇小说,章星虹认为这部长篇小说是汉素音"书写马来亚/东南亚"系列作品的发端之作。① 这部小说以英殖民者从 1948 年开始的"紧急法令"执行过程为线索,呈现当时马来亚人民的生存状态,特别是各阶层人民(包括"马共")面对白色恐怖的心理状态,为后人研究马来亚历史和社会留下了宝贵的文学材料。小说 1956 年初版后,一再重版,被很多西方大学列为英殖民地时期马来亚历史的重要参考资料。值得一提的是,汉

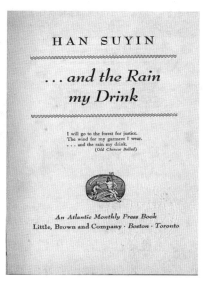

图 2-1 《餐风饮露》英文版书影

素音从来没有以中文进行过文学创作,虽然能够说流利的华语,但她自小上的是教会学校,先后接受法文和英文的教育,她的华文水平不足以进行文学创作,所以,《餐风饮露》是一本英文小说。据李星可的回忆,中译版本书名《餐风饮露》是汉素音自己选定的,而我们今天讨论的《餐风饮露》,是以李星可翻译的前六章和原书中的英文部分为对象。这也算我们研究新马文学的一个特例。

一、左派情怀的形成:汉素音人道主义精神的表现

汉素音在新马时期的文学创作有两个特点,第一,她的作品关注贫民

---

① 章星虹:《韩素音在马来亚——行医、写作和社会参与(1952—1964)》,新加坡:南洋理工大学中华语言文化中心、八方文化 2016 年版,第 82 页。

图 2-2 《餐风饮露》新加坡版书影

生活,注意对贫富阶级之间不平等生活的反映,这些都基于她的人道主义情怀。① 汉素音在新加坡牛车水开设的私人诊所"光瑚药房",从来没有被私会党(黑社会)骚扰过,因为平时遇到私会党因斗殴受伤求医的时候,按当局规定医生必须报警,但汉素音却"一声不吭"。她认为:"为什么不吭声?我不太相信那些代表法律和秩序的人,会比做错事的人干净到哪里去。"② 李惠望(陆运涛妻子,时任华人妇女协会会长)曾在一次大会上这样介绍汉素音:"住在牛车水的成千上万的人,从来没读过她的书,但没有谁不认识这位深受人们喜爱的医生。她为这些人看病,收费低得几乎等于不收费……"③ 评论者也多赞赏她作品中写实的一面:"就内容来说,汉素音这部书(《餐风饮露》)中所描写的马来亚,还是战后初期的马来亚,可是,虽然如此,这仍然是一部最有价值的著作。这部书的价值不在于它所提供的史料,而在于它的文笔。汉素音女士的文笔最长于写景,也最长于人物的刻画,她的观察犀利,事与人的描写都能倾其注意于环境性格的矛盾冲突,而不自囿于主观成见的小我天地中。像这样的写作,男作家中已经难得,就是在汉素音本人的著作中,这一部新著也与她以前的作品几乎判若两人。我相信,这部小说绝少有搬上银幕的机会,至

---

① 从西方文学史来看,启蒙主义是现实主义文学中比较主流的文学思潮,人道主义是它在西方文学演变中的一个变态。但是,现代主义、后现代主义中就没有人道主义吗?不能这样说的,我在这里只是设定这个框架,这个创作倾向我称之为"人道主义"。在本篇论文中,笔者所用的"人道主义"是一种有别于革命文学的信仰,是一种秉着知识分子良心的文学创作。
② 韩素音:《韩素音自传——吾宅双门》,陈德彰、林克美译,北京:中国华侨出版社 1991 年版,第 227 页。
③ "Suyin: 20th Century Will See Women Gain Full Equality," *The Straits Times* (Singapore), 18 January 1959, p. 5.

少是在目前,但比较起来那部业已搬上银幕的《恋爱至上》,我更喜欢她这部新著。"①

第二个特点就是基于她对华人命运的关心,她对中华文化以及相关的华人事务都表现出极大的热情。汉素音国籍上是英国人,但因为父亲的中国人身份,让她成为中国人,更重要的是她自己的文化/身份认同也偏向中国。而作为混血儿的她,在家中被母亲嫌弃的经历,也极大地伤害过她,使其更认同自己是中国人。从目前她所存的照片来看,她的家居服和公开场合都是身着旗袍,这可谓她文化偏好的一个注脚。在1982年 A Mortal Flower(Jonathan Cape Ltd. 1966)的中译本(《韩素音自传:凋谢的花朵》)序言中她这样写道:"美国的出版人要我把这本书集中写我的外国母亲和她在中国的生活。但我不能同意这样的写法。因为我认为,如果以我母亲作为主角来写,并不能使千百万国外读者了解中国和中国人民。这也是一种个人的问题。我正在寻找我自己的根——我的感受和心绪的根源——而这一切,无疑都是在中国。……我对敬爱的周总理和邓大姐致以感谢之忱和崇高的敬礼。我对英雄的、坚韧的和高贵的中国人民表示感激和挚爱。他们的历史是光荣的,他们的未来目标充满了希望和保证。我经常以自己至少是半个中国人而感到自豪。"②而在马来亚时期,她曾说过:"马来亚的中国人,因为具有中华民族的特性,及世界最优美的历史悠久的传统的文化,无论处境怎样困难,环境怎样变化,五年或十年以后,在文化上、政治上及经济上,都是能站在第一位的",③足见她对中国的感情之深。

诚如前言,汉素音以英文进行文学创作,但她的生活及创作所处的是华人(华语)的环境,而且面对的是新马华文文学界,这使得她的创作成为新华文学的一个特例。一方面,她自己对融入东南亚多元文化环境是非常自觉

---

① 李星可:《译者序——汉素音其人及其作品》,《餐风饮露》(上册),新加坡:青年书局1958年版,第5页。
② 韩素音:《中译本前言》,韩素音著、殷书训译:《韩素音自传:凋谢的花朵(1928—1938)》,北京:三联书店1982年版,第1、3页。
③ 萧文增:《作家、学者、医生唐光瑚女士访问记——她以"汉素英"笔名写成两本书,风行英美及欧陆》,新加坡:《南洋商报》(特写)1952年6月30日,第5页。

的。她认为"东南亚是一个值得留恋与奇异的地方,此地人文风俗繁多复杂,互相融合,形成生活形式复杂错综。没有其他的国家的地理、宗教、生活方式,等等,有如此的形形色色。我们须要将这种多元的生活方式与文化,拉拢在一起,须要我们之间的互相了解与认识"①。另一方面,她还积极参与马华文学的建构。如1967年由李星可和梁康柏编译的短篇翻译小说集《现代马来西亚华文小说选编》在新加坡出版,汉素音为这本书作序,这篇序言是马来西亚华文文学史上的重要资料。② 同时,汉素音还对"马华文学"进行过定义:"马来西亚文学应该包括这些作品(戏剧、小说、诗歌),即在感情上,在效忠的问题上,在描述上,在社会背景上和在所关心的问题上是有关于马来西亚和新加坡的。这些作品可以用星马四种所被公认为主要语言的马来文、华文、淡米尔文或者英文来发表,……从定义上来说,马来西亚华文文学就应该不包括那些以中国或者中国问题为中心的作品",③这也是马华文学研究界最早的研究成果之一。诚如后人所评:"三十年来的马华文学运动史,大半部都是南下文人们以热血以生命在恶劣的环境中来辛勤写下的,他们在这文化落后的殖民地社会里,不顾一切歧视、冷笑与压抑,披荆斩棘,尽了开路先锋的任务,如许杰、马宁、林参天、郑文通、吴天、金枝芒、铁抗、金丁、郁达夫、张一倩、陈如旧、王任叔、胡愈之、沈兹九、张楚琨、丘家珍、杜边、韦晕、絮絮、夏衍、韩萌、米军、李汝琳、李星可、汉素音等等,都曾为马华文艺而努力。"④

汉素音是一位左派文人兼地方名医,加之丈夫也是政界高官,所以,无论是在香港还是马来亚,由岛至岛,她都是英殖民地政府的座上宾。她曾与第一任丈夫唐葆璜一起获得当时英国国王乔治六世和皇后的接见。在东南亚一带,其与时任香港总督葛量洪(Alexander Grantham)、时任英国驻东南亚最

---

① 《汉素音女士在南洋大学演讲/以作家的立场看东南亚/历述东南亚作家们在写作上的困难》,新加坡:《南洋商报》1958年5月26日,第7版。
② Han, Suyin. "Foreword." translated by Ly Singko, edited by Ly Singko and Leon Comber. *An Anthology of Modern Malaysian Chinese Stories*, W. Heinemann, 1967, pp. 1–21.
③ 汉素音著,李哲译:《马华文学简论》,新加坡:《新社文艺》1970年3月第13期,第4页。
④ 赵戎:《论李汝琳的创作与功业》,《论马华作家与作品》,新加坡:青年书局1967年版,第82—83页。

高专员麦唐纳（Malcolm MacDonald）、时任香港大学校长赖德爵士（Sir Lindsay Ride）、新加坡总督柏立基爵士（Sir Robert Black）等人都有过深入交往。据其自传，她与丈夫里昂·康柏（即梁康柏）的香港婚礼上，观礼嘉宾中就有香港总督葛量洪夫妇，而代表女方家长的嘉宾就是香港大学校长赖德爵士。她与新马两地华巫印各族群名人都很熟悉，如马华公会会长陈桢禄、陈桢禄之子陈修信、邵氏公司总裁邵逸夫、国泰机构总裁陆运涛、柔佛苏丹依布拉欣（Sultan Ibrahim of Johor）、林有福、李星可、林英权（林义顺之孙）、大卫·马绍尔（David Marshall）、林清祥等人。她还经常出席各种政治和民间团体的活动，如1953年3月与陈六使、连瀛洲等华社领袖在戎禺俱乐部商议南洋大学成立的事宜、1958年访问柬埔寨获西哈努克亲王接见、1959年1月参加新加坡举办的"泛太平洋—东南亚妇女大学"、1960年在新加坡维多利亚纪念堂举办的"泰戈尔99周年诞辰纪念会"上作主题英文演讲、1960年访问中国与周恩来会面、1963年在雅加达与印尼总统苏卡诺会面等等。据统计，她在新马十二年所作的各种公开演讲有34场，马来亚地区中英文报章对她的报道累计47次。① 再加上她的名人效应，由她的小说 *A Many-Splendoured Thing* 改编而成的好莱坞电影《生死恋》（*Love Is a Many-Splendored Thing*）在1955年大卖，而电影大亨陆运涛旗下的新加坡国泰电影集团，也买下《生死恋》在东南亚的放映发行权。1959年，好莱坞还专门派人员来与她洽谈将《青山不老》改编成电影的事宜。1963年她的小说《孤影》（*Cast But One Shadow*）由新加坡国泰电影公司和法国布勒实德电影公司联合拍摄成电影《形影相随》（*Cast the Same Shadow*）。值得一提的是，正是因为在政、商和学三界的声望，汉素音在创作上虽然有左派倾向，但英殖民政府并不敢轻易去碰这位名噪一时、身份特殊的文化名人。

汉素音在马来亚的十二年，正好是二战后马来亚民族主义盛行和追求国家独立的时期，当时英国殖民者正在马来亚地区实施"紧急法令"，开展"新

---

① 参见章星虹：《韩素音在马来亚——行医、写作和社会参与（1952—1964）》，新加坡：南洋理工大学中华语言文化中心、八方文化2016年版，第313—317页。

村"活动。① 当时的新村迁居行动非常残暴:"在山郊或林边耕植的华人,……事先不获通知,天未亮,军队来了,荷枪实弹将整个地区层层围住,将还在甜梦中的人拉起来,驱上军车,只准携带少许财物。人从屋里走出之后,板屋已被淋上火水(汽油),放火焚烧。农作物一样被烧毁。所饲养的猪、羊、鸡犬,只能随手抱回一两只,其余都被毁灭。那些人,扶老携幼,嚓声流泪,在枪尖下无法反抗,离开多年培育的农地,离开温暖的家,向茫茫的前途('新村')走"。② 汉素音在《餐风饮露》中这样叙述:"通过阿梅及所有其他佣人,通过自己在马来亚的旅行和到'新村'去治病人,我开始认识马来亚。我把自己看到的都写了下来。我的书带着丛林和沼泽地的气味,也带着人体切片的气味,有瓦砾,有荒芜。该书于 1956 年出版,我给它起名为《……雨,我饮的水》(《餐风饮露》)。这本书至今还在重印,在美国一些大学里仍然被列为关于马来亚,关于紧急法情况最好的书。"③ 汉素音为收集创作素材,"每到一地,韩素音都尝试与人接触交谈,以了解不同族群、不同阶层人们的想法。一方面,她拜会实权在握的英国殖民官员、大名鼎鼎的社会名流、生活优渥的大学教授。……另一方面,她下到马来甘榜、华人'新村'、橡胶园和矿山,与普通华巫印居民、胶工、矿工以及新村村民交谈聊天。"④ 加上她在经营诊所的过程中,看病和出诊让她有很多机会接触到各种各样的病人和林林总总的现实生活,这些真实的社会材料都成为她最好的创作源泉。

《餐风饮露》中马共形象的历史背景也需要交代。二十世纪五六十年代,新加坡主要的反殖力量有二,其一为激进的华校与英校出身的学运和工运领

---

① 英国殖民者于 1948 年 6 月宣布进入紧急状态,集中优势兵力以攻击已重返马来亚森林的马共游击队。由于马共大多数是华人,所以,一时华人对马来亚联邦的忠诚,也受到严重的质疑。加上 1950 年 6 月开始英殖民者大规模实施"布利格计划"(Brigg's Plan),一方面驱逐有马共嫌疑的华人一万五千人出境(至 1952 年止),一方面于 1950 年 6 月开始将所有约 50 万散居于郊外与山林边缘的华人居民,强制迁移于全马各地约 550 个左右的"新村",以断绝马共的物质供应来源。参见李恩涵:《东南亚华人史》,台北:五南图书出版股份有限公司 2003 年版,第 713 页。
② 王国璋:《马来西亚族群政党政治,1955—1995》,台北:唐山出版社 1997 年版,第 29—30 页。
③ 韩素音著,陈德彰、林克美译:《韩素音自传——吾宅双门》,北京:中国华侨出版社 1991 年版,第 86—87 页。
④ 章星虹:《韩素音在马来亚——行医、写作和社会参与(1952—1964)》,新加坡:南洋理工大学中华语言文化中心、八方文化 2016 年版,第 52—53 页。

袖,其代表有林清祥、方水双等人,其组织包括各种"中学联"、南大学生会、左翼工会和马大社会主义俱乐部;另一支反殖势力为新马留学英国的一批有政治觉醒和民族意识的温和派人士,如李光耀、东姑·阿都拉曼等人。这两股势力于1954年组成"人民行动党",为争取新加坡的独立而斗争。在统一战线时期,大家面对英殖民地者的时候,尚能合作无间,但当1959年人民行动党执政、新加坡获得自治之后,两股势力因政治路线所产生的矛盾愈发加剧。激进派一直被视为马共的外围组织,而激进派的支持者多出身南洋大学,使得南洋大学因这层关系被蒙上浓厚的政治色彩。汉素音本人不仅参与南洋大学的成立,还亲自参与了很多重要的学校事务。在南洋大学成立之初的三年(1956—1959),她经常组织新加坡西医每周轮流在南洋大学校园医务室为学生义务诊病。在南洋大学任教期间,汉素音兼任文学院讲师,以英文讲授"当代文学",第一次把亚洲文学带入新马地区的大学讲堂。而当年南洋大学的校园刊物中,英文研究会的《南大火炬》和现代语言系的《南洋文学》,在文学创作和翻译方面都曾邀请汉素音作为顾问。"我于1959年开始在南洋大学教授一门历时三个月的现代亚洲文学课程。我晚上上课,每周两次,每次两小时。我不拿工资,最后由于一些成员反对我出席学校毕业典礼,校董会宣布这门课程毕业时不算在内。我开课的目的,不只是为了使学生了解亚洲其他各国的情况(殖民主义在分割我们方面很得手),也是为了自己进一步了解其他亚洲国家。此外,我要让马来人进入南洋大学,还要在那儿教授马来语。但是,即使一些进步学生对接纳马来人也很反感。独立后,马来亚的新体制给马来人许多特权,南洋大学对华裔学生说来,则成了接受中国教育的最后一个场所。即使华裔学生考试得分最高,他也不会被录取进吉隆坡大学或新加坡大学;而一个得分较低的马来学生则会被录取。"[①]这些都是关于十九世纪五六十年代新加坡南洋大学最珍贵的历史回忆。

  汉素音还亲历了南洋大学意识形态之争漩涡的可怕,"1960年夏我身体垮了。2月,我去了柬埔寨,开始写一本新书《四张面孔》。……我和南洋大学

[①] 韩素音:《韩素音自传——吾宅双门》,陈德彰、林克美译,北京:中国华侨出版社1991年版,第280—281页。

左派学生联合会展开了一场激烈、长时间的争论。据说马来亚共产党渗透进了这个组织。引起争论的原因是我公开支持李光耀总理在南洋大学的讲演,激起了左派分子的愤怒,他们在报纸上发表了一封十分粗鲁的信反对我。我一度遭到排斥,后来有 108 名学生集会支持我,最后我在家里会见了学生代表,取得了和解。这增强了我作为无党派人士的地位,但却引起了人民行动党政府对我的愤怒。"①"(1963 年)接着就轮到南洋大学遭难了。警察在夜间袭击 117 名学生被包围,所有大学的刊物被禁止。除了那些从警察那里领到特许证的人,其他人一律不准进入南洋大学。1963 年期间,我帮助几个学生悄悄离开绿色的新加坡。这些学生并不是共产党员,而是因为向被禁的刊物投稿而受牵连的人。我再也没有走进过南洋大学。"②这些为汉素音《餐风饮露》提供了丰富的创作资源,后来都写入了她的作品中。

二、南洋阶级图景:《餐风饮露》中的左派知识分子情怀

早在 1949 年,汉素音在香港玛丽医院工作的时候,就曾因为把从湾仔街头买来的《三毛扭秧歌》的贴画,贴到医院诊室写字台上,被人视为赤色分子。③ 来到马来亚,她多次公开宣示自己是"一名憋了一肚子气的亚洲人",④ 因为对英殖民地政府的不合理政策多有指责,也被人指为"共产党"。⑤ 而在香港时期创作的 A Many-Splendoured Thing《恋爱至上》英文版1952)中就有着左派知识分子的自我认同,小说中香港教会医院工作的寡妇素音,结识了英国记者马克·艾略特并相恋,从文学隐喻的角度,两人之间的恋爱充满着政治隐喻,如汉素音在政治倾向上,认同新生的中华人民共和国,她认为自己与马克的爱情是否能够有进展,"取决于你们的政府是否承认北京政府,取决于你们的世界能否接受我们这不可避免的革命以及这革命可能带来的后

---

① 韩素音:《韩素音自传——吾宅双门》,陈德彰、林克美译,北京:中国华侨出版社 1991 年版,第 331 页。
② 同上,第 459 页。
③ 同上,第 28 页。
④ "Han Suyin, of Johore, Writers a Best-Seller", *The Straits Times* (Singapore),22 June 1952, p10.
⑤ 韩素音:《韩素音自传——吾宅双门》,陈德彰、林克美译,北京:中国华侨出版社 1991 年版,第 222 页。

果,取决于战争是否会爆发。政治、经济、市场等等这些我搞不明白的东西才是决定性因素",①另外,小说中对中国革命的见解、对新生中国小城生活的描写,都带着非常鲜明的政治倾向。难怪马尔科姆·麦克唐纳这样写道:"通过阅读本书,我们外国人可以更深入地认识是什么样的动机让这么多善良的非共产党的中国人留在国内,并投身于共产党的事业当中。这样的认识有助于中国与西方的和解——这一天必将到来。"②

汉素音对南洋华人社会的关注是明显的,1953年皮特·罗宾逊(Peter Robinson)出版自己的摄影集《新加坡一瞥》(See Singapore),其中的配文是汉素音撰写的。这本摄影集中有推着婴儿车的英国妇女,有卖小菜的华人菜农,有新加坡河边看船的行人,还有收档后点钱的华人老板,这些都非常直观地展示着新加坡早期各阶级的生活图景。《餐风饮露》中也有着类似的场景描写,丰富着我们对南洋华人生存状况的了解与认识,如"割胶"一幕:

> 阿牛跟他的同伴们,忍饥受渴在胶林中受罪的时候,胶林里只有那既不能吃又不能喝的白金色液体注入桶里去,雨是敌人,因为下雨他们就要停止工作,工资的收入就将落空。这就是说要饿得更厉害,肚子里更凶的绞痛,眼睛前面更多的跳动着的影子,牛嫂更多的长叹,还有孩子们的哭。有时候如果雨下得不大,他们就不停工,等着雨下完,从树叶底下仰望着天,张着嘴,喝那从树叶上掉下来的雨水。(《餐风饮露》,第110页)

另外,在英文版《餐风饮露》中的第七章"毒舌,小和角"(Vipers, Little and Horned)中当"我"向马共嫌疑犯阿梅建议,让她针对有人盗取华人清明节祭品这类事情,在政府报告中指出每个人要尊重其他民族习俗的时候,阿梅回答说,"我没有记录下那个人所说的,因为我想审判的结果不会因为我写什么而改变。他们根本就不相信我。在这里,警察是马来人,军队是英国人,

---

① 韩素音:《瑰宝》,孟军译,上海:上海人民出版社2007年版,第168页。《瑰宝》系 A Many-Splendoured Thing 2007年大陆简体字版。
② 马尔科姆·麦克唐纳:英文版序(1952),韩素音:《瑰宝》,上海:上海人民出版社2007年版,第4页。

他们惩治和对付我们华人。时下是没有公平可言的,韩医生",而我也认识到,"突如其来的恶心抓住了我,因为这种不可思议的事情在马来亚当下残酷和愚蠢的日子竟这样频繁。……无知的糊涂的,仅仅只是基于种族的怀疑,就运用紧急法令来先行逮捕,不经审判,也无需证据,不需要所谓的合理怀疑。就可以扣留任何人最少两年。"①在这两段文字中,我们可以一窥出身马共的阿梅对南洋社会中统治者/被统治者(殖民地政治)、巫族/华族(马来亚各族群)之间的社会/阶级不平等状态的深刻体悟。但这些认识何尝又不是汉素音的个人政治见解呢?

《餐风饮露》也为我们带来了南洋上流社会华商这一特殊群体的形象描写,如对华商郭文的介绍:"也许是那只乳猪打断了莫沙爵士的深思,使他把他那乌黑而可爱的眼光转向我。他身上流露着那真正的神秘传统的东方尊严。他一点没有那些王室贵族的笨拙而拒人千里的做作逢迎。反之,他带着殖民地的特有现象:由于与外国统治者的接触,这样产生了一种人物典型,他们由于忠实的模仿,无意间变成了他们自己的主宰们的讽刺画。他的态度潇洒自然,语调和蔼客气,令人至少不致生疑,即使并非可信的话。这样的都市化的人物自然是诚恳、直爽、老实的,……他玩得一手好棒球,像这样的人自然是非常理智的。统治当局评判他们的创造物,假如不是根据他们已经充分吸收他们自己的习惯的一眼可见的外表举止,那要根据什么呢? 莫沙爵士在马来亚政治中已然像一道光芒一样足资注意。他的公式简单,已然获得权威当局的注意:'慢慢来。我们没有十分确有准备之前不必谈独立。我们必须在学走以前先学爬'。"(《餐风饮露》,第81—82页)这种人物描写跟早期新马华文文学中被妖魔化的上流华商不同,如"我以报馆者的资格,走入了号称祖国的艺术的结晶的国术马戏场;我被招待员领导着,坐入包厢的特别座上。……我的眼光在这一圈的椅子上转了一圈之后,我便疏疏落落的看见,几个在各种的伟大的宴会或伟大的典礼上的,该埠的华侨领袖,以及几个特别华丽的,大概是资本家的太太或小姐。我自己的心里,在受宠若惊的惊诧,

---

① Han, Suyin. *...and the Rain my Drink*, Jonathan Cape, 1956. pp. 103 - 104.

怎么搞我这种穷光蛋,也会被列入;与资本家,政府走狗,以及资本家的太太小姐们同一阶级呢!"①更与后来苗秀《新加坡屋檐下》、絮絮《房东太太》等人创作的小商人形象大相径庭。上流华商在马克思政治经济学中被归属于"买办资产阶级",可能是汉素音并不了解这种说法,也没有这样去称呼笔下的华商形象。但类似"陆克四周围看了看,忽然觉得这个宴会场面变了样:它已经不是普通华人社会欢迎新到任的警察首长的宴会,像他们欢迎任何其他新到任的英国政府官员一样;它已经不是那种习见的英国式的予取予求,比日本人的赋课来得那么顺利圆润的取求方式;而是代表法律与秩序,财富与产业的整齐队伍,在展示着它们彼此之间的合作与相互依赖,企业东主及其保镖按照他们自己的方式在酬谢那些来保护他们的穿着制服的白种警务人员。"(《餐风饮露》,第88页)这样的形象分析和阶级分析的功力是相当深厚的,也从另外一方面丰富着新马华文文学中的人物画廊。

非常难得的是汉素音笔下出现了马共形象,这是早期马华文学中极少被涉及的人物形象。如"阿梅是第二三四号的敌俘,在森林战中俘虏的同志,现在在这间虽然有风扇吹着然而透不过气来的小办公室里她站在那里好像是一团光,她那白裤,绣着粉红菊花的小领短衫,显得一身轻松愉快。她的头发没有烫,因为她是森林里出来的,所以是苦行者,而且'电烫头发'是一种帝国主义的发明,这是谁都知道的。有一天阿梅也许要电烫头发,像所有其他的女孩子,女胶工,保姆,工厂女工,所有马来亚的其他亚洲籍女孩子们一样。可是那一天是有象征的意义的,而她现在也许已经不再相信了。阿梅的脸孔非常甜,那么嫩,那么圆,那么光润,谁看也不会觉得她美。可是再看,我就注意到那宽眉毛,下巴,高颧骨,还有两只黑黑的大眼睛。我今天只记得她那小孩子式短短的上嘴唇,这嘴唇使她的面孔有一种说不出来的魅力。"(《餐风饮露》,第21页)还有"这个青年现在就要断气。……我们站在那青年人的床旁;他的床头也有一个马来警察守卫着,那个警察跟他一样年青。葡萄糖盐水不流了。我多余的试了试他那轻微的脉搏。他的脸皮细腻,五官端正,前额长

---

① 许杰:《马戏场中》,《椰子与榴莲》,上海:现代书局1930年版,第95页。

着一丛黑黑的头发。他像千百个其他华人青年一样,瘦瘦的,十分清秀,跟马来人的美不同,马来人没有华人青年那种秀气,马来人的美好像更肉感。"(《餐风饮露》,第41页)

  与"马共"一样,"新村"也是马来亚书写的重要禁忌,汉素音大胆地涉及这一写作题材,第一次在新马文学中留下了新村生活书写的印记。如"在警察站那里,割胶工人们缴出了他们的身份证;马来警察扣留着这些身份证,等他们割胶回来的时候再发还他们。马打们(马来语,意为"警察")检查那些胶工,摸他们的身上,解除他们的腰带,看有没有携带米、肉、豆饼、饼干、罐头、子弹、火柴、香烟、烟草、手表、钢笔、铅笔、任何纸张、钱、首饰、多余的衣服或毛巾、一小块胶布、绳子钓鱼钩、小刀、肥皂、药品。他们要尝一尝热水瓶里的水,看是不是加了糖的。他们要把手电筒照一照他们脚上的鞋,看一看是不是新的。他们要拍一拍脚车皮座,试一试车上的轮胎。有时候他们还要看一看女人们的头发。"(《餐风饮露》,第48页)再如,"七月一日,昨夜我们大规模进袭乌鲁舍利垦区。乌鲁舍利的人民对于那些压迫者又恨又怕。他们从前是森林边缘的农民。在抗日战争期间他们一直供给我们食粮。战后他们停止供给了,可是,不顾恐吓威胁,他们还是继续帮助我们。有一天,英国帝国主义丘八来了,把他们都装上卡车运走了,他们的茅寮被焚烧了,他们的庄稼烧掉了,猪也屠杀了。这是六个月以前的事。人们在车上过了两天。太阳曝着,他们没有东西吃,也没有水喝。后来被送到乌鲁舍利,住的地方周围被围上铁丝网,以便阻止他们运送食粮接济我们。英国人决定把他们安置在这里的时候,他们是在干季看见这块地,把人民运送来的时候已经是雨季了。他们用铁丝网把这块地方圈起来,命令他们自己盖茅寮居住。在这样水浸的地方,人民怎么样能盖房子居住呢?水深到脚踝,很多小孩子都病了。红毛鬼子来了,看了看,又走了;又有更多人来了,摇摇头。他们告诉人民忍耐,运来了一些石头沙子铺在泥地上。现在人民有了割胶的工作了,是在附近的胶园,茅寮也盖起来了。他们没法多生产粮食,他们噤若寒蝉,可是恨那些英国人。"(《餐风饮露》,第66页)

  《餐风饮露》不仅仅是一部文学作品,汉素音还为我们留下了非常客观的实时历史印记。从她左派文人的立场上,她认为"马来亚炫耀于世界的锡米、树胶,对马来亚人民生活无益,因为这样造成贫富不均。如果每人有足够耕耘的田地,生活平均,无贫富不均现象,相信马来亚暴乱不会发生。"①同时,她认同华人坚持自身文化传统的同时,也提醒华人"马来亚之中国人亦应以马来亚为家乡,效忠本邦。因为一个人,不能同时事两个主人。"②她介绍马来半岛的各族人民,客观并保留当时人们的一些看法,少了我们历史回述时的加工。"马来人这一名词指的是爪哇人,苏门打(答)腊人,印尼人,东印度群岛的人,亚(阿)拉伯人以及受亚拉伯教育信奉依斯兰教的人,以及马来亚本身的马来人;华人则包括半打以上华南各省来的人,他们在特征与气质上都是中国人,但却照方言不同分别为潮州人,福建人,客家人,广府人,海南人,以及若干小帮派人。印度人,包括塔米尔人,孟加拉人,锡克人,巴丹人,班者比人,还有其他的人。在医院的每一病房中,至少要有三种不同的伙食。在每一病房中,看护除了看护之外还要兼司翻译,如果她们翻译不出来,就要找一个勤务或阿婶来代替,任凭翻译的错误百出以及目不识丁的亚洲人的自作聪明。医生当中很少能同所有的病人讲话,因为在马来亚,大学教育的注意点首先是英语流利,这就妨碍了医生们获得本地方言的认识。"(《餐风饮露》,第38—39页)

三、结语

汉素音作品中的左翼立场是非常鲜明的,强调对社会中不公正现象的抨击,反抗不合理的社会制度。这些描写不仅是珍贵的历史图景,同时也是汉素音人道主义情怀的重要体现。"当然,愈是那些在上次大战中反日最厉害的地方,抗战最英勇的地方,在目前的混乱中愈是出名的黑区。所以,丹容马林,查甫曼的书(英医生非常喜欢这本书)中提过的这个地方,古莱,拉比,永

---

① 萧文增:《作家、学者、医生唐光瑚女士访问记——她以"汉素英"笔名写成两本书,风行英美及欧陆》,新加坡:《南洋商报》(特写)1952年6月30日,第5页。
② 同上,第5页。

平,土达现在都是黑区。他知道有一个村庄曾经两次被削平过。第一次是被日本人夷为平地,去年是被英国人。第一次被洗劫的时候,森林中的游击队曾经警告过村里的人,所以很多人都逃了。没有逃掉的都遭日本人屠杀。第二次,英国兵是在早晨破晓的时候来的,村子被包围了。全村的人被装上卡车,足足运了六小时,猪杀了,庄稼毁了,全村付之一炬。'这叫做集体处罚'。英医生笑着说,他的脸上突然露出了笑容,这是中国人用来掩饰其他感情的习惯方法。笑是有教养的人用来掩饰疲倦,痛苦,或者愤恨的。"(《餐风饮露》,第40—41页)这段文字在反讽式样的描述中揭露着英殖民者草菅人命的恶行。另外,汉素音对马来亚人民"国民性"的批判立场也是源于她人道主义的信念。"病卧在这里的是夹在新与旧这两种魔力的板缝中的亚洲人。西方的医药在白天可以是有力的魔法,当那年龄更老而曾经有力的巫术失灵之时,不得不求它,但这种大胆的尝试在夜间就失灵了。夜间,旧信仰又死灰复燃了;于是,那万灵的草根树根,染了血迹的爪,就又在嘲笑新的神秘,白天的注射针。于是,那难受的魔术与神灵的符咒要用来驱逐月光之下饮人血的魔鬼。在白天,那些穿了白衣的魔术师挥舞着他们的新魔术棒——听诊筒——可以驱魔镇鬼,但在夜间便又是魔鬼猖狂的天下。白天要被迫躺在床上休息,夜晚病人可以自由走动;他们吃那些不准吃然而由亲戚偷带带进来的味道强烈的东西;赌钱;做生意;涂抹或者服用那些卖草药的人、巫术医师或者中国大夫的药料。我碰见两个高大的锡克人正在干那不可告人之事,可是觉得自己变成了本无权威的奸细。他们转过那须毛满面的脸来看我,那夜间的毫无忌惮属于另一世界的眼光使我不得不继续走我自己的路,离开他们,走了出去。"(《餐风饮露》,第37—38页)正是在这些批判西方,同时又反省东方(主要是华人)的辩证思考中,汉素音批判现实的力度以及人道主义情怀表现得更加深刻了。

第三章　冷战文化、青春书写与影像表现

——以《星星·月亮·太阳》《青春之歌》和《蓝与黑》为中心的文学考察

当历史跨过1949年的时候,中华大地开始了一场巨大的历史变革。这一年,经过三大战役之后的中国人民解放军于年初打响了渡江战役,向国民政府统治的南方地区推进,同年10月1日,中华人民共和国宣布成立,定都北京,开始了中国历史的新纪元。同年,国民党政权败退台湾,虽蒋介石不断地往返于台湾与大陆各残余据点打气,亲临上海、广州、重庆、成都、厦门等地,但终究抵挡不住人民解放军的强大攻势,仅做困兽之斗。而同时期的香港,因为英殖民地的背景,各方政治势力和意识形态缠斗不已,也造就了香港文学多元复杂的发展状况。二战结束之后,两岸文学都开始回眸历史,胜利也好,失败也罢,作家们都在重构刚刚逝去的现代历史,或为中国共产党革命历史的合法性作注脚(《青春之歌》),或展示沦陷区的日常生活和抗战斗争(《星星·月亮·太阳》),或为国民党腐败的历史进行辩解(《蓝与黑》)。这些作家书写自己刚刚逝去的战斗中的青春,其中的代表作家和作品有杨沫[①]的《青春之歌》,这部小说从1951年开始创作,1955年4月初完成初稿,1958年由作家出版社出版,1959年改编为同名电影;王蓝[②]在1958年出版了《蓝与黑》,1966年同名电影由香港邵氏电影公司出品;徐速[③]于1953年推出《星星·月亮·

[①] 杨沫(1914—1995),原名杨成业,祖籍湖南湘阴,生于北京。著有长篇小说《青春之歌》(1958)、《东方欲晓》(1980)、《芳菲之歌》(1986)、《英华之歌》(1990);中短篇小说集《苇塘纪事》(1957)、《红红的山丹花》(1978);散文集《不是日记的日记》(1980)、《自白——我的日记》(1985)及电影剧本《青春之歌》(1958)等。

[②] 王蓝(1922—2003),笔名果之,祖籍河北阜城。著有长篇小说《银町》(1942)、《蓝与黑》(1958)、《长夜》(1960)、《期待》(1960);短篇小说集《美子的画像》(1942)、《鬼城记》(1944)、《师生之间》(1954)、《女友夏蕾》(1957)、《吉屋出租》(1959);长诗《圣女·战马·枪》;报告文学《太行山上》(1943);文学评论集《写什么怎么写?》(1955)等。

[③] 徐速(1924—1981),原名徐斌,又名徐直平,祖籍江苏宿迁。著有长篇小说《星星之火》(1952)、《星星·月亮·太阳》(1953上册,1954中、下册)、《樱子姑娘》(1960)、《疑团》(1963);短篇小说集《第一片落叶》(1958);散文集《去国集》(1957)、《心窗集》(1961)、《一得集》(1961)、《百感集》(1970)、《故人》(1981);杂文评论集《衔环集》(1974)、《徐速小论》(1979)、《徐速散评》(1980)。

太阳》,之后在 1961 年由香港电懋公司拍成电影,这三部作品由小说到电影都在华语地区风行一时,也成为中国当代文学的经典作品。

一、冷战区域中的青春书写:历史洪流中的时代青年

从中国现代文学的发展脉络来看,中国大陆地区文学继承的是抗日根据地(以及之后的解放区文学)的传统,强调文学为工农兵服务,强调文学作品反映阶级斗争,同时建设新的社会主义现实主义的文学传统。1949 年 7 月中华全国第一次文艺工作者代表大会的召开,确定了"文艺为工农兵服务"[1]的文艺方针,确定了中国大陆文学的发展方向。在同期的海峡对岸,台湾地区继承的是国统区文学的传统,不过随着 1950 年 4 月,以张道藩为主任委员的"中华文艺奖金委员会"宣告成立,奖助对象以撰写反共文学作品的作家为主。笼络政策确立之后,同年 5 月 4 日定为文艺节,并且联合当时一百余位作家在当天组成"中华文艺协会",陈纪滢担任大会主席。参加这次大会的,包括国防部总政治部主任蒋经国、国民党中宣部负责人张其昀、台湾省党部主委邓文仪,以及教育部负责人程天放等,这个事实说明了对文艺活动的干涉,已是党政不分了。而同时期的香港文学,因为英国殖民地的历史身份,加上英国殖民者对各方政治势力采取宽容姿态,所以亲共产党的左派、亲国民党的右派以及亲美的第三势力并行于世,但各方文化势力互相攻讦的现象还是屡屡发生。无论是海峡两岸文学一致为政治服务的文学创作方向,还是香港蕞尔小岛上的左中右派的共存互斗,都是在 1950 年代世界范围内,东西两大阵营对立的冷战格局下所形成的"文化冷战"(Cultural Cold War)[2]的对抗

---

[1] 具体参见周扬:《新的人民的文艺——在全国文学艺术工作者代表大会上关于解放区文艺运动的报告》,这是周扬 1949 年 7 月 4 日在第一次文代会上作的关于解放区文艺运动的报告,后载于中华全国文学艺术工作者代表大会宣传处编辑:《中华全国文学艺术工作者代表大会纪念文集》,北京:新华书店 1950 年版,第 69—97 页。
[2] 1947 年美国杜鲁门(Harry Truman,1884—1972)在国会提出杜鲁门主义外交政策,展开对外经济援助的马歇尔计划,正式拉开了东西方冷战的序幕,也启动了"文化冷战"。冷战及冷战文化方面的参考资料有 Whitfield, Stephen. *The Culture of The Cold War*. The Johns Hopkins University Press, 1990. Klein, Christina. *Cold War Orientalism: Asia in the middle Imagination, 1945 - 1961*. University of California Press, 2013.

形态。

《星星·月亮·太阳》(1953)、《蓝与黑》(1958)和《青春之歌》(1958),这三部小说都是以抗战前后中国青年一代参与抗日救亡的爱国故事为题材,同时旁及他们各自家族、事业和爱情等各种社会关系,作家们用自己自传性的笔法重构刚刚逝去的历史,以一种饱满的理想主义情怀来回顾和书写青春岁月。《星星·太阳·月亮》是徐速的长篇代表作,讲述的是徐坚白与朱兰、秋明、亚南三位女性的恋爱过程。但小说并不囿于英雄儿女的卿卿我我,更多着墨于四个人在抗战前后参与救亡运动的积极与热情。《蓝与黑》是一部青春题材的小说,以张醒亚与唐琪两人的爱情经历为线索,以抗战前后的中国沦陷区、国统区两地变迁为背景,展示了张、唐两人曲折的人生经历,同时又对张、唐两家在乱世中的生活故事进行了描述,为我们展示了丰富的时代故事和历史图景。当时《联合报》赞赏这部小说中战斗青春的一面,认为"本书对青年男女在爱情、思想、革命各方面可歌可泣牺牲奋斗之表现有深刻之描写,对大学生生活、新闻记者生活、恋爱生活、战场生活,尤多生动之描写"。① 《青春之歌》更是饱含着从战争时代走出来的杨沫,对刚刚逝去的中共革命历史进行回忆和讲述的冲动。她在1959年12月的《再版后记》中写道:"国庆十周年前夕,我漫步在首都天安门前。……那时,聚集到这里来的却是那些怀着沉痛的心情,带着满身的尘土甚至带着斑斑的血迹,声嘶力竭地呼喊着'打倒日本帝国主义'!'中国起来救中国'的青年人。那时,徘徊在这里的人们,眼看着雄伟的天安门油漆剥落,仿佛沉睡在厚厚的灰尘中,谁的心情不感到沉重?谁的眼睛里不

图3-1 《星星、月亮、太阳》电影海报

---

① 参见王蓝:《写什么怎么写?》,台北:红蓝出版社1955年版,第93页。

是满目凄凉?……可是这种情景,今天的青年同志再也不能看到——永远也无法看到了!要想看,只能从历史、文物,尤其从文艺作品中去找寻。"①

除了对逝去的革命历史的重述冲动之外,自传性也是成就三部小说的重要原因。自传体会增加作品的真实感,让读者有阅读的快感。徐速这样回忆:"那是抗战的第三年,我和几位同学流亡到后方去,当时报国心切,便投考了军事学校。在校不久,日军在中原地区发动攻势,从河南向陕西推进的战车部队已到达历史名女人杨贵妃的故乡——灵宝,如果潼关一失,西方便无险可守了,当时,西南战场也很吃紧,独山失守,重庆动摇,于是,西安的达官贵人纷纷西迁到甘肃去,其实,甘肃又能坚守到几时呢? 一种亡国的悲戚,在我们学校里立刻弥漫起来。大家都感觉到这回可完了,同学们纷纷请缨,要求实弹武装,到前线去,不能教敌人的子弹从背后打进来。果然,学校当局批准了我们的要求,起先在我们高一班的同学中,选拔体格坚强的充任火箭炮手,立刻赶赴前线,其余按照正规军编制,克日出发。"②王蓝也讲述过创作中的自传因子:"当我在一个美术学院西画系快读到毕业时,七七抗战开始了,这一个新的时代给我一生的影响当然比我死掉一个姐姐来得更大:我家的楼房两分钟内变成了一片瓦砾,存在我画室内的七百多张素描水彩与油画被烧了个一干二净。我开始更深刻地懂得了国仇家恨。……因此,我参加了秘密抗日工作。收发电报,偷散传单,自制炸弹,运输枪支,狙击烧杀……这样的生活距离文绉绉的摇笔杆的生活该有多远呢?度过了两年惊险,我被敌人通缉,不得不离开敌区,便跑上了太行山,另一个新的生活开始了:每天挟着枪骑着马,在高山深谷,在风沙飞扬或是冰天雪地里,过了半年红胡子般的游击生活,这样的生活又距离摇头摆尾咬文嚼字的生活有多远呢?可是,这些都成了我日后写作生活中最珍贵的燃料。"③杨沫 1957 年 9 月也在小说前言中这样说:"断续经过六年,把这书写成之后,我确有如释重负的轻快之感。……一九三三年前后,在残酷的白区地下斗争中,我直接接触的和间接

---

① 杨沫:《再版后记》,《青春之歌》,北京:人民文学出版社 1977 年再版,第 671 页。
② 徐速:《家书》,《心窗集》,香港:高原出版社 1968 年版,第 36—38 页。
③ 王蓝:《情感:写作的原始动力》,《写什么怎么写?》,台北:红蓝出版社 1955 年版,第 9—11 页。

听到的共产党员和革命青年的英勇斗争、宁死不屈的事迹,是怎样的使人感到啊!是怎样的使人想跟他们学习、想更好地生活啊!这些人长期活在我的心中,使我多年来渴望有机会能够表现他们。"①

可以说,这三部长篇小说都是自传性的青春记忆与革命历史题材的完美融合,这种融合吸引了大量的读者,直接促使它们分别成为各区域华语文学的畅销书。徐速《星星·月亮·太阳》的初版本由香港高原出版社分别于1953年5月出版上集、1954年8月出版中集、1954年9月出版下集。到1955年5月的时候,就已经有了第三版,到了1960年,已经连印十一版,总销量超过十万册。当时各种冒名、盗版,逼得出版社每次都要登出启事,如"本社出版之徐速先生所著各书,驰誉文坛,畅销各地。近查有不肖书商,以他人伪作假冒作者名义出版,如流行于台湾市场的《八千里路云和月》《琴声泪影》,以及在星马出售之伪作《影子》《疑团》等,多至数十种,冀图鱼目混珠,欺骗读者。"②《蓝与黑》曾获得1958年台湾教育,主管行政部门颁发的"文艺学术奖金"。而《青春之歌》的销量更是惊人,该书在第一版当年就发行了121万册,在以后的两年里,小说的销量一度达到四五百万册。

前面我们讲述过冷战文化的影响,直接导致了华语文学创作的三大区域形成不同的意识心态,而产生了不同意识形态下所理解和阐释的"战斗中的青春"。王蓝作为台湾军中作家的代表,创作了很多反共倾向的小说,这些小说或套用一些经典的文学情节,如《师生之间》(1951)的庆老师用弟弟保护从事地下工作的"我",套用的是赵氏孤儿的老故事;或刻意营造悲情历史,如《老将军》(1950)中出淤泥而不染的国民党将军、长篇小说《长夜》(1959)中被强行拆散的情侣的悲剧命运;或者有意抹黑共产党人的形象,如《卜莱蒙斯基》(1950)中借白俄罗斯人卜莱蒙斯基的人生遭遇,抹黑共产党人。总的来看,这些作品的情节都非常矫揉造作,作家在创作中的刻意为之,使得这些作品都不耐读,总是在作品中强插入类似"共区""共谍""共军窝""铁幕"的冷战味十足的词语,像"我无法逃脱,也无法实现我那个放置毒

---

① 杨沫:《初版后记》,《青春之歌》,北京:人民文学出版社1977年再版,第672页。
② 徐速:《本社启事》,《樱子姑娘》,香港:高原出版社1960年版,第417页。

药的计划;我痛苦极了,面对着共干的庆祝、狂欢、骄横、作威作福,与善良人民的凄苦、恐惧、被奴役、被迫害,我几乎萌起自杀的念头。可是,我又不甘心那么做;苟有一息尚存,我总得设法投奔自由"(《期待》,第42页),这样的段落罔顾历史真实,读多了让人感到极度不适。王德威认为:"反共复国小说既为一种政治小说,自难免因意识形态而兴,因意识形态而颓的命运。但口号之外,这些作品里也铭刻上百万中国人迁徙飘零的血泪,痛定思痛的悲愤,不应就此被轻轻埋没。重思反共小说,我以为它应被视为近半世纪以来伤痕文学的第一波,……我们可以不(再)认同反共的意识形态,但却不能看轻因之而生的种种,而非一种,血泪伤痕。明乎此,我们又怎能轻易的认为这是一种逝去的文学呢? 如果我们希望在下一个世纪毋须再见到另一波的伤痕文学或意识形态小说,那么正视反共的功过,正是此其时也。"①如果我们从这个角度来细读王蓝作品,倒是会发现王蓝作品中对国民政府腐败无能的愤懑,对中华大地民心思变,中国共产党顺应历史潮流得天下的无可奈何。如长篇小说《期待》中对表姨丈的人生经历的描绘:"他对我异乎寻常地客气,逢人便捧我为游击英雄、抗日志士。他又告诉我他是在上海奉政府命令担任地下工作,为求掩护才跟日本人合营商业;可是,我总直觉地感到我这位长辈的神态、言行不大对。然而,他有一个能说会道的嘴巴,说得天花乱坠,叫人半信半疑。他居然又在重庆作了官,官邸里一位如花似玉的少妇——比慧琴的年纪大不了太多,那是他的'抗战夫人'。……在上海,我没有见到表姨丈,他已衣锦荣归,做了接收官员,并且又搞了一个'胜利夫人'。"(第30、33页)虽然他意在表达混乱的时局,但也无意中展示了国民党反动政府的腐败。虽然他的立场跟杨沫的胜利者的立场不同,但作为一名创作者,他的洋洋洒洒的反共段落中也不断透露出国民党政府的不堪,更为重要的是,其中的很多描写已经失去了文学作品的魅力,变成一种赤裸裸的政治宣传。

《星星・月亮・太阳》流行于台湾、香港和南洋(主要是今天的新加坡、马

---

① 王德威:《一种逝去的文学? ——反共小说新论》,邵玉铭、张宝琴、痖弦主编:《四十年来中国文学》,台北:联合文学1994年版,第79、82页。

来西亚一带），销量大，影响大，也引起了香港其他阵营的攻击，使这部经典之作被人冠上"抄袭"的恶名。宋逸民、齐又简、万人杰、张赣萍等人著《〈星星·月亮·太阳〉是抄袭的吗？》一书，以文艺批评论集的形式，对徐速发表在《〈星星·月亮·太阳〉写作经过》进行批判，其中有认为："徐速教授即使没有'抄袭'姚雪垠的《春暖花开的时候》，但却在'人物个性的描写'上，和在'描写的语汇'上，的确'因袭'了姚雪垠的。如果这个错觉能够成立的话，这就难怪徐速教授敢打'影射'的官司，而不敢把那个'深苔'扯到法庭上去了！"①这本书中，最重要的一篇是齐又简的《春、星二书比较谈》，在这篇长达一百五十页的论文中，他把徐速和姚雪垠的两本书从主题、主要人物形象、配角形象、相似的情节、相似的文字进行比较，根据齐又简所说这篇"'比较谈'自二月五日一一九期开始，到现在已连载了十三期，而时间也长达三个月之久，这样的'读书报告'似乎未免过长了吧。"②徐速并不承认自己对姚雪垠《春暖花开的时候》的借鉴，只是很平淡地回应："其次，我对用《星星·月亮·太阳》作为书名也不大满意，看来很俗气，用这些名词作为书名的，如老舍的《月牙儿》，徐讦学生的《月亮》，以及丁玲的《太阳照在桑干河上》，多到不可胜数，至于在文章里引用的更触目皆是，用来象征女性性格的更多。果然，现在就有人指出这本书是抄袭姚雪垠的《春暖花开的时候》，很可能也是为了姚氏也使用过这些词汇来形容女性。好在《春》书今已由高原出版，在此也就不解说了。"③而"没有在报刊上公开答复读者的询问，并不是'摆架子'，也不是'不屑理会'。我觉得凡是批评，对作者总有好处的，有则改之，无则加勉。如果为个人作品而辩护，的确有点出风头的嫌疑。今日文艺界的吹、捧、标榜的风气，或者别有用心的谩骂、毁谤，已经够瞧的了，还是收敛一点好。"④这是他更直接的回应，可见徐速并无心去回应各种诽谤。

---

① 林真：《"是"与"非"之间——评徐速的〈第六、愧不敢当〉》，宋逸民、齐又简、万人杰、张赣萍等：《〈星星·月亮·太阳〉是抄袭的吗？》，香港：高峰出版社1970年版，第4—5页。
② 齐又简：《〈星星·月亮·太阳〉是抄袭〈春暖花开的时候〉吗？》，宋逸民、齐又简、万人杰、张赣萍等：《〈星星·月亮·太阳〉是抄袭的吗？》，香港：高峰出版社1970年版，第202页。
③ 徐速：《〈星星·月亮·太阳〉写作过程》，宋逸民、齐又简、万人杰、张赣萍等：《〈星星·月亮·太阳〉是抄袭的吗？》，香港：高峰出版社1970年版，第6页。
④ 徐速《再版题记》(1955年)，《星星·月亮·太阳》，香港：高原出版社1962年新一版，第9—10页。

值得一提的是,最早对徐速的《星星·月亮·太阳》进行批评的是左派报刊《新晚报》①,之后,香港右派文学期刊《万人杂志》和《当代文艺》对徐速的作品进行了围攻。但我们仔细揣摩他们批判文章的立场,如"《万人杂志》是在一九六七年左仔暴动最激烈时创刊的,唯一的任务便是对抗左仔,是自枪林弹雨中闯出来的。也是一本私人经营反共最尖锐的刊物,由于政治色彩浓厚,所以不销南洋",②"《万人杂志》之拥护国民政府,是基于我们的反共立场"③等,在这些语句中,我们可以明显感觉到《万人杂志》就是亲国民党的右派期刊。总之,左、右两派期刊大战不已,其目的就是抹黑"第三势力"的徐速,打击亲美一支的力量。不过平心而论,把姚雪垠的《春暖花开的时候》仔细读完,我们会发现,无论是左派《新晚报》,还是右派的《万人杂志》都在撒谎,除了时代背景相同,故事发生的地点、人物形象的塑造以及情节的设置上看,两部作品根本没有任何关联,我更愿意把齐又简他们的围剿看作是一次噱头,一次为了欺骗读者买书的骗局。

二、影像改编中的缝隙:文学本体性的魅力

1961年,香港电懋影业将《星星·月亮·太阳》改编成同名电影,由易文导演,电懋当红影星张扬(饰演徐坚白)、尤敏(饰演朱兰)、葛兰(饰演马秋明)、叶枫(饰演苏亚南)、苏凤(饰演江雨)主演。凭借此片,电懋在隔年举办的首届台湾金马奖颁奖礼上,获得最佳剧情片、最佳女主角(尤敏)、最佳编剧(秦亦孚)和最佳彩色摄影奖,由此捧红了一代玉女明星尤敏。电影对小说情节进行了一些改编,如用徐坚白在乡下过寒假的时候,让他和朱兰一起看星星,来代替小说中大量的直接对"星星"的评论;小说中李志忠和朱兰的订亲,

---

① 1969年10月20日香港《新晚报》发表文章《啼笑皆非的"社会调查"》,文中指出徐速的《星星·月亮·太阳》是抄袭姚雪垠所著的《春暖花开的时候》。参见姚雪垠:《春暖花开的时候》,第1页。
② 齐又简:《第一次笔战实录》,宋逸民、齐又简、万人杰、张赣萍等:《〈星星·月亮·太阳〉是抄袭的吗?》,香港:高峰出版社1970年版,第326页。
③ 齐又简:《第二次笔战实录》,宋逸民、齐又简、万人杰、张赣萍等:《〈星星·月亮·太阳〉是抄袭的吗?》,香港:高峰出版社1970年版,第246页。

是在小说中间的部分,而电影直接把订亲放在开头部分,并让李志忠直接以革命军队排长的身份出场,这个改动,突出的是徐坚白和朱兰的抗婚私奔、李志忠家人"没有出门的姑娘,三更半夜跟男人在荒野私会,成什么话？我们李家,可不要没有出门就偷汉子的媳妇。这宗婚事我们是退定了"的指责,让电影情节落到五四文学以来的爱情婚姻自由的个性解放上,也与小说中一开始就有的反封建的进步思想合上了节拍。小说中的朱兰,个性怯懦内向,离家出走之后的她,成为工厂女工同时上夜校,还投稿报刊,与报刊兼职编辑苏亚南有着书信来往,最后成为一名战地护士。电影中,没有了苏亚南这条线索,而改为马秋明劝说她不要与徐坚白私奔,以防让徐坚白的奶奶和家族背上骂名。朱兰最后由马秋明带出乡下,在城里学医,成为一名战地护士。电影中的朱兰保留了小说人物顾全大局之举,特别是谎称自己与李志忠结婚以成全徐坚白和苏亚南,隐瞒自己肺痨真相这一情节,成就其甘于寂寞,富有牺牲精神的"星星"形象,从而让小说中仅作为配角的朱兰成为电影中贯穿始终的重要角色。值得指出的是,徐速的小说有一种青春书写的底色,青年人之间对爱情婚姻的思考和探索是小说的重要内容。小说前半部中,徐坚白面对青梅竹马的朱兰和城中的表妹秋明,就像《红楼梦》中贾宝玉面对林黛玉和薛宝钗的情感困惑,徐速似乎也在有意模仿宝钗黛的爱情模式：孤女朱兰楚楚可怜且体弱多病,后因肺痨而死；富家千金马秋明温柔大方而才德兼备,后看破红尘成为修女,前者因顽疾而亡,后者对爱情死心,这种不幸的青春爱情很能勾起青年读者的伤感情绪,满足读者的阅读期待。同时,徐速在小说中,类似"秋明的美,像一朵刚要开放的荷花,丰润的,华贵的。阿兰姐却像幽谷里的兰草,清濯的,超俗的。如果从自然界的感觉来说,阿兰正像天边的一颗寒星,使人觉得它的晶莹可爱；而秋明却是那一轮光辉四射的月亮了"(上册,第19页),"在我认识的三个女性中,如果说秋明的温柔,象征着圣洁的月亮；阿兰姐的幽怨,象征着一颗孤独的寒星；那么,亚南的矫健豪迈的作风,当然是一个光明的太阳了"(上册,第38页),这些直抒胸臆的情感表达很贴切感人。另外,徐速在爱情描写上不流于俗套,徐坚白的一段心理独白："在憧憬与企盼中,我开始了新的生活方式。第一个星期,我极力净化自己的精神生活,也可以说是一种麻痹的、达观的自我陶醉。我想象和亚南会晤时的欢欣,阿兰在家庭中的天伦幸福,秋明在艺术造诣上的成就,以及她们对我的谅解。我深深的感觉到,男女之间,如果能摈弃了自私的占有观念,真正象兄弟姐妹的相爱,才是在人类感情上一种伟大的表现。在这样的想象中,我渐渐从烦恼的圈圈中解脱出来"(第61回),足见小说中情感描写的单纯,这种细腻的恋爱心理刻画,极大地迎合了正处于爱美耽美、敏感多思的青春期少男少女们的阅读口味。

前面说过,在三部长篇小说中,从小说人物的阶级属性来说,他们都属于小资产阶级。在中国现代文学中,小资产阶级一直是左翼文学特别关注的群体,一方面是知识分子的阶级属性,另一方面是从阶级斗争的角度,小资产阶级的革命性一直是一个非常暧昧的课题。以《青春之歌》为例,小说中就有关于小资产阶级的一些对话,如卢嘉川有段与戴愉的争论:"至于在知识分子当中进行宣传,这是党给我的任务。毛泽东同志在《中国社会各阶级的分析》里,首先就叫我们闹清谁是我们的朋友,谁是我们的敌人。他就说小资产阶级是我们最接近的朋友;甚至中产阶级的左翼都可能是我们的朋友……记住! 戴愉同志,你和我也并不是无产阶级出身的呀!"(第139页),其中对话就是基于毛泽东关于小资产阶级的相关论述。在小说中,林道静经历了北京大学外围斗争、定县农村斗争和北京大学内部党组织活动的几重考验,连姓名都变成秀兰、路芳这类更接地气的名字,整个脉络就是加强林道静身上的革命性。另外,林道静的形象引发了争论,"当杨沫同志刚刚完成电影文学剧本第一稿时,在《中国青年》上却出现了郭开的否定《青春之歌》、否定林道静的文章。当然他那种错误的论断并没有动摇我们把《青春之歌》搬上银幕的决心。但是在我们的队伍中,也有个别人,读过郭开的文章后,把对林道静一贯崇敬的心情换上了怀疑的神色。我们曾经多次研究并批判了郭开的思想,我们认为郭开对于《青春之歌》的批评是片面主观的,是违反辩证唯物主义和历史唯物主义的。郭开认为林道静没有具备共产党员的条件,不配作一个共产党员;林道静之所以能够入党,这不过是作者在顽强地歌颂小资产阶级而已。如果这些论点可以成立的话,那么在目前建设社会主义的时代,在我们党成为执政党的今天,那些入党的青年就更值得考虑了。当然我不是说白色恐怖的年代和人民胜利后的今天,党员的标准就有所不同,我只是说,在国民党反动统治的年代,一个党员受的考验更加严峻。"①从这一段的描述,我们可以一窥当时争论的热烈程度。

从小说中知识分子的革命道路来看,《青春之歌》中的林道静走上革命道路,其中的阶级论的经典对白是林道静的说法:"我是地主的女儿,也是佃农的女儿,所以我身上有白骨头也有黑骨头。……直到我认识了一个最好的人,这个人才告诉我应当走什么样的道路,怎么去反抗这不合理的社会,怎样用阶级观点去看人看事。我这才……可以这样说吧,我的白骨头的成分这才减少了"(第 226 页)。② 对小说情节方面经典的论述就是林道静的三次抉择:"林道静的道路,总的说是一个小资产阶级知识分子逐步改造成无产阶级知识分子的道路,但是她的具体道路可以大体上分成三个阶段:第一个阶段是从她投海自杀遇救到与余永泽同居;第二个阶段是她受到革命思想的影响,和余永泽从思想分歧发展到政治分歧而终于决裂,这是林道静选择人生道路的过程,这两个阶段构成了影片的前半部;第三个阶段是她找到了革命道路后,在革命斗争中受到严酷的考验,开始成为一个自觉的革命者,成为一个共产党员。这三个阶段,是林道静的世界观逐步发生变化,性格逐步发展的生动过程。影片对这三个阶段的表现是十分清晰的、十分令人信服的。"③"《青春之歌》是一部革命成长小说,这种小说起源于 1930 年代茅盾的《虹》。杨沫在阐释女主角的情感世界的时候取得了巨大成功。但从这部小说诞生之初,小说中主要人物的小资产阶级出身和对工农阶级的缺乏关注,就使杨沫备受批评。作为回应,杨沫在中国农村地区增加了阶级斗争的元素,修改了故事。修改没有安抚所有的批评,但小说的普及继续增长,特别是在 1959 年 10 月成

---

① 崔嵬:《〈青春之歌〉创作中的几点体会》,中国电影出版社编:《青春之歌——从小说到电影》,北京:中国电影出版社 1962 年版,第 252 页。
② 小说中还特别注释白骨头、黑骨头"出自俄罗斯民间传说。白骨头代表贵族,黑骨头代表奴隶和劳动人民"。
③ 陈默:《谈林道静的形象》,《电影创作》1960 年第 5 期。转载于中国电影出版社编:《青春之歌——从小说到电影》,北京:中国电影出版社 1962 年版,第 297 页。

为一部电影后。"①《青春之歌》出版后,先后受到周扬、何其芳、茅盾等文艺界权威的肯定,同时,收到了大量的读者来信,"北京大学、北京二十九中、北京六中、北京石油学院、北京无线电工业学校、河北北京师院等学校纷纷给母亲来信,邀请母亲与同学们见面",②可见小说中的青春书写对青年一代的影响,正如老鬼所说:"《青春之歌》没有那些传奇情节,靠一个有小资味儿的女主人公的真实生活经历,抓住了读者的心。这种影响,比一个战斗故事,一场剿匪战斗,也许更深入灵魂,更为广大学生和知识文化界所接受。"③

相较起林道静与精神导师冯森(卢嘉川)、江华(李孟瑜)的革命情谊互动,《星星·月亮·太阳》中的徐坚白和《蓝与黑》中的张醒亚两个人物形象的塑造上就有了很大的区别。徐坚白参加革命,一方面是因为自己恋爱上的失败,另一方面是苏亚南进步思想的影响,徐速在塑造苏亚南形象的时候,"在人物性格的刻画上,也使我大伤脑筋。原先,我对这本书的理想太高了,也曾大言不惭地要将真、善、美的精神在创作中表现出来;出题目容易,交卷子就不这样简单。阿兰是真,秋明是善,亚南是美,我是如此分配的"④。小说中的阶级斗争观点没有《青春之歌》中那么明显,更多的是让徐坚白、朱兰、马秋明和苏亚南四位青年人投身到抗战的时代潮流中,突出的是在民族危亡的大时代下,思想进步的年轻一代抗日救国的热情和奋斗精神。另外,两者的不同也表现在《青春之歌》和《星星·月亮·太阳》两部小说在后续的改编和修订版本中的不同。《青春之歌》的电影剧本是杨沫本人完成的,有评论者说:"小说和电影是两种不同的文艺形式,把一部三十多万字的长篇小说,改编成一部影片,不能不经过一番艰巨的再创造。在这方面,中外有过不少成功的例子,也有过一些失败的例子。《青春之歌》的改编,可以说是我国电影改编工作中最新的成功例子之一。小说作者杨沫同志亲自担任了改编工作,如果拿发表在《电影创作》去年2月号上的电影文学剧本跟小说原作比较,我们可以

---

① Sun, Kang-I and Stephen Owen, eds. *The Cambridge History of Chinese literature* (Volume 2): *From 1375*. Cambridge University Press, 2010, pp. 604.
② 老鬼:《母亲杨沫》,第89页,武汉:长江文艺出版社2005年版。
③ 老鬼:《母亲杨沫》,第93页,武汉:长江文艺出版社2005年版。
④ 徐速:《书成赘语(1954)》,《星星·月亮·太阳》(中集),第1—2页,香港:高原出版社1954年初版。

看得出杨沫同志在改编过程中是付出了巨大劳动的,特别是她虚心地吸取了去年对小说的讨论中一些正确的意见,使影片克服了小说中存在着的某些缺点;而从《电影创作》去年12月号上发表的电影导演剧本上,我们又可以发现导演崔嵬、陈怀皑同志对改编工作也作出了很大的贡献。"①另外,从1959年《中国青年》第2期发表了郭开的《略谈对林道静的描写中的缺点》开始,对《青春之歌》的批判不断,直到茅盾和马铁丁出面撰文平息,②这也使得小说在后来的改编中有了很多新的限制因素。"小说出版以后,在报刊上曾经展开讨论;改编电影之前,北京电影制片厂也曾经邀请读者座谈,征求他们的意见。这样,改编时便能够吸取群众的智慧,改掉了一些小的瑕疵。例如,小说描写卢嘉川与林道静之间有一种不很明显的爱情,这是不好的。因为那时林道静是一个有夫之妇,他们没有权利相爱。这些描写对这两个人物有损害。电影删除了这种关系。又如,卢嘉川的牺牲,在小说里交代得比较隐晦,弄得一些粗心的读者纷纷猜测。电影不但交代明确,而且利用镜头剪接上独有的方便,把卢嘉川的牺牲和林道静自发地贴他留下的标语交叉起来表现,使这两者的关系更加密切,获得了新的意义,教人感到共产党员是杀不尽的,老战士倒下去,新战士又站了起来。"③而《星星·月亮·太阳》的修订过程,没有在意识形态方面上的压力,一直到重版了十一次后,在1962年版中,徐速才开始修订这部小说,但重点集中在"词句和段落的清理"上,加上少量的"情节的增删",④修订之后的新一版,继续着徐速"我觉得文艺创作不应该是鼓吹个人的信仰思想或者为某一派学说或政见作宣传工作。……本书并不是什么文艺宗派的产物,作者本人也不属于任何一派,至于'新现实派'这个名词的概念,作者根本不十分了解,也不求了解"⑤的创作原则,着眼于爱情故事的格局,对

---

① 陈默:《谈林道静的形象》,《电影创作》1960年第5期。载于中国电影出版社编:《青春之歌——从小说到电影》,第296页。
② 茅盾:《怎样评价〈青春之歌〉一文》,《中国青年》1959年第4期;马铁丁:《论〈青春之歌〉及其论争》,《文艺报》1959年第9期。
③ 吴荫循:《试评〈青春之歌〉的改编》,《电影创作》1962年第2期。载于中国电影出版社编:《青春之歌——从小说到电影》,第297页。
④ 参见徐速:《新版附记(1962)》,《星星·月亮·太阳》,第14—16页。
⑤ 徐速:《再版题记(1955)》,《星星·月亮·太阳》,第9—10页。

小说的情节进行了一些调整和梳理，没有政治意识形态的介入。正是因为小说和电影对意识形态方面的有意规避，使得《星星·月亮·太阳》"这部作品如此流行，并在1961年被拍摄成一部彩色史诗片（片长214分钟），这是一部明星云集的大片。这种成功后来又在王蓝1958年出版的《蓝与黑》，以及1966年被拍摄成同名电影的时候，重新出现了"①。

《蓝与黑》属于"反共文学"②的范畴，但是"根据当时国民党的文化政策，这些力图寻找失去的家园的作品是被政府所认可的。然而，我们必须要注意到，这些关于怀旧和谴责共产主义的写作不一定就是对官方意识形态的奴隶遵守，而更多的是作为作家个人的战争和散居经历的自然产物。他们的作品构成了一种从政治动荡和历史创伤中产生的'伤痕文学'。其中的很多作品超越了政治正确性，达到了相当的艺术性。"③小说中的张醒亚、唐琪、季震亚、季慧亚等青年人也各自经历了抗战前后的民族苦难。小说的主题是反共，如对八路军的诋毁："这回，我们是打了一次较大的胜仗；然而，我们胜得很别扭，胜得很痛苦——因为在敌兵的弃尸中，我们竟发现了一个八路军——一个都不会错，贺大哥和不少人都认识他的面孔，当初和贺大哥为购粮征粮争得面红耳赤的八路代表就是这个人。这会是真的吗？这些人都穿的是日本黄呢子军服，带的是红太阳标志的日本军帽，而他们竟是八路军化装的？这是玩的什么把戏呀？这可又有什么意义呢？"（第258页）对抗战的评价，也是一种泛人性论的倾向，有时甚至会丢失掉民族尊严和民族斗争的根本底线，如小说中有一段电影中没有的描写："我首先在他的衣角上发现到一条染了血的'千人缝'，跟着一个小皮夹，自他的上衣中滚掉出来，打开它，一堆日本军中票和'神符'之外，一张俊美的日本少女的像片，立刻摄住了我的目

---

① Sun, Kang-I. and Stephen Owen, editors. *The Cambridge History of Chinese Literature* (volume 2): *From 1375*. Cambridge University Press, 2010, pp. 638.
② 1949年11月孙陵主编的《民族报》副刊，率先喊出"反共文学"的口号。之后冯放民在其主编的《新生报》副刊，更提出了"战斗性第一，趣味性第二"的宣言，以后的十数年间，有成千上百的创作蜂拥出现。有关1950年代反共文学的材料，可参见司徒卫：《五十年代自由中国的新文学》，《文讯》1984年3月第七期，第13—14页；李牧：《新文学运动历史中的关键时代：试探五〇年代自由中国文学创作的思路及其所产生的影响》，《文讯》1984年3月第七期，第144—162页。
③ Sun, Kang-I. and Stephen Owen, editors. *The Cambridge History of Chinese Literature* (Volume 2): *From 1375*. Cambridge University Press, 2010, pp. 616.

光。像片背后,是几行日文,受过两年沦陷区教育的我,已能懂得那是一首热恋的情诗,下面签着赠送人的名字——春风春代子。……想着,想着,我不再憎恨任何人。我变成世界上最宽容最富同情心的人。我原谅唐琪,我原谅侮辱她的医生常宏贤,我原谅高大爷和高大奶奶……"(第244—245页)。这一段描写中,作家面对民族大义大是大非问题上的错误,确实让人大跌眼镜。

  电影《青春之歌》中林道静的扮演者谢芳出身高级知识分子家庭,父亲是神学院教授,曾留学海外,精通英文,母亲曾是冰心的大学同学,谢芳还是基督徒。良好的家庭背景和教养使得谢芳的气质符合林道静这一小说人物,这也是电影成功的重要原因。《星星·月亮·太阳》中的尤敏、葛兰、林枫的角色挑选,无疑也是助力电影成功的重要因素。谈及《蓝与黑》,我们就要谈谈女主角的扮演者林黛,她出身名门,父亲是程思远,而且戏路很广,在《情场如战场》(1957)中她所饰演的叶纬芳就被称为"具生金蛋功能的女明星"。① 她所塑造的唐琪身上综合着东方传统女性的宽容大度和现代女性的敢做敢当,1966年,林黛也凭自己这部未完成的遗作《蓝与黑》荣获第十三届亚洲影展颁发特别纪念奖。可以说,从小说到电影的改编,从主角到配角的挑选,都成功地用文学本体中的人性关怀的一面,冲淡了小说中或隐或显的意识形态存在。当然,这些电影作品的成功也少不了导演、编剧及其他人的努力。《青春之歌》的导演崔嵬提拔谢芳,组织最优秀的演员阵容:秦怡饰演林红,于是之饰演余永泽,康泰饰演卢嘉川,于洋饰演江华,赵联饰演戴愉,赵子岳饰演地主,连次要的角色王晓燕的母亲都由名演员王人美出演。另外,电影编曲是作曲家瞿希贤,乐队指挥是指挥家李德伦。北京市委第一书记彭真还亲自指示让这部影片成为庆祝新中国成立十周年的献礼电影,拨给崔嵬当时最好的电影胶片,指示陈克寒、邓拓、杨述等为完成之后的《青春之歌》做审查,最终一致批准上演,从而推出了这部中国当代电影的经典之作。② 同

---

① 张爱玲:《张爱玲:电懋剧本集1 好事近》,香港:电影资料馆2010年版,第1页。
② 1959年9月25日至10月24日,文化部在全国各大城市同时举办"庆祝建国十周年国产新片展览月",一共展出35部优秀影片(包括故事片18部,纪录片7部,科教片7部,美术片4部)。短短24天里,观众达1.2亿人次,平均每天有五百万人次的观众。之后,这些影片被推广至全国,1959年的全年观众人次突破40亿。故事片中除了《青春之歌》,还有《林则徐》《聂耳》《五朵金花》《林家铺子》《万水千山》《回民支队》等,这些后来成为经典的影片。

理,《星星·月亮·太阳》中如果没有张扬、尤敏、葛兰、叶枫,没有监制钟启文、制片宋淇、导演易文、编剧秦亦孚,没有《月朦胧》《送郎一》《送郎二》《打胜仗》《光明的前程》《好儿童》(葛兰主唱、周之原作词、姚敏选曲),这部影片一定会失色很多。同样,如果《蓝与黑》没有导演兼编剧陶秦,没有演员林黛(饰演唐琪)、关山(饰演张醒亚)、丁红(饰演郑美庄)的出色表演,没有主题曲《蓝与黑》(方逸华演唱)、插曲《痴痴地等》(静婷主唱),这两首名曲都是由才子陶秦作词,王福龄作曲。没有这些人的配合和努力,《蓝与黑》也不能囊括1966年第13届亚洲电影节最佳影片奖、特别纪念奖、最佳导演、最佳编剧、最佳男女主角、最佳男女配角、最佳音乐等一众大奖,以及台湾金马奖优等剧情片奖。

三、结语

卢玮銮曾这样评述香港右翼文人:"所谓'右翼'文人,背井别乡与前途未卜的渺茫,经济一时无法解决的困顿,笔下充满对异地文化的轻视,文字弥漫人生途上不可预知的彷徨。他们多写有家归不得的悲情,怀故园斥异地,形成柔弱、无奈、空泛的呓语式文风,张弓拔弩的反共叫喊并不多见。"[①]这一段可以用来比照徐速的创作,他的创作中确实少了王蓝作品中的反共冲动。平心而论,因意识形态而兴,因意识形态受过,《青春之歌》《蓝与黑》这两部分属于不同阵营的作品很快陷入了尴尬处境。随着中国大陆文艺界越来越"左",1960年代初期,大量的中国现代文学作品受到批判,当代作家也不能幸免,《青春之歌》也成为受批判的文艺毒草,受牵连的除了作者杨沫,还有所有支持小说创作和电影拍摄的文艺界人物。而同时期的台湾文学,因为政治环境的变化,随着现代主义文学和台湾乡土文学的兴起,1950年代盛极一时的反共文学和怀乡文学也因为过多的中国大陆因素被政府所警惕和压制。王蓝曾说:"台湾大学教授卢月化先生读了我的《蓝与黑》后给我许多嘉勉,并且鼓

---

① 卢玮銮:《五六十年代的香港散文身影》,黄继持、卢玮銮、郑树森等:《追迹香港文学》,香港:牛津大学出版社1998年版,第30页。

励我用台湾现实社会充作小说题材,继续创作。"①其中的潜台词就是他的创作必须转型。联系当时的历史情境,王蓝后来创作现实题材的作品,这种改变也是历史的必然。

抗日战争是中国人民十四年艰苦卓绝抵御日本帝国主义侵略者的民族战争,它也是中国近代自鸦片战争以来,第一次战胜外国侵略者,重振中华民族自信心的战争。虽然意识形态的影响是一种政治文化影响作家本体的结果,但亲历过抗战前后中华民族救亡图存的伟大历史的作家们,难忘的就是自己所抛洒青春热血的激情岁月,这种青春激情就是他们创作成功的根本原因。另外,三位作家的思想源流可归结到五四文学精神,无论是杨沫的革命文学热情,徐速批判香港商业社会的创作初衷,还是王蓝对沦陷区黑暗现实的批判,都可以看作对五四文学中启蒙与批判传统的延续。1949年之后,中国现代文学在文学地理上被分成中国大陆、台湾、香港三块区域,在冷战文化的影响下,三块区域的文学工作者们如何在政治与文学的缝隙中保存文学本体的价值与魅力？五四文学的精神传统如何在三块区域的文学中继承和变化？以及中国现代文学传统与当代文学创作之间如何互动和建构？这些都是我们联通两岸三地文学,突破单一的中国大陆现代文学的框架,以达到对中国现代文学更全面认识的重要一步。

---

① 王蓝:《后记》,《期待》,台北:红蓝出版社1960年版,第320页。

第四章 光影中的冷战

——以1950、60年代星港两地电影互动为研究对象

1947年美国杜鲁门（Harry Truman, 1884—1972）在国会提出杜鲁门主义外交政策，展开对外经济援助的"马歇尔计划"，正式拉开了东西方冷战的序幕，也启动了"文化冷战"（Cultural Cold War）①。中国大陆被西方铁幕包围，冷战时期，新中国的文化出口与对外交流仅剩下香港一地，"长凤新（长城、凤凰、新联）在香港从新中国建国初期开始，在周总理、夏衍、廖公（廖承志）等老领导的关怀下逐渐发展起来，对香港的爱国电影事业贡献巨大，发掘了一大批香港的电影界人士，培养了一大批优秀的艺术创作人才和管理人才，同时拍了一些优秀的片子，对于扩大祖国的影响，在海外宣传祖国，让海外观众了解祖国做出了贡献"。② 新中国政府直接参与和支持左翼文化阵营的成长，"在香港电影界，左派的势力主要来自几家电影公司如长城电影制片有限公司、凤凰影业公司、新联影业公司，并由专门代理苏联、内地影片的南方影业有限公司及其管理的院线组合而成"③。左派影业接受新中国政府指令行事，在它们的周围团结着一批南来知识分子，其中代表如李萍倩、陶秦、朱石麟、韩雄飞、廖一原、程步高、岳枫、刘琼、陈静波、胡小峰、鲍方、林欢（金庸）、朱克、罗君雄、陆元亮、舒适、沈鉴治、任意之、朱枫、夏梦、石慧等人。另外，一些中间偏左的影人也是左派影业招揽对象，如吴楚帆、白燕、张活游、李清、容小意、梅绮、紫罗莲、黎灼灼、南红、冯奕薇、李月清、李铁、李晨风、秦剑、

---

① 冷战及冷战文化方面的参考资料有：Whitfield, Stephen. *The Culture of The Cold War*, The Johns Hopkins University Press, 1990. Klein, Christina *Cold War Orientalism: Asia in the middle Imagination, 1945-1961*, University of California Press, 2013.
② 《"银都"六十感怀》，《当代电影》2011年第1期，第22页。
③ 李培德：《左右可以逢源——冷战时期的香港电影界》，《冷战与香港电影》，香港电影资料馆2009年版，第84页。

王铿、左几、刘芳、卢敦等人。① 同时期,东南亚地区(主要指新、马两地)民族自治之后,在英殖民者的布局下,因马来人特权的影响,加上整个马来土著的敌视和防范,新马华人的在地身份出现了历史性的尴尬。新加坡商人陆运涛(Loke Wan-tho)与邵逸夫(Run Run Shaw)因此先后北上香港开拓电影事业,他们以雄厚的资金、开放的姿态,吸引了大批亲台、亲美的右派和第三势力知识分子,如钟启文、易文、宋淇、秦亦孚、唐煌、张爱玲、汪榴照、李翰祥、邹玉怀、张彻等人。经过多年经营,也先后让一些左派影人转入右派阵营,代表如岳枫、陶秦、袁仰安、严俊、文逸民、张森、胡心灵、龚秋霞、乔庄、江扬、刘克宣、林黛、李丽华、陈思思、陈云、珠玑、乐蒂、关山、高远等人。当时这些南来知识分子的关系千丝万缕,互相提携、互相交流的文坛轶事很多,频繁交流有时候把左、右的对立与界线模糊了许多。总体而言,当时的港英政府对左派的影响力非常敏感,1951年5月15日,港英政府单方面关闭内地与香港边界,1952年初先后两次将十名左派影人驱逐出境②,1956年台湾有关部门操纵的"自由总会"的成立,③以及台湾势力争夺左派影人的政治手段,如李丽华事件④以及梁醒波、萧芳芳、许鞍华、李翰祥等人面对过的台湾当局的刁难。这林林总总让我们不能不直面香港电影界的左、右派之争。

20世纪60年代初的上海,就曾有"千方百计为'一计',三日三夜为'一

---

① 参见石悟言:《左派影人向王元龙磕头——这一个恭喜新年的头磕下去,显然不怀善意,中共要拆散自由影人阵线的工作,已经愈来愈紧了》,《新闻天地》,1956年2月25日总第419期,第12—13页。
② 1952年1月10日,香港政府驱逐司马文森、刘琼、舒适、齐闻韶、杨华、马国亮、沈寂及狄梵八位电影工作者,5天后驱逐白沉、蒋伟。另外,同期驱逐的还有楼颂平、刘法、欧阳少峰、麦国志、麦耀全等左派政治人物。参见陈丕士:《大批左派人士被递解出境》,《文汇报》1952年4月22日。
③ 1956年,王元龙、胡晋康、张善琨等影人正式成立"港九电影从业人员自由总会",翌年改称"港九电影戏剧事业自由总会",所有电影若要在台湾发行,拍戏之前都要在"自由总会"登记,没有他们的证书,台湾方面不会通过,影片便不能在台湾发行。除了"长、凤、新"等直属左派系统的影人外,其余大部分人都要参加"自由总会",包括当年的邵氏、电懋/国泰等大公司的工作人员。
④ 据廖一原回忆,台湾方面让邵邨人用加倍酬劳争取李丽华,"她就过去了。那时香港有个叫《今日中国》后来改名叫《今日世界》的,第一版大字标题是李丽华小姐投奔自由。用李丽华的名字,说自己摆脱了共产党的魔爪,现在投奔自由了"。参见朱顺慈访问,冯洁馨整理:《访问廖一原》,香港电影资料馆口述历史访问计划,1997年10月15日,第12页。

夜'"①的流行说法。"一计"指的是陈思思主演的《美人计》,而"一夜"便是夏梦的《新婚第一夜》。从 1959 年到 1962 年,上海共放映香港左派影片 29 部,"1960 年放映 2 015 场,占全年总场次数的 0.96%,观众 182.2 万人次,占全年总人数的 1.3%;1961 年放映 7 233 场,占 3.6%,观众 638.3 万次,占 5%;1962 年放映 8 953 场,占 5.7%,观众 7 062 万人次,占 7.4%"②。而当时的"东南亚电影节"③对新中国政权的排斥,有着明显的冷战色彩。之后香港左

图 4-1　1957 年 4 月 14 日,周恩来与电影工作者在中南海紫光阁见面。周恩来左侧为香港电影界代表夏梦

---

① 很多观众为了看《美人计》(1961),曾在一家影院门口排队达六天六夜。参见上海卢湾区人民委员会文艺科:《关于香港片上映情况报告》,上档 A-22-2-1093,1962 年 12 月 25 日。
② 《香港电影在沪发行情况》,上海市人委文教办公室综合组编:《关于文教系统调整精简工作情况简报》第 18 期,上档 B3-2-215-282,1963 年 1 月 9 日。
③ "东南亚电影节":1953 年,日本大映电影公司董事长永田雅一邀请邵氏老板邵逸夫等人联手创办"东南亚电影制片人协会",并策划举办一个定期的电影展映活动。目的不言而喻,无非是想拓展大映在东南亚的市场,找个理由让当地观众更好地了解他们的新片。将东南亚视为票房大后方的邵氏,对这个建议欣然接受。活动章程随即确定,最开始的成员包括日本、英属香港、台湾、韩国、新加坡、马来西亚、缅甸、菲律宾和越南等九方。1954 年 5 月,首届"东南亚影展"在东京举办,随后各届则由各成员轮流主办。之后慢慢更名为"亚洲电影节"和"亚太电影节"。由于"亚太电影节"早期一直使用会员制度,非会员影片禁止参赛。中国内地以及香港左派电影很长时间缺席"亚太影展",这是冷战影响的又一体现。

派电影与电影节无缘,旗下电影在大陆以外地区发行只能借力邵氏的买片而拓展海外业务。电懋、邵氏影片的发行地区只限于香港、台湾和东南亚(主要是新马一带)三地。天地玄黄,风云际会,全世界冷战格局让各种权力实体和意识形态在香港交锋和碰撞,当时"港英政府在各种政治势力竭力维持一种微妙的平衡,其宗旨只是为了维护大英帝国自身的政经利益。港英政府透过警察总部政治部(政治部)来管辖各派政治力量。在五十年代初期对于政治活动,是不分左右,一律禁止的。它的政治部里有部分人专门处理国民党的问题,另一部分专责对付共产党活动。有时对左抓得紧些,有时对右抓得紧些,总的目的是维持香港均衡,不使某一方面坐大。英国人运用的是平衡术,对左右派在香港的力量都采取各种手段控制,但是都没有予以取缔"①。回首冷战时代的香港,20世纪五六十年代的华语电影界见证过电懋影业的繁荣和衰落,拥有过光艺的青春与魅影,经历过邵氏兄弟创业的艰难和成功,也目睹过长城凤凰新联的左派风采,那是冷战氛围弥漫的特殊时代,也是新旧意识形态碰撞出时代经典的文艺时代。

一、南下与北上:新加坡老板与香港电影②江湖的形成

1945年后,中华大地在经过对日寇的惨胜后,又经历了国共内战和大陆政权更迭,很多知识分子选择南下香港,或者是纯粹的避难,为求一处避风塘;或者是有政党背景,进行政治化的文艺宣传,但在香港的重商环境中,他们因着文人身份,手痒之际也卖文为生,直接或间接地参与着不同意识形态所操持的文化活动。1950年代初香港这弹丸之地,鱼龙混杂,各种势力聚集于此,电影界也经历了公司林立,竞争激烈的乱世之象,直到1955年后开始变化。1955年邵氏设立了粤语片组,1957年邵逸夫亲自北上香港;1955年"光艺"在香港设立制作公司,培植新人谢贤、嘉玲、南红等人,并拉走了中联的秦剑、陈文;1957年"旧长城"支柱张善琨东京去世,同年,国际电影懋业有限公

---

① 罗海雷:《我的父亲罗孚》,香港:天地图书有限公司2011年版,第72—73页。
② 当时香港的中小电影公司很多,如1952年成立的新联电影公司和中联电影公司、1954年成立的山联公司、1955年成立的新华影业公司和亚洲公司、1957年成立的四维公司,等等。

图4-2　1955年10月30日,香港影剧界艺人为蒋介石祝寿。蒋背后是葛兰、白光、林黛、李湄(从左往右)

司(简称"电懋")成立,从此影响香港电影的主要势力由上海派转为南洋派。

当时香港最大的右派电影公司——电懋和邵氏——都是来自南洋,陆运涛、邵逸夫秉性不同,但在政治上的右倾却是一样,他们及其所经营的影业一方面成为香港电影史中的奇葩,为华人历史和华语电影艺术留下了光辉灿烂的银幕形象。另一方面,其老板及旗下知识分子也不可避免地卷入到"左"(亲共)、"右"(亲台和"第三势力")意识形态的冷战氛围中,人事运用和影片内容方面或多或少地打上了冷战时代的印记。虽左右逢源,但总体上难脱左、右意识形态的阴影,电懋表现都市中产阶级的生活,邵氏则是走文化中国的路子,一个走当代时尚片,一个拍中国传统文化题材,大体走的是规避左翼政治的路子,不过对于电懋、邵氏的右派身份,也有当时的左派影业领导提出商榷,如新联负责人廖一原就说"不反共不反华便是朋友,因此团结面很广。我们认为邵氏不是右派,他的出品几乎没有反共的,不可由他每年带团去参加双十节及去祝寿而拒绝他……我们从作品去看,邵氏没有配合'反攻大陆',只是有些作品迎合落后观众"。[①] 但我们不能否认他们的拍摄内容与文化选择就是一种对新中国政权主流文化话语的政治抵抗,其中有着挥散不去

[①] 1987年8月19日,廖一原接受李以庄采访,见周承人:《冷战背景下的香港左派电影》,《冷战与香港电影》,香港电影资料馆2009年版,第34页。

的冷战思维。

电懋、邵氏和长城、凤凰为代表的左右阵营的对立,也营造出了二十世纪五六十年代的香港电影江湖。电懋和邵氏的总公司均设在新加坡,东南亚遍布着他们的院线网络,他们都拥有制片—发行—放映一体化的行业产业链,两公司也一直保持着香港和东南亚的行业垄断地位。如邵氏在1958年"已经拥有一百多家戏院,覆盖马来亚、新加坡、北婆罗洲、越南、泰国、香港和台湾各地,且与200至300家戏院建立了合作关系。香港和新加坡的制片厂分别制作各类国语、粤语以及其他东南亚流行的方言电影"。① 1959年,坐落在新加坡的大世界游艺场环球戏院竣工,此时邵氏属下的戏院总数已达124家,而且在整个东南亚,邵氏的员工有4 500多人。从生存策略上看,电懋、邵氏属下影片不承担过多的政治教谕功能,是一种在商言商的文化商人形象,也跟当时革命话语绝缘,以一种对政治的超脱姿态,寻找一条中间路线,以时尚娱乐和文化传统为艺术表现对象而求生存,②前者受好莱坞影响,以中产阶级为目标,出产的电影以时装片、歌舞片、都市喜剧为主;后者秉承文化中国的创作主题,③出产大量历史片、武侠片,以一种对中国的文化想象来满足花果飘零的离散华人的情感需要。

除了发展理念与左派电影完全不同之外,电懋和邵氏在电影的娱乐性上狠下功夫。拿旗下女演员来讲,它们不但在各自创办的画报④上宣传,而且在

---

① 《南国电影》1958年1月总第2期,第3页。
② 陆运涛曾言:"我对影业如此费尽心力,不仅因为我对这种事业具有浓厚的兴趣,我最终的目的是要(通过新颖、精致的娱乐产品)为东南亚每一个角落每一个人,带来(新形式的)欢乐。"可见他的文艺范。参见傅葆石:《现代化与冷战下的香港国语电影》,黄爱玲编:《国泰故事》(增订本),香港电影资料馆2009年版,第51页。
③ 邵逸夫也谈过他的制片方针:"我生产电影是为了满足观众的需要和愿望,核心观众就是中国人。这些观众都喜欢看耳熟能详的民间故事、爱情故事……他们怀念远离的祖国大陆,也怀念他们自己的文化传统。"参见《南国电影》1964年12月总第82期,第2页。作为海外华人代表,邵逸夫对文化中国有着强烈的认同感,文化民族主义不时影响他的营销策略。而邵氏兄弟公司的目标就是"把中国文化和艺术传统通过影像介绍给不同语言和种族的人"。参见邵逸夫和美国《生活》杂志亚洲版访谈,*The World of Run Run Shaw*,曾翻译成中文在《香港影画》1967年第1期发表。后者参见《远东最大的娱乐供应库:邵氏》,《南国电影》1961年1月总78期。电影中"文化中国"的印记很多,如《江山美人》(1959)开头长达10分钟的江南美景介绍,让海外华人可以过过瘾。
④ 邵氏创办《南国电影》和《香港影画》,电懋创办《国际电影》,长城创办《长城画报》,中联创办《中联画报》,光艺创办《光艺电影画报》,亚洲影业创办《亚洲画报》。

图4-3 1961年香港邵氏、电懋五大女明星合影：葛兰、林黛、叶枫、尤敏、林翠（从左往右）

对女演员的包装上不遗余力，这一切都在营造一个新的电影江湖。如电懋粤语组主推当家花旦白露明，与邵氏粤语组的林凤分庭抗礼。林凤的《玉女春情》针对葛兰《曼波女郎》而拍。电懋力捧尤敏，而长城旗下有石慧，一敏一慧，相互竞争就心照不宣了。电懋旗下林黛（黑色）、葛兰（蓝色）、叶枫（红色）、林翠（绿色，林翠之名初始是希望日后能与林黛匹敌。）、丁皓（白色），可谓人如其名，花红柳绿，为1950、60年代那壁垒森严的冷战环境平添了很多生气。加上右派旗下明星的私人关系和情感纠葛的影人绯闻也是精彩，如尤敏和葛兰的妯娌关系，雷震与乐蒂实为亲兄妹，乐蒂与陈厚的失败婚姻，秦剑对林翠的绝恋，林黛与严俊、李丽华的情感纠葛以及后来婚后的负气自杀，张扬与叶枫的婚变及叶枫的婚外恋，再加上将林黛与玛丽莲·梦露、尤敏与赫本、林凤与娜塔利·伍德（Natalie Wood）等好莱坞明显并称共举的炒作行为，还有"七公主""七兄弟""八牡丹""九大姐""十二金钗"的明星绰号，① 在在都有着引导大众消费明星的倾向，极大地满足了影迷的窥私欲。不过也正因如此，我们才能得到一副生机勃勃的1950、60年代香港电影版图，而这其中南洋老板的开放心态可谓居功其伟，岳枫曾言"邵逸夫有脑筋、有意见，他还有一个好处，就是不干涉你导演怎样导、摄影师怎样拍，这个很好"。② 而左派影业似乎在演员内外形象，甚至阶级属

---

① 林凤就是八牡丹之一。"八牡丹"包括凤凰女（红牡丹）、邓碧云（蓝牡丹）、罗艳卿（银牡丹）、余丽珍（紫牡丹）、吴君丽（白牡丹）、于素秋（黑牡丹）、南红（绿牡丹）、林凤（黄牡丹）。
② 何美宝撰录：《枫骨凌霜映山红——岳枫导演》，《香港影人口述历史丛书①：南来香港》，香港电影资料馆2000年版，第68页。

性上的要求会更严格,如李丽华的八卦绯闻让长城公司对其形象塑造有所保留,林黛因其父程思远的"旧官僚"形象而被公司冷藏,石慧、傅奇夫妇与港英直接斗争,这些在保持政治正确的前提下的规则,确实让左派电影圈少了些生动,但他们以一种坚守现实主义传统的正面力量,在戏里戏外给香港电影带来了不小的影响力。①

二、文本的细读:香港左、右派影业的意识形态之别

相较起电懋和邵氏的右派电影,左派电影坚持以社会写实为创作主导。"长城"公司制片的方针是"内容方面,最低限度的要求是健康的、有益的,为社会大众所需要的。今天新的问题、新的事物,都等着一切艺术形式来反映。题材是无所限制,只要是现实的、有启示性的、有教育意义的,或者合乎社会现实的、伦理的,都可以采取,予以灵活的运用"。② 左派电影代表作《禁婚记》(1951)、《方帽子》(1952)、《儿女经》(1953)、《寸草心》(1953)、《花花世界》(1954)、《大儿女经》(1955)、《新寡》(1956)、《新婚第一夜》(1956)、《佳人有约》(1960)、《白领丽人》(1966)等都是高水准的社会写实影片。他们的努力也受到新中国政权的认同,如"香港的进步的电影工作者在各种困难艰苦的条件下,摄制了许多有意义的影片,在国内放映时获得广大观众的欢迎;现在决定给予《珠江泪》《绝代佳人》《家》《一年之际》《一板之隔》等五部影片以荣誉奖"。③ 此后"长城""凤凰"的创作集中在历史故事和民间故事的改编上,开启了多元化的发展道路,以对抗右派电影,推出了《绝代佳人》(1963)、《欢喜冤家》(1954)、《三恋》(1956)、《抢新郎》(1958)、《生死牌》(1961)、《杨乃武与小白菜》(1963)、《董小宛》(1963)、《三笑》(1964)、《尤三姐》(1966)、《小忽雷》

---

① 夏梦曾回忆:"我是'长城'的第一个新人,所以大家会叫我'大公主'。'长城'是一家作风正派的电影公司,当初家人对于电影这一行印象不是很好,'长城'的老板就在我的合约中写清楚,'夏梦只拍摄电影,其他应酬概不参加'"。参见《"银都"六十感怀》,《当代电影》2011年第1期,第16页。
② 袁仰安:《谈电影的创作》,《长城画报》1950年第1期,第2—3页。
③ 茅盾:《创作出更多更好的社会主义的民族新电影——文化部沈雁冰部长在优秀影片授奖大会上的讲话》,《中国电影》,1957年第4期,第2页。

(1966)等戏曲片;文学名著改编也成为新方向,产生了改编自新文学作品的《日出》(1956,改编自曹禺同名话剧)、《鸣凤》(1957,改编自巴金《家》)、《阿Q正传》(1958,改编自鲁迅同名小说)、《雷雨》(1961,改编自曹禺同名话剧)、《故园春梦》(1964,改编自巴金《憩园》)等优秀影片。在1950、60年的戏曲电影热潮中,除了粤剧、黄梅戏、江南小调和越剧等戏曲片,左派电影还借用旗下"长城三公主"江南出身①的先天优势,让她们出演"越剧片"与电懋、邵氏的"黄梅调戏"一较高下,代表作有《王老虎抢亲》(1961)、《三看御妹刘金定》(1962)、《金枝玉叶》(1964)、《烽火姻缘》(1966),这些作品都在香港影坛盛极一时,也可见冷战氛围下左、右派争夺电影话语权的激烈程度。

与左派电影秉承现实主义不同,右派电影形成了一种特有的"新加坡派":电影产业受商业利益驱使,讲求电影中人性的复杂性,不排除经典情节的模式化和改写,用"文化中国"的意识重整华人的民族记忆,以对抗和应对国共隔海对峙之后的冷战文化思维。从1956年至1965年,电懋一共出产了102部国语片,其中有获得第五届亚洲影展最佳影片奖的《四千金》(1957)、金勋奖的《情场如战场》(1957)、金鼎奖的《龙翔凤舞》(1959)、《空中小姐》(1959)等,尤敏因《玉女私情》(1959)和《家有喜事》(1959)两度在亚洲影展中封后,王天林凭《家有喜事》获最佳导演奖;另外,《星星·月亮·太阳》(1961)在第一届台湾金马奖中获得最佳剧情片奖,女主角尤敏同时获得第一届金马影后殊荣;电懋影片在金马奖中获得优秀剧情片的,还有《小儿女》(1963)、《深宫怨》(1964)、《苏小妹》(1967),其余出色的影片还有《曼波女郎》(1957)、《啼笑姻缘》(1964)等,其中《爱的教育》(1961)更在威尼斯影展中获得好评。作为右派影业代表,电懋在1950年代初,曾接受台湾政治组织的拉拢,获得不同方式的资助,为的是将台湾风光及军容,透过银幕介绍到海外,以维持自己正统的政治形象,如《空中小姐》导演易文国民党背景深厚,电影借主角之行介绍宝岛风光,结果获台湾行政当局的国语影片优等奖。而《星星·月亮·太阳》(1961),包括邵氏的《蓝与黑》(1965),也是台湾当局开的绿灯,其中的

---

① 夏梦,原名杨濛,祖籍江苏苏州,1933年生于上海。石慧,原名孙慧丽,祖籍浙江湖州,1934年生于江苏南京。陈思思,原名陈丽梅,祖籍浙江宁波,1938生于上海。

战争场面皆在台湾实景拍摄。

随着越剧戏曲片《梁山伯与祝英台》(1954)、黄梅戏戏曲片《天仙配》(1955)在中国内地的成功,为了争夺电影市场,电懋、邵氏和长城、凤凰纷纷推出戏曲电影,代表作有黄梅调电影《江山美人》(1959,邵氏)和《梁山伯与祝英台》(1963,邵氏),其间经常发生抢拍同一题材电影的情况,如《三凤求凰》(电懋1960年版,凤凰1962年版),《聊斋志异》(电懋1965年版,《画皮》凤凰1966年版)。这种竞争在电懋和邵氏之间多次发生,如《红楼梦》(邵氏1962年版,电懋弃拍,因张爱玲《红楼梦》剧本遗失)、《梁山伯与祝英台》(邵氏1963年版,电懋1964年版)、《七仙女》(1963)、《啼笑因缘》(电懋1964年版,邵氏1964年版,邵氏版名为《故都春梦》)),其中大多数情况是邵氏抢在电懋之前推出影片,导致电懋蒙受损失。笔者以不同版本的董小宛题材电影为例,以摸索出左、右派电影在同题材影片拍摄上的一些差异。

图4-4 《董小宛》,凤凰1963年版

图4-5 《深宫怨》,电懋1964年版

先看看电懋1964年版《深宫怨》,这个版本上映于1964年10月8日,曾获得1965年第三届台湾电影金马奖优等剧情片、最佳剪辑和最佳录音三个奖项。一开始就是腹黑洪承畴(乔宏),以我不入地狱谁入地狱的牺牲精神来说服董小宛(尤敏),还以皇帝老师的身份表扬皇帝的恭俭好学,诉说皇帝所受多尔衮的压迫,劝董小宛牺牲自己去色诱并劝服多尔衮还政顺治皇帝(赵雷),为了进一步让董小宛听从这一建议,洪承畴以江南士人(包括董小宛情人冒辟疆)的生死相胁迫。多尔衮本想迎娶董小宛,不料被太后设计将董小宛送入宫中。太后让董小宛认董鄂硕为义父,改姓董鄂,让她入旗,获得满人身份。洪承畴在背后一力帮助董小宛上位,用合欢酒助董小宛得子。因顺治册封董小宛为贵妃,并要立其子为太子,多尔衮担心汉人干政而设计害死其子,在这里,影片将顺治与多尔衮的矛盾激化。顺治与洪承畴联合,先是指控多尔衮暗杀皇子,再由董小宛出言刺激顺治,谈及多尔衮反对"满汉一家"的政策,而且涉嫌皇太极和肃亲王之死,更逼迫太后下嫁等事件,使得顺治下决心设私宴杀死多尔衮。多尔衮临死遗言暗示出顺治是多尔衮的亲子。杀死多尔衮之后,董小宛不小心撞见太后和洪承畴私通,洪承畴借太后之手除掉董小宛。太后给顺治交待董小宛之死的时候,说出了多尔衮与顺治的父子关系。影片结尾,情节上又一陡转,董小宛只是被太后藏于冷宫修行,在顺治赶往冷宫处的时候,洪承畴抢先与董小宛见面,刺杀不成后,劝赶来的皇后火烧道观,以烧死董小宛,毁尸灭迹。结尾部分,顺治因董小宛之死和杀死亲生父亲而内疚出家。影片以持"满汉一家"理念的顺治为正面形象,以顺治和董小宛的真挚感情为主线,中间以诡计多端的汉奸洪承畴和念及父子情义的权臣多尔衮的斗争为副线,片尾"以除大患成仁去,未竟全功遗恨深。满汉一家终梦想,可怜天子弃红尘"的唱词,将影片的主题定位在董小宛的牺牲精神和与顺治的爱情上。

而凤凰1963年版《董小宛》,主题为歌颂反抗满清异族和南明汉奸的斗争精神。影片一开始就展现钱谦益和冒辟疆、吴应箕等江南文士感时忧国的慨叹,在"秦淮八艳"(片中出现柳如是、郑妥娘、李香君和董小宛)的盒子会上,吴应箕等士人殴打朝中投降派阮大铖。冒辟疆之后三顾董小宛家而不得,突得家信离开,董小宛得知后,为其从良寓于苏州。当时洪承畴、吴三桂投清,南明王朝马士英、阮大铖当道,唯有扬州史可法抗清。董小宛与冒辟疆追随史可法守扬州,史可法让冒辟疆携信去北京找起义军李将军(李自成?)。在逃难中,董小宛被钱谦益所救,董不知道钱谦益已经成了汉奸,随行到了北京。被洪承畴献给顺治,董小宛绝食断水求死。后冒辟疆来寻她,董小宛以治病为由与冒在宫中相见,并力劝冒勿因儿女私事误了国家大事。冒辟疆听得董小宛的双关语后,与她含泪告别,待冒辟疆远去后,董小宛拔刀自杀。

编剧在这部电影的史实方面下了很多工夫,比如电影中出现的复社领袖吴应箕殴打阮大铖,钱谦益的老成圆滑,李香君的刚烈性格,此外,柳如是的革命一面也被加强了,电影中她投湖自尽,并没有像史书上记载的投湖未遂。整部影片中,无性爱场面,少日常生活,冒辟疆、董小宛可谓明末的一对革命伴侣。片中董小宛怒骂洪承畴一段,也是把少年英雄夏完淳怒斥洪承畴的历史故事置换到她身上。而片末的唱词"丹心碧血照红颜,浩气长存天地间",特别是史可法殉国后的一段"天苍苍,地茫茫,山河变色,日月无光,扬州军民八十万,誓与孤城共存亡,头可断,志不屈,宁战死,不投降,血染沙场,惨烈悲壮,忠臣义士,万古流芳"的唱词,与电懋版的"董小宛"的主题截然不同。

三、意识形态的弱化:"南洋三部曲"对中联左派传统的反拨

当年南洋商人跨地区投资的有三大影业公司,除了电懋和邵氏,就是以"南洋三部曲"闻名的新加坡何氏兄弟①投资专营粤语片的光艺影业,其口号是"光艺出品,有声有色",以迎合香港年轻人口味立足,适应着战后初期香港中产阶级的兴起和年轻世代的青春年华,取得了票房上的巨大成功。在冷战格局下,三大电影公司选择以当时流行的"三毫子小说"、报纸连载小说和电台广播的"天空小说"为电影剧本的蓝本,《血染相思谷》改编自香港《星岛晚报》连载的连环画小说,《湖畔草》改编自三毫子小说《私生子》,《遗腹子》故事来自"丽的呼声"的广播小说,《难兄难弟》则改编自环球图书杂志社刊于1959年的"三毫子小说"。这种电影题材的选择,也是对拍摄粤语片的和另外三家

---

① 何启荣(1901—1966)、何启湘(1904—?),祖籍广东大浦,其父何曾奎年轻时在新加坡开拓典当和金矿业。何启荣1911年随父南渡,1924年在新加坡组织大星影业公司,1937年合资成立新加坡光艺有限公司。战后何氏继续经营放映业,亲任光艺公司总经理及大华戏院经理,1955年在香港投资成立了"光艺制片公司"。与新加坡邵氏、国泰(电懋)三足鼎立。

以拍摄五四文学作品为主的左派影片的反拨,即以一种轻松、摩登的青春题材,来区别继承五四新文学反封建主义、反殖民地、批判社会不合理制度的现实主义传统,特别是以拍摄巴金"激流三部曲"而闻名于世的中联电影。

在二十世纪五六十年代香港影片中出现的"南洋"形象,或是华人先辈南下谋生之处,如《风雨牛车水》(植利,1956)中新加坡谋生的王根生;或是代表西方开放的生活态度,如《后门》(邵氏,1959)中新加坡来的表弟;或是新兴东南亚诸国推销的旅游景点,如《空中小姐》(电懋,1959)中葛兰、叶枫的行踪;或是主人公逃避现实的天地,如《零雁》(邵氏,1956)中的修女李雁鸣(尤敏饰)。除了影片主题和情节上对"南洋"的利用之外,港制新马题材影片(参见附录)将大量的南洋人文景观、地景地貌、饮食习惯及族群杂处的本土特色植入影片中,许永顺将这类影片称为"新马风情影片","所谓'风情'是指一个地方特有自然环境(土地、山川、物产、气候等),风俗与人情"。这些有意植入的"南洋"以其异域风光吸引着外地观众,同时也以"陌生化"的新鲜感让东南亚市场也所向披靡。① 最早以南洋题材入电影的是《娘惹》(长城,1952),主演夏梦是香港影星中穿纱笼的第一人,不过影片没有到新马取外景。《海角芳魂》(海燕,1954)是第一部在新加坡实地拍外景的香港国语片。《槟城艳》(植利,1954)是第一部在新马实地取景的香港粤语片。《番婆弄》(华厦,1958)是第一部在新马取景的厦语片。"南洋三部曲"在粤语电影史上有过两个系列:"邵氏版南洋三部曲",包括首映于1959年的《独立桥之恋》《过埠新娘》和《榴莲飘香》;"光艺版南洋三部曲",由首映于1957年的《血染相思谷》《唐山阿嫂》和《椰林月》组成。② 从演员角色和故事情节的设置上看,"南洋三部曲"可以让我们一窥他们有意规避意识形态之争的一些冷战禁忌。

《血染相思谷》的故事改编自关山美的连图小说,是秦剑在光艺的初期作品《九九九海滩命案》风格的延续,注意内心写实。影片以主人公叶清(谢贤)倒叙故事的方式构成,前三分之一写马来亚华侨叶清与马来少女苏丽娜(胡

---

① 许永顺:《新马华文电影》,新加坡:许永顺工作厅2015年版,第68页。
② 还有一个是"荣华版南洋三部曲"(厦语片),包括《马来亚之恋》(1959)、《泪洒树梶山》(1960)和《马六甲姑娘》(1961),不过已经失传。

筱)热恋,遭到了同是马来人的阿李(姜中平)妒忌。之后叶清回港,苏丽娜在他临走前说如果他不返马的话,就会给他下降头。回港后叶清宣布自己和表妹紫薇(江雪)婚讯的时候,紫薇母亲突然去世,他以为是苏丽娜暗下"降头",心中存有阴影。后来叶清陷入紫薇、蓝怡(嘉玲)的三角恋情中不能自拔,至紫薇坠崖丧命。叶清坚信降头作祟,于是重回马来亚报仇,错杀了苏丽娜,结果发现一切都是蓝怡在幕后行凶。这部影片充满马来风情,但其中很多情节对马来人或者马来亚采取的是一种俯视眼光。片中马来少女苏丽娜的性感和异域风情被充分展现出来。比起《血染相思谷》中的异族交往、降头故事,《唐山阿嫂》讲的是女子庄素贞(南红)遵守妇德,孝敬家婆,千里寻夫,而其丈夫何阿九(姜中平)背叛婚姻,为生活出卖良心上位的道德故事,是典型的秦香莲和陈世美故事的翻版。最后,杀妻未遂的何阿九入狱,得到了应有的报应。但片尾又平添了一笔出狱后的何阿九得到了庄素贞的原谅,这个大团圆结局让人感受不到作品批判人性的力度。

如果说前两部多少有南洋传奇的特征,那《椰林月》就具有很强的现实意义,是华侨办教育的故事。岳鸣(谢贤)矢志教育工作,与程子和(姜中平)、淑荷(嘉玲)兄妹在马来西亚各地热衷办学。岳鸣找华侨富商梁道然筹款,认识了其女儿采莲(南红),与之相恋并成婚。岳鸣婚后心系教育,暗中支持程氏兄妹,被采莲误会岳鸣与程淑荷有情,在找淑荷理论的路上,不幸遇上交通意外,诞下女儿后去世,岳鸣带着女儿继续办学。这部影片开场除了新马风光,还有新加坡南华女子中学的客串演出。值得注意的是,这部电影中的故事明显承继了第一部南洋题材粤语片《槟城艳》的主题,而《槟城艳》的导演紫罗莲,包括演员吴回、张活游、张瑛、吴楚帆、黄曼梨都是中联成员,这也可见左、右派一些有趣的关联与借鉴。除了华人教育这个主题之外,影片中出现了大量的新加坡、马来西亚柔佛州新山的地景、割胶现场,影片中的地景为马来亚历史留下了珍贵的影像资料。

对于邵氏的三部曲,目前笔者只能看到一些电影片段,从已有资料来看,影片走的也是光艺版的青春、世俗和摩登的路子。《独立桥之恋》中的歌曲《任你抱我》,歌词如下:"任你抱我(哈),哥哥想抱就抱啦(哈),胭脂揩满面,笑得轻松共歌舞,愿你永远爱歌舞,最爽一双双舞蹈,随着节拍跳一跳,鬓边幽香甚醒脑。任你抱我(哈),哥哥想抱就抱啦(哈),胭脂揩满面,笑得轻松共歌舞。大家跳舞我都跳,跳得轻飘飘似雾。情热哪怕吻一吻,醉乡之中任摆布。任你抱我(哈),哥哥想抱就抱啦(哈),胭脂揩满面,笑得轻松共歌舞,大众唱嘢我都唱,唱得声娇娇带傲。情调哪怕唱一唱,唱得开心就不老。任你抱我(哈),哥哥想抱就抱啦(哈),胭脂揩满面,笑得轻松共歌舞,愿你永远爱歌舞,最好一双双舞蹈,甜蜜快意笑一笑,半樽香槟换拥抱。任你抱我(哈),哥哥想抱就抱啦(哈),胭脂揩满面,笑得轻松共歌舞。"另外,在《榴莲飘香》中也出现过类似的歌词内容。对比中联等左派影业的电影插曲,我们可以一窥右派影业在争夺市场时弱化意识形态的努力,其以一种延续老上海的软性音乐,同时又吸收马来民歌的曲调风格吸引观众。

图4-6 《独立桥之恋》电影海报,邵氏1959年版

两个版本的"南洋三部曲"捧红了谢贤、嘉玲、南红、林凤等粤语片新人,特别是"光艺南洋三部曲"在星港两地卖座奇佳,使得谢贤等人与左派"中联"的粤语前辈吴楚帆、白燕等人分庭抗礼。因各种原因,香港粤语片1960年代末开始走下坡路,其重要原因是电影市场的萎缩。就新马市场来看,新加坡政府于1966年推行母语政策,所有学校都要落实双语教学——即英语/华语、英语/马来语、英语/淡米尔语。1979年李光耀正式在华人社群中推行"华语

运动",各种华人方言开始被整合。"搞华语运动后,每拍一部粤语片,就要重新做一个(国语)对白本,重新配音,成本加重了,于是片商便被逼减少拍粤语片。当年正好台湾的李行拍了《养鸭人家》(1964)等一类影片,在新加坡很卖座,于是台湾片便乘势而起。结果,在七十年代,粤语片变没落了。"①而马来西亚则在 1969 年前后,特别是"五一三事件"之后,华人与马来人之间关系紧张,新一代马来人领导以族群政治来压制华人群体。如果从整体的冷战格局来看,当年新马两地推行的相关语言政策和文化政策,其背后的动因都是为了隔绝本国草根阶层与活跃于马来亚半岛半个多世纪马共势力的关系,让新建的政权能够建立符合新的统治阶级需要(在新加坡是以李光耀为代表的受英文教育的华人精英阶层,在马来西亚是以马哈迪为代表的新一代受英文教育的马来精英)的国家制度和体系,这也是我们在论及粤语片兴衰历程的时候,不得不考虑的一个冷战因素。

结语

冷战文化是一种亟待深化的研究视野。北上的新加坡派,南下的中国知识分子,两相碰撞:陆运涛、邵逸夫,一个商业为先,一个文化范,一个以中产阶级为服务对象,一个以电影娱乐为追求,在二十世纪五六十年代,这两位南洋老板的个人品味对香港电影的发展影响巨大;而另一方面,南下文人成分复杂得多,有秉持革命理想,以宣传先进思想为己任的左派影人;也有接受美援、亲台的右派影人,他们旨在反抗大陆日益僵化的文艺创作路线。在整体的冷战氛围中,1967 年的港英政府基本上是以不闹事就行的心态去应对各方的政治势力,这使得香港成了中国最后一块文艺自由地,也使得这个时期的文学界关系复杂,文学创作也有了丰富的内涵。同时,也引发我们去关心更多的相关问题:亲台的右派影业公司与台湾政府的关系究竟如何?左派电影公司与新中国的关系如何?台湾当局对亲共的长、凤、新影业公司有无具体的应对策略?还有,像张善琨这种历史关系复杂的影人,他们的人生历程如

---

① 郑子宏整理:《口述历史:何建业》,《现代万岁:光艺的都市风华》,香港电影资料馆 2006 年版,第 164 页。

何？这些似乎在在都召唤着我们去追缅那段似水年华,丰富我们在香港文学方面的相关研究。

附录:港制南洋题材影片(1950—1970年代)

	发行年份	片名	导演	演员	出品	题材	语言	片长
1	1952年6月1日	《娘惹》	岳枫	严俊、夏梦、龚秋霞、苏秦、罗兰、平凡	长城	马来亚华侨娶当地华裔女子回乡	国语	75分钟
2	1954年3月11日	《槟城艳》	李铁	芳艳芬、罗剑郎、郑碧影、李月清	植利	槟城华侨的恋爱和礼教	粤语	108分钟
3	1954年9月10日	《马来亚之恋》	紫罗莲	紫罗莲、张瑛、吴楚帆、张活游	紫罗莲影片公司	赴马来亚取景,香港厂景,侨胞生活	粤语	121分钟
4	1956年9月18日	《风雨牛车水》	严俊	李丽华、严俊、刘恩甲	电懋	赴新加坡取景	国语	60分钟
5	1956年12月29日	《娘惹与峇峇》	严俊	严俊、李丽华、刘恩甲	国泰	赴马六甲取景,写华侨爱情	国语	不详
6	1957年7月11日	《唐山阿嫂》	陈文	南红、姜中平、谢贤、嘉玲	光艺	新加坡和怡保取景,写唐山女子南洋寻夫	粤语	103分钟
7	1957年5月16日	《血染相思谷》	秦剑	谢贤、嘉玲、姜中平	光艺	马来西亚怡保取景,写华侨的多角恋爱	粤语	90分钟
8	1957年8月22日	《椰林月》	秦剑	谢贤、嘉玲、南红	光艺	星马拍摄,华人在南洋办教育	粤语	93分钟

(续表)

	发行年份	片名	导演	演员	出品	题材	语言	片长
9	1958年2月5日	《南洋阿伯》（又名《吉隆坡之夜》）	林川	梁醒波、周坤玲、张清、凤凰女	国际	赴东南亚取景	粤语	110分钟
10	1959年3月11日	《湖畔草》	楚原兼编剧	南红、嘉玲、谢贤、姜中平	光艺	南洋华人与港人的恋爱	粤语	107分钟
11	1959年6月17日	《独立桥之恋》	周诗禄	林凤、麦基、张英才	邵氏		粤语	109分钟
12	1959年10月21日	《过埠新娘》	周诗禄	龙刚、林凤、张英才	邵氏	星马拍摄，南洋背景	粤语	不详
13	1959年12月22日	《榴莲飘香》	周诗禄、吴丹	林凤、麦基、龙刚、李鹏飞	邵氏	星马拍摄，南洋背景	粤语	不详
14	1960年4月28日	《蕉风椰雨》	何梦华	乐蒂、张冲、杜鹃、高原	邵氏	星马拍摄，南洋背景	国语	70分钟
15	1960年3月17日	《南岛相思》	何梦华	陈厚、丁宁、张冲	邵氏	星马拍摄，南洋背景	国语	90分钟
16	1965年3月17日	《毒降头》	陈云	张瑛、南红	联华	南洋巫蛊传说	粤语	96分钟
17	1969年3月3日	《娘惹之恋》	吕奇	陈宝珠、吕奇	红宝	香港人与马来亚华侨恋爱	粤语	108分钟
18	1976年1月8日	《春满芭提雅》	吴家骧	李昆、刘雅英	嘉禾	香港人艳遇	国语	96分钟
19	1976年9月18日	《油鬼子》	何梦华	李修贤、陈萍	邵氏	巫蛊奇闻	国语	80分钟
20	1976年12月9日	《勾魂降头》	何梦华	狄龙、恬妮	邵氏	降头、巫蛊	国语	89分钟
21	1978年2月17日	《南洋唐人街》	罗棋	陈星、陈惠敏	亚洲	功夫动作片	国语	90分钟

第五章 冷战文化、南下影人与中国现代文学经典化

——关于二十世纪五六十年代香港电影对现代文学经典化的研究

二战后，随即发生国共内战，大批大陆居民涌入当时的英殖民地香港，香港地区人口从1945年的60万，一路攀升到1961年的300万，①其中也包括了大批电影人。随着西方铁幕政策的推行，冷战格局很快造就了香港政治局面的复杂和文化产业的多元，这些南下影人也分成"自由影人"和"进步影人"两大文化阵营。② 左派影人借着香港的独特文化空间，宣传中共的建国政策，对海内外华语电影界进行了广泛的团结活动，"当时的海外市场，是'长、凤、新'的天下，星马、北美、南美等主要市场，都是进步公司占优，邵氏也没有我们那么厉害"，③这种情况一直持续到"文革"时期。左派影人在新中国政府的支持下，先后成立了主拍国语片的长城电影制片有限公司（简称"新长城"，1950年

---

① Wong, Siu-lun. *Emigrant Eeperneurs: Shanghai Industrialist in Hong Kong*, Oxford University Press(Hong Kong), 1988, pp. 3,23.
② 左、右派南下影人中，左派的有朱石麟(1899—1967，江苏太仓人)、李萍倩(1902—1984，浙江杭州人)、袁仰安(1905—1994，浙江定海人)、姚克(1905—1991，安徽歙县人)、费穆(1906—1951，江苏苏州人)、胡蝶(1906—1989，上海人)、李晨风(1909—1985，广东新会人)、吴楚帆(1911—1993，天津人)、王引(1911—1988，上海人)、卢敦(1911—2000，广东广州人)、屠光启(1914—1980 浙江绍兴人)、陶秦(1915—1969，浙江慈溪人)、鲍方(1922—2006，江西南昌人)、金庸(1924—2018，浙江海宁人)、傅奇(1929—   ，浙江宁波人)、夏梦(1933—2016，上海人)、石慧(1934—   ，浙江湖州人)、葛兰(1934—   ，浙江海宁人)、陈思思(1938—   ，上海人)等等。右派的有李祖永(1903—1959，浙江宁波人)、张善琨(1907—1957，浙江吴兴人)、徐訏(1908—1980，浙江宁波人)、唐煌(1916—1976，上海人)、刘恩甲(1916—1968，河北盐山人)、严俊(1917—1980，江苏南京人)、宋淇(1919—1996，浙江吴兴人)、张爱玲(1920—1995，上海人)、易文(1920—1978，江苏吴江人)、胡小峰(1920—2009，上海人)、罗臻(1924—2003，上海人)、袁秋枫(1924—   ，安徽庐江人)、李翰祥(1926—1996，辽宁锦西人)、邹文怀(1927—   ，广东大埔人)、乔宏(1927—1999，山西临汾人)、王天林(1928—   ，浙江绍兴人)、赵雷(1928—1996，河北定县人)、秦羽(1929—   ，浙江绍兴人)、陈厚(1931—1970，上海人)、雷震(1933—2018，上海人)、乐蒂(1937—1968，上海人)、叶枫(1937—   ，湖北汉口人)等。当然也有在两个阵营之间游移的，如岳枫(1910—1999，江苏丹阳人)、龚秋霞(1918—2004，上海人)、李丽华(1924—2017，上海人)、林黛(1934—1964，广西桂林人)等人。
③ 《香港影人口述历史丛书(2)：理想年代——长城、凤凰的日子》，香港：香港电影资料馆2001年版，第101页。

成立)和凤凰影业公司(简称"凤凰",1952年成立),以及主拍粤语片的中联电影企业有限公司(简称"中联",1952年11月成立)、新联影业公司(简称"新联",1952年2月成立)、光艺制片公司(简称"光艺",1955年8月成立)和华侨电影企业公司(简称"华侨",1956年8月成立)。而右派影人得到了来自中国南下财团和新加坡北上财团的资金支持,在台湾国民党政权和美国政府的支持下,旨在抗衡"共党在海外之文化宣传及统战势力",①宣扬其想象中的"自由世界",以围堵和对抗另一方的"集权世界"。② 他们成立的"自由总会",③目的是拥护台湾当局,团结所谓的自由影人。当时如果没有自由总会发出的证明,影片便不能在台湾地区上映。右派影业的主要代表有以拍摄国语片为主的国际电影懋业有限公司(简称"电懋",1956年3月正式运营)、邵氏兄弟(香港)有限公司(简称"邵氏",1958年12月成立)。当时,改编现代文学作品(包括香港、台湾地区文学)、古代经典文学作品以及西方经典文学作品蔚为风气,据梁秉钧、黄淑娴两位学者统计,香港电影在二十世纪中有根据的改编自文学作品的,估计超过1700部,当中以五六十年代改编之风最盛,大量电影改编自五四文学、香港本土流行小说、外国名著、粤剧等。④ 本文所讨论的由中国现当代文学作品改编而来的电影共约63部,涵盖了二十世纪五六十年代所有的改编自现代文学的香港影片(具体作品参见文末附录一、附录二)。

一、文学触电:香港左右派电影势力与现代文学经典改编

1949年7月,新中国的第一次全国文艺工作者代表大会在北京召开,这

---

① 《三年来之亚洲出版社》,香港:《亚洲画报》第30期(1955年10月),第14页。
② Christina Klein, *Cold War Orientalism: Asia in the Middlebrow Imagination, 1951-1961*, Berkeley, Los Angeles, London: University of California Press, 2003.
③ 1954年,王云龙、张善琨等右派影人筹组"港九电影从业人员自由总会"(简称"自由总会"),"自由总会"于1956年成立时名为"港九电影从业人员自由总会",1957年改称"港九电影戏剧事业自由总会",1997年改名为"香港电影戏剧总会",1999年改名为"港澳电影戏剧总会有限公司"。
④ 参看梁秉钧、黄淑娴编:《香港文学电影片目1913—2000》,香港:岭南大学人文学科研究中心2005年版。

次大会确立了"文艺为人民服务"①的新文艺方向,对国统区、沦陷区的文学创作进行了贬低和规训。新中国第一次大规模的文艺批判运动,就是对隶属于国统区电影《武训传》的批判。毛泽东主席亲自指示:"向着人民群众歌颂这种丑恶的行为,甚至打出'为人民服务'的革命旗号来歌颂,甚至用革命的农民斗争的失败作为反衬来歌颂,这难道是我们所能够容忍的吗?承认或者容忍这种歌颂,就是承认或者容忍诬蔑农民革命斗争,诬蔑中国历史,诬蔑中国民族的反动宣传,就是把反动宣传认为政党的宣传。"②这无疑为中国电影界(包括香港左派电影界)戴上了政治意识形态的紧箍。根据对相关作品的定量分析,就两派影业公司选择的文学作品而言,随国民党政府赴台的现代作家,如梁实秋、苏雪林等人,其创作实绩远不能跟留在大陆的现代作家相比,加上政治立场之别,作品自然不为左派电影界所喜。因此,鲁迅、茅盾、巴金、老舍、曹禺等五四新文学大师的作品就成了香港左派电影拍摄的首选对象。同时期的邵氏、电懋在商业化的道路上走得更远,他们对五四文学经典以及香港本土作品的改编,主要集中在张恨水、沈从文、张爱玲、徐訏等人的作品,其目的就是保持与中国大陆认可的现代作家的距离,而这种不同立场背景下的持距状态就是一种政治倾向,加上他们与台湾国民党政权的密切互动,更见其反共或者拒共的政治姿态。

毋庸置疑,左右派电影都选择五四新文学经典的原因是南下影人对中国现代文学经典的尊重。南下影人多成长于二十世纪二三十年代,都受过五四新文化运动的启蒙和熏陶,有着相当高的艺术修养,包括徐訏、徐速、易文(杨彦岐)、林以亮(宋淇)、张爱玲、金庸(查良镛)、秦羽等人。以右派影人领袖易文为例,他从小就对新文艺感兴趣,阅读过大量的五四新文学家的作品,并与邵洵美、陶亢德、胡山源、夏济安、蒋荫恩等人交好。1938年转入上海圣约翰大学之后,与刘同绎(以鬯)、王恭玮、杨衍昭等人交好,1940年参与过穆时英、

---

① 具体参见周扬:《新的人民的文艺——在全国文学艺术工作者代表大会上关于解放区文艺运动的报告》(1949年7月4日),载于中华全国文学艺术工作者代表大会宣传处编辑:《中华全国文学艺术工作者代表大会纪念文集》,新华书店1950年版,第69—97页。

② 毛泽东:《应当重视电影〈武训传〉的讨论》,《人民日报》1951年5月21日。

刘呐鸥、徐訏的电影活动，1942年与夏衍、唐纳等人相识，1949年其父旧友香港永华影业公司老板李祖永，约其改编沈从文小说《边城》为剧本。再以光艺电影公司老板何建业为例，他在中学时期就曾经参与过《雷雨》和《家》的话剧表演。可见无论南下影人（从中国大陆到香港）还是北上影人（从新加坡到香港），接受五四文学经典的熏陶都是他们的宝贵经历和人生财富。①

左派南下影人同样对五四新文学家及作品保持着景仰之心，李晨风就是其中典型的例子。他1925年考入广东省立第一中学，课余酷爱话剧活动，1927年进入岭南大学附属的戏剧学院，攻读戏剧、文学、美术及音乐等课程，同时组织成立了"呼唤剧团"。1929年考进欧阳予倩创办的广东戏剧研究所表演系，同时入学的有李化、卢敦、吴回、王铿、李月清等人，选修过洪深的"现代戏剧导论"课程。1931年毕业后，在广州从事话剧运动，并不断得到欧阳予倩的帮助。1933年南来香港担任教师，自1935年起参与电影工作，直到1952年组建中联，一直是香港电影界的领袖人物。"李晨风擅长将文学作品改编成通俗文艺电影，从中到外，从古到今，从雅到俗，成绩早已得到业内人士的认许，单单是改编自巴金作品的便已有三部——《春》（1953）、《寒夜》（1955）、《人伦》（1959），是讨论文学与电影此主题一个很好的切入点。"②由他编剧和执导的电影近百部，其中不少改编自五四文学作品，如《家》《日出》《寒夜》《啼笑因缘》《虹》《金粉世家》等名作，他自言"当时电影界和社会的风气使然，而且这样的改编名著小说，对片商也容易交代"。③ 值得一提的是，这一题材选择倾向与他青年时代所形成的文学观念密不可分，中联和新联在左派进步思想的影响下，潜意识会倾向选择五四文学作改编对象。还有一点，1938年李晨风曾参与改编《原野》为电影《世代冤仇》，这是中国大陆与香港电影合作的开始。可以说，李晨风与卢敦、吴回等一代南下影人，"先后南下香港，并成为

---

① 《口述历史：何建业》，黄爱玲编：《现代万岁：光艺的都市风华》，香港：香港电影资料馆2006年版，第147页。
② 黄爱玲：《前言》，黄爱玲编：《李晨风——评论·导演笔记》，香港：香港电影资料馆2004年版，第1页。
③ 林华全访问：《六十年代粤语电影回顾初探——李晨风与〈人海孤鸿〉》，香港：《大拇指》1982年3月1日第151期，第11版。

日后香港粤语片工业的中流砥柱,承袭了一代渗入了'五四运动'特质的南国传统"。① 再加上他最爱用的演员吴楚帆、白燕、芳艳芬、罗艳卿、紫罗莲都是志同道合之人,他们合作的一系列五四经典作品改编的影片可谓是论证香港电影与五四文学经典化关系的力证。

图 5-1 《阿 Q 正传》,长城 1958 年版

左右派影人对五四文学改编的剧本要求甚高,这体现出他们对经典化五四文学的企图心。袁仰安拍摄《阿 Q 正传》的时候,除了本人"熟读原著和细细咀嚼它的内容之外,再要浏览可能得到的一切有关鲁迅先生著作及生平的参考资料,更研读了田汉和许幸之两位先进的《阿 Q 正传》舞台剧本",②他还找来姚克(时任电懋编剧)、章士钊(毛泽东老师,与袁仰安上海时期同为律师,曾与鲁迅交恶)、金尧如(《文汇报》总编辑,绍兴人)、任逊(香港名画家)等一众好友为剧本提意见,章士钊更为电影题名,一时传为文艺界佳话。再如李翰祥和严俊在讨论《翠翠》的剧本时,"《边城》改编剧本是由杨彦岐执笔,就是后来的易文。我一看就觉得剧本有很多问题,严俊也觉得有很多问题,他就跟我谈了他的意思,我也谈了我的意思,后来把沈从文所有的书都看了,我发现《边城》里的翠翠,在沈从文的另外一个短篇小说《红线》里,有一个小女孩也叫翠翠,我想既然是林黛主演的,咱们就叫《翠翠》吧。"③还有,《故园春梦》(1964)最初是剧作家夏衍为夏梦所写,根据巴金《憩园》改编的,不过"(原著)太文艺,很闷,节奏也很慢,写一个破落子弟,一个鸦片鬼。后来改成《故园春梦》

---

① 钟宝贤:《南国传统的变更与消长——李晨风和他的时代》,黄爱玲编:《李晨风——评论·导演笔记》,香港:香港电影资料馆 2004 年版,第 18 页。
② 袁仰安:《阿 Q 正传——从小说到电影》,香港:《长城画报》1957 年 6 月第 67 期,第 10 页。
③ 蓝天云:《李翰祥大摆龙门阵》,《风花雪月 李翰祥》,香港:香港电影资料馆 2007 年版,第 122 页。

(1964),剧本到了朱石麟手上以后,大概改了一年,才变得更可观,更适合海外观众口味,于是就拍了"。① 无论是沈从文的《边城》,还是巴金的《憩园》,综合两者的改编过程,清楚可见南来影人对改编剧本的谨慎和认真态度。另一方面,他们对作家本人所创作的剧本是相当尊重的,轻易不做改动。张爱玲从美国将《六月新娘》的剧本邮寄到香港,剧本是不完整的,舒琪认为这是张爱玲最不成功的剧本,"故事说到葛兰与张扬见面后,即还不到影片的一半,剧情便完全无法发展下去,要不断加插梦境、香港风光的旅游片段来充塞时间"。② 但导演唐煌几乎完全按照原著拍摄。还有1957年改编自香港本土作家郑慧同名小说的《四千金》,编剧是陶秦。宋淇曾撰文提到陶秦在处理电影结局的时候,曾做过三次修改,而且从头到尾都不经他人插手,"目的就是想说明:所有一枝一节都经过审慎的考虑,并不是贸贸然随便处理的",③足见编剧对小说家的尊重。后来郑慧也专门回应,赞扬陶秦"真是一个神奇的织补匠……来为我这故事安排得更美满、完整"。④

除了对文学改编的艺术性与创新性的追求之外,当时左派电影的基本底色是启蒙和革命的混合体,追求人类的光明前途。郑树森曾这样分析这一时期的左右派文学格局:"(左派)阵容之大,不及右翼文人,也较右翼多受港英政府压抑。冷战格局中他们在香港多取守势,写作便多承接四十年代后期的采取与香港群众结合的方针,或取'写实',或多少配以'小市民'的趣味(包括'健康'的爱情与武侠),较接近香港中下层社会,与右翼较强调知识分子对国家民族的承担感、所谓'大文化'的趋向有所不同,因此比较切合香港一般知识水平并不太高,但要求进步的青年人的口味……对于六十年代以来,香港主体文学的兴起,也有正面的影响。"⑤同样的,左右派电影的区别大体如斯,

---

① 《香港影人口述历史丛书(2):理想年代——长城、凤凰的日子》,香港:香港电影资料馆2001年版,第99页。
② 舒琪:《对电懋公司的某些观察与笔记》,黄爱玲编:《国泰故事》,香港:香港电影资料馆2002年版,第97页。
③ 宋淇:《小说与电影》,香港:《国际电影》1957年6月第21期,第12—13页。
④ 《〈四千金〉公映特刊》,香港:国际电影画报社1957年版,第7—8页。
⑤ 郑树森、黄继持、卢玮銮编:《香港新文学年表,1950—1969年》,香港:天地图书有限公司2000年版,第13页。

如中联成立就是因为"眼看粤语影片面临危机,我们为了不想辜负了观众们的爱护与期望,也由于自己艺术良心的驱使,为了巩固和提高粤片的艺术水平,在群策群力之下,在社会人士和亲爱的观众们的鼓舞支持下,'中联'就组织成立了"。① 以身作则,拒绝拍摄粗制滥造、宣扬神怪迷信与封建思想是左派电影的基本拍摄原则。就中联所拍摄的左派粤语片而言(以中国现代文学题材为例),其改编作品除了《家》《春》《秋》《寒夜》《憩园》(片名《人伦》),还有当时香港地区流行的当代文学名作,如《吞金记》(作者阮朗,片名《血染黄金》,1957)、《紫薇园的秋天》(作者郑慧,1953)等,这些作品都践行着"导人向上向善"的方针。② 如《寒夜》(1955)的监制李晨风曾经道出了电影中的现实主义关怀,"在目前国际紧张局势的状态底下,反对战争,要求和平是一切善良的人的愿望,也是我的愿望,我希望通过电影,在写出战争之可怕的同时,把人类这种愿望传达给广大观众。"③

最成功的新文学作品改编以巴金的《家》《寒夜》和曹禺《日出》为代表。巴金小说最大的特点是人道主义精神,这一点也是香港左翼电影考量作品思想性和艺术性统一的最重要的标准。当时电影海报都注明类似"长城公司超级出品文艺名著改编家庭伦理深刻动人结构"、"豪门孽债·奴隶哀歌·一个富家婢女的可怜遭遇"(《鸣凤》海报)、"《秋》是《春》的续集,描写封建大家庭最后的崩溃"(《秋》海报)、"凤凰彩色文艺伦理巨片""向天下父母大声疾呼:上一代的荒唐将是下一代的榜样,上一代犯过的错误不要让下一代继续"(《故园春梦》海报),也旨在强调其创作及电影中彰显出来的人道主义精神。以《家》的改编为例,《家》(1953)是中联影业公司的创业作,此剧以冯乐山拜访高家并看中鸣凤揭幕,之后按照原小说的情节推进,以高觉新与梅芬、瑞珏的爱情不幸,鸣凤投水溺亡,婉儿被冯家虐疯,瑞珏难产而死和觉民觉慧的出

---

① 《创·刊·词》,香港:《中联画报》1955 年 9 月第 1 期。
② 胡一峰曾这样回忆:"'长、凤、新'的负责人、编导演包括宣传人员,一批批地回到内地进行学习,进行所谓灵魂深处闹革命,否定自己过去所做的一切,过去坚持的'导人向上向善'的方针,自然也被否定了。"参见《香港影人口述历史丛书(2):理想年代——长城、凤凰的日子》,香港:香港电影资料馆 2001 年版,第 154 页。
③ 《新晚报》,1955 年 3 月 26 日。

走为主要线索,同时以冯乐山的荒淫行径、高家第二代的堕落言行以及军阀的仗势欺人为相关社会背景,创作主题很好地契合了巴金"我要向一个垂死的制度叫出我的 J'accuse(我控诉)"①的创作目的。《鸣凤》(1957)是长城电影公司少有的粤语片作品,以京剧《闹天宫》和《和玉镯》两出戏开幕,前者暗喻高家第三代的反抗精神,包括开头部分觉慧提倡恋爱自由的告白,加强着这一点;后者用一出带有色情内容的京剧,再加上席上冯乐山对鸣凤垂涎之态,成功地讽刺了冯的道貌岸然。这部电影对巴金原著改编颇多,极大地简化了巴金原著中复杂的人物关系,整体上只关注于觉慧与鸣凤之间的爱情故事。另外,情节设计为高老太爷逼鸣凤出嫁冯乐山,鸣凤自尽后,觉慧直接向高老太爷质问,通过这次交锋,将高老太爷刻画成封建顽固老头,从而集中地批判了封建婚姻制度对追求婚姻自由的青年人的摧残。再以《憩园》的改编为例,最早的电影版本是《人伦》(1959),电影把小说情节简单化了,讲述了姚国良一家迁入憩园,继室万婉华(即小说里的万昭华)不满婆婆和丈夫对儿子(丈夫前妻所生)的溺爱,却束手无策。夫妇俩偶然得知杨梦痴的遭遇,万婉华趁机劝说丈夫,两人达成好好教导儿子的共识。以《故园春梦》(1964)为例,电影中穷困潦倒的杨梦痴与飞扬跋扈的姚小虎之间形成了互文效果。该电影以万韶华(即小说里的万昭华)的视角串联起两家人的故事,虽然少了小说中黎先生的第三者叙事视角和倒叙形式,也略去了姚国栋所带来的错综复杂的人事关系,但故事线索更明晰起来,这部作品继续着左派影人批判有产者的一致立场。这也呼应着巴金原著的主题:"《憩园》中的杨老三杨梦痴就是《家》里面的高克定。他的死亡是按照他真实的结局写的。……我的小说只是替垂死的旧社会唱挽歌",②接续着五四新文学的启蒙传统。

另一位为左派编剧青睐的现代文学家是曹禺,其作品改编的电影宣传海报上类似"曹禺名著搬上银幕,轰动中国剧坛《雷雨》姊妹作""长城公司暴露

---

① 巴金:《关于〈家〉(十版代序)——给我的一个表哥(1937)》,《巴金全集》(第一卷),北京:人民文学出版社 1986 年版,第 442 页。
② 巴金:《〈憩园〉法文译本序(1978)》,《巴金全集》(第八卷),北京:人民文学出版社 1989 年版,第 192—193 页。

图 5-2 《日出》，长城 1958 年版　　图 5-3 《四千金》，电懋 1957 年版　　图 5-4 郑慧《四千金》（小说），1954 年版

"现实动人巨片""暴露都市人物丑态淋漓尽致"（《日出》海报）这种宣传语言，展示着香港左派电影的批判现实精神。首先是《雷雨》（1957），这一版是华侨电影公司创业作，两周票房收入 26 万（港币），创下了当时香港粤语片八年来的新纪录。① 之后是《雷雨》（1961，凤凰版），影片对原著中的周萍形象进行了改编，更着力于表现其浮夸无耻的一面，通过他对繁漪的情感欺骗、图谋父亲周朴园家产的野心以及对四凤的情感玩弄，很好地塑造了一个经典的纨绔子弟形象。从主题而言，这部电影更强调受压迫和受侮辱的一面，将人物情感直接简化成坏人（有产者）与穷人（无产者）的冲突。相较起《雷雨》对封建家庭罪恶、阶级对立的描写，左派影人对《日出》的改编更集中在对不合理社会制度的批判上，其代表是《日出》（1953，中联版）和《日出》（1958，长城版）。前者开场在火车车厢里，方达生偶遇杨小翠（就是原剧本中的小东西），后杨小翠为奸人所骗，被卖给土豪金八爷作妾。方达生与旧时恋人陈白露联手成功救了小翠，后潘雨亭生意为金八所败，精神萎靡，陈白露失去经济来源，且欠下巨债，自知难逃金八魔爪，在方达生和小翠出城后，于日出时分服毒自尽。后者将电影开场放在 1925 年的上海，展示了老上海"十里洋场"的生活。欢场

---

① 李慕长：《"影谈"之〈啼笑姻缘〉》，香港：《大公报》（1957 年 6 月 21 日）。

无真情,潘雨亭在破产后,要将陈白露献给黑社会老大金八爷,影片中无耻的潘雨亭、虚伪的张乔治,都使得陈白露对现实失望透顶,这一版按照原著精神和左派批判性主题进行。

张恨水是唯一同时为左右派南下影人接受的现代文学家,主要是因为其小说兼具言情小说的市场效应和一定的社会批判功能,他的小说被五六十年代的香港电影界改编过十四次,《啼笑因缘》是其中被改编最多次的,包括《啼笑姻缘》(1952)、《啼笑姻缘》(1957,华侨版)、《故都春梦》(1964,邵氏版)和《啼笑姻缘》(1964,电懋版)等。香港最早的1952年版《啼笑姻缘》已经失传,仅有一本电影小说,这个版本主角的名字全部改了,而且把背景移到南方。从电影小说看,这个版本是所有香港电影版中让樊家树和何丽娜(小说中是麦干生和赵碧姬)结合的作品,黄淑娴认为张原著小说中的樊家树是一派五四文人的穿着,而1952年版的电影小说中麦干生(即樊家树)却是西化得过分,认为这样的安排过于迎合当时香港社会对有钱人的想象。① 之后是1957年的华侨版,这个版本中富家女何丽娜的情节全被拿掉,突出了军阀的飞扬跋扈,不过最后一场秀姑杀军阀的情节拍摄得大快人心。这个版本把故事背景放到广州,增强了电影的写实气氛。右派影人所改编和拍摄的电懋版和邵氏版都诞生于1964年,是两家竞争之作,前者以樊家树、何杰生(何丽娜)、沈凤喜和关秀姑四角恋为主要线索,以"一男三女"和"白马王子与灰姑娘"的叙事模式,再结合侠义精神,收获了很好的市场效应;后者一开场就以彩色宽屏的新技术,展示着北京的老街,其中对口相声、打竹板、京韵大鼓、摔跤、卖大力丸、耍猴、茅山道士、皮影戏等的表现,充满导演和编剧们对"文化中国"的想象。邵氏电影的主体部分与电懋版区别不大,其中也是用"英雄救美""白马王子和灰姑娘"为故事线索,再加上一些武侠特色。左右派电影相较而言,左派电影更突出阶级压迫和民众反抗,而右派则更多地在言情小说的细节上下功夫,突出电影商业化和娱乐化的一面。

---

① 黄淑娴:《香港及上海的几段啼笑因缘:鸳鸯蝴蝶派文学与电影》,梁秉钧、黄淑娴等编:《香港文学与电影》,香港:香港大学出版社2012年版,第60页。

二、经典制造：香港现代文学的影视化与经典化

新中国成立后，香港地区涌现出来的大批作家（主要是南下文人）大多有着良好的教育背景和艺术修养。① 这些南下文人迫于生计，不得不创作一些流行小说，同时，他们身上五四新文化知识分子的身份认同又促使其不断地诉求着创作中的精英意识和启蒙立场。他们的作品迅速成为香港电影可资利用的文学资源，大致可将其分为四类：首先是 1950 年代香港的"天空小说"，即广播剧本。这些剧本源自文艺小说，在题材上迎合听众兴趣。当时知名的广播台有"丽的呼声"、广州风行广播电台、澳门绿邨电台等，其中不少"天空小说"改被编为电影。② 第二类是大量的报刊连载小说。③ 第三类是"三毫子小说"。④ 据南红回忆，"光艺初期由秦剑先生当总经理，他既是导演，又是编剧，当年买入了很多'三毫子小说'改编成电影"。⑤ 第四类是香港文学的

---

① 如宋淇毕业于燕京大学西洋文学系，秦羽毕业于香港大学文学系，易文、陶秦毕业于上海圣约翰大学文学系，唐煌毕业于国立政治大学，孙晋三毕业于哈佛大学戏剧系，严俊曾就读于北京辅仁大学，张爱玲曾就读过上海圣约翰大学和香港大学等。
② 如"丽的呼声"有罗凤筠《遗腹子》(1956 年 11 月 15 日)、万世师《手足情深》(1956 年 12 月 12 日)、艾雯《嫂夫人》(1962 年 9 月 26 日)、马云《痴情儿女》(1963 年 11 月 20 日)、唐婷《琼楼魔影》(1962 年 10 月 17 日)等。
③ 这一时期的代表作有《九九九命案》(1956，司空明连载于《星岛晚报》的小说《完璧》)、《血染黄金》(1957，阮朗连载于《香港商报》的小说《吞金记》)、《新寡》(1956，高雄连载于《新晚报》的同名小说)、《血染相思谷》(1957，关山美连载于《星岛晚报》《星洲日报》《星暹晚报》的连图小说)、《毒手》(1960，阮朗连载于《香港商报》的同名小说)、《奸情》(1958，史得连载于《新晚报》的同名小说)、《鸡鸣狗盗》(1960，史得连载于《大公报》的同名小说)、《雷雨之夜》(1960，改编自邵兰连载于《明灯日报》的连图小说)、《人海孤鸿》(1960，欧阳天连载于《星岛晚报》的同名小说)、《半生牛马》(1972，林迪连载于《新晚报》的同名小说)等。
④ 1950 年从上海南来的报人罗斌在香港创办了环球出版社，在五十年代到七十年代期间出版了《环球文库》《环球文艺》《武侠世界》《蓝皮书》《迷你》及《黑白》等流行文学杂志。"三毫子小说"指的是《环球文库》和《环球文艺》的袖珍版，每期一个故事，有彩色封面，最初的售价是三毫子，故事场景大多在香港，很多时候会写出真实的香港街道或商店名字，内容大多涉及都市男女爱情。环球文库的作者包括杨天成、方龙骧、易文、郑慧、依达、岑凯伦等，多写作言情小说，从而在香港形成了通俗流行文化潮流。参见黄淑娴：《从俄国名著到香港流行文学：光艺的都市文艺初探》，黄爱玲编：《现代万岁：光艺的都市风华》，香港：香港电影资料馆 2006 年版，第 40 页。
⑤ 黄爱玲编：《现代万岁：光艺的都市风华》，香港：香港电影馆 2006 年版，第 217 页。

单行本。① 这四类作品构成了香港当代文学的重要组成部分，也是当时香港电影改编的重要来源。因为"在撤退到台湾不久，国民党正式下令，凡附匪以及留在沦陷区的学者、文人的著作一概禁绝。这等于宣告，中国现代史上百分之九十九点九的有价值的文学与学术作品一概免读"。② 右派影人不能拍摄中共官方认可的现代文学作家，当然也不排除右派影片本人的政治立场，所以只能倾力于发掘香港本土现代文学作品的改编，其中最具代表性的是郑慧《四千金》(1954)③和望云（张吻冰）《人海泪痕》(1940)④的改编。

郑慧的《四千金》(Our Sister Hedy)是一部中篇小说，希达(Hilda，本意女战士)、希伦(Helen，古希腊美女海伦)、希棣(Hedy，本意令人愉快的，可喜的)和希素(Hazel，本意榛树)等四姊妹自小丧母，性格各有不同。大姐希达循规蹈矩，富有上进心，视事业重于一切，家里一切大小内外事务都由她负责打理。二姐希伦英文名 Helen，取的是古希腊海伦的名字，貌美且爱打扮，整日沉醉在被男性追求的甜蜜中以玩弄男性为乐。三妹希棣刚强英爽，举止言行皆偏向中性化。四妹希素文静随和，早早嫁人。小说中，在希棣的穿针引线下，大姐结识男友，但每次一个转身，就被希伦勾引过去。二姐希伦连续抢了希达的男朋友傅立夫、孙如浩，逼得希达只能远走澳门并嫁给了工厂主陈明达。结尾部分，希伦与孙如浩离婚后，到澳门散心，与大姐夫发生关系，但小说结尾部分希达原谅了陈明达。陶秦在原著的两个情节上做了重大改编，使

---

① 据笔者统计，1950、60 年代被改编成电影的香港本土小说单行本有：刘以鬯《失去的爱情》(1949)、《私恋》(1958)，徐速《星星·月亮·太阳》(1953)，望云《人海泪痕》(1940)、《情贼》(1958)，邵兰《连理枝》(1960)，杨天成《难兄难弟》(1960)、《春到人间》(1963)、《七彩难兄难弟》(1968)，梁枫《苦海明珠》(1962)，文瑛《幸福新娘》(1963)，周君《历劫花》(1963)，西门穆《昨夜梦魂中》(1963)，邝海量《恨海情花》(1964)，刘逊《死亡角之夜》(1964)、潘柳黛《真倔情人》(1965)，俊人《原来我负卿》(1965)、史得（即高雄）《贼美人》(1966)，梅梦雅《情贼黑牡丹》(1966)，龙骧《肉搏明月湾》(1966)，诸葛青云《弹剑江湖》(1966)，依达《冬恋》(1968)、《浪子》(1969)，孙亚夫《窗》(1968)，等等，这种小说版权的收购在当时香港电影公司是相当普遍的。
② 吕正惠：《战后台湾文学经验》，台北：新地文学出版社 1992 年版，第 9—10 页。
③ 郑慧：《四千金》，香港：环球图书杂志出版社 1954 年版。
④ 望云：《人海泪痕》，香港：南天出版社 1940 年版。据陈智德考证，望云(1910—1959)即香港作家张吻冰的笔名，是香港新文学的拓荒者之一，同时也创作了通俗小说《黑侠》《翠袖啼痕》，曾经担任过编剧和导演。参见陈智德：《从〈危楼春晓〉谈到望云》，香港：《文汇报》2011 年 5 月 24 日。

得四千金的形象更加正面。首先,孙如浩(陈厚饰)和希伦(叶枫饰)和好,而不是离婚。影片的结尾部分,希伦抵抗住自己的内心诱惑,没有跟大姐夫发生乱伦关系,这种悬崖勒马式的描写,让希伦的形象有了很大的改变,知错就改的她最后和其他三千金一起回家看望父亲。其次,何炎(雷震饰)在小说中因驾驶飞机而身亡,在影片中改为遭遇车祸并医治成功。这些改动减弱了原小说中的悲剧效果,平缓了原小说中过分激进的女权主义色彩,从而满足了观众的观影期待。除了情节设置,林翠、叶枫、苏凤等电懋当红小旦的表演,时髦的服装(及膝的短裤和裙子、流行的发型等)、时尚的生活(击剑运动、网球运动、航空学校等)、现代生活方式(电话、汽车、舞会、西餐、飞机等),这些中产阶级的生活方式受到了广大影迷的欢迎,也让这部电影获得了票房上的巨大成功。①

图5-5 依达《冬恋》(小说),1968年

图5-6 望云《人海泪痕》(小说),1940年

---

① 这部电影获得第五届(1958)亚洲影展最佳影片奖,最佳编剧陶秦、郑慧,最佳导演陶秦,最佳男主角陈厚,最佳女主角林翠,最佳男演员王元龙,最佳女演员穆虹,最佳摄影董绍詠,最佳音乐綦湘棠等多个奖项。

望云《人海泪痕》(1940)初版五千册,不到三周就全部卖完,在当时的香港文坛是一个奇迹,①而作品也反映了当时南下文人对资本主义香港的批判姿态。② 小说故事发生在1940年广州沦陷之后,中山大学中文系高才生周平从广州逃到香港谋生,在兰桂坊的两层租屋里,他与租客陈太、赵辉夫妇、任海生夫妇以及二房东三婶之间发生了很多患难与共的故事。这部小说颇受夏衍《上海屋檐下》(1937)的影响,讲述的是香港都市贫民的生活。同时,最后以周平的因公殉职结束,强调方玛利、阿辉夫妇他们这一批香港贫民在他的精神指引下,继续在乱世中谋生图存。望云谈起自己的小说改编:"我最初把《人海泪痕》写成了一本电影剧本,放在抽屉里两年多,无人过问。大众报要我替他们写一部小说,我觉得该题材不错,于是我把它写成一本小说,给他们按日刊登。办法是每天写八百字。写了八十九天,眼看要全部写完了,却来了一个问题,须在一天之内把应该尚有十天的文章结束,于是好好的一本书,却功亏一篑。然而当大众报也停版之后,却有人想起可以把它改拍电影,于是草草卖了版权,让李铁先生把它改编成电影。"③《危楼春晓》(1953)就是脱胎于李铁导演的港产粤语片《人海泪痕》(1940)④,演员阵容也有相当的重合,其内容反映香港现实生活的贫困,一幢破旧狭小的二层旧楼里住着三教九流各色人等,包括放高利贷的黄大班(卢敦)、洁身自好的舞女白莹(紫罗莲饰)、乐于助人的司机梁威(吴楚帆饰)、文艺青年罗明(张瑛饰)。电影一改小说原著的悲观绝望,基调是乐观进取的,就如梁威每日挂在嘴边的"人人为我,我为人人"。在人物塑造上,张辉(的士司机梁威)、周平(记者罗明)、方玛

---

① 徐飞:《再版之前言》,望云:《人海泪痕》,香港:南天出版社1940年版,第4页。
② 对这一点卢玮銮曾经这样谈到过:"五六十年代南来的知识分子,无分左右,尽管文艺观不同,政治立场各异,但不约而同对这个文化异常浅陋的南方小岛,十分不满,而他们又普遍对文艺有着不可转移的坚执信念。面对'这文艺荒芜时代''声色犬马笼罩下的社会环境',他们责无旁贷地要向商品消闲的庸俗风气宣战。"参见卢玮銮:《"南来作家"浅说》,黄继持、卢玮銮、郑树森等:《追迹香港文学》,香港:牛津大学出版社1998年版,第122—123页。
③ 望云:《前言》,望云:《人海泪痕》,香港:南天出版社1940年版,第6页。
④ 《人海泪痕》,导演李铁,望云编剧,张瑛饰演周平,黄曼梨饰演方玛利。大观声片有限公司出品(粤语),1940年11月1日;《危楼春晓》中李铁依然是导演,陈文制片,孙伦摄影,张瑛饰演罗明、卢敦饰演黄大班、梅绮饰演玉芳、吴楚帆饰演梁威、紫罗莲饰演白莹、李月清饰演三姑、黄楚山饰演谭二叔、黄曼梨饰演谭妻。中联电影企业有限公司出品(粤语),1953年11月27日。

利(舞女白莹)三个形象都有改变。张辉作为的士司机被老板欺侮的情节拿掉了,只留下他从有工作到丢工作的线索;周平记者工作也只留下了他找工作到换工作的线索,把他的新闻工作者的理想部分全部删去;方玛利没有变化,只是将她与周平一样出身中山大学的身份删掉,仅仅保留舞女的身份。同时,电影中的罗明、梁威、白茵等一众都市底层人民展示了大家共渡难关的互助合作精神,与原著中讲述社会不公平的批判角度颇有不同。电影中多了很多都市日常生活的描写,影片中的罗老师和白茵本来计划请大家一起在生日宴会大吃一顿,但偏偏事业不顺,最后在威哥的帮助下,请大家吃了一餐街头小吃,但大家开开心心,之后,罗明本来在《人言日报》上发表小说,另谋到一条生路,但没想到主编是个混吃骗喝的人。在诸般不如意之下,他选择了投靠租赁公司的资本家叔叔。影片最后,罗明幡然悔悟,自愿捐血帮助难产的威嫂,得到了大家的原谅。结尾部分,醉八仙再次道出"人人为我,我为人人"的句子,让全剧得到了精神上的升华,也表达出患难见真情的社会伦理观。

右派影人中最优秀的编剧当属张爱玲和秦羽。首先我们看看张爱玲编剧与香港电影之间的关系。因着宋淇与张爱玲的关系,电懋着重于发掘张爱玲的文学天赋,张爱玲也因此成为了1950、60年代香港电影界的重要编剧之一。在1957年到1964年间,她为香港电懋电影公司编剧,作品有《情场如战场》(1957,荣获当年亚洲影展金爵奖)、《桃花运》(1959)、《人财两得》、《南北一家亲》(1962)、《小儿女》(1963,荣获当年金马奖优秀剧情片奖)、《一曲难忘》、《南北喜相逢》(1964)、《魂归离恨天》等。"电懋是全然的明星制,专拍类型电影(Genre Film)来烘托首席女星。由此可见,张爱玲的剧本都是'量身定作'(当时亦如是宣传),对其编写明星有一定的认识。虽则对这批作品,一般总认为'由于经济拮据,多为匆忙之作,同时又因电影公司约束,她也不能尽展个人风格。'……实际上光从她为待嫁娘葛兰编写《六月新娘》,为供给弟弟留学的尤敏编《小儿女》,就知这种'量身打造'绝不可能是匆促之作。其中光是编《南北一家亲》就耗时一年半,《红楼梦》(可惜失传)更可说是呕心沥血!"①

---

① 符立中:《上海神话》,台北:印刻2009年版,第177页。

张爱玲用自己的高超文学技巧涉足电影剧本创作,她苍凉的文学风格似乎被一种"小儿女情怀"所取代,早期沪港传奇故事被一个个通俗的都市言情故事取代,展现出张爱玲骨子里的世俗一面,而世俗的一面加上精心的情节设计和艺术表现,使得张爱玲的电懋剧本成为她后期创作的一座艺术高峰。当时电懋每次只要有新片上映,都是主打张爱玲的旗帜,如宣传刊物上的"电懋掌握了今日最佳剧作者之一的张爱玲……""由名作家张爱玲执笔写成剧本,内容质素的丰富,不失为此时此地一副世纪风情画……""出自张爱玲手笔……其成就的惊人,非庸俗者所可望其项背"①,从而展示着香港中产社会的情感世界,如《小女儿》,这是张爱玲为尤敏量身打造的,堪称这一时期张爱玲剧本创作中成就最高者,这个作品摆脱了《情场如战场》对《乱世佳人》的借鉴,展现出张爱玲在都市情感剧上的文学功力。《小儿女》的片名来自张爱玲喜欢的同名无线电音乐,不过在电影中,导演王天林设计成《慈母恩》,突出了《小儿女》中两位女性的母性之爱,其中一位是长女如母的王景慧,她中学毕业后在家中专门照顾两个未成年的弟弟以及一家人的起居生活,这是一个传统与现代意识双重影响下的香港新女性,为了承担起家庭的责任,她选择休学,后来又选择逃避婚姻,同时,我们可以看到剧本中挥散不去的憎恨后母的情节,这也是张爱玲将个人生活经历与笔下都市女性形象塑造相结合的巧妙构思。影片中的巴士、螃蟹、公园、家中茶饮,等等,在在都带有老上海的风貌特色,可以说"张爱玲为电懋编剧的《小儿女》可能是人情最细致、技巧最圆熟的一出。……这电影处理的寻常人家伦理问题,较接近张爱玲自己四十年代后期在上海写的小说和剧本。"②正是张爱玲把上海小市民阶层的世界移植到了香港,这种以上海人的观点看香港的方式,使得张爱玲自己获得了写作上的便利和成功。

除了张爱玲,宋淇还重用了另一位年轻编剧秦羽,作为出生在香港本土的作家,她改编的电影剧本也颇有研究价值。她的人生经历与张爱玲颇有相

---

① 林奕欢:《片场如战场:当张爱玲遇上林黛》,《国泰故事》,香港:香港电影资料馆2002年版,第238页。
② 也斯(梁秉钧):《张爱玲电影的都市想像》,香港:《明报月刊》1998年4月号,第27页。

似之处，都是名门望族之后，①而且"年轻的秦羽学生时代在姚克导的话剧《清宫怨》里饰演珍妃，在《雷雨》的英文演出中出演繁漪、在港大莎剧《第十二夜》中朗诵序幕，与林黛、尤敏、林翠谈笑风生"②。这样的文化功底让她的编剧工作游刃有余，代表作有《玉女私情》（1959，改编自香港作家杜宁的《女儿心》）、《母与女》（1960，改编自香港作家痴人同名小说）、《星星·月亮·太阳》（1961，改编自徐速的同名长篇小说）、《啼笑姻缘》（1964，改编自张恨水小说《啼笑因缘》）等。秦羽的作品也秉承着电懋捧女星的特色。如果说张爱玲的《情场如战场》为林黛、《六月新娘》为葛兰、《小儿女》为尤敏定作，那么秦羽的作品也是为了林黛（《三星伴月》）、尤敏（《玉女私情》）、林翠（《二八佳人》）等人量身定制的。但两人的角度似有不同，"《三星伴月》里的林黛，基本上是《情场如战场》那个淘气任性的林黛的延续。……张爱玲在《情场如战场》中对女主角的处理比较直率大胆，又突出男主角的自我压抑，只是导演的处理比较保守，又加入张扬教训女主角不要一味贪玩之类的话。秦羽的编剧似乎以轻松为主，没有甚么批判，还加入梁醒波的乌龙律师胡闹一番。"③值得指出的是，《三星伴月》这种三角恋爱的喜剧受到了左派影评界的批评，认为"《三星伴月》的编导，有满脑袋荷里活电影噱头，但一点没有香港现实生活的影子，他用电影化的手法，把中国男女也化成浪漫的美国人了"。④ "只要稍有点戏剧常识的人，就知道这种题材是不适宜用喜剧形式去表现的，因为它接触的是一个严肃的家庭道德的问题，这种题材，而用闹剧的手法处理，失败可说是注定的。"⑤可一窥当时左右派文化人的意识形态之别。

在秦羽所编写的剧本中，以电懋版的《星星·月亮·太阳》最为成功。原

---

① 秦羽原名朱薇，其外祖父朱启钤是清末民初时期的重臣，其母亲朱湄筠是历史上有名的"朱五小姐"，其父朱光沐是张学良的贴身秘书，长年在国民政府中担任高官。自小中英文修养都好。1957年毕业于香港大学文学系，在大学时曾用英文演出过话剧。还慕名在经学大师射陵外史老先生门下深造，熟读《左传》《战国策》及诗赋。
② 梁秉钧：《羽毛留下的秀丽笔迹：秦羽剧本初探》，《国泰故事》，香港：香港电影资料馆 2002 年版，第 222 页。
③ 同上。
④ 蓝湖：《离谱的〈三星伴月〉》，《新晚报》1959 年 4 月 23 日。
⑤ 高山月：《荒唐的〈三星伴月〉》，《大公报》1959 年 5 月 1 日。

作徐速的《星星·月亮·太阳》(初版本由香港高原出版社分别于1953年5月出版上集、1954年8月出版中集、1954年9月出版下集),是当时的畅销书,1955年5月的时候,就已经有了第三版,到1960年,已经连印十一版,印数超过十万册。相较原作,秦羽在女性人物的形象塑造上花费了大量功夫,理顺了主人公徐坚白和阿兰、秋明、苏亚楠之间的情感线索。小说中徐坚白在县城读书时与表妹秋明产生感情,突然又收到乡下初恋情人阿兰的信件,旧情复燃。没多久又对同学苏亚楠产生感情,这些情感都集中在小说的上集中。平心而论,这些小说情节在处理主人公感情的时候,让徐坚白的形象接近于滥情,并没有看出其感情发展的逻辑性。秦羽在改编的时候,做了很多极富创意的修改,先是对徐坚白(张扬饰)与阿兰(尤敏饰)的感情进行了铺垫,然后徐坚白到了县城读书,在校园巧遇表妹秋明(葛兰饰),后来因为多食了秋明煮的红烧牛肉,导致身体不适,被接到秋明家养病并对秋明产生好感。之后他收到了阿兰说自己已经有男友的信件,失望之余与秋明继续发展。在为祖母奔丧回家,才知道信是阿兰为了成全他和秋明所写,重燃旧情,相约私奔。秋明这时也来奔丧,秋明劝阿兰,如果私奔,徐家的名声将尽毁,阿兰决定放弃私奔。徐坚白在失意之余离家求学,在北上的火车上结识了苏亚楠(叶枫饰),受其感召并投身抗日救亡的学生运动。梁秉钧认为秦羽的改编最成功的地方有三,一是"阿南的出场比原著中平平无奇的叙述更有效果,一下子把她坚强爽朗的性格突出出来,又删去了原著中传奇又巧合的家庭背景,减低了她的文艺背景,突出她对国家大事的关注,给予她与前面两个女性不同的性格,在这新的处境中也更合理地发展了坚白对阿南的仰慕";二是"在原著中,几乎没有甚么空间发展坚白与秋明的感情,她夹在两个女人之间,不见坚白对她有深感情,她有时甚至还显得酸涩、愤慨,令我们看不见作者希望描绘的良好教养、宗教熏陶、温柔文雅、谦让仁慈的风度。倒是在电影中,在秦羽的编写、葛兰的演绎、易文的导演之下,这角色具体可爱得多";三是"最成功的写出几个女性、尤其是阿兰与秋明关系的,还主要靠秦羽的彩笔……编剧从两人对话层层开展,写出女性心理,刻画逐步建立起来的女性友谊。这种女性的角度,补充了原著中男性浪漫话语,给星星、月亮、太阳这三个比喻补充了栩栩的形象"①。可见,秦羽剧本改编的成就还是相当为文学评论家们所激赏的。

三、结语

在香港电影与现代文学经典化的论题中,值得注意的是"长凤新"、中联等左派电影的健康底色,他们为乱世中的香港人(包括电影市场所及的台湾和东南亚地区华人)提供了正面的精神食粮,并且为新中国政权的形象代言,为新中国政治和文化政策做了良好的文化宣传。而且,从文化产业链来看,这一时期出现了大量的新一代电影明星和流行歌曲,洋溢着健康气息,如夏梦、石慧、陈思思、林黛、李丽华、李湄、尤敏、葛兰、叶枫、苏凤、林翠、林凤、乐蒂、凌波、鲍方、吴楚帆、傅奇、雷震、陈厚、赵雷、张扬、乔宏、谢贤、嘉玲、南红等人,让香港、海外华人在乱世中得到精神寄托。右派电影以电懋、邵氏两家为代表,他们更偏向宣扬中华民族传统伦理等"文化中国"情结以区别于左派电影的批判意识,如《翠翠》(永华,1953)中的看龙舟、情歌对唱等民族习俗,再如《啼笑姻缘》(邵氏,1964)开头部分的老北京地景再现和文化表演,等等。如果考虑其文化影响,右派电影作品因为在意识形态上的节制而影响深远,其中"文化中国"因素使得大陆以外的观众感受到中华文化的魅力和根性,这在冷战时期的华语文学世界中是非常难得的。

毋庸置疑,这些作品的电影改编对于现代文学的经典化过程有着重要作用。首先是宣传现代文学经典。毕竟对于二十世纪五六十年代而言,现代文学也只是刚刚过去的文学,对于当时的华人圈,其实也是一种文学启蒙。如中联创业作《家》上映后,影评家们就迅速作出反应,如"在粤语片的水平上说,尤其是在最近半年的粤语片水平上说,应该说是一部相当不错的影片",②"我觉得导演吴回在这个戏里是卖力的,而且似乎在极力寻找一些新的东西,

---

① 梁秉钧:《羽毛留下的秀丽笔迹:秦羽剧本初探》,《国泰故事》,香港:香港电影资料馆2002年版,第226—228页。
② 杨桦:《〈家〉》,《大公报》1953年1月8日。

比方配乐纯用中国旧业,而避免那些更容易迎合观众习惯的'时代曲',就是一例。其次,粤语电影一向以能否赚取'妈祖'眼泪作为能否赚钱的估计标准,他这次用不太庸俗的手法,来处理《家》,可说是一种冒险",①"白燕、吴楚帆和容小意都演得很活,张活游在后段的演出也好。白燕在念剧本时,曾被周蕙的身世激动得流泪,而她在片中流的也是真泪。她说:'我再不用找蜜糖或眼药水来作代替品了'",②这些介绍都加深着观众对巴金小说的多重理解。其次就是在这个过程中对"文化中国"的传播,有人直言"巴金的作品,有太多的激情,中联公司所拍的《家》《春》《秋》和《憩园》之能感动人心者,也就是在电影上发挥了这种激情"。③ 对封建制度的抨击、对中华民族传统文化的影像化以及展示现代中国的文化想象,都是现代文学经典化的另一重含义。

另外,香港文学中的很多创作因子都被后来的作家和导演继承,如李安的《饮食男女》中父亲和三个女儿的故事,很明显能看出郑慧《四千金》的影响,再如王家卫在《重庆森林》(1994)对飞机和空姐角色的运用,《花样年华》(2000)中对上海移民一族的怀旧,都有着二十世纪五六十年代香港电影的影子,这些在在都提醒我们今昔香港电影之间充满千丝万缕的复杂关系,而这种种关系绝对是研究文学与电影关系的新视角和新方向。

附录一:二十世纪五六十年代香港左翼电影公司所拍摄的中国(包括港台地区)现当代文学作品

序号	电影公司	首映时间	影片名称	导演	编剧	原著
1	银城	1952年4月30日 1952年5月3日	《啼笑姻缘》	杨工良、尹海清	杨工良、尹海清	张恨水《啼笑因缘》
2	中联	1953年1月7日	《家》	吴回	吴回	巴金《家》

---

① 杨桦:《再谈〈家〉》,《大公报》1953年1月14日。
② 慕长:《再谈〈春〉》,《大公报》1953年12月28日。
③ 高朗:《贺七岁生日·看佳片〈人伦〉》,《新晚报》1959年12月13日。

(续表)

序号	电影公司	首映时间	影片名称	导演	编剧	原著
3	中联	1953年11月27日	《危楼春晓》	李铁	余干之(卢敦、陈云合用笔名)	望云《人海泪痕》
4	星联	1953年9月20日	《日出》	李晨风	李晨风	曹禺《日出》
5	中联	1953年12月22日	《春》	李晨风	李晨风	巴金《春》
6	中联	1954年2月17日	《秋》	秦剑	司马才华	巴金《秋》
7	植利	1954年12月8日	《程大嫂》	李铁	李铁	鲁迅《祝福》
8	大联	1955年3月17日	《陈姑追舟》	陈皮	李寿祺、蓝菲	张恨水《秋江》
9	华联	1955年3月24日	《寒夜》	李晨风	李晨风	巴金《寒夜》
10	昌兴	1956年2月22日	《原野》	吴回	亚文	曹禺《原野》
11	亚东	1956年3月15日	《雪里红》	李翰祥	李翰祥	师陀《大马戏团》
12	国际	1956年3月29日	《火》	左几	左几、江扬	巴金《火》
13	长城	1956年9月12日	《日出》	胡小峰、苏诚寿	胡小峰、苏诚寿	曹禺《日出》
14	华侨	1957年6月20日	《啼笑姻缘》	李晨风	李晨风	张恨水《啼笑因缘》
15	华侨	1957年3月14日	《雷雨》	吴回	程刚	曹禺《雷雨》
16	长城	1957年7月18日	《鸣凤》	程步高	魏博	巴金《家》
17	中联	1957年9月5日	《血染黄金》	珠玑	阮朗	阮朗《吞金记》
18	长城、新新	1958年11月19日	《阿Q正传》	袁仰安	姚克、徐迟	鲁迅《阿Q正传》
19	中联	1959年12月9日	《人伦》	李晨风	李兆熊	巴金《憩园》
20	新联	1960年11月24日	《虹》	李晨风	李兆熊	茅盾《虹》
21	凤凰	1961年5月31日	《雷雨》	朱石麟	朱石麟	曹禺《雷雨》
22	华侨	1961年6月14日	《金粉世家》(上)	李晨风	李兆熊	张恨水《金粉世家》

(续表)

序号	电影公司	首映时间	影片名称	导演	编剧	原著
23	华侨	1961年6月21日	《金粉世家》（下）	李晨风	李兆熊	张恨水《金粉世家》
24	华侨	1961年11月8日	《落霞孤鹜》	左几	李亨、潘藩	张恨水《落霞孤鹜》
25	华侨	1962年2月28日	《满江红》	左几	何愉（左几）	张恨水《满江红》
26	华侨	1962年5月23日	《似水流年》	左几	左几	张恨水《似水流年》
27	华侨	1962年8月2日	《夜深沉》	左几	左几	张恨水《夜深沉》
28	新新	1962年9月27日	《浪子双娃》（又名《莽汉双娃》）	袁仰安	袁仰安	老舍《骆驼祥子》
29	凤凰	1964年8月13日	《故园春梦》	朱石麟	夏衍	巴金《憩园》
30	新联	1965年4月15日	《英雄儿女》	李晨风	李兆熊	鲁迅《铸剑》

附录二：二十世纪五六十年代香港右翼电影公司拍摄的中国（包括港台地区）现当代文学作品

序号	电影公司	首映时间	影片名称	导演	编剧	原著
1	永华	1953年7月8日	《翠翠》	严俊	李翰祥	沈从文《边城》
2	邵氏	1954年5月21日	《风萧萧》	屠光启	屠光启	徐訏《风萧萧》
3	邵氏	1954年	《诱惑》	陶秦	陶秦、徐訏	徐訏《秘密》
4	亚洲	1955年4月21日	《传统》	唐煌	徐訏	徐訏《游侠传》
5	邵氏	1955年	《痴心井》	陶秦	王植波	徐訏《痴心井》
6	邵氏	1955年7月19日	《鬼恋》	屠光启	屠光启	徐訏《鬼恋》

(续表)

序号	电影公司	首映时间	影片名称	导演	编剧	原著
7	新华	1955年9月22日	《樱都艳迹》	易文	陈蝶衣	苏曼殊《断鸿零雁记》
8	国际	1955年10月26日	《爱情三部曲》	左几	左几、何愉	巴金《爱情三部曲》
9	国际	1955年12月22日	《断鸿零雁记》	李晨风	李晨风	苏曼殊《断鸿零雁记》
10	新华	1956年9月1日	《盲恋》	易文	徐訏	徐訏《盲恋》
11	亚洲	1956年10月26日	《长巷》	卜万苍	罗臻	沙千梦《长巷》
12	电懋	1956年10月19日	《春色恼人》	易文	徐訏	徐訏《星期日》
13	亚洲	1957年3月8日	《半下流社会》	屠光启	易文	赵滋蕃《半下流社会》
14	亚洲	1957年4月4日	《爱与罪》	唐煌	吴铁翼	王洁心《爱与罪》
15	电懋	1957年5月29日	《情场如战场》	岳枫	张爱玲	张爱玲《情场如战场》
16	电懋	1957月11月14日	《四千金》	陶秦	陶秦	郑慧《四千金》
17	电懋	1958年1月1日	《人财两得》	岳枫	张爱玲	张爱玲《人财两得》
18	邵氏	1958年10月30日	《丹凤街》	李翰祥	李翰祥	张恨水《秦淮世家》
19	电懋	1959年4月9日	《桃花运》	王天林	张爱玲	张爱玲《桃花运》
20	电懋	1959年5月21日	《玉女私事》	唐煌	秦亦孚	杜宁《女儿心》
21	电懋	1959年12月17日	《兰闺风云》	陶秦	陶秦	郑慧《兰闺风云》
22	电懋	1960年1月28日	《六月新娘》	唐煌	张爱玲	张爱玲《六月新娘》
23	电懋	1960年4月21日	《母与女》	唐煌	秦亦孚	痴人《母与女》
24	邵氏	1960年5月26日	《后门》	李翰祥	王月汀	徐訏《后门》
25	光艺	1960年10月3日	《雷雨之夜》	陈文	黄炳茂	曹禺《雷雨》
26	邵氏	1961年11月1日	《手枪》	高立	王月汀	徐訏《手枪》
27	电懋	1962年10月11日	《南北一家亲》	王天林	张爱玲	张爱玲《南北一家亲》

（续表）

序号	电影公司	首映时间	影片名称	导演	编剧	原著
28	电懋	1963年10月2日	《小儿女》	王天林	张爱玲	张爱玲《小儿女》
29	邵氏	1964年1月18日	《新啼笑姻缘》	罗臻	杜伟	张恨水《啼笑因缘》
30	电懋	1964年2月12日	《啼笑姻缘》(上集)	王天林	秦羽	张恨水《啼笑因缘》
31	电懋	1964年2月26日	《啼笑姻缘》(续集)	王天林	秦羽	张恨水《啼笑因缘》
32	电懋	1964年7月24日	《一曲难忘》	钟启文	张爱玲	张爱玲《一曲难忘》
33	电懋	1964年9月9日	《南北喜相逢》	王天林	张爱玲	张爱玲《南北喜相逢》

第六章 冷战与文化中国

——跨界行旅与温瑞安武侠小说创作的关系

一、马来西亚华族的反抗意识：温瑞安早期作品中的中国文化

马来西亚华人的政治困境由来已久，特别是建国后，因为英殖民者对马来族群的偏袒，加上马来族群种族意识的增强，华人处于二等公民地位。在族群政治的高压之下，特别是1971年新经济政策实行之后，马来特权社会走上台面。华人社群的失根感越来越强烈，接续中华文化之根，寻找自己族群安身立命的精神支柱成了迫切的目标。这正印证了法侬所说的"民族文化是一个民族在思想领域为描写、证实和高扬其行动而付出的全部努力，那个民族就是通过这种行动创造自身和维持自身的生存"。[①] 除了温任平、温瑞安兄弟俩创立的天狼星诗社，还有从香港南下办刊的《蕉风》编辑群，他们以"文化中国"对抗"政治中国"，以文化书写来反拨当时大陆和台湾地区服从主流意识形态的图解式作品。不过因为南来文人多持不同的政治立场，所以同是颂扬中华文化，天狼星诗社似乎更为单纯和执着。正如温瑞安在《绿洲》第二十期《我们的话》中曾这样写到："二十期了！只有辛辛苦苦看着《绿洲》二十次成长的人，才能拥有这份欢欣和痛苦。你知道沙苇是怎么样的以他们的每一寸根，去抓紧沙粒，去守着孤独了一千万年的孤独吗？你知道一些十七八岁的青年空负万里长城的痛苦吗？你知道他们是怎么样地仰首望星，怎么样孤独地在陌生的嘲笑声里，怎么样的镜片下愤怒的眼神！历史会不会把龙种旱死，还是每一笔都仔细描绘？有次大家在小楼编着稿，厅内回荡着贝多芬的'命运'，我们只觉得，有一些人，笑的时候比不笑寂寞；更有一些

[①] 法侬：《民族文化》，巴特·穆尔-吉尔伯特等编，杨乃乔等译：《后殖民批评》，北京：北京大学出版社2001年版，第177页。

人,就连蹲着的时候,也比别人高大;而这一些人,实在不太多,可幸的也不太少。"①

温瑞安对中华文化的崇拜之情始于大马时期积极参与的文学活动,这些文学活动的回忆在温瑞安的很多文章中都可以找到,如《天下人》(1978),其中有句"我在十三岁那年办'绿洲社',想在侨居地辟一维护中华文化的园地"(《细看涛生云灭》,第 70 页),看得出他对中华文化浓烈的崇敬之情。这个时期温瑞安的作品,很多都有着为赋新词强说愁的创作痕迹,如《美丽的苍凉》(1973)的开头一段:"猛抬头,竹风瑟瑟,柳丝摇曳在悲凉的秋夜:这竟是中国的秋!离马来西亚如斯遥远的故土!我是谁?为何我在这里,极目一片空茫!我是谁呢?一头旱龙,仍在此地呜咽。天旱地旱年年旱,只没有那一声春雷,震醒我恍惚中的意识!"(《龙哭千里》,第 87 页)另外,对中华文化的图腾式的描写和"空对空"的情感抒发,也让读者感觉到作者的有意为之,如"合上你手抄的散文集,是十月天晚秋的入暮,我走出了振眉阁,自试剑山庄的纱窗里望出去,天色灰蒙,万里苍穹,我忽然想到一些楚辞以前的南方歌曲"(《龙哭千里》,第 164 页),之后温瑞安在一段的篇幅中,谈到延陵季子悼徐君、孔子游楚听儿歌、屈原汨罗投江等经典文化故事,有着给大马读者补中国文化知识的嫌疑。

温瑞安创作武侠小说的动因有二:一方面是因为他的性格,温瑞安自小就善于讲故事,"进入初中后……当有空节或下课时,你周遭总围着一大群同学,看你摊开一张白纸,手上的笔洋洋洒洒只几下就勾绘而成故事人物的轮廓和他们闯荡的武林。然后你把大家放入那多难的江湖中共浮沉";②另一方面是因为需要赚钱,为补贴诗社而为。武侠小说的创作贯穿温瑞安整个写作生涯,他把办社的经历变成自己的创作资源,其小说多灌注其人生经历,所以读起来很有实在感。如温瑞安曾在小说后记中谈到自己在各分社之间奔走

---

① 温瑞安:《代序:天荒地老的走下去》,《天狼星诗刊创刊号》(1975 年 8 月 4 日),台北:天狼星诗社 1975 年版,第 1 页。
② 温瑞安:《〈白衣方振眉〉序二:仗三尺剑·管不平事》,《白衣方振眉(上)》,香港:敦煌出版社 1994 年版,第 10 页。

的经历:"稿于一九七〇年于马来西亚霹雳州美罗埠中华中学念高中一,受黄因明(女)师重用宠信,一年内,办十数本文学期刊、歌唱比赛、音乐奖、绘画大赛、演讲会、辩论赛、征文大奖、旅行团、远足队、文学讨论会及成立绿洲文社、刚击道兄弟帮,在家乡山城竭力推广中华艺术文化活动";①"稿于一九七一年由中华中学转至 L、S、S、英(巫)高中学校,环境时势难展抱负,但仍办书展、创作比赛、期刊、习武中心,并联络设立了美罗'绿洲文社'、宋溪'绿原分社'、北干拿督'绿田分社'、吉隆坡'绿湖分社'、巴力'绿林分社'等五大分社,并在一年后成为十大分社当时当地最有号召力的中文文艺社团"。② 社员交流、人际变化、行旅过程都极大地丰富了他待人处事的能力,也为他打造自己的武侠世界提供了丰富的创作资源。

1970年,温瑞安以"温凉玉"为笔名在香港《武侠春秋》发表处女作《四大名捕震关东追杀》,时年仅16岁,次年又发表了《四大名捕震关东亡命》,"'四大名捕'的故事意念始自一九七〇年的时候,武侠小说读多了,发觉大多数都写侠侣、义盗、隐者、刺客、武林中独来独往的狷狂之士,我想:在当时一个维持秩序的衙差、捕快、巡役等在实质上会比前述人物更重要,为何很少人写他们的故事? 于是我就在高一、高二学年间写下了《追杀》与《亡命》(即是后来成书的《四大名捕震关东》上集),不过那只是'四大名捕'的雏形"。③ 上述两部小说讲的是冷血、追命、北城主周白宇、白欣如、青衫十八剑等人一起,保护官府托风云镖局押解的赈灾巨款,与断魂谷无敌宫主及其手下、施国清及其长笑帮手下等黑道势力的战斗。这个时期的温瑞安,作为一个只在书上读到过中国的文学爱好者,小说中除了符号化的人物/情节之外,由于创作主体的个人局限,也用到了很多马来西亚的地景,将马来西亚的地理风貌(如《追杀》中的热带雨林背景)置换到小说中,如在小说中,"百丈高木,树皮布满了厚厚的青苔""这里是森林的另一边,大树和野竹间隔林立""远处是重重的丛林",等等。从阅读的效果来看,温瑞安这种异域风景和地理的描写,成了吸引读

---

① 温瑞安:《四大名捕震关东之一:追杀》,香港:敦煌出版社1997年版,第94页。
② 温瑞安:《四大名捕震关东之二:亡命》,香港:敦煌出版社1997年版,第329页。
③ 温瑞安:《后记:四部小说,四种元素》,《四大名捕大对决》,北京:作家出版社2012年版,第651页。

者的一个特色。①

《白衣方振眉》《长安一战》《落日大旗》合集,这两部写于1975年初)则是温瑞安早期武侠小说代表作,得高信疆的推荐,1975年刊于《消遣》杂志,这部小说凸显了温瑞安对新派武侠小说前辈金庸、古龙的学习。以学习金庸为例,其中淮北武林领袖龙在田统领的抗金义军,手下有算盘先生包先定、金算盘信无二、宁知秋、铁胆大侠我是谁、太湖神钓沈太公、长清剑不同道人、长乐剑化灰和尚、飞镖陈冷、石虎罗通北等一众干将,这与《神雕侠侣》中郭靖黄蓉率领南宋武林抗击蒙古大军的情节相似,他们身边有的是丐帮和南宋武林高手。相较起来,两部小说写到抵御外族时都有绝世高手相助,前者是方振眉,后者是杨过与小龙女。小说中的中原武林和外族武林的擂台也相似,前者是北宋武林对金国太子沉鹰和他手下的异族高手,后者是南宋群侠对阵蒙古国师金轮法王及其他地区的高手。在比擂描写中,杨过曾经以"小畜生"一词寻开心于霍都,被温瑞安借用成沈太公戏谑喀拉图"畜牲"。而受古龙影响,最明显的就是方振眉那"衣白不沾尘、救人不溅血"的形象,跟古龙笔下的楚留香并无二致。"我最早撰写金庸小说的评论文章,是在1974年,……而那段期间,也是我最迷金庸小说的时候,为他书中人物痴迷颠倒,为他笔下世界沉醉徘徊,真到了'饭可以不吃、觉可以不睡,金庸小说却不可不看'的地步。那时,无论跟人谈琴、棋、书、画、剑、电影、聚会、活动、服装、考试,都离不开金庸那自书山字海里虚构出来的武侠世界。"② 而"古龙是第一位把现代笔法引入武侠小说创作世界的宗师,尤其在《神州奇侠》系列里,我受他的精神、文风影响颇深。……我非但一再公开承认我受过他人的影响和启发,也再三的对这些启蒙我的前辈表示致敬和感恩",③ 也道出了他对古龙的崇拜。再如神州诗社成员有各自的排行,如老二黄昏星(外号'神经刀客'),老三蓝启元,老四周清啸,老七殷乘风(外号'长气神君'),其中周清啸和殷乘风是两大护法。另

---

① 金庸曾经婉转劝说温瑞安风景的描写不要太多,"写风景不必只写风景,可以写书中人物所见的风景,在情节里引入,这样会自然一些。"参见温瑞安:《后记:四部小说,四种元素》,《四大名捕大对决》,北京:作家出版社2012年版,第655页。
② 温瑞安:《前言》,《谈笑傲江湖》,台北:远景出版事业公司1984年版,第1页。
③ 温瑞安:《她本身就是一个传奇》,《英雄好汉(上集)》,香港:敦煌出版社1994年版,第12页。

有组员王美媛、李玄霜(李光敏)、戚正明、郭秋凤、许丽卿、黎玲珠、林金樱、洪文庆、黄素娥、黄忠天、陈剑谁、阮秀莉、张秀珍、何永基、陈奕琦、黄振凉等人。① 因为温瑞安喜欢将周围的人事写入他的小说,所有上述社员很多都为《神州奇侠》系列和《四大名捕》系列中提供了一个个武林人物的原型。

二、"四大名捕"的"神州奇侠"路:文化中国的武侠小说实践

温瑞安赴台留学的一个重要原因是马来西亚族群政治中华族地位低下,华文生存环境恶劣,加之当时马来西亚和中国之间尚未建交,因此志在传承中华文化的他只能去台湾。从温瑞安1967年创立绿洲社,到他1976年创立神州诗社这段时间里,马来西亚经历了1969年华、巫族群冲突的"五一三事件"、1971年马来民族主义者上台以及保护土著经济权益的"新经济政策"实施等时代剧变。而在此前,马来西亚教育部于1961年10月21日颁布《一九六一年教育法令》后,全国72所华文中学当中,有55所在当年改制为国民型中学。马来西亚在1971年后实施按族群人口比例安排高等教育入学的固打(Quota)制度,华族子弟入学受限,而冷战大格局下,海外华裔子弟亦没办法回中国大陆升学,这些都使得华族学子转赴台湾求学。久慕中华文化,并且浸濡颇深的温瑞安从受迫害的大马来到自由中国台湾之后,其内心对中华文化的狂热追慕开始发酵并膨胀,开始了自己的"神州"之旅。

温瑞安1973年曾经入学台湾大学,不过不到一个月,他就退学返回马来西亚。从马来西亚再去台湾是1974年9月29日,进入台湾大学中文系读书,1976年初创立"神州诗社"。在台期间,他的创作演绎着"文化中国"②的理念,

---

① 温瑞安:《试剑山庄》,《风起长城远》,台北:故乡出版社1977年版,第187—201页。
② "文化中国"一词,最初来自于20世纪70年代末以温瑞安为代表的马来西亚"华侨生"。首次使用"文化中国"这一概念,并在随后开始逐渐为其他学界同人所沿用的学者,是台湾的韦政通和傅伟勋。其中后者曾于1980年代5次以"文化中国与中国文化"为主题,在中国大陆发表演讲,对当时的中国大陆学界产生了颇具震撼力的影响。而美国哈佛大学杜维明则是"文化中国"论说在英语世界的宣扬者,当然也是海内外学者中用心最深、同时也是理论建树最多的一位。自1990年开始,他先后在美国夏威夷东西文化中心、普林斯顿中国学社等西方学术重镇,围绕"文化中国"这一话题进行过数次演讲,大力宣扬"文化中国",在英语世界引起了热烈反响。

但正是因为他创作中挥散不去的"中国情结",使得他被台湾情治机构赶出台湾。① 在1998年9月写的一篇序言中,他仔细回顾了神州时期的人际关系:"大概在1978年间,那时候我正在台湾办'神州诗社',从六个侨生开始,结合了各校学子、台湾本土学生、各路侨生,不过一二年间即行号召了逾四五百人,由二三十位社内精英领导,大家相聚相守,勤奋创作,文武兼修,出版发行,唱歌(不是卡拉OK、KTV,真的是作曲编歌写词)跳舞(不是迪斯科开舞会,而是演出诗剧、排练古舞和现代舞),非常热闹,非常刺激,非常开心,也非常有意义。"② 可见当年温瑞安及其兄弟们的意气风发。

神州诗社延续着天狼星诗社的管理方式,以义气为上,重组织管理。如社员笔名这一点上,像黄昏星(李钟顺)、方娥真(廖湮)、余云天、叶遍舟(欧亚苟)、吴超然、周清啸(周聪升,原笔名休止符)、廖雁平、曲凤还、戚小楼、李玄霜、陈剑谁(陈素芳)、秦轻燕、林雪阁、楚劲秋、陈非烟、陈悦真、胡福财、林新居这些组员的笔名,很多都是温瑞安取的。从这些名字足以看出温瑞安对中华古典文化的熟稔和热爱。另外,在管理方式上,延续着天狼星的家长制度,如"在家庭中,长兄向来是如父的。父亲的威严、父亲的观点,甚至父亲的一言一行,都是不容许冒犯、违逆或质疑的。在神州,温瑞安是大哥,也是最威权的父亲,以下依次序列,井然有条,像煞了《书剑恩仇录》——这是后来入'神州'者的必读书——中的'红花会',而且,入会之后,对兄弟是不可背异离弃的。'神州'对这点有异于一般文学性社团的坚持,最痛恨的就是'背叛'。先是殷乘风,再来是周清啸,都曾因言语龃龉而导致向心力的离散。1978年,

---

① 这个时期他的作品有:小说集《凿痕》(台北:四季1977年版,绝大多数是大马时期的旧作)、评论集《回首暮云远》(台北:四季1977年版,不过收的都是大马时期的作品)、散文集《龙哭千里》(台北:言心1977年版,所收绝大多数是大马时期的旧作)、诗集《山河录》(台北:时报1979年版)、散文集《中国人》(台北:皇冠1980年版);编有《坦荡神州》(台北:长河1978年版)。另外,神州诗社社员结集有《风起长城远》(神州丛刊第一号,台北:故乡出版社1977年版);文集包括:《满座衣冠似雪》(神州文集第一号,题目来自辛弃疾的词,方娥真主编,皇冠1978年版)、《踏破贺兰山缺》(神州文集第二号,题目来自岳武穆词句)、《一时多少豪杰》(神州文集第三号,题目来自苏东坡词句)、《梦断故国山川》(神州文集第四号,题目来自陆放翁词句,台北:皇冠1979年版)、《今古几人曾会》(神州文集第五号,题目来自陈同甫词句)、《细看涛生云灭》(神州文集第六号,台北:皇冠1979年版)、《虎山行》(神州文集第七号,台北:皇冠1979年版)等。
② 温瑞安:《自序:莫把后事作前言》,《两广豪杰》,台北:风云时代出版社有限公司2005年版,第2—3页。

温瑞安以'神州结义'为主干,撰写了'神州奇侠·萧秋水系列',社里兄弟,一一化身为书中的英雄豪杰,奋力坚持的就是'义气'二字。但到 1980 年的'为匪宣传'事件发生后,神州内讧,温瑞安于此耿耿在怀,自《英雄好汉》以下,将一干叛社诸子,几乎已是指名道姓的口诛笔伐,意气甚是激烈"。① 从这些社团内部秩序和体制的描述,我们可以看出温瑞安坎坷而丰富的遭遇,而他的个人经历一旦和写作想象力结合起来,就成了武侠小说的写作素材。

图 6-1　温瑞安《青年中国杂志》第三号

好友郭耀声曾对温瑞安说:'我们都喜欢《神州奇侠》的你,豪气万丈,情怀激越,日后的作品可能更好,但那里面的武林太复杂、人物也太多面了,我们都喜欢《神州奇侠》的快意恩仇,侠情风骨。'② 毋庸置疑,《神州奇侠》系列是温瑞安留学台湾时期最重要的作品。不只是因为它的长度、完整性,更重要的是,这个系列完整地表现出温瑞安的创作状态,特别是在"文化中国"影响下的现实与小说的互文关系,这让我们更感兴趣。"神州奇侠系列"共八部,从各部写作时间和主要内容,可以看出这个系列对于台湾时期温瑞安的重要性:(1)《剑气长江》(稿于 1978 年 10 月 17 日台北办神州社八部六组时期)③;(2)《两广豪杰》(稿于 1979 年 7 月神州社弟妹空群接待父母来台行前后)④;(3)《江山如画》(完稿于 1979 年 10 月 23 日在西门町与社友弟妹街头为一受欺者抱不平而与一群(数十人)太保大打出手)⑤;(4)《英雄好汉》(完稿于 1979 年岁末

---

① 林保淳:《"神州"忆往》,《文讯》杂志 2010 年 4 月总 294 期,第 107 页。
② 温瑞安:《自序:前流》,《英雄好汉》,台北:风云时代出版社有限公司 2005 年版,第 2 页。
③ 温瑞安:《两广豪杰》,台北:风云时代出版社有限公司 2005 年版,第 290 页。
④ 同上书,第 290 页。
⑤ 温瑞安:《江山如画》,台北:风云时代出版社有限公司 2005 年版,第 388 页。

12月27日第五届少年游"杜庆游"前夕)①;(5)《闯荡江湖》(初稿于只好持对大势之无法挽回,"人忘我,非战之罪"这悲伤想法之时期)②;(6)《神州无敌》;(7)《寂寞高手》(台北:神州出版社1980年8月)③;(8)《天下有雪》(完稿于1980年8月25日明远版《神血》十二书交印后)④

　　从八部小说的内容来看,小说中的主要人物萧秋水在各部中经历的事件一方面看得出"文化中国"理念对温瑞安的影响,另外,我们也能读到其中相关情节与温瑞安自身经历的关系。仅以《第一部　剑气长江》为例,一开场就是四川成都的"文化风景":杜甫草堂、锦江、百花潭、崇丽阁、吟诗楼、诸葛武侯祠、刘备墓。联系温瑞安的生平,这些地方都是他没有亲历过的,小说中的洋洋洒洒,都是一种想象中的"文化中国"。小说讲的是成都浣花剑派掌门人萧西楼三儿子萧秋水(17岁的时候剑术就自成一家),带着唐柔(蜀中唐门的外系嫡亲)、邓玉函(南海剑派高手)、左丘超然(鹰爪门人,精通各种擒拿)三位好朋友(四人就是现实生活中的温瑞安、方娥真、黄昏星、周清啸、廖雁平和殷乘风的影子)从成都去湖北襄阳隆中凭吊卧龙岗,一路上行侠仗义的事迹。四人旅行的过程中,经过一个又一个文化地景,在一个一个地景上,四人行侠仗义。先是出三峡,到秭归,江边打败劫匪——"长江水道天王"朱顺水手下的几大高手,特别是"三大恶人",这个情节还被设计在五月初五端午节这一天。后来,又遇到权力帮旗下的"金钱银庄"。这些文化景点被"编织"到一个个的路见不平拔刀相助的武侠场面中,在大陆与台港地区相对隔绝的时代,确实能够吸引很多读者的眼球。虽然这种描写未必真实贴切,但从隔绝的时代背景看,这也是温瑞安武侠小说的文化魅力。篇末萧西楼感叹:"张老前辈剑合阴阳,天地合一。康出渔剑如旭日,剑落日沉。南海剑派辛辣急奇,举世无双。孔扬秦剑快如电,出剑如雪。辛虎丘剑走偏锋,以险称绝……只可惜这些人,不是遭受暗杀,就是中毒受害,或投敌卖国,怎不能一齐复我河山

---

① 温瑞安:《英雄好汉》,台北:风云时代出版社有限公司2005年版,第367页。
② 温瑞安:《闯荡江湖》,台北:风云时代出版社有限公司2005年版,第271页。
③ 温瑞安:《寂寞高手》,台北:风云时代出版社有限公司2005年版,第277页。
④ 温瑞安:《天下有雪》,台北:风云时代出版社有限公司2005年版,第273页。

呢!"(《剑气长江》,第197页)小说中是情节的需要,但联系温瑞安个人遭遇,可看出不乏对大马时期天狼星诗社内讧的影射。从第一部分的创作内容和作者的个人经历,我们可以看出意气风发、众人中心的温瑞安的影子,以及文化中国、少年任侠、快意恩仇这些文化因子的明显存在。

而《第六部　神州无敌》《第七部　寂寞高手》和《第八部　天下有雪》都写于温瑞安在台湾入狱时期。小说中萧秋水经历了武林同道(唐肥、邓玉平、林公子)、好友、亲兄弟(萧易人)的背叛,整个故事中危机四伏,人性在现实利益和武侠理想的挤压中变得无比脆弱。而写就在不同时期的后记,也在在勾勒着温瑞安的苦闷心境:"本章完,全文未完,1980年3月19日悉黄等反目暗算神州自家人",①"完稿于1980年3月26日,第六届少年游宜兰行返复一天",②"稿于1980年4月2日,台视拍摄'神州社'后三天",③"完稿于1980年4月9日此次庚申过年后苦难期间"④,"稿于1980年6月26日,试剑山庄/林云阁自军中回山庄急援",⑤"稿于1980年7月8日,马来西亚美罗、怡保、吉隆坡等地旅次中",⑥"稿于1980年7月12日,香港九龙中兴酒店与晓天、复谐同时创作中",⑦"稿于1980年8月4日,第二届神州社员'天方夜谭'之旅:汐止梦湖行前周",⑧"稿于1980年8月16日基隆仙洞岩游后二天",⑨"稿于1980年8月23日,九弟自军中返庄"。⑩

值得指出的是,就算在《神州奇侠》后三部的创作中,温瑞安身陷囹圄,但笔下的英雄人物还是气魄不凡,梁斗、孔别离、孟相逢以及年轻朋友邓玉函、唐柔、左丘超然、唐方、铁星月、邱南顾、大肚和尚等人的生死相随,特别是小说中的英雄人物参与到抗金的保家卫国大业中,表现出温瑞安不屈的精神特

---

① 温瑞安:《神州无敌》,台北:风云时代出版社有限公司2005年版,第33页。
② 同前注,第82页。
③ 同前注,第169页。
④ 同前注,第291页。
⑤ 温瑞安:《寂寞高手》,台北:风云时代出版社有限公司2005年版,第57页。
⑥ 同前注,第123页。
⑦ 同前注,第167页。
⑧ 温瑞安:《天下有雪》,台北:风云时代出版社有限公司2005年版,第81页。
⑨ 同前注,第146页。
⑩ 同前注,第247页。

质,这些都是他日后重返文坛的重要精神轨迹。正如温瑞安所说:"《神州奇侠》八部,始撰于1977年末,于1980年8月完成,故事人物主要是依据我身边朋友的性格和遭遇而写的。这套书出版后一个月,我出了事情,之后我的生活起了极大的变动,老友各散东西。1977年至1980年是我办'神州诗社'的全盛期,由数人至百数十人,这本书可以说是为'神州'而写的。写完后,诗社也烟消云散。"①

总体而言,台湾时期的温瑞安的确是名声鹊起,春风得意,当时他和神州诗社的文学成就被台湾文坛所瞩目。他们与朱天文、朱天心发起的"三三集刊"互动频繁,同时他们与台湾文坛知名作家的联络也是非常频繁的,如乐衡军、柯庆明、齐邦媛、瘂弦、张默、张汉良、高信疆、蒋芸、洛夫、颜元叔、余光中、林耀德等人。联系神州文社的一时之盛,温瑞安这一时期作品多有少年英雄气魄,纵横捭阖,指点江山,由此也孕育出像《四大名捕》《神州奇侠》这两部华语武侠小说的经典之作。但也正是台湾时期,温瑞安对政治威权(大马和台北)的反感以及人在政治高压下的命运特别关注,赴港之后的他开始通过大量武侠小说创作来疗救自己的精神创伤。

三、精神创伤的疗救:武侠小说中的冷战阴影

赴港用笔讨生活的温瑞安,虽然在不同的场合声明自己不计较兄长和文友背叛,②但天狼星诗社的兄弟反目、神州文社的叛徒出卖、"通匪"的莫须有罪名,在在都让温瑞安背负了极大的精神创伤。弗洛伊德对"创伤"是这样解释的:"一种经验如果在一个很短暂的时期内,使心灵受一种最高度的刺激,以致不能用正常的方法谋求适应,从而使心灵的有效能力的分配受到永久的

---

① 温瑞安:《自序:过去现在未来》,《天下有雪》,台北:风云时代出版社有限公司2005年版,第1页。
② 如"本书献给我的兄长温任平先生",参见《四大名捕震关东·第一部·追杀》,香港:敦煌出版社1997年版,内页。再如"我对'逆徒'、'叛徒'、'出卖者'大作文章,大事鞭挞的,大多数都是在一九七五至八一年间写成的,那时候,我还在台湾大搞'神州诗社',如火如荼,大家团结得不得了,感情也大抵十分融洽——大家、读者、评论家们可千万不要太'事后孔明',错把后记当前言了!"参见温瑞安:《自序:莫把后事作前言》,《两广豪杰》,台北:风云时代出版社有限公司2005年版,第4页。

扰乱,我们便称这种经验为创伤的。"①温瑞安生性洒脱,他将自己一生经历的兄友背叛(如两大诗社的办社经历)、情感经历(与方娥真、百灵的爱情经历)、冤狱事件(因"为匪宣传"入狱)、三地游历的经历(大马、台湾和香港的复杂经历)以及其中经受的痛苦都倾注到武侠小说的创作中。

继续"四大名捕"系列创作的动机有三:一是因为习武、尚武精神是温瑞安幼年便养成的;二是因为稿费是他的主要经济来源,而这些稿费将主要用于学费与诗社的活动经费,温瑞安自言:"完成了《落日大旗》之后,《白衣方振眉》暂告一段落,笔锋一转,致力写《四大名捕》故事去了",②更重要的原因是"有差不多30年时间他都因为稿费的支撑而过得很好"③;第三个原因是大马、台湾两地的威权政治为他构筑自己的武侠小说背景和故事提供了绝好的素材。温瑞安剑走偏锋,以北宋末年赵佶当政时期为创作背景,未提及历史兴亡,意识形态模糊,但极为暧昧地描述政治腐败,民不聊生。因此未与台湾当局形成对峙冲突,且小说刊行在政治环境较为宽松的香港,故温瑞安得以创作。他塑造的"四大名捕"(无情盛余崖、铁手铁游夏、追命崔略商、冷血冷凌弃)隶属神侯府,听命于皇上,所以四大名捕在执行公务中使用武力具有合法性。因此温瑞安创作"四大名捕"系列可谓是对台当局未经审讯即对他判刑的不满,同样,也是通过"四大名捕"构建乌托邦式的理想开明政治。

在神州诗社的全盛时期,温瑞安曾坚定秉持"文化中国"理念:"为将来中国的大计谋求出路,我们必须要建立或者重建一个民族的文化。民族的文化就是主体的文化,不受外来文化所左右的、有时代意义、民族色彩的文化。一个受外来文化的摆布的文化,可以显示出人民心理建设不足和失去自信,也等于是政治缺憾的另一流露。我们都知道,中国数千年文化的命脉落在我们的手上,我们才能代表正统的承接人,所以我们必定要有泱泱大国文化的气

---

① 弗洛伊德著,高觉敷译:《精神分析引论》,北京:商务印书馆1984年版,第867页。
② 温瑞安:《后记:我正在写(1984年3月21日)》,《白衣方振眉(下)》,香港:敦煌出版社1985年版,第375页。
③ 施雨华:《温瑞安 转危为安》,《南方人物周刊》2011年9月份第9期,第86—89页。

态和风度。"①为了实践这种文化中国的理念,"四大名捕"系列作品中描写了大量的公共空间和民间日常生活,如神侯府、客栈、衙门、青楼等,他试图让读者感受到文化中国的魅力。同时,他在小说中不断穿插各地地名和标志性建筑,让从未踏足过大陆的港台华人感到陌生又熟悉。如:"对这些人而言,长安一尾蜻蜓逆风而飞,唐山便会发生大地震;襄阳城里的周冲早上左眉忽然断落了许多根眉毛,洛阳城里的胞兄周坠便突然倒毙在茅厕内;乌苏里江畔一只啄木鸟忽然啄到了一只上古猿人藏在树洞里的指骨,京城里天子龙颜大怒又将一名忠臣腰斩于午门。"②除此以外,因温瑞安的侠客情怀,对笔下人物,如四位名捕有特别强烈的认同感,所以移情人物内心,借以抒发感慨。因此,古典意象也自然地融入对公共空间或自然环境的描写,以衬托人物主体情绪,画面层层递进,别有深意。"三人冒着雨,先后窜入后街废园的芭蕉林里,他们头上都是肥绿黛色的芭蕉叶,雨点像包了绒的小鼓槌在叶上连珠似的击着,听上去声音都似一致,但其实每叶芭蕉的雨音都不一……仔细听去,像一首和谐的音乐,奏出了千军万马。"(《四大名捕震关东之一:追杀》,页95)雨打芭蕉,典型的古典意象。芭蕉象征着孤独忧愁,常暗示着离别情绪。在这段描写中,三人在雨中以芭蕉叶为遮挡潜入神威镖局,自是凶多吉少,暗示着前途困难重重。虽然前途渺茫但他们并没有放弃昭雪沉冤,倒似充满希望。这一点同样与温瑞安1980年的经历有关。热血男儿本就充满侠义豪情,又深深体验过冤屈之苦,因此,三地的迁徙经历使温瑞安对中华文化有更深的了解与体会,他的描述使读者对飘渺的"想象中国"更加亲近,更因他对"侠"有比常人更深刻的理解,所以他笔下的"四大名捕"系列作品充盈血肉。

《四大名捕逆水寒》是温瑞安"四大名捕系列"中最重要的长篇小说。这部小说从1984年开始写起,1986年1月写完。连云寨主戚少商相识"绝灭王"楚相玉,楚相玉为抗金义军领袖,留下了关于当朝皇帝僭越皇位的秘密。皇帝由此被奸相蔡京怂恿,密令曾与诸葛小花有国师之争的常山九幽神君及

---

① 温瑞安:《建立民族的文化——几个感想一个呼声》,《青年中国杂志》第1卷第3号(1979年11月1日),第91页。
② 温瑞安:《四大名捕骷髅画》,北京:作家出版社2012年版,第282页。

其门下九个徒弟(孙不恭、独孤威、鲜于仇、冷呼儿、狐震碑、龙涉虚、英绿荷、铁蒺藜和泡泡)去围剿义军,当年诸葛小花由兵部侍郎凤郁岗、御史石凤旋、左右司谏推荐,常山九幽神君靠山则是蔡京、傅宗书,加上两人比武中,诸葛小花半招之胜,使得两人之间有着化之不去的恩怨。蔡京等人生怕四大名捕介入追杀戚少商的事情,又命令"捕神"刘独峰及其六个部属(云大、李二、蓝三、周四、张五、廖六)暗中相助。刘独峰对自己的处境颇有自知之明,他曾对戚少商说:"有四件事,你有所不知。你不知道皇上多宠信于傅丞相,此其一。我曾欠傅相之情,不想做违背他的事,此其二。皇上不是个可以接纳忠言的人,我不想因此牵连亲友,此其三。皇上其实也有意让九幽神君保持实力,以制衡诸葛先生与我。此其四。"(《逆水寒》,第五十九回)但戚少商面斥:"你顾全情面,不想得罪小人。你怕别人说你争宠,清高自重。你眼见昏君自以为是、自作聪明,将你们势力划分,互相对峙,但又不图阻止,不敢力挽狂澜,便由错误继续下去……想你这等独善其身、贪生怕死的人,我倒是高估了你!"(《逆水寒》,第五十九回)足见温瑞安对人格复杂性的洞见。

如果说在香港时期创作的"四大名捕系列"是温瑞安将自己个人痛苦经历文学化,那么"李布衣系列"则体现他追求"文化中国"文人理想的执着精神。《布衣神相》以"舒侠舞"(即是"武侠书")的笔名出版,旨在讲述相士这一知识分子群体,"以武侠作为它的形式,凑巧的是从武侠和相理都可以找到中国古典的芬芳、文化的色彩,以及中国人的独特精神、智慧与幻想"。[①] 在《杀人的心跳》中,有朋友背叛的情节,如飞鱼山庄弟子孟晚唐面对黑道天欲宫强敌时,对傅晚飞、楚晚弓、沈绛红的同门背叛,不过他在写作这一情节的最后,又一转,让孟晚唐保护同门离开,显得很牵强,似乎看得出温瑞安在对人性善恶的一些困惑,不过,他最后还是让孟晚唐现出叛徒的本相。从这一写作过程,可揣摩出温瑞安的心理创伤依旧。

而在接下来的系列中,温瑞安借小说人物之口发声:"当今之世,豺狼满街,官宦佞臣当道,武林之中,真正匡扶正义、行侠天下的人,尽被收罗,助纣

---

① 温瑞安:《序:天意从来高难问》,《布衣神相故事之一(上):《杀人的心跳》,台北:万盛出版有限公司1982年版,第2页。

为虐,这个布衣神相却是难得的清正之士,这些年来,锄强扶弱,不知活了多少人命,行善之时,素不留名,人们只知一位布衣相士,不知其生平来历。他这些年来在江湖上除死还生除恶护善的事迹,真是说三天三夜也说不完"(《布衣神相·杀人的心跳》,第 109 页),"如果父母双亲作的是坏事,做人儿女的是不是也支持无异?如果君主昏聩残暴,视黎民为刍狗,做子弟的是不是也效忠无议?这就各人有各人的看法了,认为应当尽忠至孝者,便当作是忠能孝子,认为不应盲目愚昧瞎从者,便说是昧孝愚忠"(《布衣神相·叶梦色》,第 185 页),"李布衣和赖药儿,虽是好朋友,却也不常相见。平素两人很少相见,李布衣去找赖药儿,是因为白青衣、枯木道人、飞鸟大师、叶楚甚、叶梦色兄妹都在赖神医处,李布衣必须要去见他们"(《天威》,第 17 页),这些关于李布衣的描述,在在都体现着他对文侠人格的追求,也正是这种追求,让他慢慢地疗救着自己的精神创伤,在不停行走的人生行旅中逐渐释然。

结语

不得不指出的是,温瑞安后期的作品中加入了大量的商业化因素,并借着这些商业因素来吸引读者,如 1981 年开始重拾的"白衣方振眉"的第五个故事《小雪初晴》,这离他 1977 年完成《试剑山庄》已经时过境迁。在这部小说中,一开场就是套用了恐怖小说的悬疑恐怖效果。唐十二、习劲风都死状吓人。当习劲风跟增援的帮众会面,"只见那一干兄弟的眼神,又露出极之畏惧的神态。习劲风还想再说,忽觉自己头上有湿湿的东西滴下来,便用手去抹,就这一抹之下,手心便抓了一大堆东西,他一看,原来是整块带血的头皮和半只耳朵、一大绺头发,不知怎么的,都抓在手心里了。习劲风不敢相信自己眼睛所见,不禁用手揉揉自己的眼睛,迄此他便什么都看不到了,只发出一声惨呼",场面恶心。这部续作有很多悬疑因素,如蛊术、盗墓、"打小人"等民间恐怖元素也都渗透到作者笔下,显得暴力和血腥,其中还有意加入意念杀人、茅山道士、"化蝶大法"。后期,《四大名捕之风流》又过于写实,文笔缺少节制,加上小说中一些对于奸杀、性器官、血腥屠杀的直接描写,①都让读者感受到温瑞安性格中过于阴暗的一面,缺少了文学作品中应有的节制,也使得他这样的作品有情色化的鄙俗倾向。我们期待温瑞安能够改变一下自己的创作姿态,重返自己的写作理想。

---

① 参见温瑞安:《风流》,香港:敦煌出版社1996年版,如"第三回　无耻之徒"、"第四回　丢!"。

第七章　胡兰成文化理念的践行与失败

——以台湾"三三集刊"为中心的考察

1974年5月,胡兰成入台湾,应中国文化大学之聘来台任教,同年秋,开始教授中国古典小说、日本文学、禅宗思想和"华学、科学与哲学"数门课程。在华冈遇到林慧娥(后易名仙枝,时为中国文化学院中文系二年级学生),其从暑假起就为胡兰成誊抄文件。1974年8月和1975年9月,朱天文两度随父亲朱西宁上华冈拜访胡兰成,其间曾重读胡兰成《今生今世》。1976年4月底,胡兰成因抗战汉奸之名被揭发,10月被迫停课,《今生今世》《山河岁月》被禁。随后由朱西宁安排避居景美朱家隔壁,此后胡兰成为朱家姊妹及其文友讲经论道,在日常生活

图7-1　"三三集刊"第一辑《蝴蝶记》

里随处点拨。因颜元叔、余光中等学者的驱胡行为,胡兰成终于1976年11月8日被逼离开台湾。1977年4月20日(三月初三)"三三"成立,在胡兰成的通信鼓励下,朱天文、仙枝等人共同主编三三集刊。1978年10月,胡兰成以"李磐"为名,自三三集刊十五辑(《日出西山雨》)起,开始为"三三"撰稿。1981年胡兰成逝世,同年8月,《三三集刊》停办。1989年三三书坊停止运作。[①] 名噪一时的"三三集刊"本身包括"三三集刊"二十八册和"三三书坊"十二册,其中"三三书坊"中有胡兰成化名"李磐"所作的《禅是一枝花》(1979)、《中国礼乐》(1979)、《中国文学史话》(1980)和《今日何日兮》(1981)。

[①] 参见张瑞芬:《胡兰成,朱天文,与三三:当代台湾文学论集》,台北:秀威资讯科技2007年版;黄锦树:《文与魂与体:论现代中国性》,台北:麦田出版社2006年版。

朱天文曾经这样回溯自己的前期创作,"当时十八岁到二十五岁的我。……我后来的写作生涯,整个的其实都在咀嚼、吞吐、反复涂写和利用这个'前身'"。① 这段时间正好与胡兰成与朱家结识、旅居台湾及被迫逃到日本,直至1981年去世的时间重合。在这篇文章中,有对"三三"的权威解释:"三三,具体是有《三三集刊》,在我大学三年级时候创办的,1977年4月。两年后我们成立三三书坊。当时胡先生书《山河岁月》在台湾出版遭禁,删节出版的《今生今世》也给劝告,既然没有出版社出胡先生书,我们就自己来,用胡先生在《三三集刊》撰文的笔名李磬,印行出版。这样一共出版了四本,至胡先生去世的1981年。可以说,三三是胡兰成一手促成的。打从结识胡先生,其间有一年的时间胡先生住我们家隔壁,著书讲学,然后返侨居地日本,至去世,总共七年。"② 可以说,从《三三集刊》的研究入手,进而研究胡兰成文化理念的影响和实践是一个全新的研究角度,本文将从胡兰成的文化理念内涵以及"三三集刊"所受其影响的具体表现形式入手,分析在具体的历史情境和文学场域下,胡兰成的学说失败的原因,从而试图对胡兰成和《三三集刊》的文学史地位进行新的评价和定位。

一、胡兰成的文化理念中的保守主义和教化意图

何谓"三三"?三三集刊扉页上所写:"你若认为'三三'纵排出乾卦,横排出坤卦,也好。你若认为'三三'向往中国文学传统的'兴比赋',也好。你若认为'三三'想要三达德,也好。或者你若认为'三三'说的'一生二,二生三,三生万物'的故事,也好。你若认为'三三'说的'三位一体'真神的故事,也好。你若认为'三三'说的'三民主义'真理的故事,也好。也许你若认为'三三'就只是那样一个'三三',也好。""三三"即尊崇三民主义与三位一体,前者为孙文学说,后者为基督教义。三三集刊本欲取名"江河",可见其中浓烈的

---

① 朱天文:《花忆前身——回忆张爱玲与胡兰成》,刘绍铭等:《再读张爱玲》,济南:山东画报出版社2004年版,第311页。
② 同上书,第313页。

中国意识。三三的精神领袖就是胡兰成,朱西宁则是背后的支持者。"胡兰成著述以作为三三的基本纲领,提供形而上的理论指导,大自然五大基本法则、忠君爱国之说、中国传统士的精神等,都成为三三青年朗朗上口的基本教义;而朱西宁议论文多以对应现实,如复兴中华文化、批驳乡土文学等,此外他还做了很多务实工作,包括将居所供为活动场地,及提供物质资助;三三青年在大专院校演讲两百余场,自动自发、分工合作形成了一套运作系统。"①台湾学者范宜文归纳胡兰成的文化信念,一是"复兴中华文化",二是"遵行三民主义",三是"批驳乡土文学",四是"完成伐共建国"。② 但我认为,这份宣言糅杂着文化中国、孙中山的三民主义和基督教教义的政治/文化信仰,三三成员一开始就陷入到一个庞杂的文化理想图景中,而文学创作是一种语言和情感结合的艺术,这些矛盾都为胡兰成文化理念的失败埋下了导火线。

　　胡兰成为什么能成为三三群士的精神领袖？这是要讨论的第一个问题。首先跟败退台湾之后的国民党教育政策有关。1949 年国民党当局撤退到台湾地区,因为战时环境的限制,在文化方面的建树不多,很多文化机构都是以"临时"的形式形成的。加上对中共文艺政策和日本军国主义的忌惮和敌意,对中国现代文学传统和日治时期台湾新文学都采取禁绝态度,所以文学传统相当的支离破碎。"正是这种意识形态上的薄弱,导致了国民党当局的文化政策迅速遁入'大中华中心主义'修辞和带有新传统主义色彩的道德主义之中。比如,为了对抗共产主义宣扬的阶级仇恨,国民党的右翼理论家鼓吹'人性'或儒家思想中的性善主张,然而'人性'很快就沦为文化官僚口中的教诲性修辞。此外,怂恿知识分子回避赤裸裸的社会经济问题,把有关'阶级'的讨论列为禁忌。诸如此类的消极策略,多年后终于引发了 20 世纪 70 年代乡土文学运动那样的强烈反扑。而与此同时,接受国民党'教诲式'意识形态灌输的知识分子则发展出一套保守的文化主义观点,广泛地为占据主流文学位

---

① 庄宜文：《朱西宁与胡兰成、张爱玲的文学因缘》,王德威等著：《纪念朱西宁先生文学研讨会论文集》,台北：行政院文化建设委员会 2003 年版,第 148 页。
② 同上书,第 144—146 页。

置的文化参与者所信从。"①虽然胡兰成的学说被余光中等人认为是一种反理性的、乌托邦式的文化保守主义,②但因为1970年代台湾文坛右翼化的"文化民族主义"或者"文化保守主义"倾向,胡兰成的《山河岁月》(1975)中对前现代中国的文化思想梳理正当其道,也因此用这种对前现代中国乌托邦式的召唤吸引了国民党"文化民族主义"意识形态下培养的三三群士。其反共言论是非常明显的,"提到三民主义,我才想起一个疑问必须要澄清,就是马克斯(思)讲斗争为历史文明向前去的原因。因为中国人说的反,是从新生出发的,这个反是肯定大自然是善、肯定万物都是向上、向阳光的,但阶级斗争则是把表象的对立来渲染作为本质,进而挑拨仇恨,根本上就把这个情分来丢失了,他们不知反是新生的,是为着成全,所以就像阳子没有电子一般,是成不得和谐光明的天下世界。"③第二点就是张爱玲的文学影响力。毋庸置疑地说,胡兰成一直在利用自己张爱玲前夫的身份消费张爱玲,再加上朱西宁父女的崇拜心态和努力实践,也加强着他对三三群士的影响力。

早在抗战时期,胡兰成就认为"西方文明在资本主义时代的成就,的确比东方在同时代的成就更多。但东方文明在已往一切时代中的成就,这样蓄积而成的传统,却是大于西方文明的传统,也就是所谓民族的本来面目。"④基本上是一种文化保守主义的倾向。《三三集刊》中有一组连载了14辑"建立中国的现代文学"的集体讨论,这些标榜"集体讨论"的文章,都是对胡兰成理论的阐发。如第7辑的《建立中国的现代文学:感激大自然》,文章讨论的是胡兰成的《中国文学史话》中"古来中国文学的传统,第一是感激大自然"这一观点,文中把胡兰成化名为"早升旭"这个人物,借这个人物之口来解释中国文

---

① 张诵圣:《台湾文学生态:从戒严法则到市场规律》,镇江:江苏大学出版社2016年版,第57页。
② 余光中说:"胡兰成对于中国历史,一往情深,对于中国文化,则是绝对信任。可惜《山河岁月》的严重缺陷,也因此而来。胡兰成对于中国文化,只有肯定,绝少检讨。直接间接,他认定中国五千年的文化是至上美满,冠于世界,相形之下,夷狄的文明总有所不足。这种感觉,当做一种爱国情绪来欣赏,也许是动人的,可是当做一种知性的认识来宣扬,则容易误认。"余光中:《山河岁月话渔樵——评胡兰成新出的旧书》,《青青边愁》,台北:纯文学出版社1977年版,第261页。
③ 《建立中国的现代文学:喜反与好玩——三三集刊作家集体讨论》,《三三集刊》(第9辑),台北:皇冠杂志社1978年版,第230页。
④ 胡兰成:《文明的传统》,上海:《苦竹》1944年11月第2期,第176页。

学和西洋文学的传统:"至于西洋文学呢,就低俗在他们有人事而没有天意。西洋的古代文学没有写自然风景,近世的有写自然风景,像托尔斯泰写俄罗斯的大雪旷野中的马车,英国王尔德童话中写月光。但都是只写了物形,没有写得大自然的象,那情绪也是人事的,不晓得自然是无情而有意,所谓天意。"①之后,三三群士,分别化名为"红玉""花皮五爪""喇叭三号"探讨"人事"与"天意",不过结果是"众人纷纷纭纭,勉强得了一个结论,说天意是包含了人事与神意,而神意就是神意,与人事无关。但这也说到其大小的问题,与神意与天意的根本不同仍旧口齿不清。一伙人便僵在那里"。(第229页)这篇讨论文章也暴露出胡兰成学说的漏洞。《建立中国的现代文学:人世的妙相》(第8辑)、《建立中国的现代文学:喜反与好玩》(第9辑)、《建立中国的现代文学:中国文学的作者》(第10辑)、《建立中国的现代文学:文学与历史的气运》(第11辑)。② 我更愿意把这些讨论文章看作是胡兰成独立撰写的"文学与历史"问题专文,这些论文所涉及的文化(文学)观点凸显出胡兰成的文化保守主义立场。

　　首先是反五四新文化立场。胡兰成说"'五四'新文学运动之后,北京大学一派疑古的新风气,但是尧典里所讲的星象位置,竟在天文学上得到了证实。而且二次大战后,地下考古学所发现的美索波达米亚的古文明,更可参照尧典里的世界,得到新的证实。只是我们的一般学者文人,至今尚以五十年前的顾颉刚的古史辨说禹是一条虫为新奇,这种无知,是因为其人品低下,丧失民族自信之故。"③对于"春秋战国是论文的时代"的三个特色的归纳:"其立论的理是依于大自然的五基本法则演绎而来,乃至如韩非子,也还是有老子的'天地不仁'为其思想,比西洋的法治论高旷。再如孙子,他是一写就写出了永远新鲜的兵法论,德国克劳维茨的军事学,是把握了现代的技术方面,但在原理上还是不违孙子,不及孙子";"发明了许多新字新语,一种是用于说明'无'的,如物象的象、乾坤、阴阳、虚实的虚,与仿佛、窈冥等形容词,与仁义

---

① 《三三集刊》第7辑,台湾:皇冠出版社1977年版,第226—227页。
② 胡兰成:《文学与时代的气运》,《中国文学史话》,台北:三三书坊1980年版,第77—136页。
③ 《三三集刊》第11辑,台湾:皇冠出版社1978年版,第232—233页。

的仁,礼乐的乐,都是新字新语";"中国的文章的造型,是有阴阳虚实与位置变化的,只有以这样形式的,徘徊徐疾,有调而非旋律的文章,才能适合于写出中国的论文所特有的那种内容,不是西洋那种逻辑体系的报告文学式的文体写的论文可比,而必然是文学的"。①第14辑《建立中国的现代文学:知性的文学》也是出自胡兰成的文章,其中对五四新文学不断进行攻击和否定。更有甚者,在第12辑中,一段"五四是中国文学的一个革命,若非这革命,不会有今天的许多好文章。但是五四犯了三个错误:一否定礼教。二否定士。三把文学作为艺术的一种。把文学当作艺术的一种是把文学看小了,其原因见于前几期的讨论文。这里只说礼教这种东西,就有肯定即妄,宋儒妄到女人不可出门一步,但是五四把礼教给否定了,这又是使人的情义漂失了。礼教只可有更革,但史上每换朝代,顶多也只是改了正朔与服色,没有改到祭祀与宾主伦常间之礼的。礼仪是中国人情意表现的形式,五四在原则上把礼教打倒了,至少在文学上写中国人的情意没有了形式,以致小说里用了西洋人的情意与动作的形式来描写中国人,这样,文学先就不美了",②又是把五四运动给否定掉了。

其次是反共立场。第12辑《建立中国的现代文学:文学与时代的运气——三三集刊作者讨论会》这篇一看就知道是胡兰成的文章,与第11辑一样,出自胡兰成的同一篇论文。论文隐藏着浓厚的反共意识。这些表述不负责任地把三三诸子的文学实践直接跟反共挂钩,也抹杀了三三诸子创作的多样性。

最后,胡兰成学说有着明显的"文化中国"教化意图。从第15辑《音乐论——声的究极》开始,一直到第24辑,胡兰成直接化名"李磐"来现身说法。他直接指出"三三会写文章的年轻人今知读中国的古书与国父全集,这是使创作的前途可以日月长新花长生。……学唱是或昆曲,或平剧,或古乐的颂歌,都可,也必定要练习出正音来。曲调是秦汉至清的郊庙颂乐,与大雅小雅的谱调,以及自孔子的幽兰操以来的琴曲、宋词元曲等谱调,与汉魏六朝以来

---

① 《三三集刊》第11辑,台北:皇冠出版社1978年版,第247—248页。
② 《三三集刊》第12辑,台北:皇冠出版社1978年版,第248页。

的童谣民歌的唱法与舞姿都讲究练习,必定要唱出舞出一个江山风景、英雄胸襟与万民之情来"①。就胡兰成对三三诸子的影响来看,三三合唱团的建立必然与之有相当关系。需要指出的是,除了三三群士之外,三三集刊有一支"文化中国"的外援文学部队。诗人郑愁予就是一例,"《衣钵》系列组诗"②,由《仰望》《芥子》《热血》《背影》和《衣钵》等五首诗歌组成,其旨在悼念孙中山先生,其中《背影》的最后一段:"两万人提灯为一个老壮士照路/带着最后生日的感慨　您将远行/在深灰的大氅里　裹着一腔什么/啊/那是革命的衣钵　历史已预知/当夕阳　浮雕您底背影在临江的黄埔/那时正是您满意的诀别/因为　第二代的同志已长成",联系前后文,这其中的"第二代的同志"指的是外省第一代,而《衣钵》最后一段中的"第三代"指的就是三三诸子,但其中的反共思维是相当明显的。第12辑重刊了郑愁予的《仁者无敌》,"(诗歌)分六节,"慈母""祖国""负重""功成""致远"和"誓言",其中的内容相当空洞,不过也可以从反面看出蒋介石在台湾的无作为:"当此民族危亡的大难啊您是怎般度过/当太康舰游弋于沧海明月间/连绵万里的故国而无一泊地/当部属不肖　盟友背弃/啊　这般濒临绝境岂是凡人所能屈忍得了的/然而　只有经得起最后的试炼/那神的宏恩/只有忍得下最大的屈辱/那道行的力量才能淬发/衰梁杂乱的旧业下毁了/且乘此造起钢骨浑然的新建筑"。③ 整首诗中一味赞美蒋介石的"仁",可是稍懂历史的人,就知道蒋介石的一系列罪行,"宁汉合流"后的反革命大屠杀(1928)、抗日战争中的消极抗日(1937—1945)、"解放战争"中挑起的国共内战(1945—1949),这些似乎都被当代台湾主流知识分子遗忘了,有的只是被洗脑之后的"讴歌"。④ 这些对"中华民国"的悲情回溯,故意营造的没落朝代的遗民身份,这些都契合着1970年代海外方兴未

---

① 李磐:《音乐论10》,《三三集刊》第24辑,台北:皇冠出版社1979年版,第44页。
② 《三三集刊》第11辑,台北:皇冠出版社1978年版,第124—140页。
③ 《三三集刊》第12辑,台北:皇冠出版社1978年版,第134页。
④ 《台湾省戒严令》(正式名称:《台湾省警备总司令部布告戒字第一号》),是一个于1949年5月19日由中华民国台湾省政府主席兼台湾省警备总司令陈诚颁布的戒严令,内容为宣告自同年5月20日零时起在台湾省全境(含台湾本岛、澎湖群岛及其他附属岛屿)实施戒严,从戒严令颁布直到1949年底,相关单位陆续颁布了一些相关管制法令。至1987年7月15日由蒋经国宣布解严为止,共持续了38年又56天之久,是世界上持续时间最久的戒严。

艾的"文化中国"思潮,支撑着胡兰成所倡导的"文化中国"理念。

二、三三群士①与"张腔""胡说"②及他们所受影响的具体表现形式

从整体创作特色来定位的话,三三群士的创作属于1970年代的台湾校园青春文学范畴。三三群士都是眷村子弟,这些眷村子弟多有军中背景,这些出身于中上层家庭、相对来说受过良好教育的军人,形成了台湾独特的眷村次文化的骨干,他们的文化传统以及文坛地位惠及外省第二代作家,培养了以朱天文、朱天心、马叔礼为首的三三群士。无论从创作内容还是艺术实践,再加上他们在校大学生的身份归属,其作品中的校园文学气息是相当浓厚的。"促使早期'三三社'成员在20世纪70年代后期和80年代以华丽的身姿所展示的文化保守主义,与其说是出于意识形态的动机,可能更多地反映了年轻气盛的理想主义。"③这种青春理想主义式的校园文学的表现方式是一种文化中国视野下的文学创作。这些年轻作家,他们都没有在大陆生活的经验,小说中的中国并非当时的中国现实,有的是大学校园中的学习生活,有的是诗歌中用文本建构起来的文化幻影,有的是军中文艺的颠倒历史的战斗。可以说他们将胡兰成学说中关于中国文化的思考,用记忆和虚构对"文化中国"进行阐释。三三群士与他们的偶像张爱玲相较而言,"张爱玲那时代的人们比现在的人们多有接触时势的感觉,也比较会独立的思考事情,也比较多读书。但第二次世界大战后,朱天文的一代年轻人,则惟是趋时尚,而于时势无感觉,很少独立思想,很少读功课作业外的书,受美国式教育的影响,体格成人了,精神多未成人,每是成人的骎竖。青年作家因为见识不及,根底不

---

① "三三群士"是当时台湾文化界对三三集刊作者群的称呼。原文是"自从书坊出了'中国站起',文化界的先辈们便开始唤三三的朋友们是'三三群士',这让三三的朋友们又愧煞又惊惶。"仙枝:《三三小根苗》,《三三集刊》第25辑,台北:皇冠出版社1979年版,第132页。
② 这两个词都是王德威教授发明的,前者原文为"小说界也有张腔,肇始者不是别人,正是张爱玲",参见王德威:《张爱玲成了祖师奶奶》,《小说中国》,台北:麦田出版社1993年版,第337—341页。后者原文"彼时的朱天文还太'正经';要再等十年,她才终于把'张腔'与'胡说'熔为一炉,从而炼出自己的风格",参见王德威:《落地的麦子不死——张爱玲的文学影响力与"张派"作家的超越之路》,《想象中国的方法:历史·小说·叙事》,北京:三联书店1998年版,第251页。
③ 张诵圣:《台湾文学生态:从戒严法则到市场规律》,镇江:江苏大学出版社2016年版,第130页。

图 7-2 三三集刊，共 28 本

够，多像草生一秋即萎。这点我与朱天文谈起，她倒是肯重新用功读书。知道今是颓废的时代，即你是可以不受一个时代的限制，而生于许多时代中，生出革命的朝气的"。① 平心而论，三三的组织结构散漫，他们的组织纯粹靠一群文学青年的热情维持："三三集刊的筹划准备，先是策订下清清晰晰的进行纲领，合作而不分工，写稿、约稿、祷告、拉出版社来支持，每人皆四项工作同时进行，全凭信心，义无反顾，劲头充足而极为顺利。其中只接洽出版社有所曲折，也皆无不好；大多出版社俱乏异想和眼光，是心已死，故不为所动，间有愿意支持印行者，不免自认在作极大的施舍或牺牲。……适于此时，皇冠出版社闻知而主动来洽支持，一切编务悉由三三集刊负责，不予任何干预，版税则提高一倍。"②其中对办刊过程的描述，足见这群青少年的青春热情。

从整体风格而言，三三群士的创作是对"张腔""胡说"的继承和发挥。首先是胡兰成文化理论对三三群士创作的统摄。"胡派学说讲的是天人革命，

---

① 胡兰成：《来写朱天文》(1976)，《中国文学史话》，台北：远流 1991 年版，第 268 页。
② 三三群士：《三三注》，《三三集刊》第 25 辑，台北：皇冠出版社 1979 年版，第 105 页。

图7-3 朱天文与胡兰成

诗礼中国;儒释兼备,却又透露妩媚娇娆之气。有趣的是,尽管胡兰成写得天花乱坠,总有个呼之欲出的张爱玲权充他的缪斯。'三三'诸子中,兼修张、胡两家而出类拔萃者,当然是朱天文。"①胡兰成说朱天文与张爱玲不但都是大学三年级,"两人相像的地方是一个新字,一个柔字,又一个大字。而且两人都谦虚,张爱玲肯称赞苏青的文章与相貌,朱天文亦看同辈的作品……还有在事物上的笨拙相像。两人的相貌神情也有几分相似,文章也有几分相近"。② 另外,也提到仙枝这一笔名,也是胡兰成为她取自苏轼的名句"别有红尘外,仙枝日月长"。③ 这些给朱天文、朱天心、仙枝众弟子巨大的压力,一直以张爱玲为模仿甚至超越的对象。1995年,朱天文以《荒人手记》获得华语文坛一致赞赏,在接受访问时候,她说自己十年不读张爱玲,以前总觉得她是无法超越的偶像,"今天看看,感觉自己好像可以平了。也不是平,是总算可以不同了"。④ 可见在其创作生涯中,朱天文无意识中也在跟张爱玲较劲。仙枝(林慧娥)曾说"于泪眼中思省过往的二十年是父母所生所养,往后八年却是

---

① 仙枝:《序言》,《好天气谁给题名》,台北:三三书坊1979年版。
② 胡兰成:《来写朱天文》,《中国文学史话》,台北:远流1991年版,第283页。
③ 王德威:《落地的麦子不死——张爱玲的文学影响力与"张派"作家的超越之路》,《想象中国的方法:历史·小说·叙事》,北京:三联书店1998年版,第251页。
④ 朱天文:《如何与张爱玲划清界限》,《中国时报》1994年7月17日,第7版。

幸得兰师点化才知此身立世的可贵可喜"。

胡兰成的专著中对"三三诸人"影响最深的是《中国文学史话》。仙枝曾经撰文道:"李磐先生是读书人,写文章时却无书。……书桌上单单是一本航空信纸,一枝蓝色原子笔,或偶尔从外头摘来的一束路边花插在陶瓶里,每天写过一千多字,约集一章的份量,便先航空寄了来,于是《中国文学史话》就一点一描,一勾一勒地成象成形了出来。天文说人家写史话一类的文章,大多循迹而行,考古似地追踪考据,李先生的史话却是自己踹了步子,要读者依迹而往求之,是开天辟地呢。君子言必有典,而李先生是与中国的古人今人皆生自天,所以讲中国文学史可以如此无隔。我与天文读时,

图 7-4　李磐(胡兰成):《中国文学史话》,1980 年

啊!是这样的,是这样的呵!一边儿欣喜,又要一边儿顿足,知得太晚了!"① "自民初五四以来于今六十年,文坛皆是据西洋文学来评论中国文学,有多少傲慢无知,彼此斗争,如禅语脚下草深数丈,骷髅遍地无人知。今李先生此书也不与人争,而只让中国文学自己出来说话,就自然都澄清了。读此书使人觉得自己亦要对天地是智者,对中国是情人。文章是智者之言,而亦是情人之言。"②而最能直接表达李磐(胡兰成)与"三三诸人"关系的是十年后朱天文之言:"以上是胡先生于民国六十六年夏天于侨居地日本写完的《中国文学史话》。因胡先生在台湾授课的学生中多有青年写作者,故著此作励教激志,且援彼等青年的作品为例多做说明,其背景如此。"③在这本著作中,不到十万字的《中国文学史话》中,对仙枝、朱天文、朱天心和袁琼琼的评价竟

---

① 仙枝:《序》,李磐:《中国文学史话》,台北:三三书坊1980年版,第3—4页。
② 同上书,第5页。
③ 朱天文:《编辑报告》,胡兰成:《中国文学史话》,台北:远流1991年版,第2页。

共有八十多处,如此提携未成名的作家少作,胡兰成的护犊之心可见一斑。不过联系胡兰成当时落水狗般的生活际遇,我更愿意把他的提携行为看作心中文学理想的印证与实现。以朱天心为例,她连载于《三三集刊》的《击壤歌:北一女三年记》被胡兰成盛赞"那好处是有唐虞三代传下来的高旷清亮强大。现在是朱天心的《击壤歌》有这个",①"《方舟上的日子》与《击壤歌》里的,与朱天文《青青子衿》里的对世人世事与物的无差别的善意,就是文学的绝对的境地",②赞誉之辞溢于笔端。

张爱玲是胡兰成的前妻,虽然1970年代张爱玲另嫁他人并定居美国,胡兰成也旅居日本,老死不相往来,但胡兰成在台湾的影响力多少与张爱玲有关系。从胡兰成的自恋文字来看,无论他如何天花乱坠地说张爱玲和他之间的文学理念的相互影响,③都改变不了胡兰成消费张爱玲的文学史事实。平心而论,除了张爱玲自身模糊的政治立场之外,胡兰成的汉奸身份和所发表的与张爱玲相关的言论,在在将张爱玲推入"反动作家"的阵营中。像"有人说张爱玲的文章不革命,张爱玲文章本来也没有他们所知道的那种革命。革命是要使无产阶级归于人的生活,小资产阶级与农民归于人的生活,资产阶级归于人的生活,不是要归于无产阶级。是人类审判无产阶级,不是无产阶级审判人类。所以,张爱玲的文章不是无产阶级的也罢"④,另外,胡兰成的一些说法,如:"所谓左倾文学与右倾文学,我本来不赞成有这样的区别,文学是只有好坏的区别的。无产阶级文学尤其是废话。历史上可以有无产阶级专政,然而不能有无产阶级的机器或无产阶级的生产力,却是社会的机器与生命力,也没有无产阶级的文明,却是人类的文明。……文学与其他艺术一样,它是批判阶级的,不是被阶级批判,它是人类的,不是阶级的";⑤"专制使人变成冷嘲,所以只能有鲁迅,不能有弥衡。鹦鹉洲有弥衡祠,一次黄昏时候我经

---

① 李磐(胡兰成):《中国文学史话》,台北:三三书坊1980年版,第95页。
② 同上书,第145页。
③ 请参见:《民国女子》,《今生今世》,香港:天地图书有限公司2013年版。
④ 胡兰成:《张爱玲与左派(1945)》,《乱世文坛》,香港:天地图书2007年版,第31页。
⑤ 胡兰成:《左派趣味(1945)》,《乱世文坛》,香港:天地图书2007年版,第118页。

过,联想到鲁迅,把两人比较,觉得鲁迅还是工于心计,而弥衡是没有心计的"。① 再之其文化汉奸的身份,使得这些语句简直就是在言论上捆绑张爱玲,拖其下水。

从整体创作主题而言,三三群士的创作是反共立场与"文化中国"相结合的双重文化理念。反共色彩是三三群士作品的重要特色。《三三集刊》(第 14 辑)上曾经刊发了时任台湾国防主管部门总政战部主任的王昇②的《提笔上阵迎接战斗》,这篇反共文章中提出了一大堆不着边际的口号。在这篇讲话中,包括很多重要的刊登文章,如马叔礼《上王上将书》(第 11 辑)、郭为藩《民族主义实践的要务》(第 18 辑)、谢延庚《从政治潮流取向看三民主义》(第 22 辑),等等,都凸显的是一种政治实用主义,充斥着冷战思维,这种表面的实用主义色彩和台面下的强势控制本质就是蒋经国时代威权统治的主要特征,也是本文讨论 1970 年代后期台湾文学的基本认知背景。

三、胡兰成文化理念失败的内外原因分析

从 1947 年"二二八事件"之后,台湾进入了世界上历时最长的戒严时期,直至 1987 年解严。而 1970 年代末更是台湾史上风起云涌的时期,随着蒋介石的去世(1975)、中美建交(1979)、美丽岛事件(1979),国民党在台湾的威权统治正处于剧变和松动之中,毕竟"从时序上划分段落,或许可以从一九六九年蒋经国出任行政主管部门副院长开始,因为他标志着'蒋经国时代'不可避免的终将到来;至于它的结束,则毫无疑问的是一九七九年十二月的'中'美断交。十年台湾,十年坎坷,而我们以及我们的今天都是从这里长大的。"③长

---

① 胡兰成:《中国文明与世界文艺复兴(1945)》,《乱世文坛》,香港:天地图书 2007 年版,第 186 页。
② 王昇(1915—2006),江西龙南人,毕业于陆军军官学校,1943 年赣南时期即追随蒋经国,1948 年又在上海协助蒋经国管制经济,辅助"反贪打老虎"。王去台湾后,曾任政工干校校长、总政治作战部主任等职,并跻身国民党中常委,进入权力核心,主持反统战组织"刘少康办公室",权倾一时,势力渗透台湾警察、安全、调查等机构,对台湾社会的言论、文化、新闻、保防等均有极大掌控权,外界曾以"地下行政院"称之;后因"江南命案"调任"驻外大使"。晚年出任台湾"促进中国现代化学术研究基金会"董事长,肯定中国大陆改革开放以来的成就。
③ 杨泽:《七十年代理想继续燃烧》,台北:台湾时报出版公司 1994 年版,第 118 页。

期以来,朱天文、朱天心等三三群士被其他台湾作家视为主流意识形态影响下的文学群体。朱天心回忆起被认为"御用文人"或"国民党"的打手,至今仍觉委屈。同为三三群士成员的谢材俊说:"乡土论战,我和朋友从纯文学这边很奇怪的变成纯国民党的这一边,至今清白难复——谁晓得在漏洞百出的文学意见和天真浪漫的作品背后,藏着那么大的政治、民族觉醒加权力意识呢?"①从所刊发的文章而言,《三三集刊》中大量的刊登军中文艺作品,确实有迎合国民党文艺政策的嫌疑。如第8、9辑连载的《剑门》(1978)就是典型的军中文艺作品,曾经获得第十三届国军文艺金像奖中篇小说银像奖。第一段就把矛头直指海峡两岸的军事对峙,涉及两岸对抗时期的"剑门舰事件"。②如果熟悉台海历史的话,这部小说所描述的故事完全是造假,它设置了"剑门舰"没有被击沉,而是由"镇南舰"营救成功的虚构结局。小说结尾部分:"……国军已向内陆推进了。七天来,我们势如破竹,与大陆内部反共力量节节呼应。海军除了已掌握了制海权,更进而封锁了大陆沿岸及长江口——永彬,你们是首功,恐怕你们都不知道自己扮演了多重要的角色。你们单舰欺敌行动把敌主力诱散,我们各个击破,奇袭作战顺利的成功了——迅雷演习实际上就是真正的反攻登陆实兵行动。"③这一段中的所谓"单舰欺敌""掌握了制海权"等说法,足见这是一篇罔顾历史事实的订制之作,让人感觉到文学被极端政治化之后的造作与恶心。第10辑陈万军《种火行动》(1978)是"国军金鹰奖中篇小说金鹰作",故事内容满含着冷战政治:"《种火行动》这小说的主干,是描述中共的一个军区司令员,于台北和一个神秘的政治领袖共商并执行一项军国大计的高度机密的'种火行动',故事经过则从参与的几位空军军官,分别辞别其高堂父母、待产妻子、乃至单恋的女友,驾驶一架神秘'怪

---

① 谢材俊:《昨日的雪而今何在?》,杨泽编:《七〇年代忏情录》,台北:时报出版社1994年版,第131页。
② 剑门舰事件:"剑门号"原系美国"海鸦"级舰队扫雷舰,由美国于1965年4月交给蒋介石集团。1965年8月5日,汕头水警区东山岛金刚山观通站雷达测到台湾东营港84海里处,有"剑门舰"和"章江号"混在商船中,向我沿海地区袭来。当晚发生激战,8月6日凌晨"章江号""剑门号"先后被击沉。此役历时3小时43分钟,击沉国民党猎潜舰2艘,击毙国民党海军舰队少将司令胡嘉恒等170余人,生俘"剑门舰"舰长王蕴山等34人。"八六海战"是新中国成立后规模最大的一次海战,对台湾国民党海军是一次沉重的打击,标志着国民党海军在台湾海峡的军事优势已成为过去。
③ 《剑门》,《三三集刊》第9辑,台北:皇冠出版社1978年版,第156页。

机'潜入中国大陆,历经险阻艰辛,伤亡流血,悲壮牺牲,终而完成一项将可使大陆一夜变色的天大的任务。"①这类作品还有第11、12辑连载的汪洋《春蚕到死》(1978),这篇反共小说肆意抹黑共产党抗日军民,在一些历史书写上不尊重史实,如为国民党对日投降政策开脱,"中央也有苦衷,不得不安抚他们,不然的话,两面作战,那是兵家大忌,他们是乘机全力扩张势力",更过分的是,虚构抗日军民策应日军,帮日军解围的情节。这些作品中关于反共文学的描写让人感到其中浓厚的敌对情绪。

其次,朱西宁的对基督教教义的文学化理念和军中作家的文学身份对"三三群士"的创作有着重要影响,也使得胡兰成的理论与朱西宁所推荐发表的文学作品产生了相当的距离,分散了践行胡兰成文艺理论的作品的篇幅和影响力。朱西宁一直到第13辑才公开自己与基督教信仰之间的关系,那就是刊在这一辑中的孙文《致中国基督教青年书》,其中认为基督教能够让"今中国人民即由散沙而渐结团体,……诸君既置身于此高尚坚强宏大之团体,而适中国此时有倒悬待救之人民,岂不当发其宏愿,以此青年之团体而负约西亚之责任,以救此四万万人民出水火之中,而登之衽席之上乎?中国基督教青年勉旃!毋负国人之望"。② 紧接着的第14辑指出"三三"的真意:"对此,两位先知先觉的伟人已留下中国基督徒(非西洋化的中国基督教徒)的榜样,足为范式。故也不必顾虑已经式微,已经无能的西洋化教会的霸道、专权、排他等无明的将行于中国。西洋化教会的低文化,一向是,也断乎是不足凌驾中国的高文化。这也正是以三位一体真神为乐,为能力,以三民主义真理为体,为方向的'三三'所抱持的大信。"③加之朱西宁"军中三剑客"的身份,特别是一直发表军中文艺,其中很多对抗思维,不只是分掉了《三三集刊》的大量篇幅,同时也使得《三三集刊》蒙上了政治上归属国民党主流文学的色彩,如陈万军的《天之骄子》曾获得国军文艺金像奖长篇小说奖,他是《三三集刊》《种火行动》(第10辑)、《霹雳塔》(第14辑)的作者;履疆的《水势》曾获得长篇

---

① 鲁麦:《天启的种火行动》,《三三集刊》第10辑,台北:皇冠出版社1978年版,第38页。
② 《三三集刊》第13辑,台北:皇冠出版社1978年版,第227页。
③ 《三三集刊》第14辑,台北:皇冠出版社1978年版,第22页。

小说银像奖,他是三三集刊《阿晖先生及其他》(第1辑)、《雨夜》(第4辑)、《卜居》(第7辑)、《战士手记》(第11辑)、《惊艳》(第13辑)的作者;马蹄铁的中篇小说《生死场》曾获得长篇小说佳作奖,他是《三三集刊》《夜来风雨声》(第3辑)、《阿贵》(第8辑)的作者;程幻欢的《归航》曾获得短篇小说银像奖,他是《喜相逢》(第4辑)的作者,还有汪启疆的《给我们中国的儿女》曾获得短诗银像奖,他也是《三三集刊》《剑门》(第8、9辑连载)的作者。如果说胡兰成的文化保守主义是民间文人的立场,那么朱西宁的身份就颇具官方文艺的本色,从《三三集刊》的内容来看,官方意识压倒民间话语的痕迹也是相当明显的。

还有一点是,"三三"本身的青春校园文学对胡兰成文学理念的稀释。如朱天心的长篇连载《击壤歌:北一女三年记》,讲述的是台北第一女子高中女生小虾的中学故事,同题材的还有蒋晓云的短篇连载小说的《宴》三部曲、谢材俊连载于第1、2辑的中篇小说《岭山雁字》(上、下)等等,都是校园文学的代表。另外,在《日出东南隅》(谢材俊)可见被服厂的眷村生活,《守着阳光守着你》(丁亚民)中回忆的是眷村童年生活,等等。这些情感真挚的现实生活书写,冲淡了胡兰成干巴巴的文化理论,形成了台湾文学历史上最具特色的青春文学团体。

总而言之,"三三时期"的结束,一方面是因其"精神导师"胡兰成远走日本,并在1981年7月去世。另一方面因是胡兰成的礼乐中国,以及三三集团的梦想,与现实中的台湾相距太远。政治上的剧变,如1979年台美断交,随后发生的"美丽岛事件",文化上的乡土文学的兴起、1975年校园民谣兴起、1977年的乡土文学论战,这些现实社会处境,在在冲击着三三集团的生存。就这样,在剧变的新时代浪潮冲击下,三三群士曾经的文学理想,慢慢被推到历史的暗处。

结语

毋庸置疑,《三三集刊》的诞生和发展是胡兰成一手扶持的。王德威认为胡兰成在台湾与三三诸子的接触,"在《三三集刊》这个社团里,一群青年男女就跟着胡老师吟哦礼乐、遐想日月江山,想象有朝一日以王师之态回到中原,建立他们的礼乐中国。这个礼乐的江山最后到底也没有达成。没有,一切都没有。才不过几年的时光,这些当年的'三三'少年都已经逐渐地成长,历尽台湾剧烈的转变,成为所谓的'老灵魂'。胡兰成的礼乐方案,他的抒情大业,最后都要九九还原,划归到民间的、俗骨凡胎的流动痴嗔爱怨之中"。①

三三群士对台湾文坛的影响是巨大的,如第1辑中,吴念真的《今夜西风冷》(1977)中一开篇就是老萧怀念河北老家,关于秋天落叶的描写,让人想起了十年后吴念真编剧的《暗恋桃花源》。在这一辑里,银正雄的《一座纯真的桥——评陈雨航的〈策马入林〉》(1977)中谈到的桃花源、武陵人,也启发了吴念真和朱天文的《暗恋桃花源》。再如,第23辑静圆中的《黄春明的〈小琪的那一顶帽子〉》(1977),黄春明的这篇小说后来被改编成侯孝贤的电影,而编剧也是三三群士中的吴念真。这些都为我们重新定位三三、胡兰成与台湾文坛的关系,从而为研究外省第一代(朱西宁)、外省第二代(朱天心、朱天文)两代人的创作姿态和精神世界提供了新的视角和方向。

---

① 王德威:《抒情传统与中国现代性:在北大的八堂课》,北京:三联书店2010年版,第198页。

第八章　缺憾还诸天地

——王文兴小说的主题研究

王文兴①生于1939年,出生于福建福州书香门第。其祖父王寿昌是晚清首届官派留法学生,曾与林纾合译小仲马的《茶花女》,后为张之洞所用,曾在洋务运动中任湖北汉阳兵工厂厂长。其伯父王庆骥也曾与林纾合译法国文学作品。父亲王庆定(赴台后改名王郁)毕业于震旦大学法语系,后留学比利时,从事秘书工作,于1946年抵台湾屏东东港,1948年北上任职台湾省政府。康来新曾说"一九四九年巨变中的时与地,民国桂林武将的白家,清遗福州文臣的王家,他们的下一代在台湾的相遇,在文学的相遇,尤有甚者,下一代以小说创作将父祖辈的历史'缺憾还诸天地'。而'缺憾还诸天地'出自福州王家姻戚沈葆桢,显然,沈氏挽延平郡王之句也某种程度在抚平白氏父子世变的创痛。"②其中的"缺憾还诸天地"和"抚平世变的创痛",同样也适合经历了离散和乱离的王文兴,纵观他的小说创作,这两句也成为概括王文兴小说创作的两个关键词。

一、现代主义技艺磨砺:早期作品中的变态人格与生命欠缺

1958年5月20日台大外文系创办了"南北社",王愈静为社长,社员十一

---

① 王文兴(1939—),出生于福建福州,1946年随父母渡台,为台湾现代文学教授和文学理论建设重要人物。1961年获台湾大学外文系学士学位,1963年入美国爱荷华大学攻读英文系硕士学位,1965年返台在台湾大学外文系任教,2005年从台大退休。出版文学作品有短篇小说集《龙天楼》(文星书店,1967)、《玩具手枪》(志文出版社,1970)、《十五篇小说》(洪范书店,1979);长篇小说《家变》(环宇出版社,1973)、《背海的人》(上册)(洪范书店,1981)、《背海的人》(上、下册)(洪范书店,1999)。2009年荣获台湾第十三届"国家文艺奖"。2011年获马来西亚第六届"花踪世界华文文学奖"。
② 康来新:《同班同学——以王文兴、白先勇为例的随想》,黄恕宁主编:《慢读王文兴5　偶开天眼观红尘——王文兴传记访谈集》,台北:台湾大学出版中心2013年版,第2—3页。沈葆桢在延平郡王祠所留的挽联:"开万古得未曾有之奇,洪荒留此山川,作遗民世界。极一生无可知何之遇,缺憾还诸天地,是创格完人。"后白崇禧也续写了一段挽联:"孤臣秉孤忠,五马奔江,留取汗青垂宇宙。正人扶正义,七鲲拓土,莫将成败论英雄。"

人,其中为我们熟知的有白先勇、李欧梵、陈若曦和欧阳子等人,后来王文兴、戴天等人也加入其中,它是后来《现代文学》杂志社的前身。1960年3月5日,时任社长白先勇和社员欧阳子等人筹办并出版了《现代文学》,编辑工作主要由王文兴、白先勇和陈若曦担任。在这个时期,王文兴曾主推《现代文学》杂志介绍外国作家,如德国作家卡夫卡(第一期)、美国作家吴(伍)尔夫(第2期),特别是美国硕士毕业之后,回台任教台湾大学之初,他主编过第26至第35期,曾推出过乔伊斯、希梅耐兹(希梅内斯)、沙乎克里斯(索福克勒斯)、海明威等人专辑及推介一些1950、60年代流行的西方现代主义文学思潮。另外,王文兴曾要求选修过他的"现代文学课程"的学生必须阅读海明威短篇小说、乔伊斯《都柏林人》、卡夫卡《审判》、克努特·汉姆生(Knut Hamsun)的《大地硕果·畜牧神》(Pan)、萨特的剧本《禁闭》、希梅内斯的散文诗集《小毛驴之歌》还有弗罗斯特的诗选,堪为一部西方现代文学作品精选。在台大四年,从《守夜》到《结束》,王文兴一共发表了十四个短篇小说。这四年不仅是王文兴发表创作生涯的初期,也是他思索写作技巧、探寻个人风格的时期。王文兴曾说:"约在我二十岁的时候,我忽然间发觉我所习惯的文字

图8-1 王文兴:《新刻的石像》,1968年

图8-2 王文兴:《玩具手枪》,1970年

表达发生了问题,问题一:我写的跟任何人的并无不同。二:我的文字杂乱无章,读不到平稳的节奏。我那时正在读佛楼拜尔、莫泊桑和托尔斯泰,我在他们的语言中都听到十分动听的声音,低沉徐缓,像大提琴的鸣琴一样。自此,我誓将与生俱来的语言抛弃,因为我觉得原有的语言稚性未脱,慌慌张张,是不可原谅的耻辱。"①

早期的几部小说集是王文兴操练西方现代主义文学技巧的试验之作。王文兴对短篇小说甚为关注:"严格说来,中国至今还没有几个短篇小说算得真正的短篇小说。最主要的原因在我们从不知道'精省'为何物。短篇小说,无论如何,必须做到文字、人物、事态、结构、情节减至少而又少,只够基本需要的地步。'精省'几乎是一个短篇小说家的人格,这点如有瑕玷,其他概不必论。……我们的作家要学的太多了,'精省'只不过是其一,但应属首要。今后我们的作家,如欲达到够格的水准,惟有向西方学习:思想和技巧一律学习。"②就当时的现代主义文学的成长环境:"以学院为中心的部分文学青年,只有在这歇斯底里的思想围城里,成了窥视者:从被禁绝不了的鲁迅等少数作家的断简残篇,窥测文学史。从耳语、小道消息,从被涂去、被撕裂,以至于整页消失的时代周刊、新闻周刊,窥测台湾现况、铁幕后的苏联、东京巴黎美国的学生运动、种族屠杀、'布拉格之春'等等世界大事。"③由此,我们可以看出王文兴那一代在意识形态和艺术技巧上面的飞快成长。在王文兴他们这一代眼里,作品的技巧与主题的天衣无缝才是好作品的重要评价标准。

王文兴早期作品中的代表作品有描写变态人格的《玩具手枪》《最快乐的事》《践约》;有刻画少年青春期苦闷和性格缺陷的《大地之歌》《大风》《日历》《寒流》;有抒写生命和前途那种不可把握感的悲悯主题的《黑衣》《欠缺》《命运的迹线》;也有一些直接对西方经典作品的模仿之作,如《海滨圣母节》中的《老人与海》《奥德修斯》命运主题。《命运的迹线》(1963 年 5 月)是经常会被

---

① 王文兴:《无休止的战争》,《文星》1987 年 1 月份总第 103 期,第 104—105 页。
② 王文兴:《〈新刻的石像〉序》,《新刻的石像:〈现代文学〉小说选第一集》,台北:仙人掌出版社 1968 年,第 1—2 页。
③ 施淑:《现代的乡土——六七〇年代台湾文学》,杨泽编:《从四〇年代到九〇年代——两岸三边华文小说研讨会论文集》,台北:时报文化 1994 年版,第 255 页。

人提及的一篇,小说中小学五年级的高小明因同学说从他的手相看他只能活三十岁,在苦闷、焦躁之后,选择自残,小说成功之处就是把高小明那种忧郁进而自残的过程写得惟妙惟肖,细腻无比。《玩具手枪》是一篇描写变态小说人格的短篇小说,以胡昭生的潜意识为剖析对象,是一篇非常成功的心理分析小说。小说的场景、环境不断地挤压小说中的人物,让小说人物喘不过气来,紧张的心理活动,再加上人物在小说中内在精神与所处环境之间的张力,让整个小说显示出令人窒息但又扣人心弦的阅读感受。小说的高潮是胡昭生被同学当众用玩具手枪指着头,让他说有没有暗恋杨玉梅的时候:

> 胡昭生满面通红。但是他的惊讶,不下于他的羞耻,不下于他的愤怒,他惊讶得简直有点神思恍惚。他问自己:"我在做梦吗?这是梦吗?他怎么会知道我的秘密?难道他有神仙法术?不是梦,这不是梦,让我冷静一下,明明坐在这里,坐在马如霖的客厅中,站在我对面的人,也的确是钟学源……"
> 他木然地望着他们,这群狂乐的人:他们嚷着,笑着,摇着,围困住他,如非洲野人欢跳祭神舞一般。他们对他嚷些什么,他却听不见。这是一群野人,他们已经把祭品宰杀了,就要生食人肉了,因此兴高采烈地狂欢着。
> 他觉得什么都完了,一件最可耻的私人秘密,竟突然在大庭广众之间被宣布出来,一种破产的,无可收拾的劫后感觉淹没了他。后来,他想起竟忘了否认,连忙说:
> "不要乱造谣言,是谁说的?"
> 可是他感到这否认软弱无力,自己首先气馁了。(《玩具手枪》,志文出版社1970年版第15—16页)

1966年,白先勇创作出中篇小说代表作《游园惊梦》,演绎迁台之后台北人的离散之痛及世事变化中的无常,同年,王文兴也发表了中篇小说《龙天楼》,以拟古历史演义的笔法,展示着这群离散到台北的国军首长眼中,国共内战太原战役的历史,以及他们迁台之后的生活状况。发表之后并不被批评家看好,认为它"苦涩干瘪"。① 但从国族离散的角度,这是一篇相当成功的政治隐喻小说。小说开头就推出了一位沧桑感十足的国军老兵形象,他是龙天楼的老板,"他孑然一身渡过海来,身上不名分文,曾经白日俯拾香烟头,夜晚露宿街头。嗣后得了同乡的帮助,聚凑一点小资本,在一条街边开起一家卖羊肉杂割的小贩摊子。未曾想到,竟大发利市,不数年,便挣下一笔可观的钱财。这发达的汉子便买下这幢旧楼,开出这一家酒馆来。这酒馆里卖的都是山西菜,因是之故,招徕了不少思乡羁客;楼上的正厅里便挂着一对对联:'故旧天涯三杯酒,远地望乡第一楼',是一位山西界的名流题捐的,很能说明食客们对这楼的感情"(《龙天楼》,第 97 页)。虽然这部小说有台湾反共小说的影子,但从文学的真实性来看,其中的一些人生经历是我们了解海峡两岸华人在动荡时代的命运的重要参考,同时也可以看出这部小说中对海峡华人命运的象征,这一点王文兴也提到过:"确切地说,《龙天楼》是篇象征性作品,不能以写实主义的立场去衡量它。我没有意思写乡土小说(我看目前中国作家们的最大通病是认为:'乡土作品即最佳作品!'),我的目标是把《龙天楼》写成一篇与中国文化相关的小说,因此它不是乡土写实,而是借象征的方式和华夏文化产出关联。它是一篇怀乡(nostalgic)小说,文化上的怀乡。"②

王文兴早期小说的艺术实践是相当成功的,也为他后期的两部长篇小说打下了良好的基础。《母亲》中有着《背海的人》的形式特征,《两妇人》讲述了台湾本省人和外省人的故事。《践约》的开头就是一段《家变》式的开头。《大风》中的人物独白和意识流写法。所以,《家变》中家庭中的压抑氛围、老一辈的强势形象和少年青春期的苦闷,包括《背海的人》中的变态人格在早期作品中都有所涉及,王文兴的早期作品磨砺了他的笔端,促使他走向书写经典小说的征途。

---

① 颜元叔:《苦读细品谈〈家变〉》,《中外文学》1973 年 4 月 1 卷 11 期,第 82 页。
② 王文兴:《后记》,《龙天楼》,台北:文艺书屋 1978 年版,第 181 页。

二、家变的象征意涵：对现实社会中父权、威权的反抗

联系起1960年代发轫的台湾现代主义思潮，"审父"式反抗权威的主题是非常明显的，如白先勇的短篇小说集《台北人》，以及他创作于1977年的长篇小说《孽子》，无一不彰显着审父的倾向。他的老同学王文兴的小说主题也不例外，康来新认为《家变》中的"父亲"是范闵贤，其中的"闽"指的是福建，"《家变》的内容，自是明显地违反了三民主义中，代表民族主义的'伦理'。在那个连写老头子死掉都不容许的年代（瘂弦告诉过我，《幼狮文艺》曾因刊载了类似这样的小说而被迫收回重订才准发行），像这种儿子在精神上虐待父亲，逼他出走，又不认真寻找，最后就安之若素的故事，怎么看都是离经叛道，当为忠义之士所共弃的！"①毋庸置疑，对现实的"父权"的反映和对国府的"威权"的隐喻，无疑是《家变》这部小说表里两面所蕴藏的主题意涵。

《家变》是王文兴的第一部长篇小说，这部小说耗时七年完成。② 这部小说也让王文兴得到了很多评论家正面的鼓励和支持，"王文兴的小说，我以前也读过一些，短篇如《黑衣人》，长篇如《龙天楼》；给我的印象十分之坏。我以

图8-3　王文兴：《家变》，1973年

---

① 柯庆明：《在中文系，遇见王文兴老师》，台北：《印刻文学生活志》2009年6月5卷7期，第97页。
② 王文兴在早期小说创作中，就已经有了精雕细琢的慢节奏的写作状况："这本书分两部分。前面的一部是小说，后面的是手记。这九篇小说是我早期的作品，最早的在十年以前。但是没有一篇不是我最近修改过的，甚至有的，近乎每三个字改动一个字，等于改写。我对小说的情节，甚至细节，都没有多少改动，所改的主要在文字。我希望我的小说一律都是用最精省的文字写成，这在目前我还没有办到，在未来不知办不办得到，在过去更是未办到。我的努力就是在企图更改过去——像个卅的妇人更改她廿时代的衣裳，她要改得完全合身倒是不可能，然而虽不满意，发现她的身材较过去十年苗条多了，却未尝不是快乐。"参见王文兴：《玩具手枪》，台北：志文出版社，1970，序第1页。

为像《龙天楼》这样的作品,是用意识压榨出来的,既无文采,更无真实感。……我把六期(第四至九期)《中外文学》找齐,带回家去,央太太泡了一大杯咖啡,漏夜苦读起来,费了四整夜才读完。越苦读越觉得有甘味,越苦读越觉得可以细品,越细品越令人拍案惊奇!我原以为《家变》只是一部苦涩干瘠如《龙天楼》的东西,如今我敢声称《家变》是现代中国小说的杰作之一,极少数的杰作之一!"①刘绍铭更认为:"无论在文字、结构和思想来说,《家变》是台湾文学二十年来最令人心里害怕的一本突破性小说。我上面一连用了'异端'和'离经叛道'两句话来形容这本书,一点没有过火。"②

这部长篇小说分三部分,第一部分是童年的范晔,第二部分是少年的范晔,第三部分是大学时期的范晔,讲述着他与父亲在日常生活中的矛盾和冲突,以及父子两代人的隔膜。人物的内心意识流描写很深入,"王文兴面对人心真相之勇气,为二十年来(1950—1970)台湾文学所仅见",③就是赞赏小说中的心理刻画。《围城》《活动变人形》的两个现代文学人物方鸿渐和倪吾诚开始了自己的"家变"之旅,中西文化差异导致人格分裂,在《家变》中被设计成迁台后"外省父亲"与"外省第二代儿子"之间的精神对抗。小说把父子两辈的冲突置放到国府迁台初期的乱世场景中,一层一层地把精神冲突催逼出来,让读者喘不过气来。首先一层是子辈对父辈的精神拷问,子辈对父辈的厌烦和攻击是明显的,而且是主动的。如:"多么的粗鄙!他的父还喜于凶神恶毒地责骂任何一些地位比他低的人以及小孩子们,而这个,他今天,深然以为耻的,居然也和他的爸爸一个准样——他的确许许多多之方面像他底父母亲,更尤其像他之父亲,不错,自进大学以来便有了很多的人说他好像他的父亲,他听到了感觉无尽的箠痛、是真的,检讨了起来,叫他更加的难过,他的一些懦弱,跟某些缺乏进夺的情况的确就像他的父亲。而他之对于这种缺点却不能泄恨于他的父亲,因为是他的父亲,因为是他的情况已势成他必理先憎

---

① 颜元叔:《苦读细品谈〈家变〉》,《中外文学》1973年4月1卷11期,第82页。
② 刘绍铭:《十年来台湾小说(一九六五——一九七五)——兼论王文兴的〈家变〉》,《中外文学》1976年5月4卷12期,第5页。
③ 刘绍铭:《十年来的台湾小说(一九六五——一九七五)——兼论王文兴的〈家变〉》,《中外文学》1976年5月4卷12期,第12页。

恨他自身。"(第156页)"这条红纸条是由父亲所写,他父亲之所以肯听他母亲的意思写之,一定是因的他父亲心里也惧怕鬼神。他是乃心里遂夷轻他的父亲,原来他也'迷信'。亏他还是个欧洲留学生!那天他和他妈妈争辩过后,他的妈妈犹要他对祖宗的红纸鞠躬。他不肯。他母亲遂强令他,于是接到发生了一场恶吵,末终犹是他忍屈地鞠了一个躬。"(第111页)

接着的另一个层次,小说展现的是一种父子两辈的痛苦炼狱。这种精神炼狱发生在"家庭"中,发生在日常生活当中,你说有什么激烈的冲突,也未必,小说中充满着的是一边是一个青春期的叛逆儿子,另外一边是父辈(包括母辈)。如下面一段母亲因为担心出走的父亲的安全,遇到儿子的无名火:"他站起来,带上眼镜,即刻摘下,高举起双臂呼道:'啊,啊,好啊!'他点着眼镜脚,'不——要——在——看——书——时——打——搅——我,我讲多少遍了。你一次接一次,侵犯过多少遍了。你——还有他——从来不屑听我开口,只当我在放屁。天,我过的是什么生活,谁会知道我过的什么生活!您看书,才看到第三句,噗,有人进来拿东西,要不就是扫地,不就随便问你一句。你们就不能给人一点不受干扰,可以做一会儿自己的事的起码人权吗?天,这所房子简直是地狱。没有一天听不到争吵,没有一天不受到他悲哀面容的影响。他是个大悲剧演员,他免费请你看悲剧。别站在那儿像上绞架一样,你不配扮这张脸,扮这张脸的人该是我,知道吗?该是我,是我!你还要我对你说话恭敬,敬爱的母亲,您怎不看清,恭与不恭敬,我根本不想说话!一句我都不想说!我可以像蚌蛤一样闭嘴从天明闭到天暗,廿四小时,四十八小时,都没痛苦。痛苦?那才乐哩!只是我知道我别妄想,我别想得到。'"(第3—4页)在这段文字中,范晔一直在强调"人权",在传统家长制的家庭伦理中,人权当然是迥异与伦理亲情的一次反抗。

更深一层的意思是子辈的精神成长经历,子辈虽然不可一世,但在父亲离去后,范晔变得手足无措,茫然不知将来。首先是他感觉自己有着父子相承的暴力倾向。如父亲通过吃饭来维护自己的权威,当在老二女友是酒家女和家庭生活费用的问题上争执不下的时候,他的杀手锏是控制食物,"你还想回来吃饭呵!没有饭吃!今天你晚饭没有饭吃!"(第145页)等范晔能赚钱补贴家用之后,他也在用饥饿战术来控制和惩罚父亲。这种遗传因子让范晔感觉到恐怖:"另外还更有一些个他的(父亲的)行式留给他了一类更坏更坏的影响,使他不知不觉的也照这样错下了,引得旁的人对他讽笑!譬如他的父亲剥吃香蕉就有一门他自己的特有剥皮法,他把香蕉的皮一股儿却去了,手拿着光光的香蕉肉,致深影响得他(范晔)至今天也这个样。"(第188—189页)

值得注意的是,如果只有不可调和的对抗,《家变》在主题的复杂性上就会被打折扣,我们看看小说中"寻父启事"的措辞变化:从"寻父 父亲:自你四月十四日出走后,我与母亲日夜惦念,望见报后尽速归返,一切问题当照尊意解决。子晔"(第一、二、三、四则),到"父亲:您离家已经半个月了,请快快回来吧!子晔"(第五则),到"寻父 父亲,您出走已半月余,一切问题当照尊意寻索解决。子晔"(第六则),"寻父 父亲,您出走已半月余,一切问题当照尊意寻索解决"(第七则),再到"寻父 父亲:您离家已甚久,请归来,一切问题当照尊意解决。子晔"(第八则),到第三部"父亲 你离家已近三月,请归来,一切问题当照尊意解决。子晔"(第九则),"父亲 你离家已近三月,请归来,一切问题当照尊意解决。子晔"(第十则),"父亲 你离家已近三月,请归来,一切问题当照尊意解决。子晔"(第十一则),"父亲 你离家已近三月,请归来,一切问题当照尊意解决。子晔"(第十二则)。这些段落在在都暗示我们小说中的儿子正在一步一步地向父亲妥协,如果我们把这种妥协的因素加入这种小说,《家变》中的主题就丰富多了。

三、背海的人笔下的现实:对台湾历史与现实的反映

1961年王文兴大学毕业后,服过两年兵役,曾被派到南方澳四个月,南方澳独特的山水和地势,给他留下了深刻印象,后来成为《滨海圣母节》和《背海的人》的故事地点。也是这个时期,王文兴知道了国军内部的一些规定。《背海的人》中的外省籍退役军人的角色设定,有着其特殊的历史背景。《背海的人》"上册"从1974年1月6日写到1979年10月19日,"下册"自1980年8月17日写到1997年8月7日,前后耗费王文兴大概二十三年时间,被台湾文

学界视为现代派小说最重要的代表作之一。① 1960 年代初,经历过退居台湾的时代大变革,当时国军容许残疾人和弱病者退伍,军中得以大换血。当时有很多的人装病或借门路退伍,领到一笔退休金,离开军营开始自己的新生活。小说中的爷就是这一批退伍军人中混得不如意的那一群。因为精神不正常,他可以发疯似地宣泄自己的看法。中国海峡两岸二十世纪中叶的历史和历史中人的痛苦由他带出来。首先,爷在迁台之后很不如意,他嗜赌,除了在公司里贪污拿回扣,之后,又偷公司里保险柜的两千块钱,被公司劝退,后来不断被高利贷追杀。在杀人后被迫藏匿于海边小渔村。不过,他还偶尔以"单星子"的名号到妈祖庙前摆摊相面谋生,起先没有人理会他,他不得不用闽南话"自个说自个儿"来吸引顾客。后来,因为蒙中了一个出海的渔夫的死亡而爆得大名,开始在深坑澳出头露面。这个长篇写得比《家变》更慢,平均每天写 30 个字左右。"我想要写一本在文体上跟《家变》背道而驰的小说。《家变》是用纯粹客观的角度来写,《背海的人》就全部改为主观来写,也写周围客观的事件,但是用纯粹主观的眼睛,甚至是主观的语言来描写周围的世界,就是所谓的'天地',这个人他怎么看'天地',是以他的主观角度来看。"②

美国通俗文化中有一种"burlesque",指的是成人秀场夹杂脱衣舞的综合表演,在文学中,"burlesque"特指的是英国十七世纪复辟时期的狂嘲喜剧,当今流行的政治人物模仿秀即是"burlesque"的后现代文化的一种表现。这种文学样式中的模拟、戏仿、诙谐营造出种种笑料。王文兴也承认过《背海的人》是他个人"burlesque"的写作实践③,所以我们不能忽视这种艺术风格在这部小说中的具体表现。有一例是近整处吃饭的场景:"'处长——你看我们这里的吃到的菜也还算是还不错的来的吧,比起台北的圆通饭店的菜来也不算是太差吧?'张法武他手里挟到的一块从猪皮堆中挑拣起来的唯一的那么一

---

① 陈芳明认为"前后二十年的时间,才写完一部长篇小说,可谓文学史上的异数。他对现代主义美学的坚持实践,同辈作家亦无出其右者"。参见《台湾新文学史》,台北:联经出版社 2011 年版,第 396 页。
② 洪珊慧:《不止炼其辞,仰亦炼其意——王文兴访谈录》,收入洪珊慧:《新刻的石像——王文兴与同世代现代主义作家及作品研究》,桃园:中央大学中文系博士论文(康来新教授指导),2011 年 6 月,第 334 页。
③ 单德兴:《偶开天眼觑红尘:再访王文兴》,《中外文学》28 卷 12 期(2000 年 5 月),第 182—199 页。

块精精瘦瘦的猪肉片片子,还相当的之大来的呢,都有一个一块钱的硬币那么样的它之那么大,而且他还把这一块肉一直的挟着居停在半高空的空当中,吸引得凡是坐在这一桌桌子上的人他们的眼睛全都盯视在他挟到的手里头的这一块子的肉块上,——他一边的挟到,一边说着话,——然后,就看着他将这一块肉拿了回来,放进去到他自己的碗里面。"(《背海的人(上)》,第118页)

另外,王文兴将西方现代主义中的"恶之花"式"审丑"精神传统灌注在这部小说中,让这部小说中的戏谑笔法和肮脏生活融合成一种当代华语文学特殊的文学经典。除了近整处中在爷眼中个个有病的公务员,"这一所疏散机构其实是一间疗养院——台北总机构里把全部的伤残废疾者,全部的老弱残兵,组成一队大军整个儿充放流派派到了这一个地方了来"(《背海的人(上)》,第127页),更重要的是这些公务员都可能患有种种不同程度的精神病:喜欢卖弄文采的汤麟处长、无所事事的张法武、满口脏话的厨子老邱、神经兮兮的工友潘忠良、喜欢人吹捧的傅少康、满受疯病妻子困扰的虞世樑等人。如果从文学隐喻的这个角度,我们可以看出这个近整处无疑是台湾1950年代官僚机构的一个影像。

爷绝对是中国当代文学中加西莫多(《巴黎圣母院》)、堂吉诃德(《堂吉诃德》)与班吉(《喧哗与躁动》)的综合体,也是"丑陋和善良"、"执着和疯狂"与"弱智和单纯"的人格综合体。他受过良好的教育,"我们知识分子!我们知识分子,焉能够,标准过低来也?虽然爷的,学历不高,但是,爷,江南江北,东征西打,爷那丰富的人生经验,岂然,不应当也算是学问?"(《背海的人(下册)》,第261页)。除了独眼之外,"在港里头,时常的都能见到爷微偻着背,面脸冲着业ㄗㄨˋ向前,头顶顶天灵门上头套按下一顶不备帽ㄒㄧㄤˋ,烂七八糟,边边坠下来的塑胶质亮褐褐的雨帽,身搭一件褪ㄌㄜ色了的原本乃宝石蓝的空军军官所惯套着的那等子风衣,脚面上则蹀挑着一双前驱翘得个昂高,像一双滔天骇浪之中船前端被汹涌大海拥有个岌岌巍峨摇摇兮高拔哉其危乎也哉的簸荡小船艇,的全通外面都长了白粉霉衣的个黑墨色耆古旧皮鞋"(《背海的人(上)》,第39页)。他还经常评点文学界,"现在,今天诗人所写的的个的之诗更糟！古时候那时是诗人所写的诗嫌其太多了一些,现代则是,不是诗人所写的诗写得太多了一些子的个的的的的的。台湾这一个地方,以着'诗人'之名来出一下名来的不免来的过份容易了一些子,——一首子的这一类诗只要三行五行六行左右就成得了事的了,就像登一小条条的'新闻报刊分类小广告'一样的,——所有的这一些订到报纸看的读者,如果人人都有兴趣写它个的个一首诗它来的个的话,——只要三天,连到它的个的登,——就是全体都给以印发印出来恐怕都不致是会嫌过挤"(《背海的人(上)》,第95页)。他自己封笔——也可能是自吹自擂的,也认为"台湾的那一些诗人也不应该,不可以写诗:反正他们所写出来了的个的诗没有一篇能写得好来的的的个"(《背海的人(上)》,第98页)。

小说通过爷的意识流,为我们展示着一个"亚洲四小龙"时期物欲横流的台湾社会。有暴发户的经历,"爷的那一些个的朋友,以及还有台北电影街一代歌厅里头的歌星,全般都在三两个月里头发上巨财,每一个人瞬息之间发暴财的那个情形简直就跟碰中了爱国奖券的第一大特奖一样的——好多多好多多多许许多的人均开中了这一个财星高照,幸运之无以喻其幸也之的的个的第一大特奖"(《背海的人(上)》,第40页)。还有各种形形色色的诈骗、偷盗、打架的乱世景象,其中有一例,台北一家公司的口试题目是"假定你驾驶的时候碾伤了行人的话,怎么办",凡是回答停车,等警察来现场接受处分的应聘者都不被录取。独独一个被录用,他的回答称:"继续用力踩油门向他开过去,索性压死了他了的个的的的个的个的算了,——免得长期不停的付给他医院治疗费用,——赔他死亡赔偿跟治丧费可实实在在的个的确要便宜得的个的的多多了它的个的。"

更重要的是,小说展示了迁台之后的国民政府的官僚制度。爷的唯一男性朋友张法武,在一个疏散机构工作。这个机构名为"近百年方言区域民俗资料整理研究考察丛编列案分类管理局深坑澳分处",简称"近整处",就是台湾行政系统中冗员冗编的一个例子。"因为它怕被人撤销掉,就拼命的,尽其所能的,把工作拉扯进来来给它去做它。拉兜得到连高雄县里一家的镇公所的预算都叫给扒进来办了它来了的的的的个。此外,他们还编纂一本叫做

《近整处创办史》的调调儿玩意儿,来维持他们这里的业务。这一本《近整处创办史》,编辑迄今,——也都已经有都它的三年来!他们其实有意在慢慢的来编——因为早编好,就有早关门它来的个的危险。"(《背海的人(上)》,第101页)

《背海的人》下册中的故事发生在上册之后十天,下册开头"1962年2月20日—21日"。上册中爷期待的工作补缺没有成功。下册一开始爷就失去上册中的有节制的理性叙事,一变成了一种焦躁、狂躁的不节制。除了找工作不顺利之外,本职看相的工作也因为深坑澳渔业资源突然枯竭而没有了客源,生活顿时陷入困境:"两瓶子的太白都喝光了,——爷的烟也抽完了,——而且水也喝光了,——连蜡烛头它都也点得一根都没有了的。为了省一省,多省一省,爷几几乎都达到了戒烟边缘,这两天,爷的香烟可全是用'论枝'算的来买它的来了的。水,——两三天以来都忘记了去装它,口干的时候便只好到打水机那个地方去喝它的生水,再不然,就率性抬起脸面而来喝天上的降下来的雨水它来了它的。"(《背海的人(下册)》,第187页)在绝境之中,他遇到了妓女"红头毛":

"我会不会爱上这样的一个丑八怪?"——爷就爱上啦!她是个个头既瘦复小,像一只风干的南京板鸭一样的人,一双鼓凸到的浅浅茶褐色的眼玻璃弹,以及那一头一丝丝直竖而来,向朝上烧蔓的火燃一样那样的红毛发。不晓得是真的,还是印染上去的。她又惯时爱穿一条鲜绿色的西式长裤,显出来她的后臀是又扁又平板,一平片片。她还喜于蹲到在地上,吸食挟持在她的枣红色手指头指甲之间的香烟枝。她的声音是沙沙哑哑,——她的年数,有可能,比爷的年龄它都还要更为大。爷爱上了一个,不折不扣的,鬼。本来爷是早就下决心不随便轻易再恋爱来的,——爷——怕了,——爷害怕恋爱这玩意儿的那个麻烦!——想不到又掉进到这个酸臭水桶里头了去。(实在是没有想到,——爷起初的时候都以为,她的这一头红"淘蒙"其丑,之碍人,直其可以视之为牛鬼蛇神它简直是简直都,——但是,怎么知道,现在看着看着,居然,觉得到它相当的**好看**起来了，——是的，大概凡是，不论是什么的怪花样，叉把子，人迟早都可以习惯之来的它的，——特别什么风行的时装什么的这一类玩玩儿玩意儿。)（《背海的人》(下)，第 189—190 页）

在这一段中一个残疾而且贫苦的爷居然写情书，不断以各种故事来试图打动一年老色衰的妓女，一方面有对堂吉诃德寻找浪漫骑士之爱的戏仿，另外在这种不对等的恋爱中，老兵爷面对的情感饥渴也让我们能够感受到大时代中凡人的悲哀。王文兴把爷塑造成一个有着迫害妄想症的精神病人，这个身份让爷可以放纵自己，任意地胡言乱语。"《背海的人》的语言跟独白的关系在哪里？关系在于，这个独白的人，他的造型、他的个性，会决定他的语言。换句话说，他的个性、他的造型、他的性格的造型，可是使他的语言达到最大的自由。……所以他有很多的自由，令他这一个夜晚，可以胡言乱语，言所欲言。所以表面上，可以说，《背海的人》是爷这个人两个夜晚的胡言乱语，他有胡言乱语的自由。这是他特殊的语言的四个理由"。① 可是他心仪的妓女红头毛对爷讲的故事根本不感兴趣，特别是一段对早年戎马生涯的介绍，等爷唾沫横飞的时候，"她不只是，像这种时候，不看爷，更多的时候，她的椅子是空空空空，——她，——不晓得什么时候，——一闪眼之际走开掉了。"(《背海的人》(下)，第 192 页）而为什么爷对红头毛心心念之，是因为"红头毛很像，很像，爷的，身沦在大陆没有出来的，唯一的，爷的亲姐姐。因此，爷别的甚么样的要求都没有，但求，爷但求能够同她拜起一个来干姐与干弟"。可见面对渡海一代的大陆经历，台湾青年一代根本不感兴趣，却是爷身为外省第一代的伤痕记忆。

小说中本来妓女与嫖客之间的买卖关系，被爷弄得如西方中世纪骑士与贵妇之间的爱慕和暧昧关系。为了送一封耗时三个小时写就的情书，在约会地点等了三个小时，没有等到红头毛，他循着可能的联系地址去寻找被邮局退回的信件，而不是直接去找红头毛，是把妓女当做初恋少女的一种心态。

---

① 李时雍：《语言本身就是一个理由——王文兴访谈录(下)》，《联合文学》26 卷第 7 期（2010 年 5 月），第 96—99 页。

在情感焦灼中，爷有了求婚的念头。最后红头毛逃离他的纠缠，去台北谋生。失恋之后的爷，似乎精神也癫狂起来，小说中反写了自己追求妓女红头毛的经历，讲述了一个不知道存不存在的，似乎是他主观臆想的蔡素贞追求他的爱情传奇，最后蔡素贞在家人的压力下离开了爷。这个故事明显是臆造的。最后爷没有钱付房租，只能去天主教会找神父看看有没有可能借到钱，借到50块之后，再也不敢去教会了。之后的爷有着两次不成功的抢劫。结尾部分爷被人报复被打死，丢进大海。这个"不要打人，——喂，救命，救命……"的结尾，是对鲁迅"救救孩子！"的模仿。

结语

无论是《家变》，还是《背海的人》，王文兴都采用了意识流手法，而《背海的人》中他还融入了"talking head"①、单口相声②的风格。就文本层面而言，《家变》《背海的人》作为两则寓言，其内涵的繁复毋庸置疑，作为英美新批评派理论实践者的王文兴，擅长运用反讽（irony）和矛盾吊诡（paradox），绝对是我们寻找的西方现代主义艺术实践的范本。王文兴一再展示了自己通过文学形式介入社会现实的意图，他通过父子两代的隔膜、通过爷与现实的冲突，通过对"父辈"和"子辈"的对立，通过两部小说进行"文本对话"，它们无疑是王文兴向家族和国族体制公然挑战的寓言，在台湾戒严时期"家长元老制在台湾长年拥有的政治、文化上的绝对权威优势正处于饱和即将崩溃之际，带给台湾读者的是巨大的冲击"，③而在国民政府逃到海峡对岸的离散主题上，王文兴达到"缺憾还诸天地"的艺术追求。

---

① 这是王文兴大学同学李欧梵的说法，可参照纪录片《寻找背海的人》，台北：目宿媒体2011年版。
② 这是康来新的说法，原话是："《背海的人》则可谓全本单口相声的纸上演出"，参见康来新：《王文兴慢读王文兴——关于复数作者版的〈家变六讲〉》，《家变六讲——写作过程回顾》，台北：麦田出版社2009年版，第5页。
③ 陈丽芬：《现代文学与文化想像——从台湾到香港》，台北：书林出版有限公司2000年版，第60页。

第九章 冷战与二十世纪五六十年代新马文学

——以《大学论坛》（新）和《蕉风》（马）两大期刊为讨论对象

"二战"结束后，英国、美国、苏联的同盟国关系随之发生变化，在英国陷入战后经济危机的同时，美国和苏联这两个超级大国都试图控制世界。1947—1948 年左右，"冷战"这个词出现在奥威尔（George Orwell）的政治谈话中，之后丘吉尔用了"铁幕"（Iron Curtain）。从此，冷战就成了战后共产主义和资本主义阵营之间一系列斗争的体现，其中涉及权力，政治影响和领土之间的局部战争。1947 年美苏在柏林城开始了军事对峙。1949 年 4 月，美国、加拿大、英国、法国、德国、荷兰、比利时、挪威组成了北大西洋公约组织（North Atlantic Treaty Organization, NATO）。1954 年 9 月，美国、英国、澳大利亚、新西兰、巴基斯坦、泰国、菲律宾组成以抗击苏联和中共等共产集团的东南亚条约组织（Southeast Asian Treaty Organization, SEATO）。在新马地区一带，当马来亚共产党在全马武装暴动的时候，英殖民政府在 1948 年宣布马来亚进入紧急状态，这两个事件在那个特定的时代跟冷战很自然地扯上了关系。相较起冷战，两大阵营之间在亚洲爆发了一系列"热战"，如朝鲜战争（the Korean War）、越南内战、美国介入菲律宾、泰国在老挝与越南的军事碰撞、缅甸（1948 年独立）境内的内战频频，等等。马来亚地区所发生紧急状态（A State of Emergency）似乎更像是"冷战"（至于 1963 年发生的印尼和马来亚、新加坡之间的对抗，那是这个地区自治之后发生的事情）。讨论马来西亚这个时期的形势时，一方面要注意英国与其美国盟友之间的同床异梦[①]，以及英殖民者对共产主义一厢情愿式的思维和恐惧。有专家认为"紧急状态

[①] 英国一直排斥美国人介入马来亚事务，认为马来亚是其殖民地，属于其内政，不是一个国际化的问题。1950 年 7 月，美国派出麦尔比（John F. Melby）带领一个秘密代表团来到东南亚，他们会见了英殖民政府的官员，包括其驻东南亚总督麦唐纳（Malcolm MacDonald），提出由美国人出面消灭马来亚共产党的武装斗争。伦敦当局只答应接受美国人的军事援助。不过很快爆发的朝鲜战争，让马来亚的橡胶和锡大卖，经济上的利益直接帮助英国人继续在马来亚的统治。Deery, Philip. 'Britain's Asian Cold War?', *Journal of Cold War Studies*, vol. 9, no. 1, 2007, pp. 29 - 54.

与其说是冷战的结果,还不如说是马来亚本土因素所决定的。英国人是出于自己的目的才不断祭出冷战这个口号。因为英国伦敦的陛下更倾向于二加二等于四的简单思维,他们认为在东南亚的共产主义运动,能够在没有任何批准的情况下,得到北京或者莫斯科的任何支持。对他们而言,阴谋比巧合更容易让他们接受。想想政治家的假设成为一种说服事实的方法,这是多么迷人的事情啊"。① 而这两点在在都影响着后来的新、马两地自治政府的领袖们,他们大多数受英国教育,如东姑．阿都拉曼、敦拉萨、李光耀、吴庆瑞、杜进才。要注意的另一方面是新、马似乎在提醒我们,在官方正式的冷战解释之下,本土性的因素以及意识形态在其中的纠结似乎是更吸引人的地方。

所以总结来讲,在具体讨论新加坡南洋大学学生会刊物《大学论坛》和马来西亚吉隆坡的纯文学刊物《蕉风》的时候,至少应对冷战之后东南亚的政治形势有以下几点认识。第一,种族与国家的冲突和融合,这是新马两地最大的政治现实。新加坡被逐出马来亚联邦,马来西亚的经济政策,一直到当代马来西亚的族群矛盾,都莫不出于此。第二,冷战视野下的共产主义运动,马来亚共产党成为新马自治政府的重要心结。1948 年夏,因马共暗杀国民党党报《中兴日报》驻马来亚联合邦记者及其代理人 47 人,英殖民政府于 7 月宣布紧急状态,开始了长达 12 年的围剿活动。② 马共这支曾经的抗日英雄部队,在英殖民政府、马来西亚自治政府和新加坡自治政府的长期打压下,最终淡出了历史,成为新马历史中的禁忌和隐匿者。

---

① Introduction. Malcolm H. Murfett *edited*. *Cold War Southeast Asia*, Singapore: MARSHALL Cavendish Editions, 2012. p3. (而没有历史资料可以证明那个时期苏联给出指示让马共发动武装斗争,马共前总书记陈平认为暴乱原因是马共内部领导人犯的错误,他否认当时受到苏联的指示。) Peng Chin. *My Slide of History*, *as Told to Ian Ward and Norma Miraflor*. Media Masters, 2005.
② 马来亚联合邦自治的时间是 1957 年 8 月 31 日,当时英殖民政府的紧急状态还在实行中。这个阶段里,反殖民的本土诉求和英殖民政府之间关系相当地微妙,英殖民政府承受巨大的反殖民运动的压力。A. J. Stockwell 认为马共的活动未必是决定英国人离开马来亚的因素。Stockwell, A. J. "Insurgency and Decolonization during the Malayan Emergency," *Journal of Commonwealth and Comparative Studies*, vol. 25, no. 1, March 1987, p. 80. Karl Hack 也认为紧急状态对马来亚的独立过程的影响是"unanswerable."参见 Hack, Karl. *Defence and Decolonisation in Southeast Asia*, p 137.

一、左翼姿态：南洋大学的学生刊物及作品集(1956—1968)

1. 南洋大学的存在："冷战"与族群政治双重夹缝中的抗争

王赓武教授认为"二战"之后新马华人可分成三个集团，其中占据新马人口绝大多数的 A 组华人移民，这种"唐山人过番"的心态，让他们对本地的政治事务缺乏参与的热情，而英殖民统治者扶持起来的自治政府中的 C 组华人，人数虽少，但更热心政治事务，他们认同的是西方的政治制度，认为自己是英帝国的子民，对中华文化有着相当的隔膜。① 李光耀执政期间，始终怀疑说华语或方言的群体都是有可能成为共产主义者的。在他眼里"陈六使没有受过教育，是个家财万贯的树胶商人，他大力维护华族语文和教育，而且独自捐献的钱最多，在新加坡创办了一所大学，让整个东南亚的华校生都有机会接受高等教育。他很仰慕新中国，只要共产党人不损害他的利益，他愿意跟他们打交道。"至于取消陈六使的公民权一事，李光耀坦承："我们知道，陈六使这么做会方便马共利用南大作为滋生地。但是当时我们还没有条件加以干预，除非付出高昂的政治代价。我也把这件事记在心里——时机到来我会对付陈六使。"②

南洋大学自 1953 年 1 月 16 日由新加坡树胶商人、时任新加坡福建会馆主席的陈六使先生倡议举办，1956 年 3 月 15 日正式开学。从一开始，它就是马来亚政府，包括新加坡自治政府的眼中钉。政府从一开始就认定南洋大学是一所培养和隐藏共产主义分子的地方。"(一)一九四九年共产党在中国获得政权的时候，他们就承继了为居留在新加坡没有公民权的华籍移民们维护中国文化的角色。而且把中国的新时代教育也深染了建国的精神——即与中国自辛亥革命后所要争取的政治成就有强烈与明确关系的建国精神。通过新加坡各初级以上华校所采用的课本，及新近直接从思想骚扰的二十世纪中国南来的一般教员，他们鼓励新加坡华文中学生们对有关中国内政的设置

---

① Wang, Gungwu(1970)"Chinese politics in Malaya." The China auarterly, (sept. 1970)43: 4-5.
② 李光耀：《李光耀回忆录(1923—1965)》，新加坡：联合早报 1998 年版，第 454、247、382—383 页。

与信念作政治上看齐。(二)因此新加坡的共产党遵从了列宁主义的煽动箴言,为获取政权之途径。他们并不用费很大的气力,就可以找到引人注目及有爆炸性的问题以及潜伏而未被利用的智力活动与有效之领导。当对社会的不满现象,文化沙文主义及民族感正在起着交互加强作用的时候。共产党干部就利用煽动、组织及操纵的手段来指挥这些力量去完成他们共产党的目的。这样就反而危害了他们所要维护的一般人以及他们的文化。(三)共产党在新加坡所采取的策略就是统战的策略。这种策略,毛泽东曾把它形容为:'把红军的活动和全国的工人,农民,学生,小资产阶级,民族资产阶级的一切活动汇合起来,成为一个统一的民族革命战线。'(四)一九五六年共产党统一战线策略,已达到登峰造极的程度。当时新加坡华文中学生联合会,新加坡各业工友联合会,华校校友会以及如铜锣音乐会等文化团体,都在一九五五年的林德宪制下,公开活动。随着新加坡的首次三十万选民参加的选举,选出第一届由民选议员占大多数的立法议会及由一位首席部长主持的部长议会,新加坡的政治便有了令人兴奋的自由气氛。同时随着马来亚联合邦在七月间的首次选举对共产主义的武装斗争转变为思想斗争,及民族领袖把殖民地主义挤出了权威的中心,人民的政治视野就顿觉宽阔了不少。(五)在这种情形下,采用这种策略,共产党当然会重视华文中学生的,因为他们是受华文教育的马来亚公民且是后起之秀。作为思想队伍的成员(依据他们对他们所参加的斗争现实的认识程度如何而定)他们占尽了可以'年少无知'为借口及为辩护的便宜。但殖民地政府是建立在权力,而非思想的基础上,只能用军警来对付他们。当军警行动用来对付这般学生的时候,自将被视为太过火的。(六)那班集中在华侨中学饱受泛星工友联合会支持的学生被开除后,统一战线就于一九五六年十月实行暴动。就在那个时候整个阵线被击败了。但是马来亚共产党对时局的现实作了错误的评判,且过分玩弄手段,是以丧失了他们公开活动的领袖,并使他们的组织脱了节。"①但接下来的一段就直接言明南洋大学与共产主义的关系:"凑巧得很,一九五六是共产外围组织遭

---

① 马来西亚内政部长发表:《南洋大学内之共产主义运动》,吉隆坡:政府印刷局1964年版,第1—2页。

受惨败的一年;同时也是南洋大学初次开始招生的一年。这给他们带来了一个新的局面。这一新局面,那班受共产思想灌输的门徒,当然知道如何善用之。在裕廊他们引用了过去所吸收的经验去发展新的策略并训练新的干部来实行这种策略。"[1]从中可见,当时的马来西亚联邦政府对南洋大学心怀的排斥和恐惧感。这种情况一直延续到1968年南洋大学被政府归化[2],这个时候新加坡政府才真正地松了一口气。1968年之后的南洋大学进入了新加坡国家教育体系,慢慢变成一所与新加坡大学同质的英文大学,终在1980年与新加坡大学合并成为新加坡国立大学,南洋大学由此淡出历史。

南洋大学的历史充满悲情味道,从南洋大学创校特刊(1956)、十周年纪念集(1966)和二十五周年纪念集(1982)三本特辑中可以窥探出这所大学一生的命运。在1956年的创校史中,首页便道:"夫中华史统,垂五千年,以中华文字为表情达意之工具者,合中国,朝鲜,日本,越南计之,不下七亿五千万,事实证明其有最高之存在价值,岂容抹杀?然则,我今日三百余万星马华人,独忍坐视母语教育,祖宗文化之形消迹灭于我足所践履手所经营且将以新国姿态与世人相见之土地耶?独忍后世子子孙孙不知谁是父母祖宗,浸且不自知其为华人也耶?"[3]另外,在这本纪念册里类似"南洋大学一九五六年三月十五日下午二时宣布光荣开学,在图书馆大楼举行开学仪式,主席陈六使说,今天是海外华人最光荣的日子",[4]"黄奕欢氏不辞辛劳在星马各地为南大展开宣传工作",[5]"历史性的会议举行,全马首届大会信念坚强"[6],"世界青年为南大欢呼,陈六使公宴世青大会代表"[7],"伟大事业各方赞声不绝"[8],"雄伟校舍

---

[1] 马来西亚内政部长发表:《南洋大学内之共产主义运动》,吉隆坡:政府印刷局1964年版,第3页。
[2] 1968年5月25日,南大举行第九届毕业典礼,新加坡教育部部长王邦文宣布,政府正式承认南洋大学所授予的学位。
[3] 陈六使:"序一",《南洋大学创校史》,新加坡:新加坡南洋文化出版社1956年版,第1页。
[4] 刘君惠:《南洋大学创校概述》,《南洋大学创校史》,新加坡:新加坡南洋文化出版社1956年版,第25页。
[5] 《南洋大学创校史》,新加坡:新加坡南洋文化出版社1956年版,第25页。
[6] 同上书,第73页。
[7] 同上书,第98页。
[8] 同上书,第179页。

令人无限向往"①等,这样的介绍让整个南大的创校成了一件海外华人的盛事,其中的喜悦、自信和自豪满蕴其中。就连建校之初闹得各方很不愉快的"林语堂事件"也被以"塞翁失马南大更呈光明"②这样的乐观字眼掩饰过去了。另外,要注意的是,这个时期殖民政府对南洋大学的成立是支持的,新加坡总督列诰爵士(Sir John Fearns Nicoll,又译尼高)于1954年10月12日在立法议会致词对南洋大学设立表示欢迎,辅政司顾德(Sir William Allmond Codrington Goode)12月11日傍晚首次参观校址,另外新加坡首席部长马绍尔(David Marshall),教育部长周瑞麟,劳工福利部长林有福等自治政府高官于1955年8月12日冒雨参观即将完工的南大校舍,英殖民大臣波德(Alan Lennox-Boyd)8月21日参观了南大校园,英国驻东南亚最高专员苏高德爵士(Sir Robert Heatlie Scott)于1956年2月27日参观校舍,认为南洋大学规模可与其母校牛津大学相比。这些"官方人士对南大观感"似乎并不坏。③官方的态度集中在"彼对南大建立一向甚感兴趣,但彼未知如许大规模,如许理想之地点,彼以为此地点可表现出一巨大之想念,彼希望能由自由世界聘请教职前来服务,在彼等领导之下,希望南洋大学将成为世界一伟大大学(波德语)"这类的期望。④

到1966年出版的《南洋大学创校十周年纪念特刊》的时候,南大理事会主席陈锡九感慨"一九六四年,陈前主席六使先生,告老辞职;一九六六年,高故主席德根先生,赍志长终;加以星马畔分,沧桑迭变,言念及此,良深慨然!"⑤代理副校长黄应荣强调:"本大学虽为华文大学,固当以华文为主要教学媒介语,然对他族文化殊非采取深闭固拒之态度,反之,更当融合各族文化之优点,浸润涵育,以期建立一能代表此多元种族国家之新文化。"⑥而到了时任教

---

① 《南洋大学创校史》,新加坡:新加坡南洋文化出版社1956年版,第231页。
② 同上书,第167页。
③ 同上书,第115页。
④ 同上书,第180页。
⑤ 陈锡九:"序一",创校十周年纪念特刊编辑委员会:《南洋大学创校十周年纪念特刊》,新加坡:南洋大学1966年版,第1页。
⑥ 黄应荣:"序二",创校十周年纪念特刊编辑委员会:《南洋大学创校十周年纪念特刊》,新加坡:南洋大学1966年版,第3页。

育部长王邦文的献词中:"进一步,本政府更宣布只要南洋大学肯切实振作,革除在'公司'时代与因陋就简环境之下所产生的不良风气与积习,提高学术水准使南大成为纯学术机关,那末政府决予它以与新加坡大学同等的资助,使成为名副其实的大学。不幸的是当时负责南大的某些人士不肯针对时弊,改革南大畸形发展的状态,所以拖延到两年之前南大改革的计划才有机会展开。……以南大今日的处境和十年前比较起来可说是有天渊之别。那时候的殖民地政府对南大的看待即算不敌视,也难免没有歧视和不理睬的嫌疑。反观今天,人民行动党政府已经把辅助南大认为己任,按部就班予南大以一切协助,务期它成为名副其实的高等学府。但愿真正以南洋大学前途为重的人士能够看清楚这一点。南洋大学已经由于十年前无地位可言的境地,进而于今日在本国教育领域获得合理的地位,与当地其他高等学府平齐。"①三份纪念特刊开场白,一个缅怀那些年建校之初的艰辛,一个表达校方顺应多元种族和语言环境的现实,一个恩威并施地让南大接受政府的归化之途。

再到南洋大学被关闭的第二个年头,南大校友会出版了《纪念南洋大学创校 25 周年特刊》,其发刊词言:"1964 年 6 月 5 日,南大被迫根据王赓武报告书改组,丧失了民办大学的本质,虽然新加坡政府接管南大时,曾一再保证,南大将永远为一间华文大学,永远以华语为教学媒介语,但到了 1975 年南大却全面改用英语教学,成为道道地地的英文大学。1978 年,南大新生被安排到新大武吉知马的'联合校园'上课,成为南大并入新大的前奏曲。1980年,南大终于劫数难逃,被迫接受人为的蓄意安排,关闭停办。南大在民办阶段的首 10 年,取得辉煌成绩,但在政府接管后的 15 年,竟然遭受关闭停办的命运,这是谁的责任?怎不令人哀叹再三!"②印证了广陵散绝之后的苍凉。

上面的三次纪念特刊似乎以十年为一个阶段,暗示和勾勒着南洋大学没落的历史进程。由于冷战的思维,华人创办的私立大学南洋大学几乎从 1953

---

① 王邦文:"献词",创校十周年纪念特刊编辑委员会:《南洋大学创校十周年纪念特刊》,新加坡:南洋大学 1966 年版,第 3 页。
② 编委会:"我们的话",马来亚南洋大学校友会:《纪念南洋大学创校 25 周年特刊》,吉隆坡:马来亚南洋大学校友会 1982 年版,第 4 页。

年成立开始,南洋大学便被一系列的学术评鉴所困扰,一次又一次的报告书,其主题集中在师资水平、教学语言和就业前景等方面,但归根究底,还是领导者潜意识中的冷战思维在作怪。陈平原在综观南洋大学历史之后认为:"李光耀总理的说法冠冕堂皇:南洋大学作为移民热爱自己的语言文化的象征,是有保存价值的;但考虑到'鼓起对中华文化和传统深感自豪的那些理想,并没有作为建立毕业生能够经得起市场考验的大学教育的实际现实',南大只能改制(参见《南洋大学走过的历史道路》,第570页)。马华工商总会追问'新加坡是否只应拥有一间大学',并非症结所在。摆在台面上的,是华文教育的质量问题,为毕业生出路着想,非改成英文教学不可。但我相信,除了政治家信誓旦旦的表白,在'冷战'的大背景下,警惕华文大学可能潜藏着的'亲中'、'赤化'等危险性,维护社会秩序、民族团结以及意识形态统一,方才是政府决策的关键。"①而南大出身的李元瑾更是直言:"踏入五十年代,新马人民一面准备送走殖民地统治者,一面着手打造自己的家园。此时此刻,知识分子与年轻一代肩负的使命比任何时期都来得沉重。在以华人移民占大多数的新加坡社会,受华文教育的知识分子所背负的责任又比受英文教育者更为艰巨。他们除了承担时代交托给他们的新任务,也必须继续坚守民族教育和传统文化。……要塑造怎样的国家,新加坡华文知识分子与当权者的构想有一定的距离。前者期盼完全摆脱殖民的操控和'遗害',把国家尊严建立在民族文化的振兴上;后者则着眼于国际、区域和本土现实的考量,包括对共产主义和种族主义的顾虑,加上领导层教育背景的影响,坚持采用英语之至的政策。"②

2. 南大学生会与《大学论坛》:青春的激情与左翼的姿态

在南洋大学成立之初的十年,政府多次进出南大校园,逮捕学生会领袖和左翼学生,同时期,各方面的舆论似乎也在渲染着南大学生会的左翼姿态。南大学生刊物的代表是学生会会刊《大学论坛》,它一直被政府视为左翼刊

---

① 陈平原:"序",胡兴荣著:《记忆南洋大学》,桂林:广西师范大学出版社2006年版,第2页。
② 李元瑾:《激流中沉浮的南大学生会》,丘淑玲:《理想与现实——南洋大学学生会研究(1956—1964)》,新加坡:八方2006年版,第 ix 页。

物。1959年9月16日,五名警方人员在光华印务公司取走《大学论坛》正在编排的第三期原稿,也不理会当时在场的学生会负责人。① 我们将集中分析南大学生会会刊《大学论坛》,分析南大学生会的舆论导向和思想状态。南大在建校初十年出现的主要学生刊物如下:

表1 南洋大学建校的十年主要学生刊物

出版刊物	出版单位	出版时间
《艺文》	南洋大学中国文学研究会	1957年11月
《学生会第一届执委常年工作报告》	学生会秘书处	1958年
《夏天的街》	南大创作社	1958年6月
《戏剧研究》(1—4期)	戏剧会	1958—1962年
《大学论坛》(1—33期)	学生会	1958年11月26日—1961年11月
University Fribune (Mimbar University)	学生会	1958年12月—1961年11月
《我们的生活中心学生楼》	学生会	1959年12月
《独幕剧演出特辑》	戏剧会	1959年
《大学青年》(1—11期)	中国语文学会	1959年9月29日—1962年12月30日
《南洋文学》(1—3期)	英文研究会	1959—1960年
Suloh nantah(《南大火炬》1—24期)	英文研究会	1960—1964年
《亚非学生会议特辑》	星加坡南洋大学出席亚非学生会议观察团编印	1960年
《大学周简报》	大学周工作委员会	1960年
《大学周学术研究集刊》	大学周工作委员会	1960年
《中国语文学报》	中国语文学会	1960年
《云南园吟唱集》	中国语文学会	1960年

---

① 南大学生会第二届执委会秘书部编:《南洋大学学生会第二届执行委员会常年工作报告及其他》,新加坡:南洋大学学生会1959年版,第25—26页。

(续表)

出版刊物	出版单位	出版时间
《论马华文艺的独特性》	南大创作社	1960 年
《南大戏剧会为庆祝本校落成并为本校筹款演出〈钗头凤〉纪念特辑》	戏剧会	1961—1962 年
《戏剧会研究特辑》	戏剧会	1962 年
《简讯》	大学周工作委员会	1962 年
《十五年来的马华诗选》	南大创作社	1962 年
《南大》	学生会	1962 年 3 月 29 日
《南大中文学报》(1—3 期)	中国语文学会	1962 年 12 月—1964 年
《南洋大学戏剧会为学生楼筹募基金公演〈大团圆〉特辑》	戏剧会	1963 年 8 月 25 日
《迎新手册》	学生会秘书部	1963—1964 年
《南洋大学学生楼落成特辑》	学生会	1963 年 8 月 10 日
《马华文艺的起源及发展》	中国语文学会	1964 年 2 月 10 日
《云南园(创刊号)》	中国语文学会	1965 年 12 月 20 日
《南洋大学中国语文学会年刊(1968)》	中文学会	1968 年 7 月
《中国语文学报》(1—6 期)	中文学会	1968 年 12 月
《南大中文学会主办全兴大专中学文艺创作比赛专辑》	中文学会	1969 年 7 月
《南大戏剧公演〈小城故事〉》	戏剧会	1969 年
《北斗》(1—3 期)	中文学会	1969 年 12 月 20 日—1971 年 8 月
《旱雷》(1—4 期)	中文学会	1970—1971 年
《新生》(1—6 期)	中文学会	1972 年 3 月—1974 年 8 月
《南园生活》(1)	学生会	1972 年 12 月

(续表)

出版刊物	出版单位	出版时间
《号角》（1—2）	学生会	1972年12月31日—1973年12月10日
《学生会学报》	学生会	1973年
《北斗文艺（创刊号）》	中文学会	1974年12月
《学生会执委会常年工作报告及其他（第2—7及9、10届）》	学生会秘书部	1959年—1974年8月

* 参考自蔡德明主编《南洋大学师生著作出版刊物目录》，新加坡：艺印务公司1975年版。

纵观三十三期《大学论坛》（1957—1962），会发现《大学论坛》上很多内容并不是反对政治的，更多的是一种出于"让我们常在《论坛》的园地里，共同讨论我们的大学、我们的生活、以及星马社会的问题"的热情。① 如发生在这个时段里最轰动的事情就是新加坡并入马来亚联合邦。② 面对李光耀领导的自治政府和林清祥领导的左翼政党之间的互相指责，《大学论坛》并没有站在左翼政党的立场上，而是理性地在文章中讨论合并的利害得失，甚至很拥护自治政府的合并举措。同时期所刊载的文章对李光耀领导的人民行动党执政是满怀期待的，如"1959年5月，星加坡的全民普选中，人民行动党在全星五十一个选区中派出了五十一位候选人参加竞选。选举结果，人民行动党终于在五十一个选区当中赢得了四十三个席位。人民行动党终于以它在新的议

---

① 南洋大学学生会主席团：《发刊词》，《大学论坛》（创刊号）1957年12月14日，第1版。
② 当时的新加坡人民行动党内部激进派（华文教育者及左翼分子）与温和派（英文教育者）为是否加入正在策划中的马来西亚（包括马来亚联合邦、新加坡、英属殖民地沙捞越及沙巴）的问题而分裂。激进派（林清祥、方水双）认为马来西亚计划是英殖民政府的阴谋，是殖民主义的表现，而且新加坡加入要接受一些不合理的条件，如在国会席次上只拥有15个席位。温和派则指责激进派因受马共利用而反对合并。1961年6月，林清祥等人被开除出党，7月26日，林清祥等13人组成社会主义阵线，继续反对合并计划。这支左翼力量相当强大，1963年2月2日，在马来西亚正式成立前，由英国、新加坡和马来亚联合邦共同控制的新加坡内部安全理事会迅速逮捕新加坡左翼领袖115人。9月21日新加坡大选，人民行动党温和派在51席中取得37席，社阵因领导层被关押，只得13席位。从此李光耀的人民行动党开始了在新加坡永远不倒的执政地位。因为南大毕业生以社阵候选人身份参选，李光耀对南洋大学相当光火。大选第二天，新加坡政府就剥夺南洋大学创办人、新加坡中华总商会名誉会长陈六使的公民权，之后的两年里（1964—1965），南洋大学约有237名学生被逮捕或开除。

会里占着绝大的优势而出组政府。然而一个和平、民主、非共产的社会主义社会是否能够成功而如期的到来，则有待人民行动党的努力，有待在未来时间的考验"。①另外，像大学周工作委员会主席孙永南的发刊词中言："培养马来亚意识，发扬爱国主义精神，是我国新形势底下的新任务，也是随着我国的经济和政治的巨大变革而积极展开新文化建设事业中的主要精神。大学周的所有学术性活动就是围绕着这样的一个中心。在这本集刊里，我们也以半数以上的篇幅来刊载有关研究我国问题的文章。"②再如关于马来亚文化的建设，有学生认为："新文化的具体内容应该是培养人民的爱国主义观念，培养人民新的道德品质。然而，建立马来亚意识的新文化，并不等于消灭民族文化，相反的，我国乃多元民族的社会，具有马来亚意识的新文化的内容应该是通过各民族文化教育的平等发展而共同去培养起来的。具有了共同的马来亚意识的文化，热爱马来亚的爱国观念也就自然而然地产生。目前，星马两地政府对于学习国语的积极推动，就是培养马来亚意识的积极表现。希望政府在推动新文化的其他方面也能有这样的计划。"③这些类似的表达都表现着南洋大学学生会的政治立场跟马来亚执政者的立

图9-1 《大学论坛》（创刊号）

---

① 张伶：《马来亚的政党与政治》，南大学生会大学周工作委员会编印：《大学周学术研究集刊》，1960年3月，第223页。
② 孙永南："发刊词"，南大学生会大学周工作委员会编印：《大学周学术研究集刊》，1960年3月，第2页。
③ 张伶：《马来亚的政党与政治》，南大学生会大学周工作委员会编印：《大学周学术研究集刊》，1960年3月，第232页。

场是接近的,并没有激进的左翼姿态。

不过值得指出的是,《大学论坛》有几次与政府之间的矛盾,最重要的就是南洋大学的地位问题。南大学生会的早期社论中洋溢着对新生国家的热爱,也有对政府与南大愉快合作的期待,如"自治的基本要求,不仅在政治经济上获得自主实权;文化教育亦不应停滞于有所偏废的旧阶段。伴随着自治而来的,应该是一种从国家利益出发,完整统一的教育政策相适应。在平等的原则下,各民族、各语言的教育得到国家全力扶持向前发展,而最终导致共同的目标:培养马来亚的国家思想意识及效忠本邦的共同精神,让青年热情地承受一个马来亚国民所应尽的责任与义务。这个教育目标的实现,先决要求旧的教育政策来个脱胎换骨的彻底蜕变以投应自治新面貌。巫语、华语、印语教育必须得到与其历来贡献于社会相称的估价与尊重。……今天,华文教育亦非受鼓励,然赖其自力更生,从小学到大学已发展成熟自成一完整体系。今天,华文教育的社会贡献必须受到重视,它的发展必须获取扶助。尤以华文教育发展的最高阶段——南洋大学,更不容忽视。今年,南大学生人数将增至二千名左右,数量不低于马大,而众达数百名的首批毕业生将于年尾贡诸社会。自治年的到来,正好是南大与马大并肩为国供应高级建设人才的时刻;但亦必需是继部分津贴(星洲政府 44 万元补助经费不敷款项)、大学

图9-2　《大学论坛》插图讽刺漫画育民《鱼网政策》,《大学论坛》(1960 年10 月12 日),第五版

地位正常化(南洋大学法令即将在立法议会三读通过)之后享受星马政府全面资助及学位问题取得完满解决的一年！……我们祝贺自治、并预祝自治为祖国前途带来新鼓舞。为祖国教育事业带来动人的新气象"①。

从时局的角度来看,南大学生会的这种想法是对新加坡政府的一厢情愿,到了《大学论坛》1959年8月18日版,情况开始转变,所刊文章普遍由一种乐观的口吻变成不安和愤懑的姿态,如"去年三月三十日的落成典礼,万民欢腾,庆祝南大从此奠下了永垂不朽的基业。人人都以为南大此后可以一帆风顺,在学术的海洋中乘长风破万里浪。不久,南大法令也在立法会议通过三读,并付诸实施,这更令人兴奋和安心。……谁知道七月二十二日南大评议会报告书的公布,却震动了整个星马社会,因为评议会提出了对南大非常不利的报告书,这关系南大的前途极为重大"。② 不过还是对政府心存希望："我们觉得,对于处在困境中的南大,政府当局不但不能袖手旁观,而且是责无旁贷。南大既然是全民一致支持的大学,任何民选政府自然不会置全民的公意于不顾。因此,就连在林德宪制下的政府也不得不给南大以八十万元的津贴,并且通过南大法令。现在的自治政府,对南大的加倍关切应是理所当然,我们有这样的信心。不过,政府对南大的态度,还有待于三个月后七人特别委员会结束了才会完全明朗化,目前的一切似乎都会言之过早。最后,我们要再三的强调,南大一定要即刻进行大力改革,南大不改革无以图存！"在这一期上我们还能看到除了愤懑,南大学生会的态度是与政府合作的,立场还是力求改变自己,以赢得政府的信任,如史凉的《我对加强学术研讨气氛的期望》,北斗的《迎接面临考验》、江上林的《南大所面对的严重考验》。

至于后来《大学论坛》的出版准证在1962年被无故拖延至9月才获更新,及1963年2月中英文版《大学论坛》的准证被吊销,③其原因还是跟整个政治

---

① 社论:《南大学生祝贺星洲自治——愿自治为祖国教育事业带来新气象》,《大学论坛》1959年1月24日,第1版。
② 社论:《南大必须大力改革》,《大学论坛》1959年8月18日,第1版。
③ 新加坡政府在1963年2月开始,先后关闭了南洋大学6个学术团体的刊物,包括《大学论坛》(中英文版)、《社会知识》、《政治学报》、《史地》、《大学青年》和《戏剧研究》。这些刊物的内容未必真的有那么左倾。

局面有关。就拿上面谈到的南大地位问题,后来的发展是这样的:先是等待政府对南大报告书的回应,积极参与南大自身的改革,如《正视教育检委会报告书》(社论,1960年10月12日总第18期)、《吁请社会群体立促南大向上向善发展》(1961年4月30日总第20期,第1版)和苏方信《南大——一帆风顺?》(1961年5月22日,总第21期)等为南洋大学的地位向自治政府正名;接着是对政府不作为的消极态度的指责,有社论就指出政府要对南洋大学"那些亟待实际解决的几个问题给予彻底和真诚的帮助",提出"早日承认南大学位""积极协助南大理事会""津贴南大,资助南大""大学教授入口及居留问题"和"放宽华文参考书和教科书的入境"等五条建议①,同期还有若云的《现行教育政策的检讨——为平等对待四大源流的教育向本邦政府进一言》。最后在政府没有任何改变措施的情况下,南大学生会卷入另外一场时代风潮当中——华文教育问题,《大学论坛》中很多文章反对中四改制、批评全民投票、反对合并白皮书以及南大学生助选1963年新加坡大选,等等。这些都使他们走上与政府对抗的位置,而自治政府为了消灭左翼亲共势力,对南大学生多次逮捕,学生会被勒令封闭(1972年恢复),《大学论坛》也必然被政府盯上,取消出版准证,走入历史。

早在人民行动党和社阵为新马合并而唇枪舌剑的时候,南洋大学政治学会就站在社阵一边,还和马大社会主义俱乐部、工艺学院政治协会一起公开发表《三高等学生团体联合声明》唱衰政府,其中暗讽新加坡政府是殖民统治者的"爪牙"和"笨拙的政客",这些都让新加坡政府对南洋大学学生组织颇为光火②。1962年2月,新加坡政府拒绝批准学生会出版《大学周学术集刊》的申请,同月学生会发表声明谴责政府侵犯大学学术自由。3月21日,内政部长王邦文指出《大学周学术集刊》出版负责人有共产背景,认为"丛刊的内容是否将涉及当前的政局——诸如合并于马来西亚的问题,我们虽然不得而

---

① 《盼政府平等对待四大源流教育,早日解决冬眠中的南大问题》,《大学论坛》(1961年8月17日总第22期),第1版。
② 《三高等学生团体联合声明》(1961年10月27日),林清祥等著:《当前宪制斗争的任务》,新加坡:阵线报出版委员会1961年版,第72页。

知,但准证申请人和丛刊编辑李腾禧等都有亲共的活动记录。正如某些《大学论坛》与《政治学报》的编辑一样而且大多数都是从联合邦来的学生。……政府绝对不会干涉学术研究和印刷出版的自由,除非有人假借学术研究自由的名义,来达到(非)学术性的政治目的,基于准证的申请人和编辑等过去的活动记录,我们有道理相信所谓学术型丛刊很可能被利用作为反民族反人民的政治性宣传……"①在这篇演讲词中,王邦文指出《大学论坛》第 26 期孺子牛的《星马妇运的回顾与展望》是根据马共星洲市委李球的《马华妇运的产生和发展》"改头换面"而写的,认为学生会所要的学术自由实际上是"共产党的学术自由",只是利用学生会刊物来进行"共产主义的宣传"。内政部后来继续指证《大学论坛》上的《南朝鲜人民反张勉运动》(第 20 期)、署名"碧"的《追述世界妇女运动》(第 26 期),分别抄袭朝鲜共产党出版刊物《朝鲜青年及学生公报》上的文章和中国妇联候补执行委员杜君慧所撰写的报告。② 随着政府的压力越来越大,《大学论坛》上面刊发的文章的火力也越来越猛,如《收回学生旅行的限制》《带着友谊来星访问本会竟遭政府野蛮"软禁":印尼全国学联副主席来函详述在星遭遇》《马政府无礼限制星学生集体旅行》《种族主义在马来亚》《从文化斗争看知识分子问题:兼谈学术与谈文学》等文章,在抒发南大学生不平之气的同时,也进一步恶化了他们与新加坡政府的关系。丘淑玲认为"纵观《论坛》,其刊载的文章许多具有相当浓厚的左倾色彩是不容质疑的。至于学生会是否有意识地利用《论坛》来宣传共产主义思想,那却很难论断。按当时的一些学生会执委所说,《论坛》里有关学生会立场的文章才有在执委之间讨论,其他的文章由出版部全权负责筛选或安排。而就算在出版部里,选稿的权力也在主编手上,其他编委无从知道文章出自谁的手笔。如果按照这个逻辑,及学生会出版部声明中的'自由投稿'、'其他文章见仁见智,不是本编辑部所能限制'的解释,就不能排除在某个阶段,会出现如内政部所

---

① 《内政部长立法议会演讲词》,《星洲日报》(新加坡)(1962 年 3 月 21 日),第 1 版。
② 《新加坡内政部反驳南大学生会声明》,《南洋商报》(新加坡)(1962 年 4 月 4 日),第 1 版。

指的情况。可是这不应被视为学生会整体的立场。"①但无论如何,《大学论坛》的左倾思想已经被自治政府察觉,其被关闭的命运已经注定。

平心而论,无论是新加坡人民行动党自治政府的禁忌心理和打压手段,还是新加坡政局中"社阵"这支左翼政治势力的风行,两方的行为都或多或少带有冷战的思维方式,人民行动党领袖们认为社阵是要在新加坡成立一个反殖民政府的共产主义政权,这是自治政府不能接受的,虽然林清祥从来不承认自己是共产党人②,李光耀也认为"大多数这些新国家是有着左派政党的,这些政党的社会主义都有着轻重不同的脆弱性和模糊性;不过,它们毕竟还是左翼政党,而它们的趋向和政治思想,都是非共的"③;社阵领袖们则认为李光耀的合并计划是想与英殖民者妥协,是彻头彻尾地出卖新加坡人民。曾经跟左翼分子有过密切合作的李光耀对学生运动颇为担心,④这种冷战思维指导下的执政姿态,这也是南洋大学与新加坡政府争来斗去的重要原因。而反映到南大学生会及其《大学论坛》上面,自治政府必然会紧张共产主义在学运中的蔓延。

三、1969 年的《蕉风》之"汉丽宝事件"

1954 年,东南亚条约组织(the Southeast Asia treaty organization)成立,简称"SEATO"。这个组织成员包括美国、英国、澳大利亚、法国、新西兰、巴基斯坦、菲律宾和泰国。其目的就是在亚洲地区牵制共产主义力量的扩展。"同时期,英国政府正在展开一个'大设计'的外交设想。它准备将其殖民地

---

① 丘淑玲:《理想与现实:南洋大学学生会研究(1956—1964)》,新加坡:南洋理工大学中华语言文化中心、八方文化创作室 2006 年版,第 165—166 页。
② 林清祥在 1961 年 7 月在写给《海峡时报》的信中声称:"让我一劳永逸地澄清,我不是共产党员,也不属于共产党或任何人的公开阵线。"见亚力克斯·佐西著,吴俊刚译:《李光耀:新加坡的斗争》,新加坡:冠华印务有限公司 1981 年版,第 112 页。
③ 李光耀:《新加坡总理人民行动党秘书长李光耀先生于一九六四年九月三日在布鲁塞尔举行的社会主义国际大会理事会中辩论东西关系时所发表演词》,《社会主义的一百周年》,新加坡:新加坡文化部 1964 年版,第 24 页。
④ 转见亚力克斯·佐西著,吴俊刚译:《李光耀:新加坡的斗争》,新加坡:冠华印务有限公司 1981 年版,第 99 页。

马来亚、新加坡、沙捞越、文莱和北婆罗洲等合并成一个单一的政治实体。英国人希望这种联合能带给他们力量，让这个时刻被一种多米诺骨牌效应威胁下地区能够得到一些慰藉。李光耀，这位精明而且脾气暴躁的新加坡律师所执政的人民行动党政府，从 1959 年开始，就从来没有怀疑过与马来亚合并是最有意义的。但比他年长的，更有权威和相当地彬彬有礼的吉隆坡掌权者东姑·阿都拉曼，却不太热衷稀释他对马来族群的国家认同，也不欢迎一个潜在的激进的中国侨民到他们中间来。"① 也有学者认为马来亚的华人总是面对身份认同的问题，② 这一点让他们被四面围绕且人口众多的马来族群所忌惮。

　　对于 1969 年"五一三事件"③ 的出现，南大学生论文归纳出四点原因："(1) 马来人认为华人对他们有所歧视；(2) 城乡人口中种族组合的不均；(3) 马来人特权问题；(4) 政治和经济支配权的分离。"④ 时至今日，综合已有研究，看法大致如下：第一种是马来西亚官方的说法，政府在 1969 年 10 月 9 日的"五一三"报告书中认为第一个因素是马来亚共产党和华人的秘密会社从中煽动群众冲突；其次是马来人和非马来人对于宪法第 152 条规定马来语为国语、第 153 条规定保障马来人特权有不同解释，非马来人对此感到不满；第

---

① Introduction. Malcolm H. Murfett edited. Cold War Southeast Asia, Singapore：MARSHALL Cavendish Editions，2012. P5.
② Clive J. Christie，*A Modern History of Southeast Asia*：*Decolonization*，*Nationalism and Separatism*，Tauris Academic Studies，1996，P31.
③ 巫统在 1969 年 5 月 11 日的全国选举中遭受史无前例的惨败，仅在所有 144 席的国会议席夺得 51 席，同时马华公会和印度国大党也惨败，使得执政党联盟失去了国会三分之二的执政优势，而吉隆坡的四个国会选区分别落入华人反对党民政党和民主行动党的手里，华人遂展开一场空前浩大的胜利游行，部分激进的华人向马来人高喊挑衅的口号，像"马来人可以滚回乡村""吉隆坡是属于华人的"，等等，结果导致吉隆坡周边马来居民也在 5 月 13 日发动反制的示威，其中部分群众误信华人攻击马来人的谣言而拿武器进攻华人盘踞的吉隆坡市中心，最终酿成大量人员伤亡，并由此引发国内各大都市华巫族群的报复行动。巫统政府遂在次日宣布全国进入军管的紧急状态，终止国会运作，全国改由"国家行动理事会"来统治。直到 1971 年 2 月国会恢复运动，马来西亚民主政治才恢复。这次冲突促进马来西亚进一步马来化以及政治上的马来人大团结，大马族群关系开始了巨大的变化，该事件史称"五一三事件"。关于死亡人数，吉隆坡官方数据显示，被杀的有 143 名华人，25 名马来人，13 名印度人和 15 名其他族人，另有 439 人受伤。而另一名亲眼目睹暴乱的外国通讯员估计有 800 人被杀。吉隆坡约有 6 000 户住家遭到破坏，大多数是华人的财产。参见李光耀：《李光耀回忆录，1965—2000》，新加坡：联合早报 2000 年版，第 260 页。
④ 梁耀才：《朝向种族和谐的道路——马来西亚种族关系研究》，《南洋大学学生会学报》（创刊号 1972/1973），新加坡：南洋大学学生会，第 29 页。

三是选举激情,民主行动党和民政党在选举后在吉隆坡举行胜利游行造成族群侮辱和威胁。① 梁康柏(Leon Comber)认为真正的原因是年轻一代华人不愿接受马华公会和马来人的交易,反对"马来人的马来西亚"(Malaysia for the Malays)的政策。② 2007 年柯嘉逊根据英国人公布的档案,发现五一三事件是巫统内部的"有优势的国家资产阶级(ascendant state capitalist class)"阴谋借这次动乱发动政变,推翻东姑·阿都拉曼。而政变的主谋就是副首相敦拉萨和雪州大臣哈伦,同谋包括马哈迪、加沙里等人。③ 1971 年 6 月 25 日,马来西亚国会通过第二个五年发展计划(1971—1975),即"新经济政策",马来西亚政府通过将公司股权分配给马来人、重组就业结构、工业化与引进外资等措施,从多方面保护马来土著的利益。

"五一三事件"所造成的伤害不止于此,它成为马来西亚华人心中一道极深的政治伤痕,经过这场血腥的教训,华人的信心遭到重挫,"此后每遇局势稍有紧绷则风声鹤唳、囤积食粮。之所以如此主要是吉隆坡华人中始终流传着这样的一种说法:暴动发生后大举进驻市区维持秩序的军、警(绝大多数是马来人),在执法时明显偏袒与纵容马来暴民,甚至一道参与了屠杀与劫掠。华人社会当然清楚它是绝无法单独向军、警及其背后所代表的政权这个'合法暴力的垄断者'挑战的。由于政府当时极力封锁新闻,使得前述传言更添其真实性"。④ 黄锦树这样谈到:"'介入'是一件可怕的事,随时会面对逮捕;不'介入'而不满的小知识分子,便形同被阉割,把乡土意识异化为流放意识,

---

① Comber, Leon. *13 May 1969, A Historical Survey of Sino-Malay Relations*, Heinemann Education Book(Asia) Ltd., Selangor, Malaysia, 1983, p. 73.
② Ibid., p. 74.
③ Soong, Kua Kia. *May 13: Declassified Documents on the Malaysian Riots of 1969*, Suaram Komunikasi, Seglangor, 2007, P23 - 28. 马哈迪曾写一封公开信给东姑·阿都拉曼,要求他下台,信中说:"因为你给予华人太多面子,所以马来人恨你。"马哈迪率领一群"过激论者"寻求更新巫统,要求马华公会退出政府、永久关闭政府、建立巫统一党国家。参见 Case, William. "Malaysia: Aspects and Audiences of Legitimacy," Muthiah Alagappa. editor., *Political Legitimacy in Southeast Asia*, Stanford University Press, 1995, p94.
④ 参见 Alexander, Garth. *The Invisible China: The overseas Chinese and the Politics of Southeast Asia*. Macmillan 1973. pp. 99 - 100. 以及王国璋:《马来西亚的族群政党政治(1955—1995)》,吉隆坡:东方企业有限公司 1998 年版,第 106 页。

或者干脆去国,彻底的逃离。"①这样的情况下,马华公会试着想承担起拯救华人的责任,1971年2月7日,马华召集了一场千人出席的"华人社团领袖大集会",②但4月18日,这场运动的联络委员沈慕羽和顾兴光都在新颁布的煽动法令下被捕,终于这场大集会在巫统领导的"反沙文主义"的思想下被压制,这一方面显示出马华公会作为国阵的老二成员,始终得看老大的颜色,不得逾矩一步,另外一方面,也告诉我们在"五一三事件"之后,马来西亚华人的惶惑和不安。

出于族群政治和民族主义的立场,马来西亚当局对华族的压制是明显的,但需要指出的是,马来政府本身对种族问题也是相当敏感的,如1972年9月21日马来西亚副首相敦伊斯迈医生正对某大学的种族活动发出警告,宣称如果让学生的种族偏激活动继续发展下去而不加以制止,它将在本邦形成一种极权主义。他强调大马的国家概念是一个多元种族的概念,每一个种族的活动对其他种族都将发生直接的影响。"我们不是要建立一个马来人的马来西亚,而是要建立一个属于不同种族及不同宗教的马来西亚。"③更为吊诡的是,在1974年的大选中,首相敦拉萨先是选择在5月出访中国大陆,与中国建立外交关系,突破了东姑时代不可逾越的政治禁忌,而且在竞选活动中,全国都挂满敦拉萨与毛泽东握手的宣传海报和传单,实是有安抚和笼络华族之嫌疑。果不其然,在当年的大选中,"国阵"④取得大胜。

---

① 黄锦树:《马华文学:内在中国、语言与文学史》,吉隆坡:华社资料研究中心1996年版,第100页。
② 大会筹备方原计划200人出席,不料当天有超过1 000人出席,将吉隆坡联邦大酒店的会场挤得水泄不通。此外,由于讨论热烈,这场聚会前后开了8个小时,这是华社中少见的现象,也反映出"五一三事件"之后寻找出路的急迫和焦虑。大会通过了"六点宣言",还成立了"马来西亚华人促进团结联络委员会"。参见 Wah, Loh Kok. *The Politics of Chinese Unity in Malaysia: Reform and Conflict in the Malaysian Chinese Association, 1971-73*. Maruzen Asia, 1982, p11.
③ 《南洋商报》(马来西亚版)1972年9月12日。
④ 1974年6月1日国阵正式成立,其成员除了原联盟的三党外,还包括回教党、民政党、人进党、沙捞越人民联合党以及沙捞越联盟和沙巴联盟各党。"国阵"全称"国民阵线"(Barisan Nasional)的成立与"五一三事件"后的政治局势有关,这场族群冲突暴露了马来人的恐惧和非马来人的焦虑。马来人害怕非马来人可以借助民主的力量威胁到他们的政治特权,非马来人则不满于马来人的特殊地位造成的不平等。马华与国大党的失败,对马来人而言,意味着联盟已经无力确保他们的政治霸权,而巫统新得势的激进派人物要求一党专政,废除国会。如要恢复国会民主政治,必须要有一个具有包容性的政治联盟才能让各方面取得平衡。

汉丽宝公主的本事在《明史·外国传》中是没有的，《明史》甚至都没有记载到有明朝公主嫁到满剌加的事情，这是《马来纪年》①中杜撰出来的故事。《明史》最多只是谈到明朝与满剌加的友好活动，如"永乐三年（一四〇五年）满剌加遣使入贡，封为满剌加国王。谓永乐三年九月（使）至京师，帝嘉之，封为满剌加国王。赐诰印丝币袭衣黄盖，命庆往。其使者言王慕义，愿同中国列郡，岁效职供，请封其山为一国之镇，帝从之，制碑文勒山上，末缀以诗曰：西南巨海中国通，输天灌地亿载同，洗日浴月光景融，雨崖露石草木浓，金花宝钿生青红，有国于此民俗雍，王好善义思朝宗，愿比内郡依华风，出入导从张盖重，仪文裦袭礼虔恭，大书贞石表尔忠，而国西山永镇封，山居海伯翕扈从，皇考涉降在彼穹，后天监视久益隆，尔众子孙万福崇。庆等再至，其王益喜，礼待有加。故马六甲之立国有王，至早当在一四〇五年也。而在明会典之中则列举供物"。② 而《马来纪年》中的关于汉丽宝部分的原文如下：

  回船的风讯已到，冬波罗砵底补底陛辞。中国的王自从遣使后，便确确实实要和满剌加王联络；他便对冬波罗砵底补底道："希望罗闍来探访我一下，我打算将我的女儿皇丽宝（Hong Li-Po）公主嫁给他。"冬波罗砵底补底便道："你的儿子满剌加不能随便离开满剌加，因为他们的四周都是仇敌，但如果你肯加惠于满剌加王，那么就请你准许我把公主护送到满剌加去。"于是中国的王便吩咐李宝（Li-Po）备一队船舶护送公主往满剌加去，一共有一百艘船，由一位高级官员名叫叫第保的统领。中国的王又挑选了五百名极美丽的官家小姐为公主的侍婢。当公主皇丽宝和文书护送上船，冬波罗砵底补底便扬帆直往满剌加。

  当他们抵达满剌加，苏丹芒速沙得悉冬波罗砵底补底已带着中国公

---

① 《马来纪年》是马来亚唯一的历史典籍，其作者据说是柔佛王子 Raja Bonggsu（或名 Raja Sabrang, Raja Di-Hilir, 1571-1623），后为柔佛苏丹，王号为 Sultan Abdullah Ham'mat Shah，在位仅两年（1613—1615 年）。最早刊印的是 1821 年印行的莱敦的英译本 Malay Annals。最早刊行的马来文版是 1813 年新加坡教会印刷局印行的 Sejarah Melayu。最流行的马来文版本是 1909 年新加坡 Methodist Publishing House（现改称 Malaysian Publishing House）印行。最流行的华文版是许云樵译注的新加坡青年书局 1966 年印行的《马来纪年》（增订本）。
② 张礼千：《马六甲史》，新加坡：商务印书馆 1941 年版，第 16 页。

主回来,不禁大悦,便亲自到沙佛岛(Pulu Sabot)去迎接她。用一千样仪仗来尊重她,护送她到王宫。苏丹一见中国公主的美丽不禁惊讶,用阿拉伯话说道:"呵!造物中美丽至极了!愿造化的神祝福你!"

苏丹随即令公主皇丽宝皈依回教,后来便娶了她,生了一个儿子名叫叫波兜迦弥末(Paduca Maimut)……。全体官家小姐也都皈依了回教,便王指定一座没有城堡的山给她们居住。因此那山得名为定支那(Den-China),暹语就是中国区。中国人就在那中国山下造了一口井。这些人的子孙,就叫做毗檀陀支那(Beduanda China),意思是中国随员。①

图9-3 刘戈《汉丽宝》(剧本)

白垚(刘戈)的《汉丽宝》讲的是明朝宪宗成化三年(1467),明使臣狄普和武将李雷亲自率五百军士护卫汉丽宝公主与五百宫女,与马六甲王和亲。汉丽宝是明朝宪宗皇帝的御妹,随行贴身侍女名叫微波和双铃。《汉丽宝》全剧分《烟波黯》、《满剌加》、《中国山》和《火凤凰》等四幕。第一幕描述了汉丽宝公主在前往马六甲的海路上的内心世界,其中对故国的不舍之情,对自身命运的不确定感交织在一起。当公主言自己是"一个大明朝的王昭君"的时候,微波劝慰公主:"请恕婢子直言,公主此言差矣,昭君出塞,亲和汉匈两族,名垂青史,公主此行,也是一样,再说大明子民在满剌加也数在万千,听说海邦求治,不分夷夏,说不定是尘世中一个好地方呢。"②接着是微波、双铃合唱《满剌加赞歌》继续宽慰思乡的公主,其内容是:"西南巨海中国通,输天灌地亿载同,洗日浴月光景融,雨崖露石草木浓,金花宝钿生青红,有国于此民俗雍,王好善义思朝

---

① 许云樵译:《马来纪年》,新加坡:南洋报社有限公司出版1954年,第164—165页。
② 刘戈:《汉丽宝》,吉隆坡:《蕉风》(1970年1、2月号合刊总第207期),第81页。

宗,愿比内郡依华风。"①而这一段歌词正好是前文所述的《明史》内容。剧本一开始就给我们展示了白垚的创作主题:华、巫两族本是友好相处的一家,历史上就已经是和谐地混居在一起了。

第二幕中,苏丹芒速沙②率领众人迎接汉丽宝公主。来满剌加为苏丹贺寿的波流陆王子沙默剌想劫持公主要挟明朝与满剌加,结果诡计不成,其手下皆被捕杀,沙默剌被逐出满剌加。这一幕中有一个地方耐人寻味,沙默剌的谋士阇延纳与狄普、汉丽宝公主有以下对话:

阇延纳:(意犹未尽地对狄普)刚才聆大人雅教,得闻中原上国文物鼎盛,不知刚才所说王道之治,可否再闻一二。

狄普:(正容,滔滔不绝)自尧舜以降,历代帝王加民以礼仪,教民以仁义,具蹈大道,万民熙熙,此古之圣贤以教化者也。今上英明,秉承大统,奉圣人之道,以德服人,德不孤,必有邻。垂拱而治,四海皆平。

阇延纳:(有意诘难)以贵使所言,中原上国,以德服人,不知公主西来,远适海荒,又作何解呢?

狄普正欲辩言,但宝公主已先说出。

宝公主:(从容大方)通婚构好,协和两邦,昔者汉代昭君和匈奴,唐代文成适吐蕃,古有明例,尊使何期期以为不可乎?

阇延纳:(出乎意外)然则……明军五百……?

苏丹:(有意化解)今宵盛会,毋谈政事,倒不如赏歌观舞,以消良夜。③

接下来的一幕是阇延纳和带来的武士刺杀公主不果,反都被刺死。苏丹欣赏公主美丽与智慧集于一身,赐明军以及公主随从定居凤凰山,凤凰山改名中国山,以志公主西来。这一幕结尾部分有歌词又一次表现了华、巫和亲

---

① 同上书,第84—85页。
② 苏丹芒速沙,在《马来纪年》所有的版本中都拼为Sultan Mansur Shah。苏丹(Sultan)是回教国家对王的尊称,至今仍沿用。此中文名是依据明史所述。
③ 刘戈:《汉丽宝》,吉隆坡:《蕉风》(1970年1、2月号合刊总第207期),第99—100页。

成一家,也隐喻着华人在马来亚的落地生根。其言:

苏丹:欢迎你,欢迎你,
　　　远方来到的高贵女郎,
　　　你东方的色彩,
　　　华美了这里的山色水光。

宝公主:谢谢你,谢谢你,
　　　　你们热烈的盛情,
　　　　温暖了我的心房,
　　　　不再生疏,不再彷徨,
　　　　也不再留恋旧日的时光。

苏丹:不再留恋旧日的时光。
　　　这里有:新的土地,
　　　这里有:新的希望,
　　　还有我,永远伴在你身旁。

宝公主:有你伴在我身旁,
　　　　我的内心快乐明朗,
　　　　我已把生命交给你,
　　　　你的希望就是我的希望。

众人:希望,希望,
　　　我们有共同的希望,
　　　两族结合,欢处一堂,
　　　我们的生活,

美满,幸福,辉煌。①

第三幕讲述的是半年之后的故事,公主已经"不是长安居,忘了渭城曲,中原的礼仪移植在海荒,看不完的新国与新知",②毫不犹豫地穿上满剌加服饰。"宝公主已换上满剌加服饰,发脑后高髻,贴花钿,耳鬓饰以两朵大黄花,衣素黄,携同色纱巾。"③随身侍女们也"卸下了中原服饰,换上了满剌加的衣裳,二人俱发脑后垂髻,髻围衬以黄花……新的土地与山岗,新的心情和欢笑,学不完的新歌新舞,淡化了旧情旧调",④入乡随俗,开始适应当地的服装、歌舞和日常作息。从满剌加王朝的视角,来自中原帝国的公主远嫁于此地是对马来民族的认同与尊重,因此,公主的换装在这里可视为以马来文化为主体,中原文化为客体的一次民族融合,《马来纪年》的书写中保留非常浓厚的民族自尊感,有意地在建构自己经历不凡的民族谱系。从这角度去思考,我们就可以理解为什么这段传说仅存于马来半岛的传奇史书《马来纪年》里,而在中国史籍上遍寻不着和亲的任何蛛丝马迹。这一幕展现了苏丹和公主日益加深的感情,顺带描写了宫女和满剌加侍卫之间的感情交流。在这一幕结尾部分,沙默刺带领波流陆人突袭满剌加,包围苏丹等人在山上,双方激战,未分胜负。结尾部分苏丹与众人合唱的《战歌》中"烽火高升,战鼓擂鸣,满剌加的儿女,起来,起来,保护社稷苍生"、"起来,满剌加的儿女,保卫祖宗的基业,保卫社稷苍生"⑤等歌词,再次表现出白垚书写华巫两族的融合,华人落地生根的剧作主题。第四幕公主误以为苏丹已死,奋不顾身地杀死沙默刺,自己也被偷袭受伤,伤重身亡,全剧在悲剧氛围中结束。

而《汉丽宝》的中国山(凤凰山)以及不断出现的凤凰意象,一方面暗示着中原帝国"有凤来仪",另外一方面也是接续郑和到访(历史)和马六甲三宝(保)山(现实)的华族移民的历史脉络。公主的主动融入和最后的牺牲正好

---

① 刘戈:《汉丽宝》,吉隆坡:《蕉风》(1970年1、2月号合刊总第207期),第103—104页。
② 同上书,第107页。
③ 同上书,第110—111页。
④ 同上书,第109—110页。
⑤ 同上书,第120—121页。

应着"有凤来仪"和"落地生根"的文化遗憾。此禽此山,跨越了时空,暗含着与遥远中国的交织重叠,这种域外中原的想象成全了海外华人的乡愁。这个自然也让我们想起作者白垚的经历,他生在中国,在大陆、香港和台湾受教育,客居马来西亚十四年,1981年举家移民美国,总的来看,他一生颠沛流离。他在赴新加坡的路上,"南渡新加坡,船出鲤鱼门,越零汀洋,过了海南岛的天涯海角,眼底一片苍茫,烟波千里外的'海上江南',不断在心头涌现,此情此景,龙舟德口中的唐宋衣冠与胡天明月,已不是童年色彩缤纷的回忆,而是一个刚识世情的历史系毕业生的感同身受,对移民先祖天涯漂泊的遥想与缅怀,"①再如"犹记当年孤身入海,天涯漂泊,吉隆坡偶尔停舟,开始了人生中最美好的一段日子,虽非吾土,等是吾家"。② 马来亚的独立让他有着家的感觉和情感,他踏在这块"海外桃源"(汉丽宝语)的土地,耳闻海外华人的凄美传说,立意要将这湮没的美丽传说还原,这正是这种对本土文化的尊重意识和感同身受成就了《汉丽宝》。"我把汉丽宝写成歌剧,与当时吉隆坡的人文环境有关。一九六零年前后数年,马来亚历史新开。吉隆坡首都初定,此土此民成此国,一片人文新气象,人人都想尽一点力量,贡献些什么似的,处世任事,大气磅礴。我在《学生周报》工作,和文化界来往较多,感受到他们那份热、那份光、那份力,渐渐为这种气氛感染,也参与他们业余的文娱活动,游艺于间里之间,组合唱团,办歌乐节,创剧艺研究会,演舞台剧,为民间慈善机构义演义唱。"③从这段文字,我们可以看到其中洋溢着一派对新生政权的认同热情和自豪感。

歌剧《汉丽宝》④先是发表于1970年2月号《蕉风》,1971年11月首映的

---

① 白垚:《天涯漂泊,唱在风中的史诗——文本〈龙舟三十六拍〉前言》,见《缕云起于绿草》,吉隆坡:大梦书房2007年版,第385页。
② 白垚:《江湖水阔吾犹念——文本〈龙舟三十六拍〉后记》,见《缕云起于绿草》,吉隆坡:大梦书房2007年版,第417页。
③ 白垚:《凤凰歌管三番奏——歌剧〈汉丽宝〉后记》,见《缕云起于绿草》,吉隆坡:大梦书房2007年版,第375页。
④ 白垚为明朝公主取名汉丽宝,是因为汉(Hang),在马来人称呼中是一种尊衔,一方面以此尊称公主,另一方面可附会为汉人之汉,以包含来自中国的丽宝之义。

时候,被称为"马来西亚第一部华语歌剧",①它由陈洛汉谱曲,首演男主角杜祖舜、女主角庞翘辉都是马来西亚首席男女高音。白垚曾经这样回忆:"犹记一九七零年二月,《汉丽宝》刊在《蕉风》的〈戏剧专号〉,时值'五一三'后种族敏感时期,捕风捉影者众。一九七一年十一月,《汉丽宝》在吉隆坡由剧艺研究院首演,剧评多放在 muhibah(亲善)的敦睦意义上,而不谈歌剧的表演艺术和文学音乐结合原创。"②而在同篇文章中,白垚强调"剧本写在这些事件发生之前的好几年,陈洛汉先生谱曲历时五载,可为明证。后来,马来西亚与中国建交,《汉丽宝》在马新两地几番重演,剧本的弦外之音,更成话题。其实,世

图9-4　歌剧《汉丽宝》于一九七一年十一月首演九天,刘戈(白垚)接受献花。右起为合唱指导姚春晖、导演谢金福;左一、二为男主角杜祖舜、女主角庞翘辉;庞翘辉后为张材光(后任马来西亚艺术学院音乐系系主任)

---

① 刘戈自言"此剧的构想,得之于一九六三年八月,大致结构成之于一九六四年初,执笔为文始于一九六四年六月,半年后先得一话剧的初稿,其间历经修改,于一九六六年八月,得此歌剧脚本。……一九六六年,这个脚本完成后,我的朋友陈洛汉先生决定为之配曲,……陈先生最初估计,要用两年时间配曲,但陈先生严肃认真的态度,使这项工作的进行时间延长了半年,历时近三载,到一九六九年初,才全部配制完成。"刘戈:《关于〈汉丽宝〉》,吉隆坡:《蕉风》(1970年1、2月号合刊总第207期),第135、137页。
② 白垚:《太息鱼龙未易分——〈中国寡妇山〉的后记之二》,见《缕云起于绿草》,吉隆坡:大梦书房2007年版,第483页。

事变化无端,岂是我辈寻常百姓所能预见。寸草何期葵藿功,一切都是别人的想象罢了。"①

联系历史,《汉丽宝》刚出版的时候,正逢"五一三事件"发生后不久,像剧本中"前朝一位老宫娥告诉婢子的,她说,郑公公曾经七下西洋,为成祖先皇帝爵封过满剌加开国的王""成祖先皇帝曾御赐满剌加一块镇国石碑,碑上还题了一首御诗,听说满剌加这个国号,也是成祖先皇帝赐给他们的""今上英明,秉承大统,奉圣人之道,以德服人,德不孤,必有邻。垂拱而治,四海皆平""牵牛星呀,织女星呀,那亘久的情意呀"②等类似的语句,都有着挥散不去的中国意识,这也难怪有人"捕风捉影",可能也意在挑拨种族关系的敏感社会神经。而1971年11月,《汉丽宝》由吉隆坡剧艺研究会首演九天,正好碰到这一敏感时期,剧团上下的紧张心理和逃避姿态自然也是应该的。

四、结论

东西冷战在中、苏、美、欧洲四方来看,对抗得激烈,具体如东西欧洲对抗、朝鲜战争、越战、台海局势,等等。意识形态上面,各政府全面为自己的革命、历史、政策、意识形态进行合法性的论证和推广。相较而言,东南亚一方面都处于世界性的反殖独立浪潮之中,另一方面,在争取自治过程中各国内部政治势力派别不同,又会导致各国的政策有着外因与内因结合的策略。

在这种复杂的政治局势下,南洋大学的左翼团体选择的是让新加坡走上亲中的道路,但最终先后被英殖民者(1945—1959)和新加坡政府(1959—1968)阻挠和禁止,回顾历史,南洋大学的学生刊物中洋溢的是一种理想主义

---

① 白垚:《太息鱼龙未易分——〈中国寡妇山〉的后记之二》,见《缕云起于绿草》,吉隆坡:大梦书房2007年版,第483页。muhibah是种族和谐相处之意,华文报章多以"亲善"译之。1969年马来西亚经"五一三事件"后,社会上任何文化活动,都强调这类人文意义。
② 刘戈:《汉丽宝》,吉隆坡:《蕉风》(1970年1、2月号合刊总第207期),第114页。

的时代气息,而统治者方面,英殖民者是为了延续自己的利益,其居心叵测;而对本土产生的新加坡自治政府而言,稳定和发展的现实功利是他们考虑的对象。冷战的大环境遇到本土性的现实问题的时候,其中会出现很多值得思考的东西。而《蕉风》刊出《汉丽宝》的忐忐忑忑,弃用《中国寡妇山》①,前者因1969年的"五一三事件",后者因为"茅草行动",其编委们的考量也让我们多有揣测,是坚持纯文学刊物的目标,是延续香港第三种人势力②的相关理念,还是根本上就是根据本土的政治文化而做出相应的行动。

对于新马两地自治政府而言,新加坡方面,从林有福政府对左翼运动的全面抵制和镇压,到李光耀政府理性和节制地分化与归化,显示出两代新加坡政治家对左翼运动的理解和态度。新加坡左翼力量和本身就是从左翼力量中脱离出来的李光耀政府在二十世纪五六十年代不断地在工运、学运中角力,最终的结果当然是深谙左翼运动特点、追求政局稳定和经济平稳的李光耀政府取得了胜利。本文论述的南洋大学学生会《大学论坛》也因被视为新加坡左翼运动中学运的一部分而被扼制和关闭。马来西亚方面,"五一三事件"是马来西亚族群政党政治的分水岭,从这之后,温和派的东姑·阿都拉曼被巫统内部的激进派所取代,马来西亚开始了以保护马来土著制定国家政策的时代(最明显的是1971年7月1日推出《新经济政策》),马来西亚的华人从政治、经济和文化上被全面压制,成为了自己国家的二等公民,《汉丽宝》正逢其时地发表,编辑部内部煞是担心,其剧中人物的历史重塑、人物原型以及故事叙述的方式都让编辑们紧张了好一阵。③

---

① 这是后话,白垚后来又创作了《龙舟十三拍》和《中国寡妇山》,后来没有发表,"事隔经年,后与姚拓在吉隆坡见面,始知《中国寡妇山》未能在《蕉风》刊出,非关编辑选稿,实是老友谨小慎微,认为其中有些章节,读来不无'大汉沙文'之虑,故留而不发"。参见白垚:《太息鱼龙未易分——〈中国寡妇山〉的后记之二》,《缕云起于绿草》,吉隆坡:大梦书房2007年版,第481页。因为没有发表,所以在这里只是提一下。
② 薛洛(友联出版社社长)、申青(《蕉风》创刊社长)、陈思明(友联文化协会会长、友联董事长)、方天、姚拓、白垚、徐东滨、燕归来(《学生周报》编辑)、黎永振和王瑞龙等香港友联社成员都不隶属于任何政党。他们大多是刚刚毕业于中国名校的学生,一腔热情加入友联社。
③ 在1969年"五一三事件"发生之后的《蕉风》6月刊上,《编者的话》的第一段就是:"本月内,我们收到不少有关时局的杂感,本刊为一文艺刊物,不适宜发表这类作品,请作家诸君赐谅!"参见《蕉风》(1969年6月号总200期)。而且为了不担上"反动"的罪名,《蕉风》《学生周报》关闭了旗下的学友会。参见苍松:《学生周报,学友会,蕉风和我》,吉隆坡:《蕉风》(1998年9、10月合刊总486期),第79页。

时任新加坡总理、人民行动党秘书长的李光耀曾经说过："极为明显的对照是，共产主义领袖接二连三地在亚洲出现。一旦他们掌握了政权，他们都站住了脚。毛泽东领导的中华人民共和国，金日成统治下的朝鲜以及胡志明领导下的越南就是这样。……共产主义者以他们的辩证法理论，以及如何组织和夺取政权的指示，向亚洲社会主义和民主主义提出了最尖锐的挑战。"① 时任马来西亚副首相的敦拉萨曾经说过："宪法修正案，正如议员诸君所知，包括多项修正的条文，但我要述及者只是若干重要的修正条文而已。最重要的当然是第 30 条有关防范性扣留之扣留。任何一个面对共产党直接威胁的国家均认定，唯一对付此种威胁的方式是，将共产党的代理人加以扣留，防止他们进行各种破坏的计划……目前，本邦情势是不容许政府不采取此项行动"②，这些都是那个冷战时代的思维表述，讨论二十世纪五六十年代新马文学的时候都得正视这些。不过具体到对《大学论坛》（新）、《蕉风》（马）两地两份刊物所刊载内容的争论来看，也都可以感受到冷战这一大的历史环境，虽然对新马两地社会、经济、文化等诸多方面有影响，但这种影响更多的还是受制于两地本土环境的限制，这是应该注意到的很重要的一点。

---

① 李光耀：《一九六四年九月五日新加坡总理李光耀先生在布鲁塞尔世界社会主义一百周年纪念大会中所致演词》，《社会主义的一百周年》，新加坡：新加坡文化部 1964 年版，第 36 页。
② 1960 年副首相敦拉萨的谈话，见辜瑞荣编著：《内安法令（ISA）四十年》，吉隆坡：朝花企业 1999 年版，第 13 页。

第十章　冷战、南来文人与现代中国文学

——以新加坡南洋大学中文系任教师资为讨论对象

新加坡南洋大学的存在正好体现着"冷战"时代下,新加坡族群政治的对抗和分裂的过程。① 这种分裂不仅是华人、马来人和印度人的分裂,也存在于华人族群之中,主要是英文教育背景和华文教育背景两者的冲突。南洋大学自1953年1月16日由新加坡树胶商人,时任新加坡福建会馆主席的陈六使先生倡议举办,1956年3月15日正式开学。从一开始,它就是马来亚政府,包括新加坡自治政府的眼中钉。政府从开始就认定南洋大学是一所培养和隐藏共产主义分子的地方。李光耀执政期间,始终怀疑说华语或方言的群体都是有可能成为共产主义者的。在他眼里"陈六使没有受过教育,是个家财万贯的树胶商人,他大力维护华族语文和教育,而且独自捐献的钱最多,在新加坡创办了一所大学,让整个东南亚的华校生都有机会接受高等教育。他很仰慕新中国,只要共产党人不损害他的利益,他愿意跟他们打交道"。至于取消陈六使的公民权一事,李光耀坦承:"我们知道,陈六使这么做会方便马共利用南大作为滋生地。但是当时我们还没有条件加以干预,除非付出高昂的政治代价。我也把这件事记在心里——时机到来我会对付陈六使。"②1968年之后的南洋大学进入了新加坡国家教育体系,慢慢变成一所与新加坡大学同质的英文大学,终在1980年与新加坡大学合并成为新加坡国立大学,南洋大学由此走入历史。

一、南大中文系师资构成及与南洋社会的互动

南洋大学建校以来,教师中一直以从台湾南来的为多。纵观南洋大学的

---

① "冷战"背景相关介绍前文已述,见本书第十章篇首文段。
② 李光耀:《李光耀回忆录(1923—1965)》,新加坡:联合早报1998年版,第454、247、382—383页。

图 10-1 《南洋大学创校史》，1956 年

师资组成(参见本文附录一)，会发现其中南来学者，特别是来自台湾和香港的学者占绝大多数。这一方面是因为新加坡与中国没有建交，台港和海外学者就成为了主要的招聘对象，而且这些学者到了南洋大学就会互相推荐，如苏雪林推荐凌叔华来南大，①凌叔华之后由小说家徐訏继任，这种互相推荐的同道之谊使得台湾学者的数量越来越多。加上当时南大中文系和台湾各大学中文系的设置相近，使得台湾学者很高兴来南洋大学任教。李孝定②曾这样描述"南洋大学是一间新创办的大学。抵星后，不止一次听到当地各界人士和南大师生津津乐道，一九五五年创校之初，富商巨贾，贩夫走卒，慷慨输将，奔走呼号，万众一心，热烈感人的故事，在在流露中华文化在新加坡华人社会，植根之深，涵泳之广。当地华人社会，对中国语言文学系，尤其是爱护有加，寄望殷切。历任系主任，都是新加坡政府从台湾高等教育界遴聘担任；所订课程表，和台湾各大学中文系，如出一辙，除了将'国文'一辞，改为'华人'外，几乎连小异都不存在，只要看系的全名，和课程表的结构，任何一位中文系科班出身的人士，一眼便能看出，是从传统中国中文系全盘移植过去的"③。

另一方面，相较于台港两地，南洋大学的薪资还是很丰厚的。很多学者南来目的最明显表现为赚取多一些的薪资。苏雪林曾言台湾生活费用之高，而当时看到"汪家平日饮膳甚丰，又常请客，台湾生活昂贵，我们教书匠即尽

---

① 1952 年苏雪林曾赴英国，当时凌叔华陪同她游剑桥大学。
② 李孝定(1918—1997)，又名陆琦，湖南常德人，毕业于南京中央大学中文系、北京大学文科研究所。曾任台湾中研院历史语言研究所助理研究员、副研究员、研究员，台湾大学校长室秘书，并任教于台湾大学、新加坡南洋大学、新加坡大学、私立东海大学等校。为海内外所认可的中国文字学专家，著有《甲骨文字集释》《金文诂林附录集释》《读说文记》《汉字起源与演变论丛》等。
③ 李孝定：《逝者如斯》，台北：东大图书股份有限公司 1996 年版，第 106 页。

以月俸供伙食,尚虞不给,不知汪家常请客,钱从何来?"①再如"闻继本校王德昭、钟盛标两家之后,李辰冬于星期一一家外出回来,房门大开,箱箧皆启,李太太数代珍饰及辰冬半辈子积蓄均被席卷而去,闻之大为惊愕。李以不得意于台湾,远来南洋,以为可以安居乐业数年,赚笔钱为养老计,不意竟将半年辛苦所积,来此送礼。今日世界,何处为安全之乡耶?"②这些都道出苏雪林经济上的困难,值得注意的是苏雪林的南大薪资大多数资助了中国大陆的亲人,还曾被台湾当局问话,这也足见冷战环境下的政治影响无所不在。苏雪林曾说:"南大既给我一年聘约,成大又准假半年,我遂心安理得住下来。我的意思因觉星洲一切生活比台湾好,一半目的也为了钱。我是一个淡于名利的人,生平甚恶言金钱二字,因我素来生活简朴并不多需阿堵物。不过我虽不需,别人却需,而且事关生死存亡,安能坐视不救?"接着她讲述了众多侄儿侄女在大陆的遭遇,诚心想帮帮他们,"我还有几个侄辈,以前借祖产尚可温饱,后来,祖产和栖身之地都被没收了。都变成一寒彻骨的人了,我也只好量力扶一把。南洋大学教授的薪资高过台湾的数倍,我想做满这一年,把用不完的钱积蓄起来作为救济大陆亲属的基金,后果如愿。我那笔基金初由香港四妹转,后由侨美侄媳转,每年须费五、六百美金,我补充了好几次,至今未替,虽是涓滴之助,对那边亲属果稍有裨益。"③

还有一个原因跟首任校长林语堂有关,当年他从台湾请来了学者,后来虽然其中很多人随着他与陈六使闹翻而离开,但也无形中为从台湾招聘学者开了个头。皮述民就是一例,"皮老师是于一九六六年起到新加坡南洋大学任教,当时南大副校长到台湾招聘教员,皮老师就和一批教员应聘到新",④这是目前能看到的一则台湾师资来南洋大学的历史记载。皮述民后来又有一

---

① 苏雪林:《民国五十四年(一九六六)十月十七日(星期一)》,《苏雪林作品集·日记卷·第五册》,成功大学印行,成功大学中国文学系编,第139页。
② 苏雪林:《民国五十四年(一九六五)七月廿九日(星期四)》,《苏雪林作品集·日记卷·第四册》,成功大学印行,成功大学中国文学系编,第398页。
③ 苏雪林:《浮生九四——雪林回忆录》,台北:三民书局1991年版,第225—226页。
④ 《新加坡国立大学中文系第十届毕业班纪念特刊(89—90)》,新加坡:新加坡国立大学中文系,第148页。

段补述:"廿五年前,我带着妻子和刚出世的孩子,从台湾受邀到本地的南洋大学来执教。当时已考获硕士学位,在台湾政治大学中文系也教了六年书。"①

1949年后海峡两岸国共分治的政治格局的形成,在根本上决定了1950年代两岸文学的总体风貌有着诸多的相似,这种相似性主要表现在政治斗争和军事斗争的紧张性,导致了国共两党对文学功能的认识上有着惊人的一致,都致力于将文学当作某种意识形态的宣传工具。这个时期的台湾文坛主要由大陆迁台的作家组成,他们都是带着国民党政治背景或者自由主义色彩的知识分子,包括张道藩、王平陵、陈纪滢、王蓝、纪弦、雷震、梁实秋、李曼瑰、夏济安等人。南洋大学的师资绝大多数都来自台湾,仅以中文系为研究对象,我们会发现这些教师有两个明显的特点,第一,年纪偏大,多是从中国大陆离散到台湾,多有大陆的生活经历(包括学习经历),而且他们与国民党文艺界颇有关系,如凌叔华(陈西滢之妻)、孟瑶(与梁实秋等人交好)、苏雪林(以反鲁、反共著称),更有像涂公遂这种后来被发现是国民党党员的文人。第二,从政治立场来说,他们有着或多或少的反共思想,政治立场上,他们更偏向国民党政权,对中共政权颇有敌意。不过因刚经历国共内战和大陆易帜等时代剧变,同时又身在左翼学生运动风起云涌的新加坡,所以他们极少在公开场合表现出自己的政治立场。② 下文选择曾在南洋大学中文系任教过的凌叔华③、苏雪林④、汉

---

① 黄家红:《轻舟已过——与皮述民老师的一席谈》,《新加坡国立大学中文系第十二届毕业班纪念特刊(91—92)》,新加坡:新加坡国立大学中文系,第49页。
② 从我对上过他们课的南大学生(如陈荣照、辜美高、李志贤等人)采访来看,南洋大学中文系的南来文人在课堂、私下都不谈政治,而且国民党、共产党都不谈。政治方面谈得多一点的只有苏雪林,不过她的政治观点多放在自己的日记中抒发,在南大的公开场合,她也没有跟学生谈论过。
③ 凌叔华(1900—1990),本名凌瑞唐,祖籍广东番禺,1907年从缪素筠、王竹林、郝漱玉学画,同时跟辜鸿铭学英语和古典诗词。1919年入天津北洋直隶第一女子师范读书,1921年入燕京大学外文系,1924年毕业,与周作人、胡适、徐志摩、陈西滢、丁西林交好。1926年与陈西滢结婚。1928年随夫去武汉大学,1931年受聘。1947年随夫去英国,定居伦敦。1956年到1960年在南洋大学中文系任教。
④ 苏雪林(1897—1999),本名苏小梅,字雪林,祖籍安徽太平,1919年入北京高等女子师范学校,1921年留学法国主修艺术。1925年返回中国,开始文学创作。历任东吴大学、沪江大学、安徽大学、武汉大学教授,与凌叔华、袁昌英合称珞珈三女杰。1936年开始"反鲁"。1944年转而研究屈原,后赴台湾。1952年起,在台湾师范大学、成功大学任教,1973年退休。1964—1966年在南洋大学中文系任教。

素音①和孟瑶②为主要研究对象,同时参考其他教师的言论,如担任系主任十四年之久的李孝定,试图寻找南洋大学中文系教师应对南洋大学各时期时代风云的方式;也试图从他们的作品中,梳理这些南来文人对中华文化的坚守,对新加坡华文教育的关心,以及各有个性,同时又有着冷战思维的一些精神特质。

首先,他们对南洋大学左翼学生运动及新加坡左派政党的态度。南洋大学学生参与马共等左翼势力的活动情况前文已经大致介绍过了。③李光耀后来也回忆到曾经遇到的学生抗争运动:"1966年10月1日,我重申新加坡四大语言都是官方语言,地位平等。……五天后,我召集四个商会的全体委员,在电视摄像机前毫不含糊地告诉华族代表们,我绝不允许任何人把华语的地位问题政治化。他们争取提升华文地位的种种努力,至此终告结束。尽管如此,华文学府南洋大学和义安学院的学生依旧跟我们作对。1966年10月,200多名学生趁我为南洋大学(简称南大)的一个图书馆主持开幕仪式时示威。过了几天,义安学院的学生在我的办公室外面示威,跟警方发生冲突。随后在校园里静坐抗议。在我把参与两次示威活动的马来西亚籍学生领袖递解出境后,学生的骚乱便逐渐平息。"④

在这些南来文人的笔下,左翼学生的形象大致分为两种,一种是狂妄的无理形象。时任中文系主任李孝定这样回忆:"我于一九六五年七月到南大

---

① 韩素音(1916—2012),又名汉素音,本名周光瑚,生于河南信阳,中欧混血女作家,1933年入燕京大学医学预科,1935年赴比利时布鲁塞尔大学学医,1938年回国。1944年获伦敦大学医学学位,1948年获得医学博士学位。1952年南下马来亚,居住在马来西亚柔佛州新山,行医于新马两地,并在1960—1963年间任教于南洋大学中文系,可见前文第三章述。
② 扬宗珍(1919—2000),笔名孟瑶,湖北汉口人。1942年中央大学历史学系毕业。1949年赴台,执教于台湾台中师范学校,1952年开始发表小说,其著有长短篇小说共计七十多部,长篇代表作有:《心园》《黎明前》《屋顶下》《斜晖》《乱离人》《杜鹃声里》《浮云白日》《太阳下》《孪生的故事》《这一代》《两个十年》等,其中《太阳下》创作于她执教南洋大学期间。另有《中国小说史》《中国戏剧史》和《中国文学史》三书行于世。前面两部陆续出版于1964—1966年,正是她任教于南洋大学期间。
③ 新加坡左翼学生运动以及马共活动的相关问题可参考:余柱业:《浪尖逐梦——余柱业口述历史档案》,Petaling Jaya, Selangor:马来西亚策略资讯研究中心2006年版、方状壁:《马共全权代表方壮壁回忆录》,Petaling Jaya, Selangor:马来西亚策略咨询研究中心2006年版、李光耀:《李光耀回忆录,1965—2000》,新加坡:《联合早报》2000年版。
④ 李光耀:《李光耀回忆录,1965—2000》,新加坡:《联合早报》2000年版,第171—172页。

履新,到翌年年底,是南大学潮闹得最厉害的时候,一连三次大学潮,后来新加坡采取了霹雳手段,警察开了镇暴车,半夜包围学生宿舍,逮捕滋事学生,据说宿舍里面,几乎十室九空。中文系学生,三次被开除的近两百人,确数我是记不得了。一年多的时间不算短,事情的发展,也是错综复杂、连绵不绝的。"①在李孝定的回忆中,南大学生会是非常有政治功利性的,一次是李孝定在中文系学生会作完报告后,"我说完不久,作记录的同学,将会议记录整理好,送请我签字,我当然一个字一个字的仔细看,这是我在台大校长室八年秘术的功力,同学们是望尘莫及的。我发现凡我批评政府的话,他一字不漏的全记下来了,关键所在,又加强了语气,足见这些学生也非弱者,是训练有素的;重要的是,我批评同学不对的话,却一切从简,或轻描淡写的一笔带过。我一一指出,要求他重新整理,我再签字。他们大概也感到我这顾问也并非易与,一时沉默了下来,气氛显得很尴尬。这时,我又开始讲话了,大意是受教育的目的,不仅是在求知,也要学做人,像这种会议记录的写法,就显得很不诚实"。②另一次是跟学生会干部李万千的接触。"一天上午,我正在办公室,外面是书记陈三妹女士的办公室,中文系有三位女同学谢月馨、戴纯如、黄南玫在那儿洽公,不久,我听到三位女同学和人辩论的声音,是男声,听不很清楚,似乎是政治性问题。他们的声音,先都还平和,渐渐地,男声高了起来,女声越来越低,我听得有点不耐了,走出去一看,竟然是那位风云人物正意气风发、眉飞色舞的高谈阔论,我平和地说:'这位同学,请你出去。'他当然被激怒了,心里一定在想:'你算老几,李总理我也敢和他拍台子。'他说:'李教授是否要干涉我的言论自由?'我淡淡的说:'我管不着你说什么,但这儿是我的办公室,你知不知道妨碍了我的公务?'我指着门说:'请出去。'他才悻悻然地走了。"③苏雪林赴新之前,对新加坡的不稳定社会还是蛮担忧的,如"看报,见新加坡马华冲突死十九人、伤四百余人、逮捕千余人、华人汽车被毁百

---

① 李孝定:《逝者如斯》,台北:东大图书股份有限公司1996年版,第119—120页。
② 同上书,124—125页。
③ 同上书,第127页。

余辆,殊为可骇",①"老蔡送来南大临时主席刘孔贵信,附来致英领馆一函,嘱余去办手续,启行赴校,盖南大为改组纠纷上课延期,八月底到尚赶得及也,余不由大起恐慌。"②第二种南洋大学学生的形象是青春热血,但又有着政治上不成熟的稚气,如汉素音笔下的左派学生的抵抗运动。"1960年夏我身体垮了。2月,我去了柬埔寨,开始写一本新书《四张面孔》。……我和南洋大学左派学生联合会展开了一张激烈、长时间的争论。据说马来亚共产党渗透进了这个组织。引起争论的原因是我公开支持李光耀总理在南洋大学的讲演,激起了左派分子的愤怒,他们在报纸上发表了一封十分粗鲁的信反对我。我一度遭到排斥,后来有108名学生集会支持我,最后我在家里会见了学生代表,取得了和解。这增强了我作为无党派人士的地位,但却引起了人民行动党政府对我的愤怒。"③而同时汉素音也谈到南洋大学学生的抗争精神,"(1963年)接着就轮到南洋大学遭难了。警察在夜间袭击,117名学生被包围,所有大学的刊物被禁止。除了那些从警察那里领到特许证的人,其他人一律不准进入南洋大学。1963年期间,我帮助几个学生悄悄离开绿色的新加坡。这些学生并不是共产党员,而是因为向被禁的刊物投稿而受牵连的人。我再也没有走进过南洋大学"。④ 这些都为我们了解1950—1960年代新加坡左翼学生运动留下了一些重要的历史材料。

第二点就是对新加坡政府打压华文教育的政治形势的关心和反应。新加坡执政者从现实利益出发,在建国之初,为了华、巫、印三个种族的平等,在英校中引进华文、马来文和淡米尔文,同时在华人、马来人和印度人学校引入英文教学,后来英校生越来越多。面对这种蚕食华文的政策,华人社团、华人报章和学生团体都有反对行动,如中华总商会的康振福、《南洋商报》总经理

---

① 苏雪林:《民国五十三年(一九六四)七月廿六日(星期日)》,《苏雪林作品集·日记卷·第四册》,成功大学印行,成功大学中国文学系编,第232页。
② 苏雪林:《民国五十三年(一九六四)八月三日(星期一)》,《苏雪林作品集·日记卷·第四册》,成功大学印行,成功大学中国文学系编,第235页。
③ 韩素音著,陈德彰、林克美译:《韩素音自传——吾宅双门》,北京:中国华侨出版社1991年版,第331页。
④ 同上书,第459页。

李茂成、高级社论委员李星可,都曾被政府警告和抓捕。而被视为中华文化堡垒的南洋大学,因为其华人社会资助的背景,立场也变得左倾起来,"南大毕业生是另一股反对势力。他们在1972和1976年两届大选中都提出华族语言和文化的课题。当我尝试把南大的教学语言从华语改为英语时,南大学生会会长何元泰唆使同学不要使用英文而改以华文在考卷上作答,结果被校方革除了会长的职位。毕业后,他以工人党的身份参加1976年大选,指责政府扼杀华文教育,号召讲华语或方言的群众反对政府,否则就会丧失自己的文化。他知道我们不会在竞选期间对他采取行动。结果他只获得31%选票,一落败就逃往伦敦"。① 这些都可看到新加坡在冷战背景下,以及现实的族群关系冲突下,政府对华文教育的打压态度。这一点身为南大中文系主任的李孝定是亲历者,他得到学校以英语为教学媒介语消息后感到"错愕","我去看黄校长,请问作此改变的理由,他说主要是想提高学生英国文的能力,我说我非常不赞成这种作法,这并非因为我不能用英语教学,而是想要借此加强学生英国语文的能力,那显然是南辕北辙;我又举《孟子》缘木求鱼的比喻,说这种改变,不但不能提高学生英国语文能力,而且必然大大的降低中文系的学术水准。出乎意外的,我的意见居然被采纳了,校方宣布:中文系、历史系的中国历史课程维持现状,其他课程和其他院系,通通改采英语为教学媒介语。……我相信其他各院系和我的想法是一致的,政府当局和黄校长一定也认同我的意见,不然我的看法是不会被接受的;但为什么仍然要做此宣示,除了政治上的考虑外,我实在想不出有其他的理由"。②

相对于李孝定的中肯态度,苏雪林似乎总是将南洋大学的学运与中国大陆的学生运动作了很多不必要的勾联,意识形态之争似乎在她的回忆中萦绕

---

① 李光耀:《李光耀回忆录,1965—2000》,新加坡:联合早报2000年版,第173页。
② 李孝定:《逝者如斯》,台北:东大图书股份有限公司1996年版,第149页。值得一提的是,李孝定对当时新马政局的理解和认知是非常深刻的,像"新加坡的独立,据判断应是马来西亚政府的主意,原因当然是为了执政所需要的选票。说得明白点,在联邦政府中,马来人虽居多数,但和华人人口的差距,不是很大,假如让新加坡独立,少了新加坡一百五十万华人,相对的,马来西亚领域中,马来人在人口数量上的优势,就大大提升了,当时马来西亚总理东姑拉曼,将李光耀踢出了联邦,他在联邦的执政权就高枕无忧了",这都是很重要的当时知识分子的看法,不过作为南来文人,包括几次与新加坡建国总理李光耀的碰面,他都没有参与新加坡政治的讨论,足见其言行的谨慎小心。参见李孝定:《逝者如斯》,台北:东大图书股份有限公司1996年版,第109、129、130页。

不去。她对南大学生运动的态度是不闻不问,而其日记中有着很多关于校园内学生运动的记载,如"晚间八九时,闻楼前马达声怒吼不绝,窥之则红色高层及黑色警车数辆停楼前,其中皆武装军警,又闻学生楼学生高声呼喊不止,知开除学生不肯离校,军警来拘捕,不然则押解登程也。余所阅学潮多矣,此次南大学潮则颇足令我同情,看来学潮尚须扩大,数星期内将无课可上,余对南大兴致亦复索然"①,足见其冷漠。而对南洋大学被政府收编的危机,她也漠不关心,"今晨看报,见南洋商报社论有关南洋大学之议论,谓新课程实施后,南大程度将提高,可与世界任何大学媲美,但南大亦将失其中文大学特色,转而与新大、马大相等。余近来对南大已毫无趣味,希望明年改制后,不续聘我,送我旅费返台,即续聘,余亦不愿留矣"。② 在她的日记中,类似"今日阅报,匪区爆炸一颗原子弹,又闻苏俄赫鲁雪夫下台,乃毛氏所逼迫者云",③"今日看报毕,总商会组织贸易考察团下月赴中国访问,李光耀忽对美国数年前情报人员活动,及行贿事加以揭露,又说廿四小说可命英国基地军队撤退,其意当为何,难以捉摸,看来当是投向共产怀抱之先兆,看来余在此不能久矣"④这样的记载很多,可见其意识形态方面的右倾姿态。

二、师者的传道授业与文学创作活动

作为大学教师,南下文人的文化活动也是值得关注的。首先,这些作家或多或少地参与了新马两地的文学活动。苏雪林、孟瑶两人曾经从新加坡到槟城,中经吉隆坡、怡保、太平等地,旅途中都由新马文友接待。苏雪林在马华文坛早就有了文名,当时马来西亚怡保"有个朱昌云君性爱文艺,办了一种

---

① 苏雪林:《民国五十四年(一九六五)十月卅日(星期六)》,《苏雪林作品集·日记卷·第四册》,成功大学印行,成功大学中国文学系编,第444页。
② 苏雪林:《民国五十四年(一九六五)九月十三日(星期一)》,《苏雪林作品集·日记卷·第四册》,成功大学印行,成功大学中国文学系编,第422—423页。
③ 苏雪林:《民国五十三年(一九六四)十月十七日(星期六)》,《苏雪林作品集·日记卷·第四册》,成功大学印行,成功大学中国文学系编,第271页。
④ 苏雪林:《民国五十四年(一九六五)九月二日(星期四)》,《苏雪林作品集·日记卷·第四册》,成功大学印行,成功大学中国文学系编,第416—417页。

华文刊物,凡台湾传到南洋刊物其上有我文字者,必尽量转载。他曾寄他办的那种刊物到台南,并与我通信。我抵星洲后,又有一位黄崖先生本与先到南大的孟瑶相识,偕同孟瑶来访我,说他办了一个文艺刊物名叫《蕉风》,约我投稿,又说他领导若干学校的学生,组织了一个文艺讲习会想邀我和孟瑶去讲演一次,我与黄君谈了一会,知道他思想纯正,并不是盲目跟着时代潮流跑的人,对他遂颇为契重"。① 1964 年 12 月 18 日跟孟瑶一起从新加坡出发,19 日上午 8 点到吉隆坡,黄崖驾车来接,并带着他们游遍吉隆坡。之后,苏雪林和孟瑶于 20 日到怡保,游三宝洞,中午与朱昌云等八位怡保名流共进午餐,之后赴太平游湖并夜宿。21 日上午十时抵达槟城,休息于金沙酒店。22 日两人有两场公开演讲,孟瑶讲自己的写作经验,苏雪林讲《从屈赋中看中国文化的来源》,听众多为中学生,"他们非常好学,把我讲稿借去连夜抄写,居然都抄成。这种精神,大陆及台湾的学生尚有所不及"。23 日当地侨领温先生开车带她们游览槟城,景点包括极乐寺、升旗山,夜宿槟山酒店。24 日下午与赵尔谦相会,之后黄崖作东,请苏雪林、孟瑶和赵尔谦吃晚餐。晚上渡海,坐晚上八点的火车返回新加坡。"计十二月十八日出门,二十七日回家,在外约九天"。② 之后苏雪林与马来亚文人有些来往,主要是与黄崖的交往,如"到图取信无所得,仅得黄崖寄回演讲稿一件,知黄已返吉隆坡矣。许云樵先生送书三本,一曰马来亚丛谈、曰马来亚地理、曰南洋文献录长编,余下午写信致黄崖,又写信与许先生,拟增以崑谜、天马集各一,看丛谈毕"。③

培养新马本地作家和学者也是这些南来文人的贡献,他们也努力帮助南

---

① 苏雪林:《浮生九四——雪林回忆录》,台北:三民书局 1991 年版,第 218 页。
② 苏雪林:《浮生九四——雪林回忆录》,台北:三民书局 1991 年版,第 221 页。这次交往中的"温先生"有可能是温汝良。温祥英言:"今天问了陈剑虹,问了麦秀以及叶蕾。叶蕾说当时还有位打金的温先生。那是我的世叔,温汝良,写旧诗词的。我们都年纪太轻,对讲座就没有印象。中学生可能来自槟城所有的华校,未必只是一间。(我是如此猜想)"参见笔者 2014 年 10 月 20 日与温祥英的通信。而另外一位同时期出身槟城的学者李有成,"一九六四年我在钟灵读书,但我没印象苏雪林和孟瑶到过钟灵演讲。除非他们演讲那天我不在学校,但不太可能",他猜测这两场演讲可能是黄崖所办的文艺营,参加文艺营的多为文艺青年和中学生。参见笔者 2014 年 10 月 16 日与李有成的通信。
③ 苏雪林:《民国五十四年(一九六五)一月五日(星期二)》,《苏雪林作品集·日记卷》第四册,成功大学印行,成功大学中国文学系编,第 309 页。

洋学生的成长和传播中国文化。新加坡本土作家连士升就盛赞南洋大学聘请到凌叔华，"记得一九二七年的新秋，我从崇山峻岭的故乡抵达古色古香的北京的时候，同学们告诉我说，母校已经出了两位女文豪：一位是冰心女士，另一位就是凌叔华女士。……老实说，创办不久的南洋大学能够请到叔华那样素养深、能力强、气魄大的作家来指导一般聪明的学生，这倒是南大的福音"。① 凌叔华曾回忆："一九五六年夏，我来南大执教"新文学研究"及"新文学导读"，发现这里青年学子爱好新文艺而且有写作天才的很不少。我调查他们看过什么书，确是出奇的少。但是他们偶然看到一本新书，便大家抢着买。前年我去港度假，为大学带回数百册新书，不到一周，抢借一光。听说如有关于新文艺理论之作，如《文学研究》《文学专刊》及《文学遗产》之类，在市上发现了，常常会加二三倍价钱被捷足先登者搜去。有一次我发现自己多了一本《文学遗产》，给了一个学生，他高兴得流出眼泪来！"②而汉素音更是与南大文艺青年交情匪浅，"在南洋大学，大批业余画家出现了。我及时举办画展，展览他们的作品，为他们写序言，为出版的书签名……我买画，与其说为艺术，还不如说是为了帮助那些热切的画家。（他们多数很年轻，有一些人很穷困。）我努力发掘马来亚华人文学，取得了一些成效。南洋大学的学生来到我的门诊室，给我看他们写的短篇故事、诗歌，向我吐露准备写大部头小说的想法，有时也来向我借钱。尽管他们的处境艰难，多数能认真按时还钱。一种以中、长篇小说、短篇小说、短篇故事、剧本、诗歌表现民族意识的觉醒出现了。由我作序的一本马来亚中国短篇故事出版了"。③

另一方面，像苏雪林、孟瑶这类作家，她们在新加坡期间，精力倒是集中在自己的学术研究上，如苏雪林的《楚辞》、《诗经》、《孟子》的研究，孟瑶的中国戏曲史、小说史、文学史的研究，很多后来结集的专著都是完成于南洋大学

---

① 连士升：《连序》，凌叔华：《凌叔华选集》，新加坡：世界书局1960年版，第1、3页。
② 凌叔华：《后记》，《凌叔华选集》，新加坡：世界书局1960年版，第259页。
③ 韩素音著，陈德彰、林克美译：《韩素音自传——吾宅双门》，北京：中国华侨出版社1991年版，第271—272页。

执教任期内。① 辜美高先生就谈到这一点："扬宗珍老师开新文学概论（一年级）、中国小说（二年级）、中国戏曲（三年级）三门课，后两科她后来把讲义扩充成书，由台湾某书局出版，我们的笔记便显得不重要了，所以没有保存下来。记得苏雪林老师开诗经、楚辞两门课，前此她在成功大学讲学，有些课堂讲义用该校用过的讲义，请工读生重抄，后来她也把讲义整理成书，在台湾出版，我们的讲义也就没有什么用处。"②余大纲在给孟瑶《中国戏曲史》的序言中这样说："两年前，孟瑶应南洋大学的邀请，去新加坡任教，我和梁实秋先生，不约而同的，劝她在讲学和写作之余，整理一下中国戏剧史。……孟瑶确能不负我们的期望，在两年之中，完成了这部长达四十万字的中国戏曲史。"③苏雪林也这样说过："我从五十四年开始，要求学校开楚辞一课，以便教学相长。学校应许了。我于《诗经》《孟子》外，又增加三小时的功课，虽然劳碌了些，我倒乐意，因可在海外宣扬我这人人听了摇头特别奇怪的屈赋研究。"④可见，南洋大学对于这些台湾学者来说，也是一个整理学术思路和著书之处。

更值得一提的是，南来文人在旅新时期的文学创作，如苏雪林虽集中精力在屈赋和诗经的研究，但也留下了四首题为《狮城岁暮感怀》的律诗，另外中文系的老师多有诗作，这些诗作多收集在《云南园吟唱集》（南洋大学中国文学研究会 1960 年版）中。其中以凌叔华的散文、汉素音的长篇小说创作为杰出者。

凌叔华所著的《爱山庐梦影》共十一篇散文，她自言"这本薄薄小书是我在南洋后收集的一件纪念品。这里面描写了我近三四年的生活与思想——当然也充溢着我对云南园留恋的情绪。最使我欣幸的是在短短三四年中，我不但得以重温我'爱山'的旧梦，同时还遇到几位对人生对文艺工作有同样见

---

① 孟瑶曾言："五十一年以后几年，我去了南洋，因为课业繁重，又适应新环境，创作较少，但由于教《小说》《戏剧》，也趁空将所收集的资料，编著了《中国小说史》与《中国戏曲史》，其目的也不过为了教学方便，将讲义扩编成书而已，说不上有什么其他贡献。此二书先由文星书店出版，现改由《传记文学》继续出书。"参见孟瑶：《孟瑶自选集·自传》，台北：黎明文化事业股份有限公司 1979 年版，第 10 页。
② 笔者与 1966 届中文系毕业生辜美高 2014 年 10 月 15 日的通信。
③ 俞大纲：《俞大纲先生序》，孟瑶：《中国戏曲史》，台北：文星书店 1965 年版，第 1 页。
④ 苏雪林：《浮生九四——雪林回忆录》，台北：三民书局 1991 年版，第 223 页。

识的真朋友。……因为几个我敬佩的同道的鼓励与劝说,我觉得出一本散文集作为来星马的纪念也是很有意义的工作。"①开篇即是《爱山庐梦影》(1958),写的是自己爱山情结的来由,接着从新加坡南洋大学的云南园,重点回忆北京的西山、广东老家的无名山、武汉的珞珈山、新加坡的裕廊山,将在故国的人生经历贯穿其中,抒故国幽思之情,是一篇声情并茂的力作。开头和末尾部分前后呼应,写出了作家离散到南洋虽孤独一人,但怡然自得的心境:

> "不识年来梦,如何只近山。"一次无意中听到石涛这两句诗,久久未能去怀,大约也因为这正是我心中常想到的诗句,又似乎是大自然给我的一个启示。近来我常在雨后、日出或黄昏前后,默默的对着山坐,什么"晦明风雨"的变化,已经不是我要看的了。我对着山的心情,很像对着一个知己的朋友一样,用不着说话,也用不着察言观色,我已感到很满足了;况且一片青翠,如梦一般浮现在眼前,更会使人神怡意远了。不知这种意境算得参"画禅"不!在这对山的顷刻间,我只觉得用不着想,亦用不着看,一切都超乎形态语言之外,在静默中人与自然不分,像一方莹洁白玉,像一首诗。不知为什么,我从小就爱山;也不知是何因缘,在我生命中,凡我住过的地方,几乎都有山。有一次旅行下客栈,忽然发现看不见,心中便忽忽如有所失,出来进去,没有劲儿,似乎不该来一样。(《爱山庐梦影》,第1页)

> 寓前阶畔新的栀子花,早上开了两朵,它的芬芳,令人想念江南。坡上的相思花开,尤其令我忆念祖国的桂花飘香,若不是对山的山光岚影依依相伴,我会掉在梦之谷里,醒不过来。
> 这时山下的鸟声忽起,它们忽远忽近的呼唤着,这清脆熟悉的声音,使我记起五个月前在伦敦的一夜,在我半醒半梦中,分明听见的一样。

---

① 凌叔华:《自序》,《爱山庐梦影》,新加坡:世界书局1960年版,第1页。

> 这些鸟声,是山喜鹊鹧鸪和唤雨的鸠,飞天的云雀吧,除了在梦中,严寒的伦敦,它们是不会飞去。
>
> 想到这一点,我更觉得对面的山谷对我的多情了。(《爱山庐梦影》,第9页)

图10-2 《云南园吟唱集》,1960年版

相较起凌叔华的轻松飘逸的散文,汉素音的长篇小说《餐风饮露》①可是一部来自西方左派知识分子视角的作品。最早关于这本书的介绍是汉素音的回忆录,她说:"通过阿梅及所有其他佣人,通过自己在马来亚的旅行和到'新村'去治病人,我开始认识马来亚。我把自己看到的都写了下来。我的书带着丛林和沼泽地的气味,也带着人体切片的气味,有瓦砾,有荒芜。该书于1956年出版,我给它起名为《……雨,我饮的水》。这本书至今还在重印,在美国一些大学里仍然被列为关于马来亚,关于紧急法情况最好的书。"②小说中对南洋华人生存状况的刻画,让我们了解和认识到新马社会的不公平的一面。如英文版第七章中,当我向马共嫌疑犯阿梅建议,让她谈到有人盗取清明节祭品,并在给政府的报告中指出每个人要尊重别的民族的习俗的时候,阿梅回答说:"我没有记录下那个人所说的,因为我想审判的结果不会因为我写什么而改变。他们根本就不相信她。

---

① 《餐风饮露》本名"... and the Rain my Drink",出版于1956年,共十三章。中文版为李星可所翻译,仅翻译了英文版的前六章,因此标注为"上册"。没有翻译完全或者出版全本的原因大体是其中对新马政治的描述,特别是对马共分子的同情式的描写不方便在当时刊行。参见我在本论文同一段落的引文。

② 韩素音著,陈德彰、林克美译:《韩素音自传——吾宅双门》,北京:中国华侨出版社1991年版,第86—87页。

在这里,警察是马来人,军队是英国人,他们惩治和对付我们华人。时下是没有公平可言的,韩医生",而我也认识到:"突如其来的恶心抓住了我,因为这种不可思议的事情在马来亚当下残酷和愚蠢的日子就这样频繁。……无知的糊涂的,仅仅只是基于种族的怀疑,就运用紧急法令来先行逮捕,不经审判,也无需证据,不需要所谓的合理怀疑。就可以扣留任何人最少两年。"①在这两段回答中,我们可以看出出身马共的阿梅对南洋社会中各种族之间不平等状态的理解。另外,对阶级的刻画也是汉素音书写的内容:"陆克四周围看了看,忽然觉得这个宴会场面变了样:它已经不是普通华人社会欢迎新到任的警察首长的宴会,像他们欢迎任何其他新到任的英国政府官员一样;它已经不是那种习见的英国式的予取予求,比日本人的赋课来得那么顺利圆润的取求方式;而是代表法律与秩序,财富与产业的整齐队伍,在展示着它们彼此之间的合作与相互依赖,企业东主及其保镖按照他们自己的方式在酬谢那些来保护他们的穿着制服的白种警务人员。"(《餐风饮露》,第 88 页)。另外,小说中对马共分子的同情、对马来亚人民国民性的批判、对殖民者腐败的描写,都彰显着她左翼知识分子的写作立场。

三、结语

在冷战时期的二十世纪五六十年代,新马两地左翼政治势力强大,在马来西亚,马共采取的是武装斗争的形式争取民族解放;在新加坡他们采取的是华校学生运动(包括南洋大学)争取选票,以图在议会政治中取胜。新加坡左翼激进势力与以李光耀为首的务实派政府之间的斗争,一直伴随着南洋大学诞生和成长的过程。正是在这种情况下,南来文人先后来这个命运多舛的华校,或自由主义,或共产主义,或人道主义的立场,使得他们面对身边发生的政治事件时,或多或少地都有所表态,也体现着他们在特定历史情境中的心态。

---

① Han, Suyin. *...and the Rain my Drink*, Jonathan Cape, 1956, pp. 103-104.(译文系笔者翻译)

南来文人返台后大多很少提到新加坡，提到之后多数也没有多少赞语。与新加坡学界有交往的如李孝定、凌叔华等人，如"今日南洋商报送到，共十六大张，李辰冬、巴壶天、王德昭、葛连祥、钱歌川，甚至远在英伦之凌叔华亦有文字"。① 对南洋大学不客气也有，如苏雪林，苏雪林返台后，提到南大不多，一次是在抱怨托运行李太慢，言"上午赴校上文学史一堂，讲得比昨日稍佳，行李连提单也未寄到，不知何日始到台湾？余之笔记均在行李中，若南大不害人，余早作归计，则当询赵海金授课至何处，而将一部分笔记由飞机带来矣"。② 一次是记载"今日赴中心望弥撒，将南洋旅居年半记交去"。③ 最后一次是："今日，老蔡交王遇春、凌叔华信。王云：南大此次不续聘，又自动辞职者共廿八人。中文系不聘者，为蔡寰青、黄书平、葛连祥、王德昭，赴香港新亚；贺忠儒、杨光德，均于月内返台。南大本年二月间发给教职员聘约，均为半载，此次则自八月一日起至明年四月止，共为八个月，如此对待教职员，诚打破世界纪录。"④究其原因可能是新加坡政治给他们的观感不好，特别是左翼社会运动、南洋大学的左翼倾向，都让奉行自由主义的他们有着极大的不适感。

无论如何，凌叔华、汉素音、孟瑶、苏雪林等人的南来还是为新马两地带来了五四文学的新气象，鼓舞和激励了南洋本地的青年作家，也通过南洋大学中文系这个平台，传道授业，培养了在地的知识分子精英，这对于文化相对落后的新马地区来说无疑是最大的贡献。历届南洋大学中文系毕业生中（参见本文附录二），后来活跃在学术界和文艺界的有卢绍昌、吴天才、丘柳漫（1959年毕业）、龚道运（1960年毕业）；黄孟文、陈荣照、苏新鋈、叶钟铃、王慷鼎（1961年毕业）；杨松年、区如柏（1963年毕业）；周清海、辜美高、陈清德（1967年毕业）；云惟利（1969年毕业）；林纬毅、欧清池（1971年毕业）；谭幼

---

① 苏雪林：《民国五十三年（一九六五）一月一日（星期五）》，《苏雪林作品集·日记卷·第四册》，成功大学印行，成功大学中国文学系编，第307页。
② 苏雪林：《民国五十五年（一九六六）三月十八日（星期五）》，《苏雪林作品集·日记卷·第五册》，成功大学印行，成功大学中国文学系编，第38页。
③ 苏雪林：《民国五十五年（一九六六）八月廿八日（星期日）》，《苏雪林作品集·日记卷·第五册》，成功大学印行，成功大学中国文学系编，第113页。
④ 苏雪林：《民国五十五年（一九六六）九月十二日（星期一）》，《苏雪林作品集·日记卷·第五册》，成功大学印行，成功大学中国文学系编，第122页。

今、周维介、蔡慧琨、林万菁(1973年毕业)、王介英(1974年毕业生);杜南发、姚梦桐(1976年毕业)等。这其中还不包括其他科系受他们影响的学生,如梁明广(1959年毕业于现代语言系)、崔贵强(1959年毕业于历史系)、颜清湟(1960年毕业于历史系)、杨进发(1961年毕业于历史系)、李业霖、廖建裕(1962年毕业于历史系)、饶尚东(1962年毕业于地理系)、陈瑞献(1968年毕业于现代语言文学系)、李元瑾、柯木林(1971年毕业于历史系)等各个时代的南大学生,①不过稍微对新加坡社会和文艺界有些了解,便知这些南下文人的弟子在新马两地的文化建设上的贡献是巨大的。

附录一:台港学者在南洋大学中文系任教的大概情况

姓名	任职时间	职称	所授课程	其他事项
佘雪曼	1956—1961	教授兼系主任	中国文学史、楚辞	
凌叔华	1956—1959	教授	中文语法、中国新文学	
潘重规	1956—1959	教授	文字学	
贺师俊	1956—1959	副教授	中国通史	
王詠祥	1956—1959	讲师	国学导论、大一国文	
罗慕华	1956—1960	讲师		
闵守恒	1957—1959	副教授	汉学导论	
刘太希	1957—1961	副教授	中国诗词	
黄念容	1957—1959	讲师	大一国文	
涂公遂	1958—1960	教授兼系主任	中国哲学史	
嵇哲	1959—1960	讲师	中国诗词	

---

① 根据我对这几位先生的采访,当时他们都可以选修中文系的课程。如陈瑞献说:"梁明广乃南大现语第一届,我对当时现语课程内容不详。我晚梁好几届,记得现语第一年(1964)还得修一科中文,故选中文系葛连祥老师之课,在课堂温习有关中国诗歌发展之一般历史常识,对创作无甚影响。此外,其他课文均为外文。至于中文系同学,因是本科,受教授之影响可谓必然。其他科系同学是否受中文系教授影响,则不得而知。"参见笔者与陈瑞献 2014 年 10 月 24 日的电子邮件。陈荣照也谈到"凌教授是有在南大开'新文学研究'、'新文学导读'两门课程。"参见笔者与陈荣照 2014 年 10 月 23 日的电子邮件。这些都可以看出南大中文系当时在传播中华文化上,颇有贡献。

(续表)

姓名	任职时间	职称	所授课程	其他事项
汉素音（韩素音）	1959—1961	兼任讲师	现代亚洲文学史	
邹达	1959—1960	助教		
祁怀美	1959—1960	助教		
史次耘	1959—1960	教授		
黄勖吾	1960—1974	副教授、教授	中国文学史、词曲、唐宋文选、词选、专书选读（三）楚辞、中国文学专题研究：东坡词	
郑衍通（原名郑亦同）	1960—1971	讲师，1962年开始兼图书馆主任	文学名著、中国经学专题研究：易经、中国散文选读	
曹树铭	1960—1963	讲师	应用文	
李星可	1960—1961	兼任讲师	语言学	后赴澳洲
张瘦石	1960—1965	兼任讲师，1961年开始任副教授，曾任系主任	文学概论、语法、中学中文教材教法、应用文	原为新加坡中正中学教师
徐訏	1961—1962	教授	中国小说史	
高鸿晋	1961—1963，逝世于南洋	教授	文字学、钟鼎文、诗经、甲骨文	来自台湾师范大学
钟介民	1961—1963	副教授	伦理学概论、荀子、中文、中国哲学史	
朱兆祥	1961—1965	副教授	语言学概论、华语发音学、声韵学、中文	
傅隶朴	1962—1965	教授	中国文学批评、修辞学、中文、专书选读（二）左传、中国哲学史	
扬宗珍（孟瑶）	1962—1965	副教授	新文学、小说、戏曲、中文	

(续表)

姓名	任职时间	职称	所授课程	其他事项
葛连祥	1962—1966	讲师	诗、中文、专书选读（五）：庄子、韩非子	
黄六平（向夏）	1963—1966	讲师	训诂学、中文、语法	
蔡寰青	1963—1966.9.1	讲师	中文	
刘延陵	1963—1964	兼任讲师		
陈铁凡	1964—1965	教授	文学名著	
李孝定	1964—1978	教授兼系主任	文字学、四部概要、古文字学	
苏雪林	1964—1966	教授	专书选读（一）孟子、专书选读（三）诗经、楚辞	
皮述民	1966—1992	高级讲师、副教授	中国诗歌、中国文学批评、诗选、中国戏剧、红楼梦、宋词、中国古典小说	后返台，任教于文化大学
杨承祖	1966—1970	副教授	专书选读（二）史记、专书选读（三）诗经、中国散文选读	后返台，任教于东海大学
胡楚生	1966—1976	讲师	训诂学、修辞学、中华历代文选、专书选读（二）：史记	南洋大学博士，后返台，任教于中兴大学
蔡秀珍	1968—1976	副教授、讲师	现代中国文学、专书选读（二）汉书、中国小说、马华文学	
谢云飞	1967—1976	副教授、高级讲师	声韵学、专书选读（五）韩非子、中国声韵学、广韵研究	后返台，任教于政治大学
赖炎元	1967—1982	副教授、高级讲师	荀子、专书选读（一）论语及孟子、中国校勘学、中国经学专题研究：礼记、说文研究	

(续表)

姓名	任职时间	职称	所授课程	其他事项
王忠林	1969—1976	副教授、高级讲师	专书选读（四）：荀子、曲选、中国经学专题研究：左传、专书选读（三）：诗经、雅学研究	后返台，任教于高雄师范大学
周天健	1971—1972	讲师	中国诗歌及习作、中国历代文选及习作	
钱歌川	1971—1974	助理教授	翻译	
王叔珉	1972—1981	讲座教授，新加坡大学和南洋大学合并后的国大中文系首任系主任	庄子、训诂	
应裕康	1975—1981	讲师		后返台，任教于高雄师范大学

附录二：南洋大学所培养的学生（担任南洋大学中文系教职）

姓名	任教时间	历任职称	所授课程	学历
龚道运（南大本科）	1965—1994	讲师、副教授	中文、荀子、专书选读（一）论语及孟子、中国哲学史、中国近五十年思想史、中国近代与现代思想文选	1961年南洋大学文学学士学位，1963年新加坡大学荣誉学士学位（第一级），1977年新加坡大学哲学博士学位
苏新鋈（南大本科）	1965—2000	助教、讲师、副教授	中国哲学史、专书选（四）庄子、中国哲学专题研究：先秦心性思想研究、论语与孟子、现代儒学	马来西亚人。1961年南洋大学文学学士学位；1967年香港大学硕士；1977年南洋大学博士学位

(续表)

姓名	任教时间	历任职称	所授课程	学历
卢绍昌（南大本科）	1963—1971.8.2	助教、讲师	中华历代文选及习作、语言学概论	
林源河（南大硕士）	1963—1966	助教		后任新加坡文化部次长
尹瑞霞（南大本科）	1965—1966	助教		赴香港大学读硕士，未读完，嫁到马来西亚
罗先荣（南大本科）	1963—1965	助教		后任图书馆副馆长
翁世华（南大本科）	1963—1993	助教、讲师、助理教授	专书选读（三）：楚辞、高级华语、金文研究、文字学、翻译、训诂学	1959年南洋大学文学学士，1967年英国德兰大学文学硕士，1975年南洋大学哲学博士
陈海兰（南大本科）	1971—1994	讲师	中国散文选读、中国小说、中国现代文学	1963年南洋大学中文系学士；1970年台大中文研究所文学硕士
杨松年（南大本科）	1971—2001	讲师、副教授	中国文学批评、新马华文现代文学、中国韵文选读	1963年南洋大学文学学士学位；1970年香港大学文学硕士，1974年香港大学哲学博士

第十一章 文学郭宝崑
——剧本世界及其创作心理的分析

一、左翼现实主义风格中的异音

郭宝崑①的中小学时代正好在1950年代初期新加坡从殖民地走向独立的阶段,也就是新加坡历史上1945—1959年的"反殖时期","1954年学运开始逐渐蓬勃,不过以华校居多,这是由于华文教育不断受到教育法令诸多牵制所致。以1956年新加坡华校十月大学潮为顶点,最后酿成大暴乱,十二人死亡、百余人受伤、全岛戒严八日"。② 此阶段左翼社会思潮流行,新加坡社会风云剧变,政坛也诡谲莫测。在这个时期,郭宝崑也经历了新加坡1950年代学校剧运由盛到衰的过程,当时学校戏剧演出团体有中正中学、华侨中学、南侨女中、南洋女中、公教中学等学校,以剧运最力的中正戏剧研究会为例,

---

① 郭宝崑(1939-2002),祖籍河北衡水,1947年落户北京,1949年来到新加坡。1950年入公教中学附小三年级,1951年跳班升上五年级,参加班上话剧演出《王百万》。1953年参加童子军活动,1954年经历"五一三"学潮,1955年转入中正中学金炎律分校,1956年考进华侨中学高中部,后转入加冷西政府华文中学、巴西班让政府中学高中部,有华校和英校的教育背景。1957年,考入国泰电影机构的演员训练班,得王秋田、朱绪、刘仁心等前辈指导,演出《大马戏团》。1959年到墨尔本澳洲广播公司中文部担任广播员兼翻译。1962年,考入澳洲国家戏剧学院攻读导播课程,接受正规戏剧训练,1964年毕业。1965年回新后,郭宝崑和从事芭蕾舞工作的太太吴丽娟,成立了新加坡表演艺术学院,开办教导舞蹈和戏剧。1968年郭宝崑进入新加坡广播电台担任导播,为时三年。1971—1976年任南方艺术团编导。1976年因政府一次大规模反左倾运动被援引内部安全法令入狱,1977年被褫夺公民权,1980年出狱。1983年开始用英语创作,成为新加坡戏剧史上最杰出的双语剧作家,1986年成立新加坡第一个专业戏剧表演团体——实践话剧团(1996年改名为"实践剧场"),1990年获新加坡政府颁发新加坡文化奖,同年合作成立"电力站—艺术家"艺术中心,这是新加坡第一个黑箱剧场。1992年恢复公民权。1997年获法国国家文学暨艺术骑士级勋章,2000年设立"实践剧场训练与研究课程",2002年8月获年度新加坡卓越奖,2002年9月10日因肾癌逝世。被认为是"集编剧、导演、艺术教育于一身,是新加坡以至东南亚最重要的戏剧家"(香港《信报》2002年9月12日),其学生王景生认为郭宝崑是"新加坡剧场之父"(新加坡《联合早报》2002年9月12日)。

② 新加坡:《南洋商报》1956年10月25日第5版。

"1947—1959年之间,剧研会共演14次,包含19出剧本。19出剧本中12出为中国剧本,且以多幕剧居多,例如:洪谟、潘子农三幕剧《裙带风》,李健吾五幕剧《青春》,曹禺四幕剧《家》,方君逸五幕剧《银星梦》,吴祖光四幕剧《牛郎织女》与三幕剧《捉鬼传》等等。其他有赵如琳编译法国Rene Fauchois三幕剧《油漆未干》,谢白寒改编法国莫里哀五幕剧《头家哲学》等。其中《家》的演出最轰动,意义也最重大"①。从1950到1960年代初期,几乎可以说是学校戏剧活动的世界,"如在一九五二年就有至少十五次的学校戏剧会演出,一九五三年至五四年两年间约有四十次;这些学校的学生戏剧会活动组织严密,有传统的接班精神,高班带领低班,校友、师长带领着高班。大部分的演出是应校庆、毕业班叙别会,为南洋大学或慈善事业筹款而筹备的。在学校戏剧活动中栽培的人才,随着'接班'制度而一批批的诞生。离校后,有些组织校友剧团,有些散布到不同的戏剧团体中,业余戏剧工作者的'质'和'量'也因此有了提高"②。其中,从1956年到1960年,演出次数虽不多,只有六十二出,业余和学校演出团体各占一半,可算战后到独立前"最灿烂的时期"。③

追溯郭宝崑创造中的左翼色彩,至少有三个因素可供我们参考:第一个因素是中国文学的影响。郭宝崑早在小学二年级的时候,北京刚刚解放,当时的郭宝崑曾经参加学校戏剧活动,出演《白毛女》中的杨白劳,在新加坡读小学时,他曾经参演过《王百万》《南归》《衣冠禽兽》《雷雨》等话剧。他自己也认为"我们新马华语话剧和中国的一脉相承,有着坚实的写实主义。直到今天依然处于主流地位","写实话剧丰富我们的精神生活已经六十年了。我们珍惜这份宝贵遗产",④第二个因素是新加坡变革阵痛中,现实环境的变化,导致知识分子对政府的一些作为表示疑惑,如语言政策、经济改革政策等等,当时的新加坡知识分子接续来自中国的社会主义现实主义,"也许连中国人都

---

① 詹道玉:《战后初期的新加坡华文戏剧(1945—1959)》,新加坡:新加坡国立大学中文系、八方文化企业公司2001年版,第68页。
② 杨碧明:《新加坡戏剧史论》,新加坡:海天文化企业有限公司年1992年版,第20—21页。
③ 陈道存、曾月丽整理:《新加坡华语话剧的过去、现在、未来》(会议记录),《小白船》特刊,新加坡艺术节特刊1982年版,第38—39页。
④ 郭宝崑:《冲破四堵墙》,《小白船》特刊,新加坡艺术节特刊1982年版,第65、67页。

没有想到；甚至中国文学的极左狂热，亦刺激影响了本地的左翼文艺人士和青年，六十年代末七十年代初，以'革命样板戏'的'三突出'模式制造的'高、大、全'的英雄人物，阶级斗争的思想竟然在新马地区的舞台上出现了翻版。另外有一些文化工作者至今认为，当年他们在文艺工作者'走与工农兵相结合道路'思想指导下，打起背包去农村，下工厂，甚至去海滨一些马来偏僻渔村体验生活，服务劳苦大众的经历仍有其价值，不能一概加以否定。……历史与现实的原因，造成了八十年代之前新加坡戏剧'泛中国化'倾向的一个突出现象；对'中国'亦步亦趋的追随。除此之外，我们还注意到，'泛中国'倾向——这种追随的精神还具体表现为另一显著特色，鲜明的现实主义传统"①。最后一个因素是他本身的艺术水平，一方面他当时的思想明显受到马克思主义辩证唯物主义和历史唯物主义的影响，如1971年10月20日他写给学生沈望傅的一封私信中有这样两段："伙伴，敌我要分清啊！敌人犯了过错我们必须死抓住不放，打到死为止。同志们犯了过错则要在爱护的基础上帮他改。要知道任何伙伴的缺点都是咱们自己队伍中的包袱啊！再引一段：'……划清两种界限。首先，是革命还是反革命？是延安还是西安？有些人不懂得要划清这种界限。例如，他们反对官僚主义，就是把延安说得'一无是处'，而没有把延安的官僚主义同西安的官僚主义比较一下，区别一下。这就从根本上犯了错误。其次，在革命的队伍中，要划清正确和错误、成绩和缺点的界限，还要弄清他们中间什么是重要的，什么是次要的。……我们看问题一定不要忘记划清这两种界限：革命和反革命的界限，成绩和缺点的界限。记着这两条界限，事情就好办，否则就会把问题的性质弄混淆了。自然，要把界限划好，必须经过细致的研究和分析我们对于每一个人和每一件事，都应该采取分析研究的态度。'伙伴，我相信这些话会对你有很大的启示的，比我能分析的清楚明确的千万倍了。希望你与有关伙伴们一起学习这些话。"沈望傅在出示这封信的时候，把这一段没有用正文文字标示出来，理由是"亲爱的读者们，为了让书能及时出版，及不需把这篇绝函割爱，从这里开始，你们

---

① 杨碧珊：《新加坡戏剧史论》，新加坡：海天文化企业有限公司1992年版，第55页。

就自己去释读郭宝崑的亲笔信吧",这段话我们可以感觉到沈本人的敏感,其实上文中郭宝崑所摘引的是毛泽东《党委会的工作方法》中的文字,也是"文化大革命"时期广为流传的语录①,其流行程度不亚于毛泽东另外一句:"谁是我们的敌人?谁是我们的朋友?这个问题是革命的首要问题。"②我们可以推测出1970年代的郭宝崑,不论是政治上,还是文学理念上,都受到了中国影响。再就是从剧本中可以看出其追摹的剧作家及剧作,也能看出他所模仿的中国作家,如《挣扎》(1969)中明显可以看到夏衍的《包身工》、茅盾《子夜》的影子,劳资矛盾、阶级压迫构成了这部话语的核心主题;《成长》(1975)中挪移着五四文学中经常被套用的《玩偶之家》中的娜拉的原型。

郭宝崑的话剧创作正式开始于1965年与其妻吴丽娟联合创办新加坡表演艺术学院,剧本创作毋庸置疑是一种理性的启蒙式作品,主题选择、人物塑造方面显得单薄,延续和继承的是中国左翼立场的现实主义话剧传统,如《喂,醒醒!》(1968)、《挣扎》(1969)、《成长》(1975)等都是重要代表作。如一篇讨论《喂,醒醒!》的文章言:"关于本剧的主题,观众不难看出:这是通过对某个规模宏大的'导游社'的黑暗内幕的揭发,通过一位天真纯洁的少女的落入黑暗势力的陷阱以及她的觉醒,从而反映现实生活的黑

图11-1 《喂,醒醒!》(1968)封面

暗一面,并警戒那些爱慕虚荣、追求物质享受的少女,以免重蹈剧中女主角

---

① 毛泽东:《党委会的工作方法(1949年3月13日)》,《毛泽东选集》第四卷,北京:人民出版社1991版,第1444—1445页。
② 毛泽东:《中国社会各阶级的分析》(1926年3月),《毛泽东选集》第一卷,北京:人民出版社1991版,第3页。

的覆辙。稍有动脑筋思索的观众都不难观察到,《喂,醒醒!》所揭露的那间'旅游辅导社'的黑幕与丑闻,正是'冰山的一角',是我们社会的横切面。从这点上说,《喂,醒醒!》反映了现实生活,有现实的意义。"①之后,他所创作和导演的《挣扎》(1969)、《万年青》(1970)、《青春的火花》(1970)、《老石匠的故事》(1971)四部作品都被政府禁演。这些早期作品很明显地带着中国左翼作家"文艺为政治服务"的创作逻辑,这些作品写得并不好,虽然写的是当时新加坡社会的现实,但郭宝崑把主要的重心放在说明一个形势或图解一个事实上,像《两姐妹》(1969)和《拜金富贵》(1969)中都是在写剧中人物在进城做工后的生活和精神上的"小资产阶级化"(堕落?),如《成长》中有一段对话:

> 小张　　我老婆,孩子……他们身上流着你的血。
> 江勇刚　小张,应该说我们的血,当时伸出手要求给大嫂输血的不只是我一个,周大叔、罗大叔、阿霞、小弟,大家的心都是一个样的。
> 小张,我身上也流着一位不知名工友的血。前年,我在工地摔断了手,三十多个工友都抢着要给我输血,虽然流进我身体的是一位工友的血,可是我觉得我身上流着的是所有工友的血!

我们明显能够感觉到对话中有着"亲不亲,阶级分"这类阶级高于亲情的中国社会主义现实主义潜话语,但即使如此,从作品主题选择和艺术手法运动上来讲,郭宝崑的创作还是1960、1970年代新加坡话剧中的佼佼者。

从1965年新加坡建国到1970年代,郭宝崑曾经归纳过新加坡建国后发生的重要变化:

> 在国家全盘社会重组计划下,新加坡人经历了脱胎换骨的蜕变历程:
> • 城市重建,超过70巴仙居民大迁移,人际关系彻底重整

---

① 向新:《对〈喂,醒醒!〉剧本创作的意见》,《喂,醒醒!》,新加坡:表演艺术出版社1969年版,第129—130页。

- 教育统一，华巫印各源流民族学校全部转为一型，英文第一，母语第二
- 经济规划，高度国际化，资本和劳动具有高度流动性
- 高度科技化，自动化；手工与农业消失
- 计划生育，控制人口，封建保守观念根除
- 严格管制移民；短期输入低技能客工，广邀高技能专业人士来新落籍
- 影视等传播媒介高度发达
- 历史和文化艺术在80年代以前一直被忽视
- 教育水平普遍提高
- 物质生活转佳，休闲时间增长
- 全盘城市化，农村消失，人民接触频密
- 民族文化/语文式微，西方次文化盛行

而1980年代的新加坡文化变革在郭宝崑眼里：

这场急剧变动，为新加坡华人塑造了一种新的心态，它的特征：
- 社会结构虽趋严谨，群体意识却相对弱化了，因为经济新态要求人人劳动，并能高度流动，旧的血缘和族缘没落了，但新的群体意识还有待凝成。
- 华人虽然近密聚居，但是民族意识弱化了，除了因为经济原因，还由于长期强调英文，少学母语和民族文化，三十岁以下的华人对自己的根所知很少。
- 国家意识弱化了，因为，尽管宣传爱国，却又公然邀请高能专业外国人到此落籍，公然鼓励人家"叛国"；另一方面，低技能的客工却又只准来此卖劳力，连结婚都不准，其结果是铸成了强烈的功利主义思想。
- 个人主义强化了，因为教育普及，经济独立，劳动力高度游动，西

方个人主义思潮大量涌入。①

我们也能从这个阶段剧本的字里行间窥探出郭宝崑的创作心态,从郭宝崑早期创作的集大成者《小白船》(1982)中对孙乙丁这一人物的塑造,我们能够感觉到郭宝崑对文学把握社会人生的无力感。"我们的戏剧,就是在为适应这样高度个人化、物质化、雇佣化的新环境而变化。……至于华语话剧自己,向别的源流、别的国家学习而更新自己是不在话下的,令人困惑的是:在以英文英语为主的未来环境里,华语话剧该怎么搞下去?……不过,总是要做的。而且,做比谈重要。特别是不必过份去展示我们的光荣戏剧史(学习则是要的)。我们一向不太看重历史,这一阵积极谈历史,其实表现了明显的失意感。正如孙乙丁说的:'……人得意的时候,总是向前看;失意的时候,总是向后看;……为了找安慰?找根源?找力量?……我也不知道……'他不知道,所以他无所作为,含恨而终",接着的一句"我们应该设法知道华语话剧处于这危机时刻,有'危险',也有'机会',还是可以有所作为的。我们的戏剧工作者可以学《等待果陀》的作者贝克特,即使看不见前头是否确有光明,也要顶着黑暗的阴影走下去",②也足以看出此时郭宝崑深沉的担忧和困惑。刘仁心看过《小白船》后,"没有看演出,终生遗憾。看录影时,流了三次眼泪!"③那么是什么感动读者呢?我认为郭宝崑把自己内心深处的一种隐秘的知识分子情怀写了出来。

舞台一开始,借着孙乙丁的葬礼让剧中主要角色在舞台上亮相,在这出戏中孙乙丁是个悲剧人物,青年时为了借岳父林兴国的东祥集团展示自己的才能,他娶了林慧娘,当林兴国准备与日商井上合作的时候,他坚决反对,一方面是明线,他担心东祥集团会被日本公司吞并,另一方面是暗线,他面对一个非常现实的问题,他很爱他的妻子,他的妻子也很爱他,可是新加坡沦陷时

---

① 郭宝崑:《华语话剧的新探索——一个新加坡观点》,1987年第二届华语戏剧营。转引自柯思仁总编辑、陈鸣鸾主编:《郭宝崑全集·第七卷·论文与演讲》,新加坡:八方文化创作室2008年版,第79页。
② 郭宝崑:《戏的剧变——华语话剧如何变中求存?》,新加坡:《联合早报》1984年8月9日。
③ 刘仁心:《小白船》序,新加坡:新加坡新闻与出版有限公司1983年版,第iv页。

期井上公司的董事长井上信一(横田立本)曾经奸污林慧娘,孙乙丁不能接受这个现实,也不愿明言来伤害妻子。最后他选择放逐自己,不再理会公司事务。

这个剧本后面至少有两个方面我们要注意,第一个是孙乙丁的形象,早期努力工作,后来赶到自己失去了往日的理想,成为工具理性的人生感悟,似乎成为新加坡国家形象的隐喻符码。中国现代小说家的《子夜》是茅盾的作品,茅盾本质上是一个文艺理论家,他这个小说是为了证明他的一个理论、观念,《子夜》也开辟了中国现代文学史上的"社会剖析小说"样式,主要是"不仅要通过细节的描写,更重要是从典型环境中造出典型的性格"(恩格斯),郭宝崑的创作也表现过类似的内容。林兴国及他的外孙女婿云启元无疑是日本经济侵略东南亚计划下的新加坡买办资产阶级,他们所代言的跨国资本主义经济集团必然要消灭坚持走新加坡民族资本主义道路的孙乙丁。林兴国言:"爱国口号其实也是一套很好用的生意经。他们都比我爱国,也都比我先去捧外资。我是个简简单单的生意人;谁给我最大的利益,我就跟谁合作。"作为艺术,还要表现人性的一面,哪怕是亲戚、朋友关系都是经济关系的人格化,结合的根本都是以商业利润为核心的。郭宝崑塑造了云启元(林兴国之外孙女婿、孙乙丁之女婿)这个人物,他娶了孙玲,成为公司的核心成员,有着青年版孙乙丁的意味,成为左翼话语中的"资产阶级的乏走狗",整天在东祥集团各个成员之间窜来窜去。而林兴国对孙乙丁言道:"十五年前,我在你身上投下了一笔资金,我的回报很好,你的抱负也基本实现了。这是一个公平的交换,谁也不亏欠谁。是不是要继续合作下去,你考虑考虑吧!"这无疑把家族面上的

图 11-2 《小白船》(1983),封面

遮羞布给揭开了，暴露出底下的利益关系。

　　第二点就是孙乙丁身上所带着的知识分子色彩，他爱事业，爱妻子，善于反省自己，在儿子孙立身上寄托自己的希望——民粹主义知识分子的精神追求。孙乙丁面对丈人的不满、妻子的过去等现实困境，选择自我消沉。他的态度是我是一个知识分子，每个知识分子都有自己的尊严，我是有自己的尊严的，要维护自己的权益的。那么，我的权益是什么？我的权益就是履行我爱情的义务，就是我只要使我太太愉快了，我就愉快了，同时，我不愿意去做我喜欢的事情，也在某种意义上不想去面对妻子的过去，这样我的尊严和幸福都有了。这是一种伦理道德，在中国和俄罗斯一代知识分子中间影响是非常大的，这个理论叫"合理的利己主义"，就是说，它是利己主义，并不是一个毫不利己、专门利人。但是这个利己是合理的，它不是建立在损害别人的幸福、妨碍别人的幸福上的，它是建立在一个自我尊严，同时又成全别人幸福的基础上。巴金的《寒夜》中的主人公汪文宣，他发现他太太跟公司里的一个经理好了，非常痛苦，他很爱他太太，可是，这个主人公是一个失业的人，而且生了很严重的肺病，他就这样思考，我是生了肺病的一个失去了生存能力的人，我已经没有能力来使我太太幸福，所以这种情况下唯一能使她的道路就是让她跟那个经理好，让他们到兰州去，所以他最后就忍住自己的痛苦，让他太太到兰州去，等于把她送给别人，而他在痛苦中还显示了崇高的民粹主义的态度。孙乙丁的遗嘱中"对于慧娘，我有埋怨，我埋怨你为什么在小事上那么爱面子，在大事上却又那么胡涂；对于那些伤害过我们的人还那么奉承、合作，跟着你爸爸走！但更多的是歉疚。我虽然不屑于你的作为，却始终没有给予你什么有用的帮助。我一走，消去一股敌对情绪，也许你能深一层进行反省；在这样的权贵财势争夺之中，是难于找到快乐的"也有着这种意思，爱妻子又离开。

　　但是，这是作为知识分子很重要的东西。就是说，作为一个知识分子，你对于自己的行为有没有负责任。这样一种精神、一种对自己灵魂的拷打，和对一些深层的道德问题的追问，使一个人就变得特别崇高。我们有时候常常想，什么叫做一个崇高的人。那像在读托尔斯泰的书、读高尔基的书、读俄国很多知识分子的书的时候,我们都会有这样的感觉,虽然他写的是一个很小的故事,一个日常生活当中人人能碰到的,但在他们这种对这个事件的一种追问、一种思考、一种论辩当中,就产生出一个人的崇高性。人的崇高往往就是在这样一种哲学的层面上去讨论这样一些琐碎的世俗的东西。这种写作的风格在中国作者中很少。中国人,东方人比较追求感性,那种把一个细小的东西上升到一个理性的或者说一个抽象层面上去进行反复的拷问,这在中国文学里面很少存在。中国人是讲究"知行合一",讲究行动的思维习惯。但在读这样一些文学当中,我们会产生出一种人的崇高,这种崇高本身它还是有它另外的问题,但是,它能够给人崇高的感情,所以它才会吸引中国那一代"五四"以来的知识分子。而且,这样一种精神在我们今天已经很少了,今天我们更多的就被理性的东西折磨得太痛苦了,长期被观念、信念的东西拷问得太痛苦了,所以现在出现了另外一种反驳,完全追求感性的东西,拒绝理性思考,纯快乐主义、纯感官主义,从另外一个角度去追求。在《小白船》里面,他通过一段殖民和后殖民的新加坡历史,通过一个家族,通过家族中各色人等的生活,包括孙乙丁那种左右为难、不知道怎么走才好,把这样一种难以排遣的痛苦,作家自己心灵深处的一种隐痛,无以解决的隐痛,通过创作无意识地流露了出来。小说中孙乙丁带孙立去渔村的心路坦陈、刘明秀的自我圣洁化,以及小说的最后,孙立向母亲林慧娘表白:"妈!……你有家,那么大的家,可是没有人爱回家。我,到处是家;哪里做事,哪里就是我的家。启元喜欢,让他去做吧,谁在那个位置都一样。我不想把头伸进云里,把脚悬在半空中,我要站在地上!"这一段话也把孙乙丁(郭宝崑?)的民粹主义理想表达了出来。

二、精神惶惑到创作灵魂的安稳

《小白船》之后,郭宝崑又创作了《棺材太大洞太小》(1985)、《单日不可停车》(1986)、《嗑呸店》(1986)、《傻姑娘与怪老树》(1987),这些作品关注社会转型期的新加坡社会,透露着郭宝崑在理想与现实、传统与变革、艺术追求与现实人生等悖论中的心灵挣扎,这种特点一直伴随着他的创作。《棺材太大洞太小》中当谈论到改动坟穴的时候,官员言"唉!那怎么可以!那是违背国家的规划的。我国地小人多,土地异常宝贵,讲人情是不能违背国情的!"一句,把现实中的社会问题直接摆到读者面前;《单日不可停车》中新加坡"All are Fines(罚单)"的交通管理制度;《嗐呸店》里华族传统和国族记忆,写出了变革中两代新加坡华人之间的代沟,篇末老祖母说的"一个人,穷也好,富也好,苦也好,甜也好,最重要的是人品,不可以见新忘旧,不可以忘本。孩子,生活好像吃甘蔗一样,甘蔗头,有根的地方,才是最甜的"一句,表达出接续华人传统的意识,不过这种接续在郭宝崑笔下显得多么的无可奈何;《傻姑娘与怪老树》中老树虽未砍掉,但树非树,政府给傻姑娘带的话"我们修去了他头上的枝干,我们清掉了底下的叶子。这样,他才能呈现一幅全新的样貌。这样,他才能跟这个地方新设计的景观,融汇成一个令人满意的统一体",在时代变迁前,善良与同情显得那么无能为力。造成郭宝崑精神郁闷的原因一方面是因为新加坡社会的变迁,巨大转型面前社会问题层出不穷,作为知识分子的他有着很强的焦虑感,直言"我现在所关注的是如何培养剧作家的批判性的敏感度,也包括剧场和文学以及其他艺术形式作者的批判性的敏感度。……没有批判性的敏感度,也就免谈艺术。这是我主要的关注,但我现在也不知道我们将如何做到"。[1] 另外一个原因是四年的牢狱之灾,郭宝崑曾百感交集道:"没有身份没有国籍的生活方式处处提醒我,生活并没有表面来得安定、简单。……心灵的自由和身体的自由不一定是相对的。当你受到剥削的时候,你对剥削这回事会更敏感。失却了这种敏感,对艺术生涯可能会是一种倒退",[2] 当有人问起郭宝崑对新加坡政府的意见时,郭宝崑毫不回避,不过也不愿多说,认为新加坡"她有保守的一面,如艺术文化上的,但也有开

---

[1] 原文为"My concern now is how to nurture the critical sensitivity of the playwright, and for that matter theatre and literature and all the other arts. ……And without a critical sensibility noting can be done in the arts. This is a major concern-I don't know how we are going to achieve that."Sanjay Krishnan, ed. *9 Lives: 10 years of Singapore Theatre 1987 - 1997*, Singapore, The necessary Stage, 1997, pp70.

[2] 苏美智:《新加坡剧坛大师郭宝崑》,香港:明报 2000 年 5 月 8 日。

放的一面,特别是多语言、多民族的特色,比许多国家都开放",也承认"艺术家要认真地说话,永远有困难,永远要面对保守势力,相对来说,在一个所谓'自由'的地方,会有种'没有压力的压力',比有压力的地方更具腐蚀性"。虽然他劝同入狱的朋友,"不要让埋怨把自己绑起来"。①

郭宝崑自己也认为:"他坐牢之前写的,基本上倾向政治社会批判层面,之后从《棺材太大洞太小》开始,有更多对人和生命本质的思考……我这段时间对生命本质的兴趣远远超越政治。"②同时,他也在寻找摆脱精神困惑的途径,一方面他寻找着一种同人集体的力量,郭宝崑在1986年曾经联络荣念曾、高行健、余秋雨、赖声川等中、港、台三地当代戏剧家发起华人戏剧圈,1987年在新加坡五位世界华文文坛最顶尖的剧作家聚会于当年的"第二届新加坡华文戏剧营"。另外,像香港的朱克、蔡锡昌、茹国烈;中国的刘再复、林克欢、余云、马惠田;台湾辜怀群;马来西亚的克里申·吉(Krishen Jit);本土的陈瑞献、杨荣文、朱添寿、沙士德兰、吴熙、郭建文、林任君、许通美、郭振羽等人,都是他后期艺术能量爆发过程中的互相学习的同好,其中像王景生、林仁余、吴文德、王爱仁、陈崇敬、吕翼谋、韩劳达、张家庆、洪艺冰、黄家强、王德亮、吴悦娟等剧场导演和演员都是他培养的学生。而另一方面,他也在同人交流、对外访问的过程中,积淀自己的创作能量,终于迎来了自己话剧创作的最高峰。

《老九》(1990)无疑是郭宝崑一生创作中最重要的代表作,这部作品的主题相对明确,可是细读剧本,我们可以发现其人物角色、艺术表现,更重要的是文本中透露出作者那种面对时代的不适感(无所适从感),让作品内涵丰富了许多。如有些段落中营造出来一种淡淡的忧伤,一种存在主义式样的"不能(进)不能(退)"的无奈,一种命运的不确定感。本身中"猴"的意象,其中的符码也是郭宝崑回首中华传统的潜意识:"这些符号象征是个人性格中的文化特征根据,是个人经验和民族精萃之间的环扣。很自然地,一名机智的马来孩子会被人形容为鼠鹿甘齐尔(San Kancil),华族孩子则会被称为猴王(孙

---

① 潘丽琼:《我们跳舞它才有风——访新加坡国宝级剧作家》,香港:《信报》1994年5月11日。
② 萧佳慧:《在荒原上播戏剧种子》,《亚洲周刊》2002年3月。

悟空)。如果我们也知道西方的智者有大卫和所罗门,当然那就更为精神丰实、眼界开阔了;但是,作为一个新加坡人,只知西方的智者,而不懂本民族的传统文化符号象征,那我们确已失去了自己的一个宝贵部分。这样的人,不论对于'超人'(Superman)多么熟悉,都无法弥补自我的残缺。……或许可以这么比喻:如果人是树,民族文化教育就是他的根;根扎得越深,他才越能拔高伸展,向世界别处吮吸滋养。"①另外,主人公名为"庄有为",是寓意"装有为"还是情接"康有为",这本身也暗含他本身意识到无所作为,但创作精神的背后还是有着潜在的启蒙意识。而且剧中庄有为本有机会留澳,这其中也有着郭宝崑的自喻,庄有为小名"老九",又是臭老九。在这个剧本中,郭宝崑展示出了年轻人老九庄有为所处的现实困境,"第十三场 木偶之争"中"大马""老九"两个角色关于老九前途的对话非常有意思,前者言"天之骄子""人类宠儿""亚历山大大帝""成吉思汗陛下""Rama 王子""拿破仑"都是人类的一时之英雄,后者言"宁愿做山间的猴子孙悟空""漫游大草原的大侠郭靖""匡扶正义的哪吒三太子",在这组对话中,英雄/凡人、成就/自由,让本身带有中华传统继承者身份的老九置身于现实压力之中,一直到剧本的结尾,老九的处境仍然在压力中,其时"父亲在一旁茫茫然看着老九,他感觉到孩子所执立场的真诚和善良,但又不能真正明白;师傅比较了解老九的心态,虽不尽然接受。他们终于还是伴着《蓝田玉》的唱段,和家人全体下场"。作为一位现实主义作家,郭宝崑只诊脉、不开方,就是说,他只能指出这个社会有多少多少不好,但是,他不能提供一个药方来治理这个社会。我们经常就认为,这就是我们批评的所谓旧现实主义作家的一个缺陷,认为你应该给人家一个答案,你没答案给人家,你虽然指出了这个社会的毛病,可是没指出出路在哪里,没有指出治理这个社会的光明的道路在哪里,这个作品就是有缺点的。一个作家不比别人高明,一个知识分子跟平常人一样,他们同样面对着或者说自己陷入在这个时代的困惑中。这种困惑,别人表达不出来,他是用自己的一种审美的形式把他表达出来,他把他所有的困惑、自己难以排遣、难以解决的

---

① 郭宝崑:《文化·剧艺·"儿戏"》,新加坡:《联合早报》1985 年 11 月 30 日。

问题,通过作品描写出来、发泄出来。作家只承担审美境界的痛苦的表达,就是说,他内心的这种困扰往往通过审美的方式表达出来,他触痛所有人这样一种心灵深处的痛苦,这个作家就是伟大的作家。只有跟这个时代、跟这个生活、这个时代的人们一起在痛苦、一起在思考、一起在困惑、一起没有出路,他才可能成为一个真正的作家。

1980年代的郭宝崑一直在寻找创作的突破和精神得到平衡的可能,首先是对西方现代主义的深入学习。在1989年曾经感叹自己看不懂纽约剧场上演的话剧:"在纽约看戏,我尝过非常深刻的苦恼。说深刻,真是深刻。你想,对于一个搞了三十多年戏的人,突然一个个演出都看不懂,怎不叫人心寒!"①他也意识到新的剧场艺术正在冲击着传统欣赏习惯,开始深化对西方现代剧场的认识,如德国布莱希特的"叙事体剧场"、法国阿尔托的"残酷剧场"、罗马尼亚的尤奈斯科强调人的疏离和孤独的荒谬剧、波兰葛罗托夫斯基的"质朴戏剧"、美国威尔逊、福尔曼及布鲁尔的"意象剧场"、美国布鲁埃尔话剧中"寓言式"的表现手法等。除了郭宝崑自身艺术观念的改变,政治上的高压也让他不得不转向现代主义的艺术实践。② 在某种意义上,1990年代,以《鹰猫会》(1990)、《000幺》(1991)、《黄昏上山》(1992)、《郑和的后代》(1995)、《借东风》(1996)作品为代表,郭宝崑践行和实验着现代主义文学技艺,《鹰猫会》是郭宝崑第一部带有《变形记》色彩的象征主义色彩的剧本,写出了人兽变形之间感到的生存危机;《000幺》中多语言形式第一次在他的剧中运用并产生很好的艺术效果,但鲑鱼溯流的意象使得该剧有着很强的文化悲观意味;《黄昏上山》中的意象主义手法的运用,句末三老困兽般的嗥叫,彰显着剧中的存在主义色彩;《借东风》对赤壁之战历史的重构,解构式样的戏拟、调侃把剧作的主题弄得很无厘头,这些剧作将郭宝崑精神上的惶惑却是暴露无遗。以《郑和的后代》(1995)为例,剧中借郑和的脚色,把郑和太监身份、与明皇帝的关系、

---

① 郭宝崑:《两个现实15——看不懂的苦恼》,新加坡:《联合早报》1989年3月25日。
② 郭宝崑曾回忆出狱后,一名叫阿保的ISD(内部安全局)的人数年后遇到郭宝崑办学时,言"你们也是厉害啊!野火扑不灭,春风吹又生"。郭宝崑说:"不用吹风啊!两个礼拜,我们就做一个东西啊。"参见柯思仁、陈慧莲《口述历史访谈(二)》(访谈时间2002年5月21日),参见柯思仁总编辑、陈鸣鸾主编:《郭宝崑全集·第八卷·访谈》,新加坡:八方文化创作室2011年版,第242—243页。

下西洋的事迹罗织在一起，剧本解构掉了郑和的"伟人"形象，而把他塑造成一个内心充满生存焦虑、满怀生命恐惧的"阉人"形象，写出了这个"残缺的人"的"残缺的心灵世界"，剧中的"我"做着关于郑和宝船的梦，在以为自己就是"郑和"的自我暗示中梦醒，"醒了之后，我定了定神，紧张万分的再伸手向下摸……哎呀我的天啊！还在，一切都还在。谢天谢地，谢天谢地，这时候我多么高兴我并不是郑和啊，不管他是多么伟大的航海家、军事家、政治家！"郭宝崑通过一种历史知识的考古，在充满解构意识的精神分析中，表达出对历史，包括郑和下西洋、小太监福祥的遭遇、现代人"我"的生存的焦虑。剧本中关于"阉割"有着三种不同的描述，一种是郑和以及福祥被人直接用刀阉割，一种是古罗马式样的银针刺睾丸破坏生殖功能，"留下来的一切，照样能给主人提供快感，免除了生殖，就不用担心有孽障的延续"，第三种是郑和发现的一小岛（新加坡？），岛上"人们奉公守法，上下赤诚相待。叫他最感到的是岛上那位护国神老王的事迹。据说，老王在位三十余年，公正廉明、深得民心。当他退位的时候，他下令禁止一切皇亲国戚继承王位。……而由于他的感召，岛民们无不公正廉明、勤劳互爱、代代幸福。如此世代相传，人们就把这个国家叫做'人人之国'或是'王王之国'，因为在这里每个人都有王一样的平等权力，每一个王也都要负起一般人的任务，所以叫做'人人之国'或是'王王之国'"。这段话明显有对新加坡的影射，"阉割的人""理想中的人人之国""现实与历史中的人的生存焦虑"等等，这其中我们都能感受到郭宝崑的理想和潜在的精神焦虑。在理想和现实之间，郭宝崑在剧中表现出来的是一种存在主义式的无方向感的精神分裂，还是精神自救的努力，显得很难弄清楚。荣念曾对于郭宝崑的作品，"感触最深的是《郑和的后代》。作为一个文化人，我们都觉得自己欠缺了什么，所以他的这隐喻是强有力的，从本身的缺陷来看社会看世界，看艺术家在社会中的位置。虽然有一点自怜，却是个好开始"[1]。这句话引发我的一些思考，郭宝崑可能正是在自我反省中，寻找着自己的精神定位。

---

[1] 本报编辑：《宝崑的故事可以一直说下去　国内外文化人悼念戏剧家郭宝崑》，新加坡：《联合早报》2002年9月12日。

郭宝崑一向主张新华话剧必须参考和吸收东西方的艺术养料，方能立足于世界剧场。其晚年作品中寻找着新加坡剧场艺术的新路径，"40年的规划性发展，为新加坡创造了一个强大的国家政权，它的权力深入了人民生活的每一个方面。但是，知识型经济的崛起，在人力资源开发上，发动了模范性（根本性）的改变。在工业化阶段对于国家很有益的群体化的意识，如今已经迅速变得失效。新的劳动力的标志，是个人的主动性；而这正是一个支配性的国家政权，和一个驯服的人民所欠缺的"，郭宝崑劝诫新加坡政府："在众多事物当中，艺术是一种释放个人心灵和内化自我规律的一种人类行为。如果它在过去显得是可有可无的，那它今日已成为知识型社会培养下一代的关键条件。国家政权如果不激励民间艺术活力、不把艺术的主权下放到民间去，它所冒的险是弱化整个未来社会的根本基础。"①《阿公肉骨茶》(1997)是郭宝崑后期重要代表作，这部作品体现出郭宝崑找到了精神平衡的出路，那就是重新在"民间"去寻找戏剧生存和知识分子重新出发的精神力量。这个剧本很重要，郭宝崑先前剧本中的游疑、惶惑似乎找到了一种新变，一种脚踏实地的新变，正如阿龙的改革与阿公的保守之间最后达到了妥协，阿龙、阿玉、阿嫂等年轻人继承阿公的肉骨茶生意，在华人的文化（饮食文化）继承并延续下去，阿龙给新店的名字叫"阿公肉骨茶"："'阿贡'现称'A Gong'，马来文'Agong'意思》》'最好、顶尖'，何不把'A Gong'连成'AGONG'，既然'阿公'汉语拼音〉'AGONG'，而又是个老字号，又是阿公的创业纪念，因此，何不就把它改称为'阿公肉骨茶'——AGONG B. K. T？阿龙觉得很有趣。两个人协议握手。"之后《灵戏》(1998)继续安抚着郭宝崑不安定的艺术灵魂。这部剧作中把新加坡的1941—1945年被日本侵占历史串到文本中，有日本军人现身说法，延续着剧中人"多声部"的艺术，一方面显示出生命无力承担的沉重，郭宝崑的人道主义不仅仅是表现在对新加坡苦难的描写，他也从更高的层面上审视着那段历史，一场东京审判式的对话成为这个剧本的反思高潮，从日军方面，"你知道吗？你丢下的那五六万，只活了一千多人。其他不是伤重身

---

① 郭宝崑：《为艺术重新定位》，《联合早报》1999年11月28日。

亡,就是病死,饿死,给野兽咬死,不然就是给你们军官自己解决了,那一群一群、一堆一堆的新发现的尸骨","七八万人;被敌军打死的,不超过五千。除了那生还的一千多人,剩下那七万多人,不是饿死、病死,被野兽吃掉,就是给我们自己人用毒药、用手术刀、用手枪解决的……七万多人……七万多人。这场战役,我们不是败给敌人,是给我们自己人报销的"式样的民族自省也在进行中;另一方面,剧中中对人性的拷问很深入,篇末塑造了"残"和"祥"两种神兽,前者为凶兽,"在神秘的黑暗域界之中,……为了生存繁衍,他可以残杀骨肉兄弟,饮食父母亲生。为了保存自己的生命,他在绝境时刻甚至可以蚕食自己,以保全生命";后者为救人类饥荒,"打开了嘴巴,带着香味的清水就源源不绝地流了出来。……可是天下还是大旱。于是祥又飞来,伸长脖子,打开嘴巴。可是,祥的嘴巴没有水灌出来,于是祥就弯下脖子,把自己的头颅切了下来,让体内仅剩的清水流出来,于是它又灌满了最后一溪、最后一河、最后一湖、最后一江"。前者自私、贪婪、残忍、好斗;后者追求理想、自我牺牲、博爱、人道主义,郭宝崑也在这种寻根式的礼拜书写中坚定自己一以贯之的理性与启蒙,用人道主义的深沉关怀安抚自己饱受现实和自身煎熬的艺术灵魂。末尾"五个魂灵,泪涕淌落,望着冥冥苍穹,不知何所依归",让平静之后郭宝崑,问天地,找寄托,归兮魂兮!

三、郭宝崑对新加坡文学的意义

第一点是知识分子的时代困惑。第一次提出郭宝崑身上有"文化思想家""公共知识分子"文化属性的是李集庆,①郭宝崑身上的公共知识分子气质是新华文坛公认的。但郭宝崑的身上还有着中国现代知识分子的精神谱系血缘,那就是对政府以及当权者的批判,对民众的启蒙以及对国民性批判的坚持。"新加坡在 1965 年突然脱离马来西亚而成为一个独立的国家,政府为

---

① 原话是"郭宝崑其实发表过很多文章,有些是精悍的短文,也有些是他参加大型研讨会时准备的讲稿。这些文章表现了郭宝崑在艺术家以外,文化思想家、公共知识分子的另外一面。"参见韩咏红:《国际剧坛联合演出 向郭宝崑致敬》,《联合早报》2002 年 9 月 16 日。

了加强这个蕞尔小国的生存机率,采取强烈的务实主义政策,以吸引国际资本的经济建设为建国主轴。这种背弃理想主义、否定意识形态的作风,一方面,长期以来确定新加坡的经济发展与物质累积,并取得让世界侧目的成果,另一方面,则与民间对于国家建构的信仰方式渐行渐远。"①

第二点是对双语环境中新加坡华文华语前途的思考。在谈到香港中英剧团的时候,郭宝崑谈到:"中英剧团的年轻人用两种语言演戏(粤语和英语,有不少也通晓华语),我所接触到的几位团员既能跟英国导演在英语戏里'有来有往',当着英国教师和学生们演起戏来,他们也能'如鱼得水'悠然自得。一个中国人,能泡在中国戏里,体现出中国味道,同时又能钻进英国戏里,体会到欧美的思想感情,并在艺术中跟英国人于高层次上交流'讯息',那不是很成功地掌握了两种语文、两种文化么?"②在这次香港一行中,郭宝崑对新华华语的反思的一个焦点就是多语境中新加坡话剧的命运,在在介绍香港演艺学院戏剧系主任钟景辉的时候,谈到钟的执系理念,如"教学媒介将是粤语英语并重,但每个人也都要学华语。……他立意要在实践中尝试引入东方的,尤其是中国的风格。第一步:全系都要学习太极拳。而且,西方剧校学习西洋剑和柔道,他的学生则将以中国武术为根基兼学戏曲架式,……香港风格的戏剧,最终一定要由香港剧本养育和表现出来",③字里行间,我们能够看到郭宝崑的思考和姿态。在英语为主导语言的新加坡,如何面对英语的强势和国家政策的导向,郭宝崑一方面吸收西方现代主义艺术手法,另一方面,他并没有一味偏向西方,还是强调着反映现实的重要性,"英语本地戏剧的普及,只是时间问题。戏剧节英语剧全属外国剧本和多由外国导演支配,令我们担心的是,即使产生创作剧本,也怕会失去自己、切断传统。希望主办当局看到,英语戏剧急切需要接上一条脐带,插进三大民族的文化库,和民众的现实

---

① 柯思仁:《导论:另一种理想家园的图像》,《郭宝崑全集》第一卷华文戏剧①,新加坡:八方文化创作室,第XV页。
② 郭宝崑:《中英剧团用两种语言演戏——香港剧艺一瞥(五)》,新加坡:《联合早报》1984年8月17日。
③ 郭宝崑:《钟景辉和演艺学院戏剧系——香港剧艺一瞥(七)》,新加坡:《联合早报》1984年8月31日。

生活,帮助它固本溯源,发展成一种扎实的有根有向的戏剧艺术。如果很快就要成为最活跃的英语本地戏剧拒绝面对本地现实生活、一味朝向英美源头,那后果是很糟的"。① 之后,郭宝崑继续坚持双语艺术的可能性,他这样说"实际上,就是在华文是第一语文的台湾,我们也很清楚的看到了,像兰陵的吴静吉,和云门的林怀民,他们在民族艺术的新创造之前,都是通过外文开拓了自己的世界观和文艺观的,我们在新加坡这问题可更是重要得多了。……因为,我总以为,要在英文文艺上有所成就的新加坡人,必然要触到文化的高层。而高层的文化,不论在哪一个国家,都必然有他的民族文化的继承和发展为繁荣自己文化的基石。"②这种"小国家的大眼光"(余秋雨对郭宝崑话剧成就的概括③),可能就是郭宝崑的境界与期待。

---

① 郭宝崑:《本地英语戏剧的趋向——由戏剧节谈起》,新加坡:《联合早报》1984年12月14日。
② 郭宝崑:《寄愿南方》,《南方艺术研究会十五周年纪念特刊》1987年5月。
③ 余秋雨认为郭宝崑"真正的重要,不仅仅是对我,甚至,也不仅仅是对新加坡。从二十世纪到二十一世纪,处于散落状态的东方文化应该如何生存,他以一系列开创性的行为作出了典范性的回答"。余秋雨《世纪典范 悼念戏剧家郭宝崑》,新加坡:《联合早报》2002年9月12日。

第十二章　华校情结、代际区隔与国族意识
——对新加坡华人国族意识建构历史的文学考察(1965—2015)

从历史发展的角度来看,大部分民族是在"国家"这个政治实体形成之后,从语言、文化等意识形态方面来确立其属性的。"国族意识"是透过"国家建构"和"民族建构"两方面演变的一种现代现象,其中"国家建构"方面包括领土构成、政治结构、经济制度、官僚体系、行政及司法结构、监控及情报工作、管理包括出入境管理、国防等功能;"民族建构"方面包括公民权、国家文化、语言及教育制度等属性。① 根据安德森(Beneudict Anderson)的说法,"民族性和民族主义一样,是一种特殊的文化制品",而民族是一个"想象的"政治共同体,"天生受到限制却又是自主的"。② 新加坡就是这样一个新兴的国家,由华人、马来人、印度人和欧亚裔后代组成,由于历史原因,新加坡也面临着族群关系紧张的挑战。作为执政当局,新加坡政府首先必须找出一个让所有族群都能获得平等对待的方案;第二,它必须打造出一种国族认同。否则,一个在没有考虑到族群差异的情况下或在每个族群仅着重本身族群利益的情况下成立的国家,可能会变成一个没有公民的国家,或导致其公民变成没有国家的人。③ 另外,也有一种看法认为新加坡人的"国家认同",就是他必须要自认为是新加坡人,而不是华人、马来人、印度人或混种人。对于能够团结新加坡人的节庆和标识,如国庆日、国旗、国歌、总统与总理,必须要有尊敬,并参与国家的事物,必要时愿意为国家而牺牲。④ 显然,后者所提示的"国家认

---

① Smith, Graham. "Nation-State." *The Dictionary of Human Geography*, edited by R. J. Jonhston, et al. Blackwell, 2002, pp. 533 – 535.
② Anderson, Benedict. *Imagined Communities: Reflections on the Origin and Spread of Nationalism*, Rev. ed., Verso, 2006, pp. 4 – 6.
③ 可参考 Abah and Okwori, "A Nation in Search of Citizens: Problems of Citizenship in the Nigerian context." *Inclusive Citizenship: Meanings and Expression*, edited by Naila Kabeer, Zed Books, 2005, pp. 71 – 84.
④ Kong, Chiew Seen. *Singapore National Identity*, MA thesis, Department of Sociology, University of Singapore, August 1971, pp. 52 – 53.

同"是新加坡政府需要的,因为从现实的国际环境下,新加坡需要这种国家凝聚力。但新加坡多元族群的国家构成形式,在照顾每个族群保留各自文化传统的同时,又要兼顾国家意识形态,这其中的冲突是必然的。

华校①书写的创作主体是有华校教育背景的华人作家,不包括英文教育背景的华人作家(简称"英校生")。② 如果以代际区隔为新加坡华文作家的划分标准,首先是资深华文作家,他们出生于二十世纪三四十年代,新加坡1965年建国时已经开始文学创作,代表作家有英培安、陈瑞献、郭宝崑等人。其次是中生代华文作家,他们出生于1950年代,经历过新加坡自治(1959)、建国(1965),以及二十世纪七八十年代经济腾飞期,也经历过南洋大学被关闭(1980)、两大华文报刊被合并(1983)的

图12-1　新加坡各华校校徽

历史时刻,代表作家有张曦娜、希尼尔、谢裕民等人。最后是新生代华文作家,他们出生在二十世纪六七十年代,经历过华校被统一教学源流事件(1987)以及华校被迫转型的1980年代,被称为"末代华校生",③代表作家有梁文福、柯思仁、殷宋玮、陈志锐、黄浩威等人。本文中"新加坡华人作家"不

---

① 在新加坡,华文源流学校(简称"华校"),指的是以华文为教学语言的学校。这些学校大多是在殖民地时期由华族社群的富商、宗亲和同乡会馆所创立的,以提倡中华文化和语言为目标。新加坡政府在1987年开始,将整个教育制度改为英语源流,一致以英文为第一语文,母语为第二语文,这标志着以英语为主、母语为辅的双语教育制度在新加坡的全面实施,从此,传统意义上的华校就不复存在了。
② 新加坡英校背景的华人对推广华语基本上是抵触和被动的态度,认为华语是一种没有商业价值的语言。近年来因中国经济的飞速发展,这些人也慢慢参与学习华语运动之中。参见甘于恩:《进一步提升中文水准,重新认识方言的价值》,李如龙主编:《东南亚华人语言研究》,北京:北京语言文化大学出版社1999年版,第28—29页。
③ "末代华校生"语出何濛给流苏写的序言,原话是"流苏让我想起那班末代华校生,那班具有高水准华文却令英文老师既忧且怕的华校生"。参见何濛:《序:拳拳真意,感深情》,流苏著:《真心如我》,新加坡:新加坡作家协会1994年版,第Ⅱ页。

包括1990年代以来,从马来西亚、中国大陆、中国香港和中国台湾到新加坡谋生的"新移民作家",如游俊豪、许维贤、余云、宣轩、惘舟、何华、周兆呈、邹璐、李叶明等人,主要原因是他们没有经历过新加坡建国以来的重要历史事件,特别是1970年代中期以降华校没落的历史进程,他们的文学创作也没有涉及华校题材,更遑论华校情结。

新加坡建国历史从1965年算起,刚过五十周年。在这五十年的建国历程中,新加坡的繁荣昌盛面貌下,存在着一些与新加坡华族认同息息相关的历史关键词,如"华校运动"和"双语政策"。前者涉及的马共历史、左翼学生运动、华文教育、南洋大学事件等都已被整合到新加坡官方历史之中;而后者则涉及当代新加坡华人的失根之痛(华人语言和华族文化)。本文以新加坡建国以来,重要的华人作家及其作品为线索,分析这些作家对华校题材及华文教育的书写方式,以及书写方式背后所隐藏的作家创作心态,从而尽力阐释和还原建国以来文学视野中的新加坡华族国家意识的建构过程。

一、资深作家的歧路:威权政治之下的文学理想与现实处境

谈到新加坡资深作家,英培安①、陈瑞献②和郭宝崑③无疑是其冠首,皆可谓当代新加坡国宝级作家。他们所处的二十世纪六七十年代,新加坡政府对华人媒体和文化工作者持打压态度。如1971年5月2日,《南洋商报》总经理李茂成、总编辑仝道章、主笔李星可、人事经理兼公共关系经理郭隆生四人,就被新加坡政府指控"假借保卫华文华教为借口,煽动种族、语言和文化情

---

① 英培安(1947—),新加坡人,祖籍广东新会,新加坡义安学院中文系毕业,现为职业写作者。
② 陈瑞献(1943—),印尼苏门答腊人,二战后迁居新加坡,祖籍福建南安,新加坡南洋大学现代语言文学系本科,新加坡著名作家、画家和社会活动家。
③ 郭宝崑(1939—2002),祖籍河北衡水,1949年到新加坡。1965年郭宝崑和从事芭蕾舞工作的太太吴丽娟,成立了新加坡表演艺术学院。1968年郭宝崑进入新加坡广播电台担任导播,为时三年。1976年因政府一次大规模反左倾运动被援引内部安全法令入狱,1977年被褫夺公民权,1980年出狱。1983年开始用英语创作,成为新加坡戏剧史上最杰出的双语剧作家,1986年成立新加坡第一个专业戏剧表演团体——实践话剧团(1996年改名为"实践剧场")。

图 12-2　1959 年中正中学高中毕业班特刊

绪,借以引起尖锐冲突",①同时将四人以"内安法令"名义逮捕。柯思仁曾这样描述新加坡建国初期的政治环境:"新加坡在 1965 年突然脱离马来西亚而成为一个独立的国家,政府为了加强这个蕞尔小国的生存机率,采取强烈的务实主义政策,以吸引国际资本的经济建设为建国主轴。这种背弃理想主义、否定意识形态的作风,一方面,长期以来确定新加坡的经济发展与物质累积,并取得让世界侧目的成果,另一方面,则与民间对于国家建构的信仰方式渐行渐远。"②在大时代中,资深作家们的人生经历与文学创作相结合,同时又与华校命运相关联,在三方面的互动中,华人文化传统、华文教育命运必然是作家们关注的对象。

陈瑞献在新马文坛的地位是崇高的,他成名于 1960 年代,以对西方文学的追慕和模仿见长,在小说、诗歌两个领域颇有成绩。陈瑞献这样谈到自己的华校因缘:"我在华中时耽读五四时期作品及中国古典文学,到南大跟梁明广一样,读现代语言文学系,全面接触英语系的西洋文学,旁及东南亚文学以及港台华文现代文学,毕业后到法使馆工作,全面接触法语系的西洋文学。以这样的背景出发,自然不可能接受当年流行于文坛的'现实主义'为惟一的文学体制。所以,就选择来说,那是有意的,明广更在理论上大力鼓吹,我以大量的创作与译作给他支持。就创作言,鼓吹现代文学,其实是鼓吹自由创作。"③他的早期小说中有现实主义的关怀,如《缘份》(1964)中阿千

---

① 《本报前总经理与三位高级职员昨日凌晨被当局扣留》,新加坡:《南洋商报》1971 年 5 月 3 日,第 1 版。
② 柯思仁:《导论:另一种理想家园的图像》,《郭宝崑全集·第一卷华文戏剧①》,新加坡:八方文化创作室 2005 年版,第 XV 页。
③ 吴启基访问:《我一直都在这里》,新加坡:《联合早报·文艺城》1992 年 2 月 23 日,第 2 页。

和妻子玉宝在多子女的家庭中的生活苦累,也有对华人文化传统的护持(《陈瑞献小说集》49—60)。再如《异教徒》(1966)中华人身份的"我"与英文家教美国人 Miss Squeeze 之间的文化冲突(《陈瑞献小说集》61—70)。这些早期小说运用了大量的意象描写、象征隐喻、情节跳跃、事物变形的描写。以标题与内容之间隐喻效果为例,如"异教徒""针鼹""海镖""水獭行"等等,彰显着陈瑞献通过西方现代主义文学对异化人生书写的努力方向。值得指出的是,"鼓吹自由创作"的姿态,何尝不也是他对威权政府的一种反抗姿态呢?

英培安在1960年代中期就与一些思想左倾的知识分子接触,他对鲁迅情有独钟,是新加坡作家中维护五四新文学传统的代表。究其原因,一方面是英培安喜欢鲁迅的现实主义战斗精神。《园丁集》序言中还不断提及鲁迅、柏杨,后来柏杨被英培安扬弃,也是从这一集开始,英培安的杂文中开始不断出现鲁迅及其言论。杂文《救救孩子》内容虽与鲁迅无关,也拉来鲁迅小说名句作招牌。《风月》最后一句"准风月谈",则直接套用鲁迅作品的标题。另一方面,政治环境的变迁以及知识分子的使命感,让英培安与鲁迅产生了跨时代、跨地域的共鸣。他的杂文创作,批评现政府的不合理政策,很多次都触动到新加坡政府的敏感神经。[①] 如《书价》《知识垄断》(《破》)、《谈教育》(《风月集》)中谈到双语教育对华文前途的影响,《踏实的态度》(1984)(《翻身碰头集》)谈到新加坡的语言政策,认为新加坡官方认为"母语是民族的灵魂,英语是国家走向成功的武器。基于国家与民族的利益,双语政策是唯一的成功之道,此外别无他法"的说法中暗藏玄机,实则是讲"国家要进步,语言要沟通,就从今天起,大家学——英语"(《翻身碰头集》53)。再如,对新加坡华文教育问题的关注。如《书价》《华文书业》(《破帽遮颜集》)对华文书店经营状况的担忧。《薪水》《现实》(《风月集》)反映新加坡中学教育重理轻文的现象。《每

[①] 1983年4月到1984年10月,英培安在《联合晚报》写专栏,后来"据编辑告诉我,因为某部门打电话给报馆,表示对我的一篇叫《笑话二则》的文章不很高兴。不知道电话在别的地方的报馆有多大的威力,在我们这儿是不小的,至少我的《人在江湖》便立刻不见了。"参见英培安:《几句话》,《身不由己集》,新加坡:草根书室1986年版,第5页。

逢佳节倍思亲》(《翻身碰头集》)批评新加坡政策对华文的"实用"政策,在另一篇杂文《华校生与华文教育》(1991)中则直接把批判的矛头指向了新加坡政府的双语化教育:"我们看到英文好的华校生(所谓好是能讲能看能写)被高高在上的单语精英(只能说英语)压得喘不过气;我们也看到媒介大肆宣传所谓'懂华文'的英校生(只懂得讲华语或看浅易的华文,但不会写华文),但很少(几乎是没有)媒介赞扬一个不但会讲而且会书写英语的华校生。"(《蚂蚁唱歌》第121页)

郭宝崑跟英培安一样,早期也因为接触左翼学生运动而受牢狱之灾。郭宝崑中、小学时代正好在1950年代初期新加坡从殖民地走向独立的阶段,在这个时期,郭宝崑也经历了新加坡1950年代学校剧运由盛到衰的过程,当时学校戏剧演出团体有中正中学、华侨中学、南侨女中、南洋女中、公教中学等学校。郭宝崑的剧本创作是一种理性的启蒙式作品,主题选择、人物塑造方面显得单薄,继承和延续的是中国左翼立场的现实主义话剧传统,如《喂,醒醒!》(1968)、《挣扎》(1969)、《成长》(1975)等都是其重要代表作。到了1980年代,郭宝崑创作了《小白船》(1982)、《棺材太大洞太小》(1985)、《单日不可停车》(1986)、《嗑呸店》(1986)、《傻姑娘与怪老树》(1987),这些作品关注社会转型期的新加坡社会,其中透露着郭宝崑对于理想与现实、传统与变革、艺术追求与现实人生等问题的深入思考。郭宝崑早期创作的集大成者是《小白船》(1982),剧中成功地塑造了华校出身的孙乙丁形象。在剧中,我们能够感觉到郭宝崑对华文文学前途的担忧,"我们一向不太看重历史,这一阵积极谈历史,其实表现了明显的失意感。正如孙乙丁说的:'……人得意的时候,总是向前看;失意的时候,总是向后看:……为了找安慰?找根源?找力量?……我也不知道……'他不知道,所以他无所作为,含恨而终",接着的一句"我们应该设法知道华语话剧处于这危机时刻,有'危险',也有'机会',还是可以有所作为的。我们的戏剧工作者可以学《等待果陀》的作者贝克特,即使看不见前头是否确有光明,也要顶着黑暗的阴影走下去",①也足以看出此时郭宝崑对华文教育前途深沉的担忧。刘仁心看过《小白船》后,"没有看演出,终生遗憾。看录影时,流了三次眼泪!"②那么是什么感动读者呢？我认为郭宝崑把自己内心深处的一种隐秘的华校情结写了出来。

2002年英培安创作了长篇小说《骚动》,这是英培安反思新加坡二十世纪五六十年代政治创伤的作品。这部小说在马来西亚新村、马共历史、新加坡左翼学潮运动的大时代背景下,展示了马来亚年轻一代伟康、国良二人的革命岁月。小说中,伟康因为参加左翼学潮而被牵连,出狱后被社会排斥,最后选择离开祖国新加坡,可到了中国后,迎头撞到的是群魔乱舞的"文革";因参加罢工而被南洋大学开除的国良,则选择留在新加坡,消磨意志,安分守己;而同时代的达明,惯于经营,利用革命欺骗单纯的女学生子勤,离开新加坡后,即转道去了香港,成为一个投机商人。小说注入了英培安对左翼运动的质疑态度,将人物悲剧命运与他们的理想结合,进而反思华校运动与华校生命运,让后人去触摸左翼学生运动中的功过是非。

总结这三位新加坡最负盛名的资深作家,我们能够很清楚看出他们不同的人生道路。牢狱之灾后,郭宝崑从创作极具现实批判色彩的剧作,一变成为一味随着新加坡政府主流政策,进而高唱多元文化,响应双语政策的官方文人;英培安从现代主义创作出发,他的《蚂蚁唱歌》成为华文作家"无声命运"的悲剧象征,而后期的《骚动》《画室》中都不惮威压,书写马共历史,回顾华校运动,进而重构华人历史,可谓当代新加坡华人知识分子的良心。多元艺术家陈瑞献从现代主义到学习律宗,专研绘画,后又在雕刻、书法方面颇有建树,我们无法判断他后期的转向是否与新加坡威权政治高压有关,但我们在他1970年代的现代主义诗歌中,感受得到他对新加坡社会的批判力量,包括对华校命运的关注。

---

① 郭宝崑:《戏的剧变——华语话剧如何变中求存?》,《联合早报》1984年8月9日,第16版。
② 刘仁心:《序》,郭宝崑:《小白船》,新加坡:新加坡新闻与出版有限公司1983年版,第 iv 页。

二、中生代作家的纠结：护根与寻根的努力与困惑

与蓉子、尤今这类以家庭/婚恋题材见长的作家相比，张曦娜①是一位关心社会现实，并且具有浓厚华校情结的女作家。张曦娜的第一本小说集以"遣悲怀"为序言，其中"许多年来，我们父女的距离是那么疏远，又几曾有什么亲昵的亲情表达呢？您走后，每一次凄然的想及此，都忍不住潸然泪下，只觉得那是人生无法弥补的憾事"（《掠过的风》第 2 页），"您的一生透着时代与民族的悲剧，您那一代人的流离忧患，您不幸都尝尽了"（《掠过的风》第 4 页），"呵，父亲，您对故里的那一份眷眷之情，又岂是我们这一代人所能理解的？如果说您们是失根的一代，那么，我们这一代又该如何言说，那一份无由言说的失落？"（《掠过的风》第 6 页）"也许我们已无权抱怨，因为我们未曾争取，比起您们那一代，我们付出过多少？又付出过什么？许多年以来，我们已学会筑起围墙，在墙里过着触地无声，无忧无喜，不敢怒也不敢言，恨不起也爱不起的日子，我们遗忘了岁月，也遗忘了自己，在强装的欢颜与刻意的包装下，一迳浅浅的笑着"（《掠过的风》第 7 页），这些段落中的"父女"似乎成为"华人祖辈"和"当代新加坡华人"，或者看成"为华校命运奋斗的先辈"和"噤声的新一代华人"的文学隐喻。

南洋大学一直是新加坡华人的历史心结，它是当时中国（包括台湾地区）之外唯一的华文大学，不过在复杂的政治环境下，南洋大学中的左翼政治力量让李光耀为首的新加坡政府头痛不已。经过长达近二十年的打压，终于在 1980 年将其与新加坡大学强行合并成新加坡国立大学，结束了这所海外华文大学的生命。实用主义政治也将新加坡华文教育逼向绝地，"两所大学合并后，我把全国华文中小学改成以英语为主要教学媒介语，华文作为第二语文"，②再加上"推行双语政策是前进的最佳策略——尽管有人批评这种政策

---

① 张曦娜（1954— ），原籍福建同安，出生于马来西亚怡保，4 岁时随家人迁居新加坡。1984 年至今担任新加坡《联合早报》副刊记者。
② 李光耀：《李光耀回忆录 1965—2000》，新加坡：联合早报 2000 年版，第 178 页。

导致新加坡人民两种语言都不到岸。以英语为工作语言使新加坡的不同种族避免了因语言问题引起的冲突。掌握英语也使我们具备一定的竞争优势，因为英语已经成为国际商业、外交和科技的语言。没有它，新加坡今天不会有全球多家大型跨国公司和200多家数一数二的国际银行在这里营业，国人也不会那么轻而易举地接受电脑和互联网"，[1]这些实用主义的逻辑和辩词，把南洋大学及华校命运粗暴地进行了简单化，更为南洋大学镀上了浓厚的悲剧色彩。

张曦娜中篇小说《都市阴霾》(1984)中潘展恒和梁叔思是大学时代恋人。前者因为是南洋大学毕业生，虽然中英文都不错，但在新加坡政府打压华文的历史环境下，只能远走印尼找工作，返回新加坡后，生意屡屡受挫，最后潘展恒借着与何乐美（梁叔思的小姑子）的情人关系，才摆脱事业上的困境；梁叔思毕业于新加坡大学，因着优秀的英文嫁入豪门何氏集团，但婆家与日本公司关系密切，媚日的情绪让梁叔思受不了，带着女儿离开了何氏集团。在梁叔思写给潘展恒的信中，她这样反思："说起来，那真是社会人生的一大讽刺，现在的你，已是一个彻底自我、典型的新加坡人，你和我们周围许多人一样，拿物质、钱财、外在的成功来满足自己的自尊、欺骗自我，然后随波逐流，就算对于不合理的事情也噤若寒蝉，你失去了对社会人群的那一份关爱与热情"（《变调》第50页），这封信让潘展恒陷入了一种"惨胜的凄然"的心境（《变调》第51页）。小说展示了两位大学生半生的悲剧命运，也将华校毕业生的生存压力、情感困惑和人生无奈表现得淋漓尽致。

华文教育之殇的影响是巨大的，对新加坡华人来说，这是一场改变种族生活方式的剧变。在张曦娜笔下，有不屑于讲华语的新一代新加坡人，如《都市阴霾》(1984)中的从小念华校，却不爱讲华语的大卫·林，"自从到美国念了三年广告设计，回新加坡后更是开口英语，有意无意，还要让人以为他是英校出身，放着好好的名字'林立国'不要，却宁可叫自己做David Lim"（《变调》第48页）。有失去华人伦理道德传统的现代人，如《米雪》(1976)中的少女

---

[1] 李光耀：《李光耀回忆录1965—2000》，新加坡：联合早报2000年版，第180—181页。

米雪,她的母亲只知道钱可以解决一切,哥哥姐姐都在澳洲或者英国自费留学。在这么一个富有的西化家庭,米雪没有人生目标,整日忙着早恋、抽烟、滥交、吸毒,最后结束了自己的学业。张曦娜惯于用这种谴责性的结尾来批判失去民族文化之根的当代新加坡华人。

与张曦姗一样,希尼尔①也试图从多个角度反映新加坡的历史与现实。反日题材、华文教育衰落和新加坡人的崇洋媚外心态都是他的小说题材。1980年代,新加坡子女与父母之间说英语的比例增加了一倍多,兄弟姐妹之间说英语的比例增加了六成。② 1980年南洋大学与新加坡大学合并为新加坡国立大学之后,华文在新加坡主流教育体系的地位更加没落。小说《回》(1994)中,"浮城初级学院"五十周年金禧校庆上,各年代毕业生代表用不同的语言来致辞。五十年代毕业的两位代表用"国语(普通话,Chinese)"和"母语(粤语?)",六十年代的两位代表用"母语(不是方言)"和"英语(Queen's English)",七十年代两位毕业代表用"英语"和"新加坡英语(Singlish)",八十年代两位毕业代表用"第一语文(指英语)"和"第一语言(应该是华语)",九十年代三位毕业代表分别用"第一语文"、"第二语文"和"第一语文(竟然是华语)",小说中"大会主席已安排在历届学长代表致词后,邀请第一任校长——高龄九十九岁的一位老人——上台以双语献词!"(《希尼尔小说选》第138—139页)小说中影射着各个时期新加坡的语言政策,将华校教育沦陷的历史进程表现得淋漓尽致。

谢裕民③除了与希尼尔一样关心新加坡当下现实社会之外,还对华人历史有着文化寻根的兴趣。如对方言的寻回。如"'阿兄'是福建话,你喜欢她用福建话这么叫你,一种与生俱来的语言,即使后来懂得华语、英语,在称呼时还是用回福建话。这种用福建话的称呼,带有无论大家到哪里、什么年龄,你都是她'阿兄',她永远是你们家最小的妹妹的情感"(《重构南洋图像》第76

---

① 希尼尔(1957—),原名谢惠平,祖籍广东揭阳,出生于新加坡,曾为新加坡作家协会会长。
② 云惟利:《新加坡社会和语言》,新加坡:南洋理工大学中华语言文化中心1996年版,第34页。
③ 谢裕民(1959—),祖籍广东揭阳,出生于新加坡,曾用笔名依汎伦,现为新加坡《联合早报》副刊编辑。

页)。这展示着谢裕民寻华人文化之根的企图。还有重拾华文教育信心的努力,如:"许可两年到香港念书,留太太在新加坡教书,去年因为工作压力太大,患上精神衰弱症状,跟许可到香港去。福良不解:'你大嫂不是教了好几年了?'小愿解释:'以前是华文课本,去年全换成英文的。'福良喊起来:'Oh! My God!'"(《放逐到追逐》第 161 页)大嫂在香港重拾教鞭,用华语教学,人也变得自信了,精神也恢复正常。无论对方言文化的重新关注,还是对华文教育重新出发的期待,这些都是谢裕民开给新加坡的一剂挽救华校传统的药方。

三、新生代作家的华校情结:现实困境中的坚持与自我放逐

梁文福①是新加坡末代华校生的代表,也是"新谣"②运动中最重要的词曲创作者之一,这一点在新加坡文艺圈是倍受肯定的。他的新谣创作充满着新加坡本土事物,记载了新加坡当代历史大事件,如《新加坡派》(1990)中记录的是 1965 年新加坡建国、1960 年的粤语片、1970 年代的裕廊工业区兴建、琼瑶爱情电影、凤飞飞的歌、东南亚双宝泳将孙宝玲和马嘉慧,1980 年的 MRT(Mass Rapid Transit),工程(地铁工程)、新谣运动,一直到 1990 年代,可谓一首爱国歌。另外,像《一步一步来》(1987)、《童谣 1987》(1987)、《太多太多》(1988)、《麻雀衔竹枝》(1990)、《老张的三个女儿》(1991)、《看电视》(1999),满带着当代新加坡人的历史记忆。联系起新加坡文化格局与教育政策变迁的时代背景,新谣起到的"补课"(中华文化)作用,让人感受到新加坡华文教育和华人文化传统的流失,以及梁文福坚持重组华人历史碎片的努力和关心华文创作和教育的华校情结。

---

① 梁文福(1964—),祖籍广东新会,新加坡音乐人、写作人、华文教研工作者,新加坡国立大学中文系本科、硕士,现任南洋理工大学中文系兼任副教授、学而优语文中心语文总监。
② 梁文福这样定义"新谣","新谣指新加坡年轻人自创的歌谣,它是 20 世纪 80 年代,新加坡民间自发兴起的一个音乐运动,也是一个深具国家、族群、世纪等身份认同意义的文艺运动。今天回顾,新谣不仅仍在扮演着岛国新一代华族文化载体的角色,也已为 21 世纪新加坡流行音乐在国际华人世界的大放异彩,打下了厚实的基础。"梁文福主编:《我们的歌@新谣在这里》,新加坡:新加坡词曲版权协会 2004 年版,封三。

跟梁文福同时代的新加坡作家还有柯思仁①、殷宋玮②、吴耀宗③、王昌伟④、郑景祥⑤、陈志锐⑥、黄浩威⑦等人,他们都是末代华校生(即中学毕业时间都在 1987 年传统华校消失前后),他们出身华侨中学、中正中学、华中初级学院等著名华校,大多选择赴中国大陆或者赴中国台湾留学,然后再赴英美攻读研究生学位。拥有学历之后,他们或者隐于大学与媒体默默地耕耘(柯思仁、陈志锐的任教与编书生涯,郑景祥的新闻工作),或者逃离新加坡(殷宋玮、黄浩威的海外游学,吴耀宗被迫赴香港任教)。殷宋玮这样写到自己的经历:"来自台湾的 Sh 去年在伯明罕。那里的新加坡学生很多,他问他们会不会讲华语,他们理所当然地回答'会'。但 Sh 说,'他们说没两句华语就开始 and then, and then,然后接下去的都是英语了。'……使我相信他的话不是盖的。"⑧新生代作家们对华校题材多持逃避状态,毕竟双语政策实施多年,华校历史也已渐行渐远。

柯思仁是新加坡华文文坛中少有的创作与理论并重的作家,他出身华校,1983 年他负笈台湾大学读本科,之后又在 1997 年远走英伦,赴剑桥大学攻读博士学位。李慧玲这样看柯思仁远赴剑桥的原因:"回来将近八年,教学工作以外,也积极投入文化活动。除了作华语圈子中寂寞的剧评人,近日来也与华语剧场以外的人多方面进行交流。有一段时间,他看来总是无法在此

---

① 柯思仁(1964—),祖籍福建安溪,笔名有仁奇、杏丁等。台湾大学中文系本科,新加坡国立大学中文系硕士,英国剑桥大学汉学系博士。现任南洋理工大学中文系副教授。
② 殷宋玮(1965—),本名林松辉,祖籍广东澄海,台湾大学中文系本科,英国剑桥大学汉学系硕士、博士。现任教于英国埃克塞特大学电影系。
③ 吴耀宗(1965—),笔名韦铜雀,生于新加坡。新加坡国立大学中文系本科,美国西雅图华盛顿大学博士。现任香港城市大学中文系助理教授。
④ 王昌伟(1970—),新加坡国立大学中文系本科、硕士,美国哈佛大学东亚系博士。现任新加坡国立大学中文系教授。
⑤ 郑景祥(1971—),祖籍广东鹤山,生于新加坡,新加坡国立大学中文系本科毕业。曾经在新加坡武装部队当过 12 年军官。现任新加坡新传媒新闻部高级记者。
⑥ 陈志锐(1973—),祖籍福建惠安,台湾师范大学中文系本科,英国莱斯特大学商业管理硕士,新加坡国立大学英语系硕士,英国剑桥大学东亚系博士。现任南洋理工大学教育学院副教授。
⑦ 黄浩威(1977—),新加坡人,北京大学中文系本科,南洋理工大学中文系硕士(导师柯思仁),英国伦敦大学亚洲学院博士。现任英国伦敦大学亚非学院讲师。
⑧ 殷宋玮:《"and then"》(1998 年 2 月 3 日),《威治菲尔德书简》,新加坡:青年书局 2004 年版,第 99 页。

留驻,尤其是当现实环境让他觉得单调、苦闷的时候,他更流露出一副'非走不可'的样子。"①他自己也多次表露出对新加坡文化生态的不满足:"新加坡是一个没有艺术评论的社会。在文化内涵和人格素养方面,尽管是极为贫瘠,但物质环境却完全富足丰腴,甚至能用物质的力量,制造一个堂皇的艺术排场。在这种功利性极强的艺术环境中,也难怪真正的艺术批评不曾出现。"②当今的新加坡,在双语教育的国策之下,华文传统流失,整个的年轻一代已经没有了对华文传统的继承精神,这种文化现状之下,以柯思仁为首的新生代作家显得非常无奈。

更年轻的黄浩威选择的是离开新加坡的"离人"状态,华人传统和华校题材对他已经是一个文化想象体,华校情结变成一种欲说还休的情感隐喻:"不知道是什么时候/我们的月亮在一阵大雨过后/被漂白了所有的皎洁/成了一叠信纸/所以我们决定追随黑夜的瞳孔/崇拜自己的信念/于是每天都有一阵/微亮的风吹过/叫人觉得闷热/被关在鸟笼里/外面的天空是一条一条的黑色/我们听到自己的喘息/闻到自己的思绪的羽毛发出的血腥/我们的心脏像一把枯黄的树叶/于是我们都数着星星/数着后来和已逝的自己/在这个方格里/还好都数得清/却只能是方格子中的自己"(《冰封赤道》第42页)。这封信中稀薄的华校情结,让我们清醒地意识到这一点:不要一厢情愿地认为华校情结会永远薪火相传,部分新生代作家的华文教育责任感并不是很强。"记得中小学时期,很多中文老师将自己的历史包袱,甚至对于中文不被重视的愤慨,加诸于我们这些小小天真无邪的心灵上。当时幼小无知,还未养成独立思考的习惯,我或许就在这懵懂之中,毫无质疑地接受了那些沉重的思想。现在只觉得,历史给那一代人留下的伤痕,是可以理解的,然而当这些伤痕被自我膨胀成一种意识形态,甚至成为一面醒眼的旗帜时,只能使下一代产生更深的误解与抗拒。"③

---

① 李慧玲:《窗内窗外:两种风景一个情结》,《联合早报·国庆特辑》1995年8月9日,第12页。
② 柯思仁:《这个社会有没有艺术评论》,《梦树观星》,新加坡:草根书屋1996年版,第150—151页。
③ 黄浩威:《一个游子的一厢情愿——北大百年校庆随想》,《查无此城:黄浩威散文》,新加坡:八方文化创作室2007年版,第71页。

相较于黄浩威的悲观,长期在华文教学第一线工作的陈志锐似乎要乐观很多。他提出新华文学的终极目标是普及化,要从"设立新华文学馆""文学偶像的塑造""文学的商业化包装""文学步入生活""文学进驻教室""文学奖的改革""文学与幼儿教育"以及"文学与老者教育"等八个方面来接续新华文学和华文教育的文化传统。① 平心而论,陈志锐言论过于理想化,让清楚新加坡华文现状的学者并不能苟同。黄浩威曾这样回答"用中文创作在新加坡是面临绝种的稀有动物,同意?"这个问题:"很难说,但在我看来,用马来文与淡米尔文创作的朋友,也同样面对同一问题。这问题不是近几年才有的,其根源可追溯到建国以后社会制度的建立与形成。我们也许必须对我们的双语教育进行反思。"②总体而言,不论是陈志锐式的对未来华文教育的乐观憧憬,是柯思仁式的不能忘却华校被打压的悲观情绪,还是黄浩威那样的自我放逐,这三种姿态虽有不同,但悲观是一种普遍的心态。只要实用主义的政府政策不改变,目前新加坡华文作家所坚守的华文传统以及心中的华校情结,只能是一种以拖待变的文化生存策略。

四、结语

2010年,当有外国媒体问李光耀"您一生觉得最困难的挑战是什么?"时,李光耀毫不迟疑地回答:"推行双语政策。"③通过推行"双语政策"——这一实用主义的统治策略,李光耀成功地转型了新加坡华校,使得华校教育一步一步地走向没落,华语被简单化为一种语言工具。威权政治和实利主义抹平了当代新加坡华人对华族失根的忧虑,再过五十年,或者不需要五十年,新加坡将成为一个满街"香蕉华人"的国度。有本地学者担忧目前新加坡遍地的"三

---

① 陈志锐:《新华文学改良刍议:探访北京中国现代文学馆的启发》,《黄色雨衣》,新加坡:Firstfruits publication 2006年版,第89—103页。
② 黄浩威:《新华文学史上最强?——写一副新加坡文学风景:属于年轻一代写作人的第一本新加坡文学集访问》,《查无此城:黄浩威散文》,新加坡:八方文化创作室2007年版,第207页。
③ 李光耀:《李光耀回忆录:我一生的挑战:新加坡双语之路》,南京:译林出版社2013年版,第21页。

明治华人"内心中所包裹的华人认同,在不久的将来会被西方文化所替换:"四年的留台生活似乎给殷宋玮种下了永难泯没的'乡愁'。我深知这种'乡愁'意味不是指血缘的,或地缘的,甚至也无关乎国民情操的,而是一种关于精神上的、文化上的,乃至心灵上的惘然与失落。我能理解殷宋玮这份情怀,更能体会他仅仅为了一种简单的感觉,为了一缕冬夜的幽思而愿意遗弃这里许多东西的心情,但我更关心的倒是,为何我们自己本土没有足够的精神资源和文化魅力,足以让曾在异地快乐成长的人排遣他们回归后的愁绪呢?这无疑是一个值得我们深入探索的问题。"①我们相信,新加坡所坚持的华人传统将被肤浅化和仪式化,成为一个个热热闹闹的舞狮比赛和华人节日,可能只有在华文传统只剩下空壳的时候,新加坡华人才能意识到自己的断根之痛。

---

① 刘培芳:《勇于承受思考的煎熬(序)》,殷宋玮:《无坐标岛屿纪事》,新加坡:草根书室1997年版,第 xiv 页。

第十三章　华人历史、国族认同与官方意识形态的合谋

——以新加坡贺岁电视剧《信约》三部曲为分析对象

在研究新加坡华人国族认同[①]方面的代表学者是崔贵强《新马华人国家认同的转向(1945—1959)》,[②]他的研究范围在1959年新加坡自治之前,没有涉及建国之后的新加坡。另外,也有一种看法认为新加坡人的"国家认同",就是他必须要自认为是新加坡人,而不是华人、马来人、印度人或混种人。对于能够团结新加坡人的节庆和标识,如国庆日、国旗、国歌、总统与总理,必须要有尊敬,并参与国家的事务,必要时愿意为国家而牺牲。[③] 显然,后者所提示的"国家认同"是新加坡政府需要的,因为从现实的国际环境下,新加坡需要这种国家凝聚力。但新加坡多元族群的国家构成,每个族群在保留各自文化传统的同时也兼顾着国家意识形态的需要,这其中的复杂性,正是讨论作为新加坡建国五十周年献礼的《信约》三部曲电视连续剧,及其背后所引发的关于华人历史、国族认同与官方意识形态的主要原因。

一、历史的转折:2015年新加坡国族认同的大考验

2015年是新加坡建国以来最具挑战性的一年,这一年发生了两件大事,如果处理不当,将直接导致新加坡政府面临史无前例的冲击。

第一件事情是新加坡建国总理李光耀于2015年3月23日去世,享年91岁。李光耀在新加坡享有很高威望,被称为新加坡建国之父。"李光耀的名字

[①] 关于新加坡国族认同简述可见本书第十二章篇首文段,兹不赘述。
[②] 崔贵强:《新马华人国家认同的转向(1945—1959)》,南洋学会1989年版。
[③] Kong, Chiew Seen. Singapore National Identity, MA thesis, Department of Sociology, University of Singapore, August 1971, pp. 52-53.

同新加坡的繁荣进步紧紧相连。从新加坡争取自治到走向独立,许多重大的历史事件和政治决策,都同李光耀分不开。"①撒切尔夫人、基辛格②都曾赞赏他领导的政府廉明、高效率,但也有很多西方媒体舆论指责新加坡没有新闻自由,在政治上也不民主,文化发展亦因政治需要而备受压抑,反对派长期受打压及迫害。李光耀掌权以来,引用殖民地时期制定的《内部安全法令》囚禁约 2 600 名异己。2011 年,《商业内幕》网站在"20 世纪最成功的独裁者"中将李光耀排到了第二位,而第一位为伊德里斯一世,第三位是佛朗哥,蒋中正名列第四位。③

李光耀最为华社质疑和不满的是对华人语言、教育上面的一系列强制措施。最引起争议的就是"双语教育政策"。④ 自新加坡 1965 年独立建国以来,双语教育即成为主流教育体系的基石。所有新加坡学生除以英语为主要教学语言外,还必须修读所属族群的"母语"课程。新加坡推行以英语为主、族群"母语"为辅的双语教育政策是人民行动党政府基于国家发展和族群团结所做出的必然选择。但是,经过 40 多年的推动后,英语不但已成为本地强势主导工作语言、跨族群语言、"国家语言",未来还可能取代族群"母语",成为新加坡第一语言。这三十多年来,新加坡推行的双语教育,虽然是为了照顾新加坡多种族移民社会的国家属性,但在华人人口占据 75%之多数的人口比例情况下,推行以英语教育为主,华文跟马来文、淡米尔文一样沦为国家第二语文,并没有尊重华人社会的选择。虽然给出的理由是建设现代新加坡的需要。⑤ 但究

---

① 李光耀:《李光耀回忆录(1923—1965)》,新加坡:联合早报 1998 年版,封四。
② 如基辛格认为"李光耀让这一代每位同他交过手的美国领袖都受惠。因为他在国际事务上坚决把自己国家的未来同民主国家的命运放在一起,不是消极地、被动地,而是积极地对我们这个时代的种种斗争,做出了重大的政治贡献"。参见李光耀《李光耀回忆录(1965—2000)》,新加坡:联合早报 2000 年版,第 797 页。
③ Giang, Vivian. Gus Lubin. "The Most Successful Dictators of The Past Century." *Business Insider*. 2011-06-21.
④ 新加坡实施双语教育的政策,就读政府学校的学生都以第一语言学习英语,中小学生也学习一个第二语言,也就是教育部所谓"母语",分别是华语、马来语或淡米尔语。英语是所有政府学校的教学媒介语,学生每周也会上母语课。小学的道德教育课也是以学生母语上的。在海外,尽管"母语"一般指的是第一语言(L1),新加坡教育部则使用"母语"来指"民族语"或第二语言(L2)。
⑤ 另外,还有几次与华人社会密切相关的改革:1979 年推行"多讲华语,少说方言——全国推广华语运动";1980 年的南洋大学和新加坡大学合并成新加坡国立大学;1983 年《星洲日报》和《南洋商报》被强行合并成《联合早报》;1987 年全新加坡华校关闭,从此新加坡华文教育沦为第二语文,华文教育开始失根。

其原因是以英文教育背景并得到执政权的李光耀出于统治的现实需要，强行推行双语政策。而断根之后的新加坡华社并不买李光耀政府的账，但迫于新加坡政府的威权高压政策，长期以来双语教育的语言政策、多元共存的宗教政策和威权国家的统治策略的不满被压抑到新加坡华社的内心之中。

正因为李光耀的威权统治手段和华文教育方面的改革，让新加坡政府很担心新加坡华社会不会对新加坡现行政策强烈反弹。最直接的冲击就是2015年9月11日的新加坡国会大选。本次选举是新加坡建国总理李光耀逝世后该国举行的第一次大选，选出了新一届新加坡国会全部89个民选议席。执政的人民行动党（行动党）虽然在所有选区都面临反对派挑战，不过最终仍然赢得89席当中的83席，蝉联执政。值得注意的是，很多新加坡分析师、网民都对选举结果表示震惊。学者陈庆文认为，行动党获得压倒性胜利的因素

图13-1 2015年新加坡国会大选选票情况

应该是多重的,包括政府推出的多项惠民政策、国家庆祝独立50年国庆的欢腾气氛、对已故前总理李光耀的感恩情绪,以及政府在过去四年来采取措施应付棘手问题等,都是导致选票回流的原因。此外,他认为,区域环境以及全球经济不稳定等因素也让选民对前景感到担忧,因此选民会选择一个"经过考验"的政府来处理这些问题。陈庆文也指出,选举结果并不意味着选民不希望见到国会拥有多元声音,而是认为必须给予行动党明确的委任与信任以应付挑战,而这些在他们的眼中比起建立两党制更为急迫。① 新加坡从此开始了"后李光耀时代",李显龙开始了独当一面的统治地位。

2015年也是新加坡建国五十周年的年份,除了官方各方面为新加坡营造和谐的氛围之外,还要对李光耀以及新加坡历史进行合法性论证,如李光耀去世之后长达一个星期,官方新传媒的8频道、U频道讨论的第一个问题就是李光耀的双语政策对新加坡社会的好处。这也从另一个方面说明新加坡政府很清楚李光耀执政的软肋,也很清楚地知道华人社会隐藏在族群心里的伤痛。而官方媒体在2013年到2016年在黄金时间播放长达91集的"《信约》三部曲",也是在为新加坡建构一种新的华人社会认同的国家意识。

表2 《信约》三部曲播放与发行简况

播放频道	发行地区	首播日期	播放时间
第一部:《信约:唐山到南洋》			
新传媒8频道	新加坡	2013年11月25日	周一到周五21:00
Astro双星	马来西亚	2013年12月12日	周一到周五16:30
第二部:《信约:动荡的年代》			
新传媒8频道	新加坡	2014年11月24日	周一到周五21:00
Astro双星	马来西亚	2014年12月4日	周日到周四17:00

---

① 李慧敏:《新加坡大选:执政党"出乎意料"高票蝉联执政》,参见 http://www.bbc.com/zhongwen/simp/world/2015/09/150911_singapore_election_result_hm [2016 - 08 - 10]。

播放频道	发行地区	首播日期	播放时间
第三部：《信约：我们的家园》			
新传媒8频道	马来西亚	2015年7月16日	周一到周五21:00
Astro双星	马来西亚	2015年7月9日—7月15日 2015年7月23日	周日到周四17:00（第1—5集） 周一到周五17:00（第6—30集）

二、新加坡建国史的合法性论证："信约三部曲"的情节设置

图13-2 《雾锁南洋》剧照，1984

新加坡早在1960年代黑白电视时期就开始了电视剧的制作，如《黄金万两》《父母心》等作品。1968年，电视台招考演员并成立电视台编剧团，与此同时征求"组屋故事"以改编为电视剧，1970年代才有了《家在大巴窑》《小小心灵》等极具本地色彩的儿童电视剧。在本地导演郑国秋、林兴导、谢正直、谢于对、连当能和李明芬等人的带领下，新加坡本土电视剧有了雏形。到1981年，在蔡萱、曾鹏鲲、胡益发等编导和本地演员，以及来自台湾的林能宽等工作人员的合作下，又拍摄了《灯蛾》（首部彩色连续剧）、《悲欢年华》和《逐浪者》以及几部儿童剧经典，如《再见爸爸》和《绿野童心》等。

从1982年起，电视台邀请香港电视制作人加盟，代表有梁立人、江龙、区玉胜、赖水清、吴乔颐、徐遇安、胡鹤译、刘天富、李国立、张乾文、潘文杰、马玉辉、何法明等人，加上本土制作团队，如戏剧总监冯仲汉、监制和编导廖明利、王尤红、谢敏洋、李宁强、杨锡彬，编剧郭令送、洪荣狄、王启基、邓润良、苏春

兴、黄佳华、卢智明、许声亮、苏殷、陆慧凝、温雪莹、卡斯等人,成就了新加坡电视剧的辉煌成绩。其中由当时梁立人出任戏剧处处长,策划的第一部重头戏就是1984年拍摄的"《雾锁南洋》三部曲"(《雾锁南洋》及其续篇《风雨同舟》《赤道朝阳》),而这部电视剧可谓是"《信约》三部曲"的前身,拍摄的目的就是为了迎接新加坡建国25周年。其中《雾锁南洋》"最特别之处是全剧使用电影菲林来拍摄,以营造气势磅礴的场面,充分展现从中国南来的过番客如何扎根新加坡,并和当地人民在殖民地期间英勇抗敌的故事,让电视观众从中温习先辈那一段段感人的奋斗史",而后两部"戏剧组在得到军方、警员及防镇暴部队的通力合作下,成功将当年的福利巴士及有关Duxton倒粪工人大罢工的大场面重现"。①

"《信约》三部曲"讲述几代新加坡人在过去一百年来,在南洋(主要指的是新加坡、马来西亚两地)打拼的感人故事,是新传媒为了庆祝新加坡建国50周年开拍的三部曲。"信约"在新加坡有着特别的内涵。② 新传媒也是希望通过这个"信约"的标题来提醒新加坡人对国家的效忠。三部曲的主创人员有:《唐山到南洋》,监制谢敏洋③,编剧洪荣狄④,导演张龙敏、方家福、高淑怡和陈忆幼;《动荡的年代》,监制张龙敏,编剧洪荣狄,导演卢燕金、霍志楷、苏妙芳和叶佩娟;《我们的家园》,监制黄光荣,编剧谢俊源、陈海兴和简桂枝,导演卢

---

① 《情牵25,电视星光珍藏本》,新加坡:新传媒出版2007年版,第10—11页。
② 新加坡国家信约(Singapore National Pledge)是对新加坡宣誓效忠的一个方式。新加坡人一般在公众活动中一齐宣读信约,尤其是在学校、武装部队以及国庆庆典的时候。新加坡独立后不久,1966年信约由信那谈比·拉惹勒南所写。拉惹勒南深信"一个国民、一个新加坡"的愿景,以这个愿景写成信约,成为新加坡的国民身份认同和国家精神的象征。他深信不分种族、言语、宗教,共同向目标迈进。他把草拟的信约交由当时的总理李光耀,李光耀修订了信约再呈上内阁。华语版本:我们是新加坡公民,誓愿不分种族、言语、宗教,团结一致,建设公正平等的民主社会,并为实现国家之幸福、繁荣与进步,共同努力。英语版本:We, the citizens of Singapore, pledge ourselves as one united people, regardless of race, language or religion, to build a democratic society based on justice and equality so as to achieve happiness, prosperity and progress for our nation.
③ 谢敏洋(1961—),1983年加入新广(新传媒前身),从助导做起,后逐步升上导演、监制。她是近年来受委制作重头剧最多的一位监制,从《最高点》到《信约:唐山到南洋》,不下七部,其监制作品《小娘惹》创下近年最高收视,并获亚洲电视大奖最佳电视剧奖。
④ 洪荣狄(1960—),祖籍福建安溪,1978年前后开始从事小说创作,是新加坡最受欢迎的编剧家。代表作品有《小娘惹》获2010年第16届上海电视节白玉兰奖最佳编剧奖;《信约:从唐山到南洋》获2014年亚洲彩虹奖优秀编剧奖,这一届的最佳编剧是中国大陆的流潋紫、王小平的《甄嬛传》。

燕金、高秀慧、霍志楷和叶佩娟。这里集合着新加坡最优秀的编导和制片人，足见新传媒对《信约》三部曲的重视。

在前期宣传上面，新传媒也是不遗余力。《I周刊》是新加坡新传媒私人有限公司（MediaCorp Pte Ltd）旗下的刊物，第一次曝光《信约》三部曲的拍摄计划是在2013年7月18日："《唐山到南洋》不仅是年度重头剧。更是新加坡建国50年，戏剧回顾三部曲的首部曲，20到30年代过番客奋斗故事，我视为21世纪版《雾锁南洋》。刚结束在马来西亚槟城的拍摄，目前续程怡保取景，暂定9月拉队到中国。大制作机密拍摄，初次曝光。"①接着还谈到三部曲的投资之大，"所谓大制作，即马不停蹄游走不同城市取景务求演员投入时代氛围视觉上达至完美。……目前数分钟，幕后历经的艰辛，你大概无从想象。从小镇约2小时车程才能到达，荒山野岭，白沙茫茫，有股让人不安的苍凉"②。之后的《I周刊》关于《唐山到南洋》的报道一直没有间断过。③ 这些报道中，白薇秀的一段"我很喜欢中国的。我在北京的时候有跟一个朋友在聊起，当你在最无助最辛苦的一种环境里面的时候，你会回到最底的自己。我怎么西化都好，当我在最难过的时候或者最冷最孤独最需要温暖的时候，最想吃的是一碗热腾腾的面，最想看到的是黄皮肤的人，最想听的是中文歌，最想的是我的家人，是一种很基本的。再怎样看很多美剧听很多美国的歌都好，这些是跑不掉的"，可谓是对新加坡华人国家认同的一个最好的注脚。④《I周刊》2014年2月27日总852期开始预告《信约：动荡的年代》，"《信约》二部曲《动荡的年代》演员名单出炉，李南星、白薇秀、欧萱等第一代的5个子女接棒，二战与本地学潮中打滚。辍学回归电视圈的陈凤玲野心勃勃求突破，立志在台湾发展的陈邦鋆计划暂缓回巢参演"⑤。在宣传完《动荡的年代》之

---

① 杨丽玲：《〈唐山到南洋〉：镜头内外》，《I周刊》2013年7月18日总820期，第44—47页。
② 杨丽玲：《〈唐山到南洋〉：怡保苦乐》，《I周刊》（2013年11月1日总第837期），第48—50页。
③ 这些报道有：黄敏玮《可爱坏男人》（2013年11月21日总第838期）、杨丽玲《李南星：我撑得起!》，（2013年11月28日总第839期）、黄敏玮《过番事件簿》（2013年12月12日总第841期）、杨丽玲《甜蜜蜜　不相爱：黄俊雄＆白薇秀》（2013年12月26日总第843期）、王莉雁《方展发＆曹国辉：恶男出头天》（2014年2月20日总第851期）、杨丽玲《白薇秀：忠于自己有什么问题》（2014年5月8日总第862期）。
④ 杨丽玲：《甜蜜蜜　不相爱：黄俊雄＆白薇秀》，《I周刊》2013年12月26日总第843期，第33页。
⑤ 黄敏玮：《陈凤玲　陈邦鋆：回归大阵仗》，《I周刊》2014年2月27日总第852期，第16页。

后,又紧锣密鼓地介绍第三部《我们的家园》,称"《信约》三部曲《我们的家园》开拍,幸福快乐之前,还需上演一次旧时代恩怨情仇"。还推介第三代的演员阵容,包括张振寰、林慧玲、欧萱、陈凤玲、陈罗密欧、陈欣淇、方伟杰等人。①

除了电视剧、娱乐周刊,新传媒还与新加坡大众书局联合出版电视剧改编的漫画集:《唐山到南洋》(2014年3月)、《动荡的年代》(2015年5月)和《我们的家园》(2015年11月),其中《信约:唐山到南洋》漫画版销售量突破1万本,打破本地大众书局的销售记录,是该书局有史以来最畅销的中文漫画书。在凝聚国族认同方面成果显著,"为了推介这本《信约:动荡的年代》漫画书,一连串的路演活动从2015年5月18日起在全国好几所学校进行。该书适合小学高年级学生阅读,全书分为六个章节。每个章节均包括成语和关键字词/短语,并且辅以相应的解释,以便于理解和学习。该书旨在向读者灌输六个核心价值观:尊重、责任感、坚毅不屈、正直、关爱与和谐,而这些正是新加坡的前辈们在立国之初的奋斗岁月里所体现的价值观。"②而演员们到各中小学宣传也取得了很好的效果,如"为庆祝建国50周年,新传媒推出《信约》第三部曲《我们的家园》漫画版,希望借此培养孩子们的爱国情怀。……新传媒艺人张振寰就说:'戏剧可能是面对广大的观众朋友们,漫画的形式可能更容易让同学们接受,但是我觉得它里面包含的内容和意义都是一样的。那就是传承,是对新加坡历史的传承,是对新加坡精神的传承。'一名南洋小学学生表示:'我觉得会提高我的华文成绩,因为这些书有很多精彩的部分。'漫画寓教于乐,除了巧妙地使用成语和俚语提高孩子的华文水平,更重要的是通过真实发生的历史事件,帮助学生了解历史,激发爱国情怀。"③从电视剧到漫画,这种文化传播模式很成功,所取得的成绩也充分说明了《信约》三部曲在

---

① 参见黄敏玮、王莉雁:《终极一击》,《I周刊》2015年2月5日总第901期,第50—52页。相关的宣传文章包括:黄敏玮《陈凤玲:PR公主恶毒心声》(《I周刊》2014年5月15日总第863期)、黄敏玮《〈红星大奖〉话题热炒》(《I周刊》2015年2月12日)。
② 《〈信约:动荡的年代〉漫画书发布会 Launching of Comic Book Version of The Journey: Tumultuous Times》,参见新加坡推广华文学习委员会网站,具体网址 http://www.cpcll.sg/events/reading-group/launching-of-comic-book-version-of-the-journey-tumultuous-times.
③ 《〈我们的家园〉推出漫画版 激发学生爱国情怀》,新加坡8频道的新闻及时事节目(2015年11月11日 20:17)可参看 http://www.channel8news.sg/news8/lifestyle/entertainment/20151111-lif-comic-book/2252700.html.

图 13-3 《信约》三部曲（DVD 封面）

凝聚新加坡国族意识方面的贡献。

那么《信约》三部曲的情节设计方面的特点是什么，以及这些情节设计如何展示新加坡华人的国族认同呢？这是我们要重点分析的对象。

第一部《信约：唐山到南洋》（The Journey：A Voyage），主要讲述新加坡华人祖先过番到南洋的奋斗点滴。"南洋"这一称呼在电视剧中指的是马来亚，包括今天的马来西亚和新加坡。"唐山"指的是中国，"中国"这个称呼在整个"信约三部曲"中没有被提及过。这个安排也有着去中国化的嫌疑。"唐山"的形象是贫困的，电视剧中选景福建永定，永定是闽西贫瘠之地，被称为是"客家祖地"，也是福建省八大侨乡之一，①张天鹏、张天鹰就是客家人。在电视剧中从唐山出来的华人最大的目标就是讨口饭吃。第一部分从唐山来讨生活的"过番客"的奋斗史和第一代华人移民（包括娘惹家族）的生活面貌两条线索：一条以马来西亚的怡保锡场为中心，马来西亚怡保是昔日的马来西亚锡都。张天鹏随着结拜义弟洪石、林鸭子夫妇到怡保矿上谋生，遇到矿上的打手黑龙。值得注意的是，黑龙主要是管理工人，同时也在矿场贩卖鸦

---

① 中国福建永定有海外华人华侨约 28 万人，主要分布在新加坡、马来西亚、缅甸、泰国、印尼、澳大利亚、加拿大、新西兰、日本、美国、菲律宾等 15 个国家和地区；有归侨约 3 000 人。从 1978 年到 2013 年底，永定海外华侨华人捐资家乡公益事业达 2 亿元人民币。华侨投资企业 30 多家，2013 年侨资企业总产值超过 10 亿元。2009 年 11 月和 2011 年 10 月分别在永定和马来西亚举办世界永定同乡恳亲大会。参见福建省永定县官网 http://www.fjyd.gov.cn/yxydshow.aspx?ctlgid=464325。

片、开赌馆、开妓院,让劳工在耗尽金钱后无法返乡,甚至欠下巨额的高利贷,永世不得翻身,张天鹏与之斗争。其实早期矿场主用黄赌毒来留住矿工的情形很多,从《唐山到南洋》中矿场主与黑龙的对话,其实看得出矿场主也清楚这些事,不过在这部电视剧中一带而过。因为黑龙的幕后老板是张家二当家张广达,加上张天鹏与张广达所娶的妾室白明珠是唐山老乡,两个人一直在关键的时刻互相帮助,有患难之情,所以,电视剧通过张天鹏这条线串起来马来西亚怡保—星洲(新加坡)两地。

另一条线索是围绕"星洲"张家进行,张天鹏弟弟张天鹰留在星洲,在张广平旗下的药房工作,认识张东恩和张蕙娘兄妹俩,并继承了药房师傅陈匡的药方。在这期间,张东恩和张蕙娘所代表的现代意识、张广达所代表的华商腐败分子以及张广平代表的正义华商三种不同意识发生碰撞。其中有一条文化冲突的线索很有意思,电视剧中,娘惹身份的张蕙娘的"现代"与唐山大家闺秀白明珠的"保守",这两个人又勾联起早期新加坡的娘惹/峇峇族群文化和华人传统文化,前者代表着华人族群中西化的一面,如张蕙娘追求婚姻自由、张东恩反抗家族中二叔张广达的邪恶势力;后者代表着中国传统伦理道德和文化价值,她奉行嫁鸡随鸡嫁狗随狗的封建思想,一而再再而三地容忍张广达的家暴。最后在张氏兄妹的影响下,白明珠走上了反抗恶势力,追求个人幸福的道路。

除了继承第一部《信约:唐山到南洋》中宣扬华人重义轻利的优秀品质之外,第二部《信约:动荡的年代》(*The Journey:Tumultuous Times*)把重点放在新加坡的左翼政治势力与右翼势力之间的冲突上。这部电视剧跨越1941年日本侵略新马前夕到1965年新加坡建国,以重要事件串起故事,如1942年日军占领新马、1952年华人社会反对英殖民者的征兵制度、1954年反英殖民者干预华校引发学生运动的"五一三事件",1955年立法议会选举后,马绍尔的劳工阵线成为执政党,1955年工潮不断,1956年3月马绍尔推出新加坡独立运动,4月赴英国谈判不成功,之后马绍尔辞职,劳工阵线林有福接任首席部长,1964年7月21日种族冲突,1965年8月9日新加坡脱离马来西亚而独立。这段历史中有很多丰富而复杂的内容,也是三部曲中最获好评的作品。①

《唐山到南洋》中的张姓、洪姓三家第二代子弟在跟随英殖民者还是反抗英殖民者的问题上分成了两派：张晏在英殖民政府工作，出任劳工阵线代表，出任政治部主任，维护的是英殖民者的利益。而洪当勇受马共影响，投身当地人民行动党，为刘金祥（林清祥的化名）站台争取投票。电视剧根据真实的历史线索走，如1955年5月发生的福利巴士公司工人要求资方承认巴士工友联合会为代表自己的工会的斗争，由于资方有黑社会和英殖民当局的支持，态度嚣张顽固，于同年的5月12日演变成一场暴力冲突。事件中一名年仅17岁的华校生被一位警察开枪打死。然后，工人的斗争得到广大学生和群众的支持，令资方最后不得不做出让步，答应了工人的要求。在两人的交锋中，张晏先利用父亲张天鹏和洪石的兄弟情谊，让洪石念及兄弟之情和往日受张家的恩惠去影响洪当勇。中间又离间洪明慧和张佳的关系、借弹子头的案件上位、设计暗杀洪当勇等。除了殖民地时期的不同路线斗争，还有对新加坡现代历史中的黑社会势力——以胡佳（张佳）为中心，勾连起"小义堂"和"七忠门"的黑社会内斗，中间又加入了对弹子头、糖水妹（白兰香）、白狗等底层人民生活状况的反映。

编剧在剧中对以张晏为代表的买办阶级和以洪当勇为代表的马共势力持保留态度，并不褒扬或者贬低某一方，而且尽量保留历史真实。剧中将两派势力之间的纷争限定在1965年之前，而且让人民行动党中的左派出现，而隐去同时期李光耀的作为。在两个主要人物最终命运的设置上，让马共背景的洪当勇自首，在狱中学习法律，后来成为大律师；而英殖民者买办背景的张晏卖掉父亲张天鹏的兄弟金油公司，逃到英国后，又杀死自己的情妇，潜回新加坡。在之后的《我们的家园》中，洪当勇为了救儿子被张晏开枪打死，张晏

---

① 2015年新加坡第二十一届红星大奖颁奖礼中，《动荡的年代》是最大的赢家，"最佳男主角"（陈泓宇饰演胡佳/张佳）、"最佳男配角"（陈汉玮饰演胡为人）、"最佳女配角"（白薇秀，饰演张蕙娘）、"青苹果奖"（张值豪，饰演童年张佳）、"最佳主题曲"《《信·约》》、"最喜爱女角色"（欧萱，饰演洪明慧）和"最佳电视剧"都被《动荡的年代》收入囊中。而2014年新加坡第二十届红星大奖中，《唐山到南洋》仅收获"最佳男主角"（方展发，饰演黑龙）和"最佳导演"（张龙敏），而2016年第二十二届红星大奖上，《我们的家园》仅收获"最佳戏剧摄影"。我想这三部曲在题材上的不同是造成观众认可度的重要原因。

最后因意外被货柜砸死。这个结局的安排中有两点值得我们注意,第一就是张晏与洪当勇的人物设计就是一种对二十世纪五六十年代新加坡政治意识形态的模式化解读,两人的结局都是死亡,代表着新加坡主流意识形态对历史上的亲英、亲中两种政治势力说了再见,电视剧中宣扬的是一种为民生求稳定的新的政治诉求。第二在对两个人物的命运进行描绘的同时,张晏的城府心计、心狠毒辣以及卑鄙手段被暴露出来,而洪当勇在极左势力下,利用工潮,特别是坚持让受伤学生游街,最后导致了学生死亡的事件,让张敏感到了左翼运动残酷的一面。反而是胡佳(张佳)身上敢做刚当的义气和一诺千金的信用——这个《唐山到南洋》的核心伦理——继续在延续。

第三部《我们的家园》(*The Journey*：*Our Homeland*)前十集还是延续着洪当勇和张敏、张佳和洪明慧两夫妇的故事,不过在第十集洪当勇被枪杀、张晏被砸死后,这部剧才正式进入"家园"主题,洪家、张家的五个后代开始了自己的人生旅程。洪宽先是一名船厂技工,后来成为政府救援队组员。洪锐矢志继承母亲的娘惹手艺,最后成为 Little Nyonya 糕点店的师傅。洪家收养的万子聪为摆脱贫困家境,不择手段上位,最后因动用公款被抓,万芳芳是一名物质女,为了拿到张敏娘惹糕点店的经营权不择手段。张佳的儿子张骏腾成为民防部队的成员。第三部中涉及的新加坡事件有很多,如 1963 年新加坡强制制水、1964 年"居者有其屋"的组屋计划、1970 年开始清理新加坡河、1974 年彩电电视台启播、1976 年人民行动党再次执政、1977 年新加坡足球队赢得大马冠军杯、1978 年 10 月 18 日裕廊工业园史拜罗斯号意外、1979 年 9 月的"讲华语运动"、1980 年代的新谣运动、1986 年 3 月 15 日新世界酒店倒塌、1987 年新加坡地铁通车等事件,都在电视剧中直接插入,给这部电视剧增加了大量的纪实性,这种植入目的是为了在李光耀逝世之后为其歌功颂德,但也严重影响了电视剧的艺术魅力。从红星大奖的颁奖来看,新加坡人对这一部的认可度很低。

第三部中最大的主题就是勤奋工作和和谐共存。张敏在洪当勇死后靠着卖娘惹糕点谋生,最终办起了娘惹糕点店。洪宽立志成为工程师,洪锐要的是继承娘惹饮食,万子聪经商满足自己的私欲、张骏腾好好学习进入政府部门,这些人的人生道路平稳、安乐,这也反映出华人希望新加坡永远稳定的国族心态。编剧为了加强这种稳定的来之不易,特意塑造了一个归侨严义生的形象,这是一个在 1960 年代选择回中国去的新加坡左翼青年,等到 1970 年代中他返回新加坡时,因为经历了"文革",不仅成了瘸腿,而且精神上也出现了异常,最后因为精神上的问题,对杨美雪造成了精神和肉体上的双重伤害。这个人物的设置是对当代中国(剧中严义生口称的"祖国")"文革"的批判,某种意义上,也是营造一种新加坡已经是一个"我们的家园","祖国"(中国)已经是一个遥不可及的所在,只能说声再见,而新加坡才是生于斯长于斯的"我们的家园"。

三、纠缠的意识形态:"信约三部曲"中的文学隐喻

截至 2015 年 6 月,新加坡总人口 553.5 万,其中新加坡人 390.27 万,新加坡公民 337.5 万,新加坡永久居民 52.77 万人。其中华人人口 2 900 007,占 74.3%;马来人人口 520 923,占 13.3%;印度人 354 952,占 0.9%;其他人口 126 808,占 0.3%。① 全国五分之二是外国务工者,本地人只有 300 万人,而且其中有 50 万是可进可退的永久居民,可见新加坡是一个典型的移民国家。2013 年,李光耀 89 岁高龄,当时有记者问他对新加坡最大的希望是什么?他回答:"我对新加坡的最大的期望是它将享有持续的和平、稳定和进步。"② 当记者问及 1986 年李光耀曾在澳洲说一百年后新加坡是否还存在的往事时,李光耀回答:"是的,我还是持同样的看法。澳洲和新西兰有广阔无限的土地。它们能够在犯错后翻身。我们是一个只有 600 万人人口的小岛。如果我们犯错,把新加坡的基础,如种族团结、和平与稳定破坏掉,我们将不会有第二次机会。"③ 当中国中央电视台记者问及"假使新加坡没有李光耀,情况会怎么

---

① 参考自 http://www.singstat.gov.sg/statistics/latest-data#14(新加坡统计局)。
② 《专访建国总理李光耀》(2013 年 7 月 16 日),《新加坡选择了李光耀:政策篇》,新加坡:Cengage Learning Asia Pte Ltd 2013 年版,第 v 页。
③ 同上书,第 vii 页。

样?"时,李光耀的回答是:"这是一个很难回答的问题。坦白地说,我自己也没有答案。到时或许有另一个人,能够把人民动员起来,能够让人民振作奋发,拥有卓识、远见和冲劲去实现他的理想与计划,他也能够成功,并非一定要我不可,有这种素质的其他人也能做到。……但因为是我,我有自己坚持的一些理想,如坚持维持人民生活整体的素质,要绿化城市,让人民生活在干净和整齐的环境中。生活不仅关系到你穿什么衣服,你吃什么东西,你拥有什么财产,生活还包括总体觉得过得不错的感觉。你看看自己的周围,希望看到美丽和让你愉悦的事物:音乐会、交响乐、博物馆、图书馆,等等。这些都是伴随文明社会而来的事物,而这些正是我所坚持的环境。"①今天的新加坡,居者有其屋、经济繁荣、政府廉洁、精英治国、双语教育、花园城市,一切都是那么的美好,这大概就是新加坡华人的国族认同。

但文学总是在规范化的历史中让我们寻找到种种其他的阐释空间,我们回到 1965 年 8 月 9 日,新加坡脱离马来西亚联邦独立的那天。当时的记者会上有记者问起当时新加坡与印尼的武装对抗,李光耀这样说:"印尼必须首先承认新加坡,就如今天我代表人民及新加坡政府所宣布的,承认新加坡是个独立、自主的国家,具有自己意愿及能力的国家。我们具有强烈的意志。能力方面也许颇受限制,但是,在所有朋友们的协助下,在那些将协助我们生存的英联邦朋友的协助下,我们决心生存下去的。一旦他们承认我们,我们则具有自己的意志、能力、思想,不是傀儡、木头或如他们所谓的'帝国主义者的奴才'。"②另外,李光耀有一段很有名的发言:

> 新加坡将是个多元种族的国家,我们将树立个榜样。这不是个马来国,也不是个华人国,不是个印度人国家。每个人都有平等的地位,不分语言、文化、宗教。……我要向马来人说:不必担忧,这是一个信仰多元

---

① 《导言》,《新加坡选择了李光耀:政策篇》,新加坡:Cengage Learning Asia Pte Ltd2013 年版,第 xii 页。
② 《真正的新加坡人民,让我们团结一致!——在宣布新加坡独立的记者会上的讲话》(1965 年 8 月 9 日),《新加坡选择了李光耀:建国篇》,新加坡:Cengage Learning Asia Pte Ltd 2013 年版,第 4 页。

种族而把新加坡带离沙文主义而达致种族主义的政府。……最后,让我们真正的新加坡人民——我现在不能自称为马来西亚人了——不分种族、语言、宗教、文化,团结一致!①

可以说一个"不分种族、语言、宗教、文化,团结一致"的新加坡就是李光耀毕生的追求。但历史是复杂的,占新加坡人口75%的华人在建国五十年历史的进程中,也有着历史的隐痛,其中最大的伤害就是双语政策的强制推行。三十年前,有一则头版头条报道:"从明年起,我国各语文源流学校,将逐步统一,成为全国统一源流学校。到了1987年,我国将不再有华、英校之分。在全国统一源流学校教育制度下,所有的学生,都将以英文为第一语文,母语为第二语文。"②之后的双语教育政策被强制推行,牺牲掉了一代华校生,这段历史在代表官方意识形态的《信约》三部曲中是丝毫没有反映的。

图 13-4 《信约》剧照

不过,文学中的缝隙总能让我们感受到它的批判意识和怀疑精神,如《信约:动荡的年代》中最重要的人物张晏,这个人留学英国,律师身份,利用工会

---

① 《真正的新加坡人民,让我们团结一致!——在宣布新加坡独立的记者会上的讲话》(1965年8月9日),《新加坡选择了李光耀:建国篇》,新加坡:Cengage Learning Asia Pte Ltd 2013年版,第16页。
② 《各语文源流学校1987年全面统一》,《联合早报》1983年12月23日头版。

和左派进入政坛。他的学习和从政经历或多或少有着李光耀的影子。在电视剧中,制作人对这个人物进行一些改造,淡化他与李光耀相似的地方。首先,张晏是从唐山来的张天鹏、白明珠夫妇之子,让他不是娘惹峇峇之后,这样就免掉了影射李光耀峇峇娘惹后人的身份;其次,张天鹏兄弟出身客家,李光耀也是客家子弟。《我们的家园》中,洪当勇的墓碑上的祖籍是广东大浦,这地方正好是李光耀的祖籍之地。这种种情节设计都加强着李光耀是华族的身份。

第二点就是李光耀与马共的过往历史。李光耀早期与有马共背景的林清祥、方水双等工会领导合作过,最后成为人民行动党执政政府的总理。而人民行动党内部的极左派,在林、方两人的带领下另立门户——社会主义阵线(简称"社阵")。左翼阵营对李光耀的作为是有所保留的:"过去人们包括一些左翼人士都把人民行动党成为'左翼政党'或'进步政党',其实这是一个'美丽的误会'。实际上,李光耀、吴庆瑞这些与英殖民者关系密切的政客及其主导下的人民行动党,从成立的第一天起,不论在野或执政之后,其言论和施政,从来就没有一点真正的左翼或进步政党的味道,归根结底,他们不过是想借助和利用左派的力量以及有号召力的以林清祥为代表的左派人士,来争取新加坡广大群众尤其是华族群众的支持而已……人民行动党在 1955 年 4 月举行的立法议会选举中,派出 5 个候选人参选,结果李光耀和林清祥一炮而红,双双当选为立法委员,另两名当选的候选人是吴秋泉和阿末·依布拉欣。李光耀心知肚明,当年要不是有华族群众的热情支持,像他们那样的假洋鬼子根本不可能取胜,根本不可能后来的平步青云,爬上总理的宝座。"[①]这一段历史,李光耀也在回忆录中承认:"当时人民行动党在组织上很弱,几乎毫无组织可言:没有受薪人员,没有支部,没有基层领袖。为了进行拉票活动,召

---

① 钟华:《星洲人民抗英同盟会历史初探》,《砥柱止中流:星洲人民抗英同盟会传奇人物》,香港:足印出版社 2013 年版,第 20 页。这种与新加坡官方观点不同的著作很多,如陈剑主编:《浪尖逐梦——余柱业口述历史档案》,吉隆坡:策略资讯研究中心 2006 年版;方壮璧:《方壮璧回忆录》,吉隆坡:策略资讯研究中心 2006 年版;陈平:《我方的历史》,新加坡:Media Masters Pte Ltd 2004 年版。

开竞选大会时需要人帮忙,我们可以找工会和华校中学生。"①《信约:动荡的年代》中在洪当勇这个马共成员的塑造上,更强调他的极左立场,让他最终认识左翼思想的极端,走上律师的正常道路。

历史是复杂的,新加坡的国家统治策略是推行双语的教育政策,西化的发展倾向,但新加坡的社会阶层是分裂的。以全英文教育和交流的新加坡人和以华文和英文夹杂为交流方式的新加坡人,在目前的新加坡教育制度下,越来越分裂,特别是后者中因中国大陆、香港和台湾地区的新移民的增加,不断地在填补后者的数量。新加坡有个独特的现象,就是受英文教育的新加坡人晚上喜欢看华文频道,他们中很多人不会写中文,甚至读中文报纸,但听、说的能力还是具备的,这也说明,在双语教育政策下,华人对本族群的语言认同和身份认同还是非常明显的,这些也是新加坡华文文化不会很快衰竭的重要原因。②

结语

在五十年的建国历程中,新加坡人已经有了自己的国族认同,那就是"一个新加坡",华人处于多种族的国家环境中,也慢慢地多元起来,就像在华语电影中会出现语言混在的现象,电影中会出现新加坡英语(Singlish)、英文、中文、马来文、淡米尔文的混搭对白,而且电影中关心的问题往往脱离本种族关心的问题,转而关心本土民生的问题,越来越具有"国家意识"。虽然,我们还会在不同场合听到还原历史真相的声音,如方壮璧与李光耀两人关于1950年

---

① 李光耀:《李光耀回忆录 1923—1965》,新加坡:联合早报 1998 年版,第 212 页。
② 新加坡华社,包括马来西亚华社在两国的官方语言政策上的悲情姿态极大地影响了海外华人研究界,代表学者及作品有钟锡金《星马华人民族意识探讨》(亚罗士打:赤土书局 1984 年版)李业霖《南洋大学走过的历史道路:南大从创办到被关闭重要文献选编(1953—1980)》(八打灵再也:马来亚南洋大学校友会 2002 年版),等等。很多中国大陆、台湾学者都是立足在新加坡华人文化被官方打压,华人文化传统难以接续的观点上去阐释新加坡的文化环境,如古鸿廷《东南亚华侨的认同问题:马来亚篇》(台北:联经出版社 1994 年版)。但笔者认为,身处多元文化环境中的新加坡华人,未必就有那种文化缺失的悲情。反而是我们要认识到新加坡华人对华人文化、国家认同的复杂性和丰富性,不可用大中华的一统观点去粗暴对待。

代新加坡反殖群众历史的争论,当时李光耀新闻秘书杨云英的回应是"方先生与李先生都已垂垂老矣。过去的事情,就让历史家们去判断吧！老对手之间的争论,是没有什么意义的",但方壮璧则认为"我作为斗争的当事人,如果完全没有机会说话,那历史家们又怎样去发现历史事实呢？如果历史家们无从发现真正历史事实,他们又怎样能够对历史作出真实,公正的判断呢？……我的书,就名为《还历史以本来面目——反殖斗争的回顾与反思》",①这些都表现着不同政治立场的历史见证人对待历史的不同态度。

对华族身份和历史的追寻,关系到精英阶层与草根阶层对中国的态度,关系到半个多世纪以来新加坡与中国、与西方的关系,随着新加坡历史被官方简化,越来越多的新加坡历史真相被埋没。而在功利主义至上的新加坡社会,现实趋利的新加坡政府在双语政策方面已经取得了成功,华人的语言、教育、宗教、文化等方面都经历着冲击,就目前华人面貌而言,新加坡华人越来越趋向"香蕉人"形象(黄皮肤的东方面孔,骨子里的西方文化)。断根之后的新加坡第四、五代青年人现在不觉得文化之根的可贵,甚至曾经出现过高达22%的"来世不愿做华人"的问卷调查结果②,让人咂舌。但华人还是要有语言的根,文化的根,作为建国五十周年献礼的《信约》三部曲所贡献的新加坡历史,以其对华人花果飘零到灵根自植到落地生根之过程完美的艺术再现,重整和丰富着新加坡(华人)的历史。期待在未来的岁月里,新加坡华人能够重新认识自己族群文化,重拾华人传统,继续建构新加坡华人的国族意识。

---

① 方壮璧:《前言》,《方壮璧回忆录》,吉隆坡:策略资讯研究中心 2006 年版,第 xiii 页。
② 1999 年张汉音对新加坡各族群的身份认同做调查,调查问题是"如果有来生,我最希望……",调查显示"华族父母一代"选"是华人"的 94.9%,"是白人"的 2.9%;"是日本人"的 1.6%;"在校学生一代"选"是华人"的 78.4%,"是白人"的 11.8%,"是日本人"的 8.2%。参见张汉音:《新加坡的族群认同危机》,《联合早报》(1999 年 12 月 9 日)。这一调查引发了 1999 年 12 月中下旬新加坡报界的大讨论。华文报纸《联合早报》刊登至少 23 篇报道和评论文章,基本观点一致,都在担心新加坡下一代华人会失掉华族文化的自信和根;英文报纸《海峡时报》刊登的十多篇文章,观点比较多元,除了少数认同华文报的看法,大多数认为这是对全球化的认同和作为新加坡人的一种身份认同,无需多虑。这场争论足见新加坡华人在国族认同上的"中国化"与"去中国化"两种情结的交锋。

后　记

　　关于冷战文化和华语语系文学的研究伴随了我近十年。记得最早接触到这个话题还是在马来西亚拉曼大学中文系任教期间。2008年9月12—13日，我参加了马来西亚博特拉大学举办的第五届马来西亚汉学国际学术研讨会，会上史书美老师发表了题为"What is Sinophone Malaysian Literature?"的论文。记得当时游俊豪兄和我在圆桌会议时不断地提问和质疑（我们大体是沿着东南亚华人不是殖民者的思路去争论），书美老师也观点鲜明地回应了我们，这是我第一次感受到西方汉学家的批判力量。那次学术研讨是我一次接触到华语语系文学理论，也开启了我跟史书美老师、游俊豪兄的十年师友之谊。

　　2010年12月16—19日，王德威、陈平原、陈国球三位老师联合香港中文大学中文系、香港教育学院中文系一起召开了"香港：都市想象与文化记忆"国际学术研讨会。当时我有幸发表了题为《1950、60年代香港与马华现代文学关系之考辨——以姚拓的文学活动为中心的考察》的论文，并第一次运用到了华语语系文学的理论。在那次会议上，我认识了王德威老师的学生石静远和蔡建鑫，并与他们开始有了关于华语语系文学研究的一些探讨与合作，也是在那次会议上，王德威老师建议我关注冷战时期的新马文学与中国文学的互动关系。

　　2013年12月18—19日，须文蔚老师在台湾大学的福华会馆举办了"众声喧'华'：华语语系文学的想象共同体"国际学术研讨会，当时我在新加坡国立大学中文系任教。在会上，我发表了自己第一篇关于冷战文化的研究论文《冷战与1950、60年代新马文学——以〈大学论坛〉（新）和〈蕉风〉（马）两大期刊为讨论对象》，在问答环节，黄锦树、张锦忠两位老师和我讨论了很长时间，出身马来西亚的他们认为《蕉风》跟冷战没有什么关系，而我又一再坚持《蕉风》的办刊思路一定会受冷战影响。当时的评论人游胜冠老师最后也没有对双方的争执给一个定论,在场面尴尬的情形下,主持人王德威老师对我的研究给予了肯定,使我备受感动和鼓舞。记得会后的晚宴上,我有些丧气,开始质疑自己关于冷战文化与华语文学关系的论题是否值得继续下去。王老师觉察到我的疑惑,就和我坐在一起聊起了冷战研究在西方汉学界的情况,那一次陈荣强、胡金伦、骆以军三位兄长也加入了讨论。

这些年,我一直着力于冷战与华语语系文学关系的研究,在中外学术期刊上面陆陆续续发表了一系列论文,感谢《文学评论》《外国文学研究》《学术月刊》《中国比较文学》《当代作家评论》《当代电影》《福建论坛》《东南亚研究》《杭州师范大学学报》以及 *Interdisciplinary Studies of Literature* (A&CHI)、《南洋学报》、《华人研究国际学报》等期刊的编辑们,论文在刊物的顺利发表,是大家对我研究的肯定,让我一直保有着一颗坚持不懈的初心。

感谢恩师陈思和教授,从 2007 年上海博士毕业,到马来西亚拉曼大学中文系四年任教、台湾东华大学半年任教、新加坡国立大学中文系四年任教,再到 2016 年浙江大学中文系任教,中间经历了许多的学术和人生的疑惑,很多时候,我都第一时间打电话给老师去倾诉。这次老师拿到我的书稿后,一直被我催着写序,但那天我从师母那里听说老师因高血压住院一星期,我立刻跟一众师兄电话通知,也坚决放弃让老师写序的念头。从 2004 年入门,一晃十五年过去了,老师和师母在慢慢变老,我也慢慢不敢再去大事小事地去打搅他们,但心中永远保存着那颗对老师和师母感恩的心。

感谢海内外华语文学研究领域的众多师长朋友一路指点,如陈思和老师、王德威老师、史书美老师、容世诚老师、陆士清老师、王列耀老师、赵稀方老师、刘俊老师、李有成老师、黄美娥老师、张锦忠老师、黄锦树老师、林建国老师、石静远、罗鹏兄、陈荣强兄、胡金伦兄、高嘉谦兄、游俊豪兄等。他们对我最大的影响是开阔了我的学术视野,让我从多层面、多维度、多视角对华语文学有了崭新的认识,在彼此交流碰撞中让我的学术之路得以延伸拓展。还有一众师友,在这里就不一一致谢了。

感谢我的妻子黄熔和女儿梦溪,她们是上天给我最大的宝贝。我做人大大咧咧,做事丢三落四,结婚以来,没少烦黄熔,感谢她一路的陪伴!而金梦溪,从一个只知道哭的小不点,到今天的说话一套一套的小班长,每天她都给我们惊喜。

  感谢复旦大学出版社,感谢方尚芩编辑的包容和帮助,这是我在复旦出版社的第二本专著,愿与复旦的缘分日久弥坚。

  最后,本书承蒙"浙江大学董氏文史哲研究奖励基金"和"中央高校基本科研业务费专项资金"资助出版,特表示衷心感谢。

金 进

杭州西湖区求是村

2019年6月5日凌晨